KB111633

# 랭커를 위한
# 바른 생활 안내서

A RANKER'S GUIDE TO THE GOOD LIFE

## 1부

# 랭커를 위한
# 바른 생활 안내서

A RANKER'S GUIDE TO THE GOOD LIFE

## 1부 VOL. 1

테제 장편소설

초판 1쇄 찍은 날 | 2023년 10월 4일
초판 2쇄 펴낸 날 | 2024년 11월 30일

지은이 | 테제
발행인 | 이진수
펴낸이 | 황현수

기획 | 정수민
편집 | 윤수진

펴낸곳 | 주식회사 카카오엔터테인먼트
등록번호 | 제2015-000037호
등록일자 | 2010년 8월 16일
주소 | 경기도 성남시 분당구 판교역로 221 6(일부)층

제작·감수 | KW북스
E-mail | paperbook@kwbooks.co.kr

ⓒ 테제, 2020

ISBN 979-11-385-8714-3 04810

# A RANKER's GUIDE TO THE GOOD LIFE

VOL. 1

랭커를 위한
바른 생활 안내서 1부

A RANKER'S GUIDE TO THE GOOD LIFE

테제 장편소설

## CONTENTS

## Prologue
## S급 등장

"측정 불가 떴다고?"

대한민국 각성자 관리국 본부. 일명 '센터'.

수도총괄팀 팀장 장일현은 턱까지 차오른 숨을 가다듬었다. 퇴근 도중 연락받고 뭣 빠지게 뛰어오느라 신호를 몇 개나 위반했는지 모르겠다.

"일단 대기실로 모셨습니다."

"어제 워싱턴에서 공수한 새 측정기. 구동 가능하죠? 바로 준비해요."

"팀장님, 단순 기계 오류일 가능성도-"

"당장!"

날카로운 외침에 팀원들이 서둘러 달려 나간다. 장일현은 마른침을 삼키며 대기실 문 앞에 섰다.

등급 측정기가 [측정 불가]를 띄우는 경우는 두 가지.

하나는 팀원들의 말마따나 단순 오작동이겠으나 만약 다른 경우라면 이 나라에도 드디어……!

'어, 어린애?'

"견지오 양 되십니까?"

작고, 또 어리다.

깜짝 놀랐지만, 산전수전 다 겪은 대한민국 공무원의 순발력은 대단했다. 장일현은 침착하고 정중하게 제 눈높이를 낮췄다.

"그런데요."

"실례지만, 혹시 보호자분은 같이 안 오셨는지?"

"혼자 왔어요."

"또 실례지만, 혹시 연세, 아니 나이가?"

"내일모레 4학년 돼요. 근데 아저씨, 각성자 등록할 때 원래 이런 거 캐물어요? 프라이버시 침해잖아요."

"……실례했습니다."

요즘 애들 얕보면 큰일 난다. 야생 어린이의 사나운 눈빛에 어른 장일현은 얌전히 찌그러졌다.

그사이 새 측정기가 바삐 준비에 들어간다. 어젯밤 미국 워싱턴에서 막 도착한 물건이었다.

정체불명의 검은 탑과 이차원의 괴물들을 쏟아 내는 게이트. 그리고…… 그에 맞서 싸우는, 인류 한계를 뛰어넘은 '초인'들.

각성자Hunter.

이들의 출현으로 세상의 장르가 바뀐 지도 벌써 수년째
였다.

각성 정보를 읽어 내는 [바벨의 돌] 관련 연구 데이터도
그만큼 쌓였다는 뜻. 최종 완성형에 가깝다는 이번 버전
은 각성자의 성장 한계부터 마력 수치까지 완벽하게 짚어
내는 최신형이었다.

"구버전 최대치가 AAA급이었죠? 어쩌면 팀장님 예상
이 맞을지도 모르겠네요."

"부팀장! 퇴근한 거 아니었습니까?"

"팀장님이랑 똑같죠. 비상 호출 받고 달려온 참이에
요. 근데요, 이거 맞아도 문제 아닌가?"

저렇게나 어린데……. 조금 떨어진 아이 쪽을 흘긋거리
며 부팀장이 중얼거렸다.

"보고서 확인하셨어요? 초등학교 3학년이래요. 그것도
빠른 연생."

"나라의 명줄이 달렸는데 사소한 거 가리고 있을 때
는 아니죠. 난 이제 장례식장 육개장이라면 아주 신물이
납니다."

"뭐야…… 진심이시네, 이분. 진심으로 기대하고 있잖아."

"그럼요. 겨우 아홉 살짜리 미등록 각성자입니다."

탑에서 [튜토리얼]이라 불리는 정식 각성 절차를 거치지 않은 사람이 각성하는 방법은 단 하나다.

성위星位 계약.

즉, 성약聖約.

바벨탑과 함께 등장한 불가사의하고 초월적인 존재들. 탑의 꼭대기, [천문天門]에 앉아 인류를 내려다보는 그 위대한 '별'들에게 선택받는 길뿐이었다.

장일현은 안경 아래의 땀을 닦아 냈다. 긴장해 자꾸 식은땀이 났다.

"나는 말입니다……. 전 세계 어디에서도 이만큼 어린 각성자의 케이스를 들어 본 적이 없어요. 그 까다롭고 거만하기로 소문난 성위들 중 하나가 자기 힘을 내주는 성약을 대화도 잘 안 통하는 어린애랑 맺은 겁니다."

"……."

"저 작은 아이가 우리가 기다렸던 영웅이든, 괴물이든…… 전무후무한 별수저의 탄생이라는 것만은 확실하죠."

도저히 기대하지 않기가 힘들다. 장일현은 뒷말을 아꼈다.

그렇게 초코 우유 빨면서 앉아 있는 초등학생을 둘러싼 공기가 조금씩 심상찮게 술렁일 무렵.

"팀장님! 측정실 세팅 완료됐다고 합니다."

"가시죠. 지오 양, 이쪽입니다."

팀장의 안내를 따라 지오도 일어난다. 새침하고 똥한

인상과 달리 등 뒤로 맨 가방에서 병아리 모양 열쇠고리
가 딸랑거렸다.


　-각성자 견지오. 등급 측정 시작하겠습니다.
　불투명한 샤워 부스처럼 생긴 박스 안으로 지오가 들어
갔다. 센터 안 모든 사람이 긴장한 얼굴로 아이를 응시했다.
　퇴근 시간이 훌쩍 지난 시각.
　기대와 불안으로 숨죽인 측정실은 고요하고, 장일현이
초조하게 손톱을 물어뜯는 찰나…….
　띠링-!
　영롱한 알림음과 함께 마침내 마력 홀로그램이 결과를
출력한다.
　모두가 빠르게 글자를 훑었다. 지오도 고개를 들어 바
라봤다.

---

### 견지오

**堅持悟 GYEON ZIO**

20××. 01. 01

· 유형: 전투계 | 마력 특화

· 성장 진행도: 1단계

· 잠재 한계: 불명

· 보유 마력치: 측정 불가

---

> · 마력 감응 레벨: 극상(極上)
>
> **최종 등급: S**

"미친······."

누군가 저도 모르게 낸 상소리. 다들 별반 다르지 않은 심정이었다.

"지, 진짜 S급입니다!"

그리고 동시에 바벨 네트워크, [월드 채널]이 울린다.

《축하합니다, 한국!》

**《국가 대한민국에 최초로 S급 각성자가 탄생합니다.》**

[로컬 서버 — '대한민국' 채널 확장]

[하위 로컬 서버 — 수도 서울 외 광역 채널 오픈]

[✦ 강력한 프런트 러너의 탄생으로 채널 대한민국이 '**일반 관리 국가**'에서 '**최우선 관리 국가**'로 상향 조정됩니다.

✦ 해당 채널에 포멀 던전 생성 및 균열 좌표 알림 기능이 추가됩니다.

✦ 한국 바벨탑 천문에 고등 성위들이 자리합니다.]

신이시여! 고맙습니다.

나의 조국에도 마침내 희망과 광명이 있으라!

장일현은 눈물 고인 눈으로 기립 박수를 쳤다. 울먹이며 지오를 향해 두 팔을 활짝 벌린다.

"드디어 S급! 견지오 각성자님! 대체 어떤 성위를 모시고 계시기에! 다들 뭐 하고 있어, 어서 국장님한테 연락해!"

'아 씨…….'

뭐 씹은 표정으로 지오는 땀내 아저씨의 숄더 어택을 피했다.

월드 알림뿐만이 아니다. 지오 자신에게만 보이는 개인 알림창도 폭주하고 있었다.


▷ **모든 순위가 변동합니다.**

▷ 로컬 — 대한민국

▷ 국내 랭커 1번 채널

▶ **랭킹 1위 입장**

/견지오 님, 닉네임을 설정해 주세요./


| 14 | 햄릿: …..실화냐?

| 27 | 골드로저: 와;; S급 도랏

| 30 | 유지원: 모든?? 모든 순위가 바꼈다고? 전 세계????

| 49 | 감수양: S급 뜨면 주요 지역채널들 열린다더니 진짜였네요; 지금 서울부터 광역시들은 전부 열린 듯합

니다.

| 12 | 구파성: 이민갈까 고민하고 있었더니 타이밍 보소ㅋ
ㅋㅋㅋㅋ

| 8 | 키노피오: 1등 누구세요 말 좀 해 보세요

| 3 | 알파: 콩 자리도 밀리다니…….


'……언니, 이렇게까지 센 거였어?'

[당신의 성약성, '운명을 읽는 자' 님이 몹시 억울해합니다.]

[말하지 않았느냐고, 귓등으로도 안 듣던 건 건방진 꼬
맹이 너님이셨다고 손가락질합니다.]

아니, 그래도 초딩한테 S급이라니 심하잖아. 이놈의 별
은 무슨 적당히를 몰라.

지오는 뒷걸음질 쳤다. 다 큰 어른들이 울며불며 다가
오고 있었다.

'좆됐다…….'

엄마, 어떡해? 의도한 건 아닌데…….

엄마 딸 한반도 1등 먹었나 봐.

## 1장
## 일찍 일어나는 새가 배고프다

### 1

지금으로부터 약 이십여 년 전.

전 세계에 [탑]이 나타났다.

각국 수도마다 피뢰침처럼 내리꽂힌 검은 탑은 그 끝이 어딘지 까마득했으며, 현대의 어떤 기술로도 파악이 불가능했다.

뭐야, 저게? 무서워요…….

세상 사람들의 공포와 혼란이 걷잡을 수 없어질 무렵.

내리 침묵으로 일관하던 탑에서 마침내 어떤 소리를 전해 오기 시작한다.

정확히는, 사람들 시야 앞의 '메시지'로.

《바벨 네트워크, 월드 서버를 개설합니다.》

**《행성 어스, 월드 채널 오픈》**

《만나서 반갑습니다, 어스!》

《바벨탑 — 첫 번째 입장 티켓의 발부가 완료되었습니다.》

반투명한 메시지 창. 흔히 보는 온라인 게임의 모양과 매우 흡사했다. 차이점이라면 게임과는 달리 몹시 일방적이며, 또 여기가 모니터 속이 아닌 현실이라는 점 정도?

정체불명의 탑은 그렇게 본인을 [바벨]이라 소개했다.

이어 자신의 안내를 따르지 않을 시 찾아올 재앙에 대해서도 친절하게 고지해 주었다.

당황하거나 머뭇거릴 틈은 없었다. 인류에게 고민할 시간도 주지 않고 재앙은 그렇게 대뜸 세상에 들이닥쳤다.

게이트 아웃브레이크Gate Outbreak.

하늘이 찢기고, 땅이 갈라지면서 등장한 수십 개의 블루 홀.

세계 각지에서 동시다발적으로 출현한 푸른색 균열은 난생처음 보는 이계의 괴물들을 문자 그대로 쏟아 냈다.

현대 화기로는 속수무책. 어찌할 방법이 없었다.

지구 온난화로 망할 줄 알았더니 웬걸, 개뜬금 몬스터 페스티벌로 망하는구나 다들 절망하던 바로 그 시점.

첫 번째 [티켓]을 받고 탑으로 들어갔던 자들이 극적 귀환한다.

손에는 웬⋯⋯ 검, 창, 활과 같은 구시대 냉병기들을 잔뜩 들고서. 또 아무것도 없는 허공에서 불과 번개를 소환해 내면서 말이다.

1세대, '각성자'의 등장이었다.

바야흐로 대 헌터 시대가 개막한 것이다.

·· ✦ ✖ ✦ ✦ ·· 

"여기 와이파이 비번 뭐예요?"

"영수증 하단 보시면 나와 있습니다, 고객님."

"⋯⋯아아메 한 잔 주세요. 제일 작은 걸로."

과연 디스토피아. 카페들의 생존력도 날로 강해지는구나. 견지오는 현대 상술에 감탄하며 자리를 골라 앉았다.

대입 결과가 뜬 지도 벌써 한 달.

이번에도 깔끔하게 조져 버린 탓에 격노한 모친께서 휴대전화까지 정지시켜 버렸다.

손에 쥔 것이라곤 오로지 수신만 되는, 완벽한 공기계. 와이파이 없이는 외딴섬 원시인 신세와 별다를 게 없었다.

'그래도 기숙 학원 또 안 보내는 게 어디야⋯⋯.'

정확히는 투자 대비 수익이 끔찍하다며 독학이나 하라

는 통보였지만. 아무튼 거긴 현대의 지옥이다. 지오는 끔찍했던 작년을 떠올리며 몸서리쳤다.

"와, 여기 모델 언제 바뀌었냐? 여강희가 광고 땄네."

"나라도 바꾼다. 저번 모델은 한시주였잖아. 던전보다는 탑에서 활동하는 애들이 백배 천배 낫지."

"던전은 지들 돈이나 벌러 가는 데고, 탑은 인류 미래를 위한 희생이신데 졸라 당연하지 않냐? 게임이 안 됨. 난 탈옥파들 재수 없더라."

"야. 말은 쉽지. 목숨 걸고 바벨탑 들어가는 게 쉽냐? 어차피 게이트 터지면 배정받고 차출되는 건 다 똑같은데 개소리하네."

"이 새끼 왜 이렇게 열 내냐? 뭐 헌터 지망생이라도 됨?"

"눈치를 무슨 변기에 넣고 내렸나. 쟤네 형 헌터잖아, 새꺄."

뭘 처먹으면 저렇게 시끄러워. 하여튼 혈기왕성한 급식들 데시벨 알아줘야 한다.

지오는 턱을 괸 채 벽 쪽의 포스터를 바라봤다. 환하게 미소 짓고 있는 헌터의 얼굴이 눈부시다.

'뉴비인가……. 작년 하반기 튜토리얼 기수?'

그럼 아직은 낯설어도 곧 익숙해지겠지. 쟤들 말마따나 비벨탑 루트를 찍는 랭커리면 광고기 저것 하나로 끝날 리 없으니 말이다.

각성자, 즉 헌터의 시대.

이들을 탄생시키는 바벨탑의 최하층을 [튜토리얼]이라 불렀다. 매해 랜덤으로 선별되는 입장 티켓의 수령자는 이 튜토리얼을 거쳐 진정한 각성자로서 거듭난다.

각성자가 된 이들의 성장 방법에는 두 가지 루트가 있었다.

1. 난이도 높은 탑을 목숨 걸고 오르는 길: 순정파
2. 난이도 낮은 던전에서 안정적으로 경험을 쌓는 길: 탈옥파

균열 발생 시 정부로부터 부름을 받는 건 동일하지만, 양쪽의 인기는 완전히 상이했다.

현 사태가 바벨탑의 등장에서부터 비롯한 만큼 결국 인류의 해답은 탑에 있으리라 다들 믿었으니까.

그러니 진짜 영웅은 탑을 오르는 자들이요, 던전에만 매진하는 자들은 제 안위만 챙긴다는 편견도 날로 강해지는 요즘이었다.

게다가 위대한 '별'들께서 주로 주시하는 쪽도 던전이 아닌, 탑.

튜토리얼 도중 *성위*와 계약한다면야 더힐 나위 없이 좋겠으나, 최종 관문 [천문天門]에서 성약을 맺는 각성자 비율은 전체의 약 20%.

결국 선택받지 못한 나머지는 이후 열심히 탑과 던전을 구

르면서 간택받길 존버 타야 한다는 소리인데…… 그런 확률 면에서 탑 쪽 루트가 던전과는 비교도 안 되게 훨씬 높았다.

그 결과, 소위 말하는 랭커의 비율도 순정파 쪽이 압도적. 대중의 관심이 한쪽으로 쏠리는 현상은 당연한 수순이었다.

아, 물론 탈옥파도 별에게 간택을 받긴 받는다. 가능성이 비교적 낮다는 것뿐이지.

하지만 순정파든, 탈옥파든…….

이 모든 것은 그래 봤자 '노멀' 루트.

둘 중 어느 쪽도 아닌, 다른 세상 얘기. 매우 드물긴 하나 바벨탑이 티켓을 내리기도 전에, 성위한테 덜컥 찜부터 당하는 스페셜 케이스가 존재했으니…….

"아, 학원 졸라 가기 싫다. 어디서 별수저 하나 안 떨어지나?"

"미친. 로또 당첨이 빠르겠다."

[당신의 성약성, '운명을 읽는 자' 님이 저거! 방금 저거 들었냐며 다그칩니다.]

[자기처럼 운 없는 별도 없을 거라며 처량한 신세 한탄을 늘어놓습니다.]

'좀 조용히 해요.'


**《견지오 님의 성약성, '운명을 읽는 자' 님이 성위 고유 권한으로 바벨탑 입장 티켓을 발권합니다.》**

《임의로 발급된 '전용 티켓'은 타인에게 양도할 수 없습니다.》

'당신의 견지오가 닥치라고 거절합니다.'

[저, 저런 깜찍한 화신을 보았냐며 '운명을 읽는 자' 님이 허리춤을 짚습니다. 우리 애가 이렇다며 하악질해 대는 것 보라며 주변 이웃들에게 눈물로 호소합니다.]

"아 씨, 이건 뮤트도 없어……."

지오는 신경질적으로 블루투스 자판을 두들겼다. 혼잣말만 하면 '어머 저 사람 성약성 있나 봐'로 궁예당한다. 뭐라도 하는 척이 필수였다.

때마침 헌터 인트라넷을 훑어보던 참이기도 했고.

---

**[속보] 미국 바벨탑, 42층 공략 성공. (+452)**

......................................................

- 친구한테 들었는데 이거 티모시네 길드라더라. 곧 후속 보도 뜰 거임.
- 천상계 랭커들은 바벨탑 잘 안 가던데 천조국은 ㅅㅂ 1위가 몸소 나서버리네;
- 불반도는 언제쯤 40층대 진입해 보냐... 헬조선 아니릴까 봐 난이도도 헬이야
- 우리나라 1위는 대체 어디서 뭐함? 속세 떠났냐? 절 들어감?
- 아무도 모름. 보이질 않으니.

---

- 신비주의 심하네—— 1위면 다임?

- 다긴 하지…….

- 진짜 뭐 얼마나 대단하신 분이시길래;;;

'삼수생이다. 시발아…….'

바벨탑 입장 티켓도 스킵. 튜토리얼도 스킵.

하지만 그 누구보다 확실히 예정된 황금길.

로또, 슈퍼볼, 토토 당첨보다 어렵고 희귀하다는 선간택 후각성. 이름하야…… 별수저!

수저 색깔 따라 편차가 있긴 해도, 별수저는 대개 성위로부터 어마어마한 편애를 받는다.

해당 케이스로 가장 유명한 사람이 현 월드 랭킹 12위, 프랑스의 '성녀' 지젤 주누이.

평범한 일반인이었던 지젤은 각성과 동시에 S급 판정을 받으며 데뷔 즉시 세계 랭킹 최상위권에 진입했다. 별들은 익명이고 그 정체를 알 수 없다지만, 지젤의 성약성이 프랑스의 전설적인 영웅이란 얘기는 비밀도 아니었다.

[성위, '운명을 읽는 자' 님이 코웃음 칩니다.]

[정말 가소로워서 비교조차 하고 싶지 않다며 됐다고 손사래 칩니다.]

'안 물어봤어…….'

- 대단한 건 맞지. 국내 최초 S급 각성자인데. 지금이야 S급들이 꽤 나타났지만, 그땐 아니었어. 우리 1위 등장했을 때 월드랭킹 전부 변동하고, 랭커 채널 번호도 싹 바뀌었음. 한 칸씩 다들 밀려나서.
- 이야 라떼 시전하네ㅋㅋㄱㅋㅋㅋㅋ
- 고인물 추억팔이여도 상관없으니 누가 1등 목격담 풀어줬으면; 아님 1번 채널 경험담이라도
- ㄴㄴ거기 쌉고인물이라 튕겨 나오지도 않음 좆목질 오질걸

　

지잉, 지이잉-

카톡이 미친 듯이 울렸다. 계속 씹었더니 이젠 전화까지.

지오는 잔의 밑바닥까지 빤 아이스 아메리카노를 내려뒀다. 끊이지 않는 진동 소리에 근처 테이블에서도 슬슬 이쪽을 쳐다보고 있었다.

그러나 별안간 뚝 끊기는 진동음.

'해치웠나?'

[성약성이 그 발언은 경솔했다고 혀를 찹니다.]

불길한 예감에 휴대전화를 다시 뒤집어 봤다.

　

[엄마네아들: 야 힘숨씬]

[엄마네아들: 니 정체 월드 채널에 까발리기 전에 당장 귀가해라]

"이런 일생에 도움 안 되는 새끼……."

지오는 허겁지겁 짐을 챙겼다.

집에서 두 정거장이 떨어진 거리지만, 상관없다.

카페 건물에서 나오자마자 골목으로 쏙 들어가는 단발머리. 그대로 인적 드문 뒷문의 문고리를 잡아당긴다.

그러자…….

"……어디 갔다 오냐?"

"방에 있었는데? 공부에 너무 몰입한 나머지 못 들었나 봄."

탁.

방문을 닫으며 지오는 태연하게 대꾸했다. 까먹지 않고 미간도 한껏 좁혔다. 나는 지금 네 질문이 다소 어이없고 황당하다.

그에 내내 방문 앞을 지키고 서 있었던 견지록이 코웃음 쳤다.

"철판 한번 굉장하네. 문 부술까 하다가 이번엔 진짜 엄마한테 머리털 박박 밀릴까 봐 봐줬더니."

"……울 로기로기 그랬오? 누나 왜 찾았어, 뭐 필요해?"

"장난해? 너 채널 확인 안 하지 진짜. 나 지금 속보 듣고 탑에서 오는 길이야. 견지오 씨, 제가 뭐 필요할 거 같으신데요?"

"으으음, 어디 보자. 남매간의 따스한 우애?"

그리고 보니 좀 오랜만에 보는 것 같다고 지오가 중얼거린다.

국내 순정파의 대표 선두 주자, 최상위 랭커 견지록이 그 기막힌 꼴에 결국 참지 못하고 분노를 터트렸다.

"야-! 제발 힘숨찐 놀이 그만하고, 공략 좀 하자고 이 집순아!"

[당신의 성약성, '운명을 읽는 자' 님이 비로소 터지는 사이다에 휘파람을 붑니다.]

바벨 가라사대, 수저 중 수저는 별수저더라.

그리고 별수저 중 별수저는 S급을 그냥 주더라.

초등학교 때 대한민국 최초 S급으로 세상에 데뷔한 지도 어언 10년. 탑도, 던전도 한 번 가 본 적 없지만, 여전히 부동의 일인자. 현 월드 랭킹 3위. 국내 랭킹 1위.

마술사왕 '죠'.

현실은 삼수생 견지오(20세/여)가 뜨거운 남동생의 시선을 회피했다. 아 뜨거.

2

▷ 로컬 — 대한민국

▷ 국내 랭커 1번 채널 (랭킹 1~50위권)

| 12 | 상상: 저희 바빌론은 이번 주 38층 공략 접습니다. 내일 공문 돌겠지만, 공략조 운영에 참고하십쇼.

| 39 | 골드로저: 엥? 왜죠 곧 튜토리얼 위크라 공백 길텐데

| 8 | 다윗: 나 알아 다봤음ㅋㅋㅋㅋㄱㅋ 미친 밤비쉑 지랄병 또 도졌던데? 길마 없는데 공략을 어케함 그러게 진작 인원 늘리라니까 꼴에 소수정애는 무슨

| 8 | 다윗: 하여튼 걔도 진짜 노답이다 죠가 어디있는지 알구 잡으러가 잡으러 가긴ㅋㅋㅋㅋ 지가 뭐 가족이라도 댐? 인제 그만 포기할 때 되지않았냐ㅋㅋㅋㅋㅋㅋㅋㅋ개웃갸

| 4 | 흰새: 정애가 아니라 정예. 댐 아니고 됨. 앉이 아니고 않. 개웃갸가 아니라 개웃겨다.

| 8 | 다윗: 썅——

| 6 | 야식킹: 견지록 공략 안 하나?

| 6 | 야식킹: 내 지금 출발한다

| 20 | 낼공인인증서갱신: 근데 다들 속보 보셨죠? 미국 42층 깼다던데요. 들리는 말에 의하면 44층까지 연계 시나리오라 얼마 안 걸릴 거라던데. 이러면 차이 너무 벌어지는 거 아닌가요?;

| 12 | 상상: 저희 길드장이 공략 중간에 뛰쳐나간 이유가 그겁니다.

"너 진짜 나 미치는 꼴 봐야 속 시원하겠냐? 무슨 시발 이불 속에 꿀단지라도 감춰 놨나!"

'어우⋯⋯.'

"S급이 4명이나 있는 나라에서! 그것도 월랭 3위 보유국이 아직도 30층대에서 빌빌대고 있는 게 말이나 되냐고! 쪽팔려서 고개를 들고 다닐 수가 없다!"

'나랑 진짜 안 맞아⋯⋯.'

지오는 둔한 표정으로 귀를 막았다. 견지록은 방 안까지 쫓아와 삿대질을 해 댔다.

삼 남매 중 둘째.

정확하게 지오와 11개월 차이로 태어난 남동생 견지록은 국내 5위의 최상위 랭커다. 대한민국에서 네 번째로 출현한 'S급'이기도 했다.

어릴 적부터 승부욕이 남달랐던 견지록은 바벨탑 티켓을 받자마자 그야말로 물 만난 물고기였다.

미친 듯이 튜토리얼을 헤집더니 나름 성위도 잘 만나고, 등급도 잘 받으면서 순위를 경신, 또 경신.

벌써 5위권까지 치고 올라오셨다.

당연한 얘기지만, S급 판정을 받았다고 천상계 순위로

즉시 들어앉는 건 아니다.

등급이란, 그 사람의 타고난 그릇을 가리킬 뿐. 종합적인 랭킹은 또 다른 영역이었다. 사람의 능력은 그릇으로만 재단할 수 없으니까. 어떤 성위와 어떤 식으로 만나고, 어떤 재능을 지녔으며, 또 어떻게 개화하느냐에 따라 능력치는 천차만별이었다.

무엇보다도 랭킹 최상위권에는 이미 등급의 한계를 뛰어넘은 트리플 A급 랭커들이 잔뜩 포진해 있다.

그들이야말로 진짜배기 괴물이었다.

덕분에 견지록뿐만 아니라 국내 두 번째 S급인 최다윗도 현 순위 8위. 세 번째인 황혼도 6위.

그러니 견지오가 매우 예외적이고 희귀한 케이스인 것이다. 이쪽은 음…….

"하는 일이라곤 숨 쉬는 것밖에 없는데도 계속 강해지면 제발 좀! 양심 같은 것도 가져 봐라. 열심히 사는 남들 보기 민망하지도 않냐, 식충아!"

[당신의 성약성, '운명을 읽는 자' 님이 팩트 여부와 별개로 워딩이 좀 세지 않느냐며 작게 헛기침합니다. 누나 잘 두지 않았으면 저셀 버르장머리 가만 안 뒀다고 약간 불편한 심기를 드러냅니다.]

'언니 참아. 나도 참잖아. 말했지. 쟤가 우리 집 돈줄이라고.'

원래 식충이는 현실 파악에 빼어나다. 돈줄님과 성향이

좀 안 맞더라도 참아야 하느니라.

지오는 견지록의 카드로 긁은 신상 아이패드를 보며 꿋꿋이 소음을 견뎠다.

"듣고 있냐, 힘숨찐?"

"응. 근데 나 힘숨찐 아님."

"뭔데 그럼?"

"힘숨방."

"……?"

뭐야, 그건?

암만 구박해도 들어 처먹질 않으니 혼자 지쳐 버린 견지록이 눈썹을 치떴다. 지오도 턱을 쳐든다. 새까만 칼단발이 조명에 반사되어 윤기 나게 흔들렸다.

"힘을 숨긴 방관자."

"……."

"오피셜임. 상태창에 성향도 [자유로운 영혼의 방관자]라고 적혀 있어용."

눈물점 두 개 박힌 고양이 눈매가 오늘따라 저렇게 얄미워 보일 수가.

저 노답 식충 집순이……. 견지록은 순간 친족 척결의 형량이 어느 정도 되는지 진심으로 궁금해졌다.

아무것도 하지 않는 현 1위가 비난받지 않는 데엔 당연 이유가 있다.

각성자의 총합적인 강함을 셈하는 랭킹은 유동적이다.

따라서 바벨은 편애 기준을 절대적인 값, 즉 각성자의 등급에 맞추었는데.

등급별 강자를 얼마나 보유했는지에 따라 각국의 로컬 서버를 차등 확장했으며, 별 가치 없다고 판단한 곳에는 하위 채널을 열어 주지도 않았다.

요컨대 하나하나 시간 들여 뜯어보느니 한눈에 보이는 재능충만 취급하겠다는 것.

놀라울 만큼 매정한 방식이었다. 로컬 서버 규모에 따라 나라별로 뿌려지는 티켓 수가 다르다는 건 거의 정설이었으므로. 하위 로컬 채널 역시 열리기만 한다면 해당 지역에 안정된 사냥터인 [포멀 던전]이 생성될 뿐만 아니라 게이트 출현 예고까지 미리 받아 볼 수 있는 수혜적 기능이다.

바벨 티켓의 수가 곧 각성자의 숫자이며, 하위 채널이 시민들 안전과 직결된다는 점을 생각해 볼 때…… 그야말로 소수의 각성자가 나라 전체를 떠받치는 구조나 마찬가지.

이런 사정이니 이 시대 상위 각성자의 가치는 구시대의 핵무기, 그 이상에 달했다.

물론 이들의 존재가 돌발 균열 같은 불안정 요소까지

전부 해결해 주진 않는다. 하지만 그 또한 바벨이 신경 써 관리할 때와 아닐 때가 천지 차이였다.

바벨로부터 냉대받던 소외 국가에서 최우선 강대국 중 하나로 환골탈태한 대한민국은 이 차이를 누구보다도 뼈저리게 알고 있었다.

최초 S급 각성자가 나타나기 전까지의 한국은 말 그대로 혼돈의 도가니, 진짜로 헬 모드인 헬조선이었으니까.

헌터들은 부족한 인력으로 전국 각지를 죽어라 뛰어다녔고, 미처 그들이 닿지 못한 곳에서의 곡소리는 끊이질 않았다.

주변 국가, 먼저 S급이 나타난 나라들이 빠르게 안정을 되찾아 가는 걸 보면서 국민 모두가 간절히 소원했다.

하늘이시여, 바벨이시여. 제발 우리에게도 S급을 점지하소서!

바로 그러던 와중…….

세계에서 다섯 번째, 또 역대 가장 강렬한 등장으로 대한민국 최초의 S급이 탄생한다.

10년이란 세월이 지나며 몇 명의 S급이 더 나타났지만, 국민들은 당시의 기다림과 환희를 잊지 않았다.

단지 존재하는 것만으로도 국운을 다시 세운 구세주!

알려진 것이라곤 고작 '마술사왕'이란 바벨 타이틀과 '죠'라는 닉네임뿐이어도 그깟 게 대수일까.

영웅은 영웅, 은인은 은인.

놀고먹지만, 욕은 덜 먹는 일인자는 그렇게 만들어졌다. 정말이지 타고난 상팔자였다.

·· ✦ ✹ ✦ ·· 

"견지오."

"……으응?"

배경과 이력이 어쨌든 간에 당면한 현실은 미대 입시 삼수생의 삶.

돈줄도 거스를 수 없지만, 돈줄 위에는 탯줄이 있다. 견지오는 긴장해 마른침을 삼켰다.

장녀의 잇따른 입시 실패로 인해 최근 박 여사의 신경줄은 매우 날카롭다. 바짝 엎드려 눈치 봐야지, 안 그랬다간 예전처럼 집에 들어왔는데 침대가 실종되어 있는 비극이 펼쳐질 수도 있다.

[성위, '운명을 읽는 자' 님이 그건 네가 수능 일주일 전에 외박하고 들어와서 그런 거 아니냐고 묻습니다.]

'언니 눈치 챙겨. 낄끼빠빠 해.'

타악!

박 여사가 수저를 내려놓는다. 지오는 잘만 퍼먹고 있던 순두부찌개가 얹히다 못해 목을 조르는 것을 느꼈다.

견씨 삼 남매.

첫째는 국내 부동의 1위 힘숨방이요, 둘째는 미친 사슴이라 불리는 5위 톱 랭커, 막내는 악마에게 영혼을 판 관종 유튜버였지만······.

지금 이 4인용 식탁에서의 최강자는 야쿠르트 방문 판매원, 샛별 1동 담당 프레시 매니저 박순요 씨였다.

"요즘 왜 돈 달라고 안 해?"

"네, 네?"

"아무리 눈치 본다 해도 그렇지 애가 안 써도 너무 안 써. 그래서 이게 무슨 뜻일까 엄마가 곰곰이 생각을 한번 해 봤거든."

상당히 좆된 예감이 강렬했다.

"너 혹시 지록이 카드 쓰니?"

"히끅."

소, 소오름. 창조주의 촉, 무섭다! 두 눈을 동그랗게 뜬 지오가 그대로 굳었다.

'저, 저 거짓말도 못 하고 저 망할 웬수!'

옆에서 견지록은 망했음을 직감하고 젓가락을 내려놨다. 암전히 눈부터 후딱 깔았다.

"견지록."

"소자 실낱같은 혈육의 정에 그만 눈이 멀어 죽을죄를 지었사옵니다. 어마마마, 이 불효자를 용서치 마시옵고······."

"5초 준다. 쟤한테 준 카드 내역 가져와."

"명 즉시 받잡겠사옵니다, 마마!"

목숨을 부지한 견지록이 일어나 큰절했다.

'아, 아오 씨!'

지오도 벌떡 일어나 냅다 튀었다.

박 여사한테 각성자인 걸 숨기느라 스킬 사용은 언감생심. 삼선 슬리퍼만 대충 꿰신고 그대로 달려 나갔다.

[성위, '운명을 읽는 자' 님이 그렇게 아이패드 프로는 더 고민해 보랬지 않느냐며 한숨을 쉽니다.]

"아, 닥쳐요!"

[장모님이 내역 보면 기절하실 텐데, 이왕 이렇게 된 거 우리 탑에나 갈래 은근슬쩍 휘파람을 붑니다. 끝내주게 잘생긴 오빠가 울 애기랑 더 친해지고 싶어서 24시간 대기 중이라는 플래카드를 벽에 곱게 붙입니다.]

"싫다고, 꺼져! 변태야! 내가 너 소름 끼치니까 아재인 거 티 내지 말랬지! 언니로 살랬잖아!"

[당신의 성약성, '운명을 읽는 자' 님이 아재라니! 내가 아재라니? 이렇게 쌔끈한 아재 봤냐며 버럭 따집니다.]

"나보다 나이 많으면 다 아재야, 닥쳐!"


『성흔星痕, 강제 개문』

『궁극 성위, '■■■■■' 님이 몸을 일으켜 자신의 유일한 화신에게 속삭입니다.』

【고양아. 앞에 균열.】

아주 찰나였다. 웃음기 어린 목소리가 다녀간다.

우뚝, 지오는 멈춰 섰다.

정신없이 뛰느라 몰랐는데 어느새 지하철역이 코앞이었다.

'미리 알려 줄 정도라고?'

[성흔星痕]은 성약의 증거이자 별과 연결된 영혼의 문.

견지오의 성약성은 아주 제멋대로고, 무척이나 강해서 종종 법칙을 무시하고 제 마음대로 이걸 열어젖히곤 했다. 하지만 아무리 강하더라도 룰을 위배하는 행위인 만큼, 최소 몇 분 정도는 성위 역시 침묵하게 된다.

일종의 페널티.

그의 말로는 바벨이 따져 대는 시간이라나.

여하튼, 그래서 지오가 싫어하는 걸 알아 웬만한 상황이 아니면 하지 않았다.

으음…… 피하라는 뜻인가?

'알려 줄 거면 제대로 알려 줄 것이지. 뭐야, 이게?'

지오는 후드를 푹 눌러쓰고 인적 드문 벽에 기대섰다. 그리고 늘 한쪽에 접어 두었던 채널 창을 열었다.

▷ 로컬 — 대한민국
▷ 국내 랭커 1번 채널


| 6 | 야식킹: 야 미친 밤비 이 새끼 38층 마석 싹 쓸어갔나
　　이 양심 다 뒈진 씨발


음, 여긴 평소처럼 헛소리 중이고.

다음으로 월드 랭커 채널을 열려던 지오의 손이 멈칫한다. 물론 바벨의 번역 기능은 매우 훌륭하지만…… 아직 수능 영어 영역의 상처가 아물지 않았다…….

외국인을 보기엔 시기상조지.

'그래. 서울 균열인데 월드 챗 봐서 뭐 할 거야?'

평소처럼 흥선 대원군 마인드로 스킵하며 지오는 국가 채널과 지역 쪽도 뒤적거렸다.

카톡 시스템과 비슷해 채팅이 활발한 랭커 채널과 달리 지역 채널은 바벨의 공지만 뜬다. 아니나 다를까, 다음 튜토리얼 시작까지 남은 시간을 알리는 초시계뿐이었다.

'몬스터 웨이브는 아니란 소리네.'

그럼 게릴라 던전이나 서든 게이트겠지 뭐.

집 근처인 게 의외이긴 하나 그 정도라면 센터 소속 공무원들만 있어도 거뜬히 막고도 남아돈다.

힘숨방 견지오는 가벼운 걸음으로 근처의 스무디킹을 향해 걸어갔다. 그리고…….

"엥."

요즘 균열 난이도는 다 이러가?

지오는 심각한 얼굴로 스트로베리 익스트림을 쪼로록 마셨다.

·· ✦ ✱ ✦ ✱ ✦ ··

자연 법칙을 무시하고 공간에 균열을 일으키며 무작위로 출현하는 이계의 재앙, 블루 홀Blue-hole.

명칭, 몬스터 게이트.

특별재난법에 의거하여 각성자들은 이 균열 처리의 의무를 지닌다.

바벨 네트워크에서 게이트 좌표를 예고하면 센터가 협회나 길드와 조율을 거쳐 각성자들을 해당 위치에 배치하는 식이었다.

그럼 배정받은 헌터들은 각자 스케줄 체크도 미리 하고, 정해진 날짜에 맞춰 커피나 한잔하면서 대기 타다가 괴물들이 나오면 뚜까 패서 게이트를 후다닥 닫는다.

깔끔하고 모두에게 효율적인 시스템이었다.

하지만 앞서 말했듯, 바벨이 암만 열심히 일해도 돌발

균열 및 게릴라 던전은 나타나니…….

　이때는 센터 소속 긴급대응반이 발 빠르게 출동하여, 근처에 있는 헌터들을 닥치는 대로 수배해 불러들인다.

　즉, 인구 밀집도가 높은 지역일수록 해결이 빨랐다.


웨에에에에엥-!


**[서든 게이트 발생, 서든 게이트 발생!]**

　[돌발 균열이 발생하였습니다. 주변 시민들은 신속히 해당 지역에서 벗어나 안전한 곳으로 대피하여 주시기 바랍니다.]


> ! 긴급재난문자 [행정안전부]
> 좌표 37°30'16.4"N 127°03'00.4"E
> 금일 20시 14분 6급 돌발 균열 발생.
> 특별재난법에 의거 인근 각성자 응소 바람.


　오, 운이 좋다.

　지오가 주문한 스트로베리 익스트림이 마지막이었다.

　비상 사이렌이 울리자 매장 내 직원들부터 고객들까지 모두 우르르 도피하기 바쁘다. 와중에도 질서 정연한 모습들이 헌터 강국의 베테랑 시민들다웠다.

　혼자 앉아 있다간 너무 튈 듯해 지오도 느릿느릿 따라

일어났다.

'호출 오랜만에 받아 보네.'

수능 끝나고는 쭉 미술학원에 갇혀 사느라 확인을 못 했고, 악독하기 그지없는 사회악 기숙 학원은 휴대전화 소지 자체가 금지였다.

덕분에 심히 오랜만이시다.

'6급이라, 6급…….'

지오는 호로록 빨대를 빨며 결론 내렸다.

응. 안 가도 되겠네.

게이트의 위험도는 1급에서 9급까지로 책정된다.

1급이 제일 위험했고, 9급이 껌이었다.

1급 정도 되면 이런 문자 쪼가리가 아니라 대대적인 소집령이 선포된다. 그때 불응하면 나라의 역적이 된다고 봐야 했다. 한 예로, 몇 년 전 1급 게이트 발생 시 미국으로 튀었던 유 모 씨는 아직까지도 한국 땅을 못 밟는다. 듣기론 이제 스테판 유라던가.

아무튼 6급 정도면 중하 정도? 아주 무난한 수준이다. D급부터 DDD급 헌터들 사이에서 충분히 해결 가능했다.

게다기 이곳은 주말의 선릉역. 근처에서 놀고 있는 헌터가 못해도 수십이지 않을까?

지오는 후드를 눌러쓰며 유리문을 열고 나왔-

"엥."

6급이 있었는데요. 없었습니다…….

'내가 기숙 학원에 갇혀 사는 동안 세상 기준이 변했나?'

게이트가 열리며 모습을 드러내기 시작한 마수들.

혼비백산 대피하는 사람들이 옆을 빠르게 지나갔다.

몇 명은 달리다가 지오와 어깨를 부딪치기까지 한다. 그 바람에 눌러쓴 후드가 휙 넘어간다. 빨대를 문 지오의 얼굴이 심각했다.

쪼로록.

'저거 사막거미잖아. 사막거미는 둥지화 마수 아닌가? 혼자 안 다닐 텐데.'

쪼로록.

'저 봐. 혼자 안 다닌다니까. 둘, 셋, 넷…… 이러면 6급이 아니라 4급은 되지 않나?'

쪼로록.

'이거 조국 꼴 엉망이네, 쯔쯔.'

누가 들었다면 뭐 저런 방구석 훈수충이 다 있냐며 어이없어할 테지만, 알 리가 있나? 겉으로 보면 견지오는 그저 선량한 시민에 불과했다. 심지어는 체구도 작아 당장 지켜 줘야 할 듯한.

[당신의 성약성, '운명을 읽는 자' 님이 너 아직도 여기 있냐고 황당해합니다.]

[분명 앞에 게이트 생긴다고 알려 줬지 않느냐며 질책

합니다.]

"왔어요?"

지오는 시큰둥하게 인사했다.

그러게 누가 말을 애매하게 하랬냐고 받아쳤지만, 성약성은 답이 없다. 삐졌나 보다.

와중에도 역 인근은 난리였다.

황급히 지하철역을 빠져나오는 승객들과 속속들이 현장에 도착하는 헌터들. 그때까지도 마음 한구석에 일말의 망설임이 남아 있었지만, 이내 지오는 편안해진다.

혼란스러운 틈에서 낯익은 얼굴을 발견했기 때문.

"이 새끼들아, 정신 똑바로 안 차려! 바리케이드 똑바로 못 쌓나! 겨우 5급 마수에 우왕좌왕하면 어쩌겠다는 거야!"

게이트 돌풍에 펄럭이는 재킷 위, 새겨진 국가 마크가 선명하다.

각성자 관리국 소속 긴급대응반.

그중에서도 정부 최상위 엘리트들만 엄선해 모아 뒀다는 '구조진압 1팀' 소속, BBB급 헌터 권계나.

하이 랭커인 김시균 1팀장의 직계라 지오도 익히 알고 있는 사람이었다.

'저 사람이면 믿을 만하시.'

사막거미는 무슨, 사막거미 조상님이 와도 문제없을 것이다.

쿠구궁!

그를 증명하듯 때마침 쓰러지는 사막거미 한 마리. 권계나가 메가폰을 잡은 이후 현장은 빠르게 정리되고 있었다.

됐네. 안 봐도 끝났네.

'알았어요. 갈게. 성위님, 계세요? 나 간다구. 하여튼 삐지기도 오지게 잘 삐져.'

다 큰 성위 데리고 살기도 힘들다. 지오는 다 비운 컵을 버리고 돌아섰다. ⋯⋯음, 정말 그러려고 했다.


"⋯⋯왜죠?"

"설명드렸지만, 현 상황에선 개별 이동하시는 쪽이 훨씬 위험합니다. 불안하셔도 저희 측 인도를 따라 바리케이드 안쪽에 머물러 주시길 바랍니다."

"학생! 그만하고 이쪽으로 와요. 바쁜 분들 방해하면 우리 다 위험해져!"

"아니⋯⋯ 집에 토끼 같은 엄마와 사슴 같은 동생들이 기다려요."

"에구. 집이 근처인가 보구먼. 심정은 알겠는데 어쩌겠누? 어서 이리 와!"

시민들의 시선이 쏟아진다.

이미 한국인 특유의 눈치 주기가 발동하고 있었다. 위급 상황에 저 꼬맹이는 왜 말도 안 듣고 나대냐, 이거였다.

역시 한국인의 정……! 따뜻하다 못해 뜨겁다.

지오는 시무룩해져 줄 안쪽으로 걸어갔다. 한 손으론 빠르게 카톡을 치면서.

[나: 야]!

[나: 견지록]!

[나: 록록아록아록]!

[나: 살려줘 바리게이트에 갇혔어 너 혼자 따뜻한 순두부찌개 처먹으면 다야? 여기 춥고 배고파 얼른와]!

……뭐야, 이 빨갛고 불길한 느낌표들은? 아.

"저기요, 여기 바리게이트 와이파이 비번 뭐예요?"

"학생, 여기가 파리바게트도 아니고 그런 게 어디 있어? 많이 힘든가 본데 기운 내자."

아까부터 챙겨 주던 아주머니가 어깨를 다독여 왔다. 지오의 얼굴이 급격히 어둑해졌다.

[성위, '운명을 읽는 자' 님이 그렇게 미리미리 말 들으면 얼마나 좋으냐 구박합니다. 어른 말 들으면 자다가도 떡이 생긴다는 얘기 못 들어 봤냐며 혀를 찹니다.]

어, 어쩐담?

써먹을 만한 인맥 없나 헌터들 쪽을 힐긋거려 봤지만, 6급 호출에 최상위권 랭커들이 출두했을 리 만무. 얇디얇고 좁

디졸은 아싸 견지오의 인맥은 죄 상위권에만 쏠려 있었다.

'왜 다들 송사리시고 난리세요, 슬프게······.'

건방진 생각을 하는 와중에도 역 주변에선 부서진 아스팔트 조각이 벚꽃처럼 휘날리고 있다. 멋모르고 달리다가 머리통 박살 나기 딱 좋게 생겼다. 왜 개별 이동을 막았는지 단박에 이해되는 풍경이었다.

"선배님. 진압팀도 왔는데 게이트 왜 안 닫죠? 권계나 요원님 정도면 충분한 거 아닙니까?"

바리케이드 근처. 강화 방패를 든 전경이 제 옆의 선임에게 속삭였다.

"아까 못 들었냐?"

"뭐 말씀이십니까?"

"역 안에 못 나온 꼬마 애가 있다고 F급 하나가 들어가셨댄다. 그놈 기다리는 거야. 제기랄, 위치 한번 거지 같네. 왜 하필 역 입구에 생겨서."

"F급이요? 그거 되는 겁니까?"

"안 되지."

"네에?"

"균열 변덕 몰라서 그래? 우리 쪽에서 안 닫아도 갑자기 혼자 닫힐 가능성 절대 무시 못 해."

"아······."

"그렇게 되면 영영 못 돌아오는 건데. D급들도 들어가기 싫어서 저기 저렇게 뻐팅기고 있고만, 지가 뭐라고."

게이트 폐쇄 시엔 적잖은 충격파가 주변을 빨아들인다.

이번 돌발 균열은 역 출구 바로 위쪽에 생겨 입구까지 휘말릴 그림이 뻔했다.

"……그래도 돌아오면 좋겠습니다."

젊은 전경은 미약한 희망을 담아 중얼거렸다. 선임도 입이 쓴 얼굴로 입구 쪽을 바라본다.

"그럼 영웅 하나 탄생이지……."

·· ✦ ✳ ✦ ✳ ✦ ··

쿠구구궁!

마지막으로 남았던 사막거미가 쓰러진다. 권계나는 아주 잠깐 망설였지만, 지체 않고 나아갔다.

"정리해! 1팀은 역 내로 진입한다!"

"야! 권계나, 너 미쳤어?"

함께 출동했던 2팀의 선배가 그녀를 잡아채며 윽박질렀다.

"아직도 안 나왔으면 역 안에 새끼 쳤다는 거야! 당장 닫아야 한다는 뜻인 거 몰라? 알 만한 자식이 빠져 가지고!"

"그럼 선배가 닫으십쇼. 전 들어갈 테니."

"뭐?"

권계나는 차게 팔을 뿌리쳤다. 순간 성질 좀 죽이라는 팀장의 한숨이 떠올랐지만, 그래도 아직까진 가슴이 시키는 대로 살고 싶었다.

"네가 닫으라고, 이 시발놈아."

이미 게이트 주변 공기가 심상치 않았다.

실랑이할 시간이 없다. 권계나가 입구 쪽으로 홱 몸을 돌리는 그때.

"나, 나옵니다!"

"의무팀─! 여기 들것! 당장 들것부터 가져와요!"

극적인 타이밍이었다.

아이를 꽉 끌어안은 청년. 두 명의 그림자가 역에서 뛰쳐나오자마자 입구가 굉음을 내며 무너져 내렸다.

서둘러 의무팀이 달려갔다.

하지만 청년은 그들의 손길을 받는 대신 제 품 안의 아이와 시선부터 마주했다. 멀지 않은 위치 덕에 권계나는 그 입 모양을 정확히 읽을 수 있었다.

'다 끝났어. 괜찮아.'

자세히 보니 엉망인 그의 모습과 반대로 아이 쪽은 상처 하나 없이 말끔했다. 권계나가 저도 모르게 침음했다.

'영웅……!'

F급이라고 들었는데, 그게 무슨 상관이란 말인가?

지금 시대는 바로 저런 사람을 필요로 한다고, 억대 연봉 대신 박봉의 정의를 택한 공무원 권계나가 생각했다.

지켜보는 사람들도 별반 다르지 않은 심정이었다. 바리케이드 쪽 시민들로부터 환호와 박수가 터져 나온다.

권계나는 울렁거리는 마음을 부여잡고 선릉역의 영웅에게 다가갔다.

"실례지만, 성함을 여쭈어 봐도 되겠습니까?"

와아, 감도옹. 어메이지잉.

지오는 사람들 틈에서 열심히 물개 박수를 쳤다. 동시에 옆 사람한테 묻는 것도 잊지 않았다.

"우리 이제 집에 갈 수 있는 거죠? 나도 엄마 보고 싶은데."

더 솔직하게는 침대가 보고 싶다. 집 나오면 고생이라고 이불 속이 사무치게 그리웠다.

거미도 다 처리했겠다. 사상자도 전무하겠다.

게이트 폐쇄 절차만 남지 않았나? 얼른 집 가서 씻고 '오늘 온 마음이 웅장해지는 구경을 했습니다' 일기 쓰고 자면 완벽했다.

세상사 본디 미꾸라지 한 마리가 온 개울물 흐린다고.

지오가 던진 말에 시민들이 동요해 웅성거리기 시작했다.

영웅 구경도 좋기야 좋다만, 자고로 영웅이란 원래 실물보다 영상으로 볼 때가 훨씬 멋진 법.

점점 따가워지는 시민들의 눈길에 전경들이 잠시 고민하다가 길을 터 주었다. 그들이 봐도 현장 상황은 정리된 듯 보였으니까.

**[특성, '바람잡이'가 추가됩니다.]**

'네?'

[당신의 성약성, '운명을 읽는 자' 님이 탄식합니다.]

[잘 돌아다니지도 않는 게 어디서 저렇게 못된 것만 배워 오는지 의문이라며 이웃 학부모들에게 고민을 토로합니다.]

으음……. 뭔가 굉장히 오해가 있는 듯하지만, 중요한 건 아니다. 일단 여기부터 벗어나고 보자.

풀려난 시민들이 하나둘 이동하고 있었다. 지오도 후드를 쓰며 인파 속으로 섞여 들었다.

하지만 후드를 뒤집어쓰기 직전의…… 1초.

찰나에 불과했으나 그녀가 뒤를 살짝 돌아본 순간.

초조히 입술을 물어뜯던 누군가의 두 눈이 충격으로 크게 뜨였다.

머나먼 곳.

'운명을 읽는 자'는 턱을 괴며 실소했다.

결국 이렇게 되는군.

··✦✳✦✳✦··

이 사람이 이 시간 이곳에 있었을 줄 몰랐다.

만약 알았더라면 아주 많은 게 바뀌었을 텐데. 그런 희생은 일어나지 않았을지도 모른다. 아니, 확실했다.

그는 거침없이 걸어갔다.

망설이지 않고 손을 뻗었다.

자신이 아는, 세상에서 가장 강한 마법사에게.

3

살면서 듣기 싫은 말 넘버원은, 님들 다 글 내 닌 뭐 했냐.

견지오는 억울했다. 우유라면 남들 마시는 것보다 배는 더 마셨고, 잠도 저거 시체 아니냐 할 정도로 죽어라 잤다.

근데요, 안 컸어요.

너무 억울해서 한번은 박 여사한테 따져 보기도 했다.


「엄마 딸 성장판 무슨 일이야?」

「너희 아빠가 좀 작긴 했지.」

「견지록이랑 견금희는 그럼 왜 큰데!」

「걔들은 다행히 날 닮았고.」


얼굴도 기억 안 나는 아빠가 원망스러워지는 순간이었다.

아무튼, 이 얘기를 왜 하고 있냐면.

타고나길 땅콩만 한 덕분에 길거리에서 붙들린 적이 한두 번 아니란 소리였다. 인상이 싸늘하기로는 어디 가서도 절대 뒤지지 않는데 말이다.

그러니 도쟁이들을 쳐 내는 방면에서 이쪽은 이제 거의 전문가라 해도 좋았다.

"도와주세요."

"구원은 셀프. 구원은 셀프."

물렀거라, 도쟁이든 신천지든.

MBTI도 관심 없어. 이미 다 알아. 관종 아싸래. 진짜 확 승복 한 벌 장만하든가 해야지, 이거.

혀를 차며 돌이본 지오가 저도 모르게 흠칫했다.

'도쟁이한테 과분한 비주얼.'

또.

'순정 만화 눈빛에 소년 만화 같은 뜨거움?'

찬찬히 위아래로 뜯어보다가 이내 깨닫는다.

잔뜩 묻었던 먼지가 벗겨져 순간 못 알아봤는데, 아까 그 사람이었다. 극적으로 꼬마와 함께 살아 돌아온 F급.

선릉역 영웅 뭐시기.

'어째 느낌이 쎄한데⋯⋯. 촉이 와. 나를 한입에 귀찮은 사건으로 처넣을 거라는 느낌.'

"만티코어가 나올 겁니다."

'이거 봐.'

"이대로 게이트 안 닫혀요. 정말입니다. 갑자기 이런 얘기, 이해해요. 뭐 이런 미친놈이 다 있나 싶겠죠. 자세히 설명할 순 없지만⋯⋯ 하지만. 믿어 주세요."

"⋯⋯."

"저를, 믿으셔야 합니다."

말끝을 흐리던 남자가 다시 힘을 주어 말했다. 한 치의 빈틈도 없이 신념으로 가득 찬 눈이었다.

그에 지오도 확신했다.

'⋯⋯뭐야, 이 회귀한 현판소 주인공 컨셉충은?'

클래식해도 니무 클래식한데.

심상치 않은 비주얼에 뭘 아는 것처럼 구는 찝찝한 대사. 초면에 마구잡이로 들이대는 품새까지.

딱 회귀한 현판소 주인공 코스프레였다.

'이 새끼 분명 웹소 고인물이다에 전 재산 건다.'

진짜 장르 소설이 헌터계 다 망쳤다니까. 개나 소나 지들이 환생했고, 귀환했고, 회귀했대. 이런 놈들이 어찌나 넘쳐 나는지, 센터 앞 스벅을 가면 깔린 게 수두룩하다 못해 수십 트럭이었다.

폐급이라 불리는 F급이 새끼 게이트에서 살아 돌아온 것부터가 엄청나게 전형적이긴 했다. 이런 날이 올 때까지 등급 갱신 안 하고 얼마나 존버 탔을까? 독한 녀석…….

반도의 컨셉충들 정말 날이 갈수록 독기 대단하다. 지오는 내심 감탄하며 철벽을 둘렀다.

"대체 무슨 소리인지……? 저는 영문을."

증말 이상한 사람이야.

마치 지하철 1호선 광인을 쳐다보듯 경멸의 눈초리도 잊지 않고 쏴 주었다. 보세요, 이 몸은 지금 몹시 어이없고 황당하다.


[특성, '**철면피**'가 활성화됩니다.]

[연기력이 소폭 상승합니다.]

[특성 '**철면피**'가 활성화되는 동안, 당신은 양심의 가책으로부터 자유롭습니다!]


"지나가는 선량한 시민한테 헌터가 이래도 돼요? 그 뭐냐, 사회 위화감 조성인가, 민간인 건드리면 벌금도 빡세게 무는 걸로 알고 있는데 멀쩡하게 생겨서 참. 아무튼, 그래도 선릉역의 히어로시니 신고는 안 할게요. 운 좋은 줄 아쇼. 그럼 이만."

아디오스.

멋졌어, 냉철했어, 견지오.

쿨내 풀풀 풍기며 지오가 떠나려던 그때였다.

"당신 지금 그렇게 가면 권계나는 죽습니다!"

……뭐?

돌아보자 일렁이는 눈빛의 청년이 보였다.

"권계나뿐만 아니에요. 지금 이곳에 있는 사람들 대부분이요."

"……."

"헌터들도, 수많은 민간인들도. 다들 무력하고 비참하게 죽고, 이곳 선릉역 일대는 아주…… 아주 거대한 무덤이 될 겁니다."

선릉 메모리얼Memorial.

서울 도심 한가운데 세워진 거대한 석조 추모비.

'그녀'가 후회하노라, 유일하게 직접 언급했던 사건이다. 언론 노출을 극도로 꺼리는 사람답지 않게 손수 헌화까지 하고 다녀가 화제였다.

그때는 아무도 그렇게까지 하는 이유를 몰랐지만…… 지

금 자신만은 안다. 그는 비로소 알았다.

'당신은 이날, 바로 이곳 여기에 있었던 거야.'

설득이 쉽지 않으리란 것쯤은 이미 알고 있다.

선릉역 2차 서든 게이트는 누구도 전혀 예상치 못한, 어떤 전조도 없이 불시에 일어난 사고였으니까.

가뜩이나 균열로 인한 사상자가 극도로 드문 이 나라. 미친놈 취급이나 당하지 않으면 다행이겠지. 하지만……!

청년은 붙잡은 마법사의 팔을 놓지 않았다.

"만티코어가 3급 마수라는 거 알잖아요. 곧 나타날 놈은 그중에서도 변이종이라 2급 재앙에 준합니다."

"……."

"당신은…… '당신'은 제 말이 진실인지 확인할 방법이 있지 않습니까?"

"……."

"제발."

그 간절함.

물끄러미 듣던 지오가 표정 없이 물었다.

"내가 누군지 아나 봐?"

"네."

그가 답했다.

"나는 당신이 누군지 압니다. ……마술사왕."

부는 바람이 심상치 않다.

주변 공기가 진동하기 시작했다. 게이트 폐쇄에 의한 파동은 절대 아니다. 견지오는 마지막으로 확인해 보기로 했다.

"뉘앙스를 보니 내 방식이 뭔지도 아는 것 같고."

"네."

깨끗한 눈을 가진 사람이었다. 아니, 그보다는 고결함인가?

청년은 떨리는 웃음으로 자신을 소개했다.

"내 이름은 백도현입니다. '죠.'"


**[성위 고유 스킬, '라이브러리화' 발동]**

[유일 진眞 화신 — 견지오 권한 확인 완료]

[영역을 지정합니다.]

['백도현'의 문서화를 진행하시겠습니까?]


'해.'

차라라라락–

전부 읽을 필요는 없다.

지오는 거추장스러운 과정들을 제하고 [라이브러리 – 돋보기]로 문서 정보부터 획대했다.

---

/ 종류: 인물(자동)

/ 생성일: 읽기 오류

---

```
/ 위치: Archive > 사용자: 견지오 > 라이브러리
           > 일반(인물 일람)


· 이름: 백도현
· 나이: 25세
· 등급: F급 — 전투계 | 무력 특화
· 랭킹: 권외
· 성향: 용감한 선의의 수호자
· 소속: 행성 어스 — 대한민국
· 하위 소속: 없음
· 성위: ■■■(봉인)
· 퍼스트 타이틀: 미정
· 고유 타이틀: 2회 차, 시계를 거슬러 온 자,
            실패한 세계의 주인공
```

 ······?

 '으, 으응?'

 내가 지금 뭘 본 거지? 이분 타이틀 왜 이래요. ······주
인공?

 '찐이야? 달동네 출신 컨셉충 아니고 찐인?'

 애써 포커페이스를 유지했지만, 지오는 드물게 정말 당
황했다.

많이 쳐줘 봐야 [예언가] 특성이나 갖고 있겠거니 싶었는데 웬걸? 켰다 껐다 하는 액티브 특성도 아니고 타고난 고유 타이틀이, 세상에.

'타이틀이 실패한 주인공이야……?'

"그러셨구나……."

"이젠 믿으시겠죠. 도와주십시오. 부탁드립니다. 시간이 얼마 없어요."

"……오케이. 대신 조건."

"예. 제가 할 수 있는 거라면, 뭐든."

백도현이 결연하게 끄덕였다.

뺨 한쪽이 채 닦이지 않아 꾀죄죄했지만, 먼지로도 가릴 수 없는 맑은 잘생김이 눈부셨다. 꼭 주인님 명령을 듣기 위해 귀 쫑긋 세운 충성스러운 보더콜리 같다.

그에 지오도 깊이 감명하여 못지않게 비장한 얼굴로 선언했다.

"끝나면 다신 마주치지 말기."

"……예?"

"혹시라도 마주쳤을 때 또 말 걸면 죽음."

주인공이라니? 그것도 회귀한 주인공이라니!

심지어는 실패한 뭐시기? 바벨 선생님, 저게 대체 뭐예요? 뭘 실패하셨는지 모르겠지만, 엄청나게 위험해 보이는 수식어 아닌가!

이 세상에 저런 게 존재하고 있었다는 것도 심장 떨어지게 놀랍지만, 다 됐고 어마어마하게 복잡하고 성가실 것만은 단연코 확실.

절대 싫어. 완전 극혐.

지오는 헤어지기 전에 그의 집이 어느 쪽인지도 꼭 물어보기로 결심했다. 살면서 그 방향으론 발도 뻗지 않겠다는 다짐이었다.

··+✳ ✦ ✳+··

---

### [단독] 6급→4급 돌발 균열 발생한 선릉역, 완전 복구… 파손됐던 보도 및 건물 원상태로 초기화

......................................................................

- 1위네
- 평범한 1위네
- 1등 다녀가셨네
- 1위 승천했다더니 잘살아있네
- 어제 강원도 절간에서 봤다는 놈 나와라 깜빡 속았잔아
  └ 목격담 썰 존나 실감나서 믿었는데 세상 무섭네 진짜——
  └ 이상하긴 했음 목격담을 이만자 써오는 새끼가 어딨어ㅅㅂ
  └ 이만자 쌉가능인데요ㅊㅅㅊ? 폐하 실물 영접하면 팔만대장경도 즉석에서 출력 가능

└ 근데 진심 죠충들은 대체 저 족같은 이모티콘 왜 달고 다니는거야 지들끼리의 뭐 시그널임? 죽먹자 표식 같은거?

└ 넘하네 츄ㅅ츄

└ 죠 영상 ㅈㅅㅈ 밤새 보다가 눈 부어버린 ㅊㅅㅊ 이 깜찍한 이모티콘을 어떻게 그런 식으로 매도하시죠?

- 천국과지옥은확실히있습니다천국은하느님이보내신전령죠님과함께영원히행복하게사는곳입니다지옥은불신자들이영원히고통과괴로움을받는곳입니다믿음만이구원입니다주님의전령죠님을따르고구원받으십시오

- 저 사이비래퍼 죽지도 않고 꾸준;;

└ 저분이 말로만 듣던 헌터계 비와이

└ ㅋㅋㅋㅋㅋㅋㅋ법사계 원탑한테 신의 전령이라니 존나 독창적인 종교 논리임

- 기사 내용엔 언급도 없는데 댓 선점부터 하고 보는 죠충들ㅎ 극성 대단하죠

└ 뭔데 이 당황스러운 급발진은

└ ??? 그럼 아예 없었던 일로 되돌리는 지우개질 죠 빼고 누가 가능하죠? 열등감에 부들부들 떠는 소리 땅끝마을까지 울리죠 추하죠 불쌍하죠 안쓰럽죠

└ 추하다 익명아ㅜㅜ 댓글 달 시간에 노량진 던전 가서 곡괭이질이라도 해~

- (질문) 마법사 스킬로 저런 것도 가능한가요?

└ 성위 고유 스킬이겠지 ㅂㅅ야

└ 본인 법사고 랭커인데 저 비슷한 것도 못함. 그리고 딱 봐도 후폭풍 클 견적임. 1위도 자주 안 쓰는 거 보면 아마 패널티 만만치 않을 거임.

└ 헐 나 선릉에서 출퇴근하는 회식인데 그런 거면 진짜 고맙네

"허, 페널티는 무슨."

견지록은 기가 차서 인트라넷 창을 내렸다.

그 화신에 그 성약성이라고.

다들 그 노답 집순이의 성위가 얼마나 미친 편애 또라이 보모인지 몰라서 그런다. 후폭풍 같은 게 있는 힘이었다면 애초에 쥐여 주지도 않았을 터.

걘 정말 귀찮은 것뿐이다. 웬일로 이번에 나섰는지 몰라도 보나 마나 자기 의지는 아닐걸. 뻔했다. 뭔가 일이 꼬이거나 했겠지.

견지오는 3차 세계 대전이 터진다 해도 제 앞으로 폭탄만 안 떨어지면 이불 속에 가만히 누워 있을 인간이었다.

'그런 걸 혈육이라고……'

견지록은 혀를 차며 휴대전화를 들어 올렸다.

찰칵. 각도를 성심성의껏 잘 맞춰 찍은 다음 전송했다.

[나: (사진)]

[나: (사진)]

[나: 카드 쓰지 마라 정지됐다]

[나: 마마께선 거실에서 통화중]

[나: 강원도 어디 절이랑 상담하는 거 같던데 들어 보니까 거기 가면 매일 아침 불공드려야 한다더라ㅋㅋㅋ]

[나: ㅋ마지막 속세를 즐기다가 와라 누님]

·· ✦ ✳ ✦ ✦ ··

'안 돼애애애애!'

견지오는 절망했다.

4

백도현이 그녀와 처음 만난 날은 세상이 종말과 가까워지던 때였다.

전국 각지에 동시다발적으로 나타닌 수백 개의 시든 게이트들.

바벨에 의해 대한민국이 [최우선 관리 국가]로 격상된 이래, 최초로 벌어진 대규모 균열 사태였다.

끝이 아득한 몬스터 웨이브가 끊임없이 이어졌다.

유례없는 재난에 사람들의 눈물과 핏물이 강물처럼 흘렀다. 헌터들은 각자 맡은 곳에서 필사적으로 대항했으나 역부족.

〈바빌론〉처럼 소수 정예형 길드가 맡은 잠실대교 쪽은 특히나 상황이 최악에 달했다.

지원군 없는 전력은 시간이 갈수록 밀려났고, 충격이 거듭 쌓인 다리는 빠르게 붕괴하고 있었다.

점점 한계라고 느끼던 그때. 설상가상으로, 시민들을 구하느라 주변을 보지 못한 백도현 대신 길드장 견지록이 치명상을 입는 일이 발생한다.

「지록아! 안 돼. 정신 차려, 눈 떠 봐, 견지록!」

「……씨발. 더럽게 아프네.」

「지금 웃음이 나와? 너, 팔이! 젠장……!」

완전히 짓이겨진 한쪽 어깨.

아끼는 동료가 당한 참상에 백도현은 차마 말을 잇지 못했다. 하지만 견지록은 걸쭉한 피를 뱉으면서도 픽 웃었다.

「형. 착하고 친절한 우리 백도현 씨. 나한테…… 아직 안 쓴 데우스 엑스 마키나가 있다고 하면 뭐라고 할래? 왜 여태 안 썼냐고 혼내기라도 하려나.」

「농담 같은 거 할 때 아냐, 이 자식아. 얼른 지혈부터-!」

타악!

일어나려는 백도현의 멱살을 견지록이 잡아챘다. 틀어
쥔다. 그러곤 처음 보는, 경고와 위협이 번들거리는 눈으
로 속삭였다.

「지금부터 보는 건 아무한테도 말하지 마.」

피에 젖은 손으로 견지록은 늘 차고 다니던 자신의 목
걸이를 부수었다.

그다음부터는 마치 꿈…… '꿈'을 꾸는 것만 같았다.

제일 먼저 하늘의 색이 변한 것을 시작으로.

「키에에에엑!」

어떤 신호처럼 마른하늘에 우레가 내리치고, 활개 치던
마수들이 단말마와 함께 한강 이레로 일시에 치박혔다.

구우우우-!

이질적인 공명이 길게 들려왔다.

무거운 피막이 바람결을 찢어 내는 소리도.

백도현은 혼절한 견지록을 붙든 채 하늘을 올려다봤다. 창공을 뒤덮은 그림자가 점점 거대해지고 짙어지고 있었다. 그리고…… 검은 용의 머리 위에 앉은 자.

이토록 가까이에서 본 것은 처음이나 본능적으로 느낄 수 있었다.

'마술사왕……!'

소문의 랭킹 1위.

한국 부동의 일인자, '죠'.

타닥. 가볍게 착지한 마법사가 그들을 향해 걸어왔다.

백도현은 눈을 부릅떴다.

경이롭다. 육안으로 보면서도 믿기지 않는 광경이었다. 마왕이 딛는 걸음마다 되감기라도 하듯 무너지고 부서졌던 공간들이 수복되고 있었다.

지척에 선 마술사왕이 물었다.


「걔 꼴 그거 네가 그랬어?」

「……아니라곤 못 합니다.」

「그거 네가 그랬으면 너 죽어. 똑바로 말해.」

「제가 입힌 상처는 아닐지라도 저로 인해 다쳤습니다. 길드 장과 무슨 사이신지 모르겠지만…… 가까운 지인 아닙니까? 책임을 물으시면 변명할 여지가 없습니다. 죄송합니다.」

「그쪽 이름이?」

「……백, 도현입니다만.」

이름을 듣고 잠시 침묵하더니 이내 휙, 후드를 젖힌다.

강가로 해가 저무는 시간이었다. 한강을 적신 유채빛 역광을 뒤로하며, 그대로 마주치는…… 시선.

백도현의 눈 밑이 파도처럼 경련했다.

생애 처음 느껴 보는 강렬한 감각이 그의 전신을 휘감았다. 그건 습격과도 비슷했다.

어떤 쪽으로든 상상을 뛰어넘는 일인자의 정체에 그는 억지로 신음을 눌러 삼켰다. 빤히 그를 내려다보던 '죠'가 실소했다.

「놀란 건 이쪽도 마찬가진데. 타이틀 한번 화려하셔라. 주변 좀 귀찮게 하겠다.」

「……예?」

「됐고. 더 얽히고 싶진 않네. '선의의 수호자'니까 나도 믿고 깠어. 잘 봐, 딱 봐도 나쁜 놈은 아닌 거 같지? 견지록은 내가 데려갈 테니 안심하시라고.」

단지 그걸로 끝이었다.

노을 진 하늘을 배경으로 검은 용이 날아올랐다.

강렬한…… 그리고 그녀와 나눈 최초이자 마지막 만남.

아무에게도, 심지어는 견지록에게조차 말하지 않았지만 백도현은 그날의 그 뒷모습을 단 한 번도 잊어 본 적 없다.

그가 가진 한 번의 생이 마침표를 찍던 순간까지도.


그리고…… 지금.

인생 2회 차.

여전히 작고, 여전히 귀엽고, 여전히 무심한 얼굴이긴 한데.

"에엥. 먹을 거 하나도 없어. 사람 사는 집 맞아?"

"……."

"허어어. 치, 침대도 없어. 이게 뭐야? 개실망."

"……."

이런…… 이런 분이었나……?

이불 돌돌 말아 누에고치가 된 마술사왕(랭킹 1위)이 고개를 빼꼼 내밀었다.

"저기요."

"……네?"

"떡볶이 시켜 주세요. 간만에 힘썼더니 배고픔. 많이 고픔."

"떠, 떡볶이?"

"이이고, 베야. 누구 때문에 팔자에도 없는 막노동하느라 삭신에 힘이 하나도 안 들어가네. 곧 죽을 듯."

"……어디 걸로 시킬까요?"

"엽떡. 반반. 덜 매운 맛. 치즈 추가."

이게 아닌데. 이거 뭔가 진짜 아닌데. "핫도그 잘라 넣으면 더 맛있을 텐데"라는 중얼거림에 현관으로 향하면서도 백도현은 계속 생각했지만.

"가는 김에 올 때 메로나."

"……"

……편의점이 어디 있더라?

회귀한 지 얼마 되지 않아 주변 위치가 아직 가물가물했다. 그럼 좀 늦을지도 모르겠는데…….

'서둘러야겠다!'

사랑…… 그것은 인류가 맨 자발적 사슬!

존잘이라 쓰고 첫사랑의 호구라 읽는 보더콜리가 후다닥 걸음을 재촉했다.

두어 시간 전.

견지오가 성약성로부터 부여받은 능력은 축약해 '아카이브', 또는 컴퓨디 리이브리리에 빗델 수 있었다.

**[라이브러리화]**

비유하면 고등 마수가 전투 환경을 제게 최적화된 맞춤 필드로 바꾸는 일과 결이 비슷한데…….

[라이브러리화]된 고유 마력 영역이 펼쳐지면 지오는 성위의 유일 대리자, 즉 도서관의 적법한 관리자로서 장악한 영역 안에서 정보를 문서화해 읽고, 또 [전개]를 편집하거나, [기록]을 찾아 꺼내 구현하는 일 등등이 가능했다.

이 능력을 처음 알게 됐을 때, 동생 견지록은 무슨 이딴 먼치킨 밸붕 사기캐가 다 있냐며 분통을 터트렸었다.

그럼에도 그녀의 성약성은 제 화신이 미숙하다며 탑에 오를 것을 종용했지만.

실제로 상태창에 표시된 스킬 숙련도도 17%에 불과했다.

물론 그 정도여도 지상에 맞수가 전무하니……. 툭 하면 밸런스 붕괴 운운하는 견지록의 심정이 이해 안 가는 것도 아니다.

'내 능력…… 좀 멋진 듯.'

허공에 마침표까지 찍은 지오가 휙 털어 마력 깃펜을 없앴다.

괴물 같은 연산 능력을 자랑하는 이 대마법사에게도 [수정]은 다루기 가장 까다롭고 위험한 영역이다. 하나 이번엔 사건의 원인과 발단까지 구체적으로 알고 있는 회귀자 덕에 작업이 비교적 수월했다.

[전개]의 모든 가능성이 엎어지고, 사고가 편집된 선릉

역은 아무 일 없이 말끔하다.

내심 뿌듯함을 감추며 지오는 손을 척 들어 올렸다. 그럼 이만.

「함께해서 당황스러웠고 다신 만나지 말자.」

「자, 잠깐……!」

「싫어요. 전 이 세상의 모든 굴레와 속박을 벗어던지고 제 행복을 찾아 떠납니다.」

백도현이 잡을 새도 없었다. 민첩 특화 계열을 방불케 하는 속도로 지오가 잽싸게 튀었다.

요리조리 날렵한 움직임으로 그를 따돌리며 스타벅스 옆 골목으로 후다닥 숨어들었다.

자고로 현판소 주인공이란 아주 무시무시한 놈들이다. 유구한 장르 법칙에 따르면 저놈들은 소위 말하는 '거물'을 한번 잡을 시 밑바닥까지 탈탈 털어먹곤 했다.

하물며 견지오는 랭킹 1위의 대왕 거물. 자타공인 세계관 최강자.

회귀자 입장에선 군침 나는 보물 창고나 다름없을 터.

자칫 잘못 얽혔다가 '올ㅋ 이 자식 최강 조력자 포지션인가ㅎ'라고 찍히는 순간 전부 끝장이다.

'그렇게는 안 되지. 누구 마음대로?'

견지오 버스의 탑승자는 오직 견지오 한 명뿐이어야 한다. 혈통 좋은 보더콜리처럼 생긴 회귀자 놈이 어딜 감히?

[성위, '운명을 읽는 자' 님이 정말이지 민첩한 생존 본능이라고 감탄합니다.]

지잉-

'누구야, 이 위급 상황에?'

[엄마네아들: (사진)]
[엄마네아들: (사진)]

과연 스타벅스. 공유기도 좋은 걸 쓰나 보다.

옆 골목일 뿐인데도 와이파이가 잡혀 카톡이 터졌다. 지오는 공룡 프랜차이즈의 자본력에 감탄하며 휴대전화 잠금을 열었-

'아, 안 돼애애애애!'

견지록이 보낸 사진 두 장.

텅 빈 지오의 방이었다. 그곳에 침대가 머물렀다는 흔적만이 희미하게 남아 보는 이의 심금을 울리는.

지진 난 동공으로 지오는 이어서 강원도의 절 어쩌고, 불공 이찌고까지 빠르게 읽어 냈다.

'가, 강원도.'

용인의 기숙 학원도 끔찍했는데, 강원도 절간?

두뇌가 팽팽 회전했다. 두 번의 수능을 치를 때조차 이렇게 빠르고 치열하게 고민해 본 적 없었다.

계산은 길지 않았다.

그래, 내일의 고통이 오늘의 고통보다 먼 법.

결심했어! 견지오는 전봇대 뒤에 숨겼던 몸을 일으켰다. 거침없이 짝다리를 짚고 불렀다.

「거기, 아저씨.」

「……!」

사라진 마술사왕을 쫓아 두리번거리던 백도현이 깜짝 놀라 뒤돌았다.

그 깔끔하고, 믿음직스럽고, 인성 또한 몹시 바르고 훌륭해 보이는 얼굴을 보며 지오가 다정히 물었다.

「사정 괜찮아 보이는데. 돈이랑 집 좀 있나?」

완벽하게 가출 청소년 같은 멘트였다…… 라고 백도현은 짧은 회상을 마쳤다.

길고양이를 거둘 때 흔히들 간택받았다고 표현한다. 그

는 지금 그 심정을 십분 이해하는 중이었다. 인간이라는 허울뿐인 종족을 제외하면 이 작으신 분(랭킹 1위)은 그들과 습성이 별반 다르지 않았다.

뻔뻔하고, 게으르고, 한군데서 잘 안 움직이고, 사람한테 명령하고…….

"뭘 봐?"

까칠하고…….

"흐아암. 어이, 백 씨. 나 졸려. 불 꺼죠."

'……귀여워.'

안 돼. 정신 차려야 한다.

이 무슨……! 백도현 너 이렇게 쉬운 남자였어?

백도현은 고개를 털며 마음을 굳게 다잡았다. 끔찍하고 처절했던 전장을 무수히 거쳐 온 회귀자답게 진중한 낯으로 정색했다.

"양치질하고 주무셔야죠. 새 칫솔도 사 왔습니다. 일어나세요."

"휴. 귀찮은데."

"안 됩니다. 충치 생겨요. 메로나도 두 개나 먹었지 않습니까? 어서요."

지오는 티덜디덜 일어났다. 딱히 갈 곳도 없고, 급해서 따라오긴 했는데 이 남자 은근히 깐깐했다.

떡볶이 국물 좀 흘렸다고 잔소릴 하질 않나, 소시지만

골라 먹는다고 눈총을 쏘질 않나. 심지어는 다 먹은 메로나 작대기를 바닥에 그냥 뒀다며 구박까지.

'진짜 집 나온 사람 서러워서 어디 살겠나, 이거?'

[당신의 성약성, '운명을 읽는 자' 님이 크게 끄덕입니다. 사람이 안 치우고 살 수도 있는 건데 너무 숨통을 조여 대는 거 아니냐며 우려를 표합니다.]

'어쩌겠어, 언니. 착한 내가 참아야지.'

[내 작고 소듕한 화신은 가끔 지나치게 무를 때가 있다고 성약성이 몹시 안쓰러워합니다.]

[무서운 세상 그렇게 살아선 안 된다고, 외간 남자 집에서 잔다고 할 때부터 불안했다고 울 애긔 자꾸 오빠 걱정하게 할 거냐며 속상해합니다.]

'그러―'

[특성, **스포일드 차일드**'가 한 단계 진화합니다!]

'……'

[……]

바벨 요 녀서.

밀리서 지맛바람…… 아니, 별바람계의 일인자가 헛기침했다.

유구무언. 집 나온 망나니도 얌전히 양치질에 집중했다.

··✦✳✶✳✦··

[축하합니다, 한국!]
**[바벨탑 — 38층 클리어!]**
[길드 '여명'이 승리의 종을 울립니다.]
[국가 대한민국 — 바벨탑 39층이 해금되었습니다.]

늦은 밤. 11시쯤이었다.

각자 그날의 할 일을 마치고 잠들 채비하던 사람들이 동시에 고개를 들었다. 몇몇은 창가로 다가가 저 멀리 바깥을 내다본다.

대앵– 댕–!

희미한 종소리.

견지오도 감았던 눈을 떴다.

탑에서부터 울려 퍼지는 종소리였다.

바벨탑 한 층의 최종 관문에 도달하면 그 끝에서 종이 하나 나타난다. 명칭, [승리의 종].

모든 시련을 넘은 공략대가 그것까지 울리는 순간, 탑의 다음 층이 개방되며 공략도 완전히 마무리되는 것이었다.

「그때 종 치는 손맛이 짜릿하지.」

지오의 남동생 견지록은 그것을 궁극의 카타르시스라 일컬으며 실소하곤 했다.

아무리 필사의 생사선을 오가고, 그 어떤 값을 치러 낸다 해도 죽어라 탑을 계속 오르는 랭커들은 이미 거기에 중독된 것일지도 모른다면서.

▷ 로컬 ― 대한민국
▷ 국내 랭커 1번 채널


| 3 | 알파: 수고했어요. 황사장~^^

| 8 | 다윗: 황혼 저 오지게 독한새끼; 이걸 하루만에 해내
　　　버리네

| 12 | 상상: 운이 도왔죠. 저희가 중간에 접어서 연달아 세
　　　번째 도전이었으니. 안타깝게도 순위 변동은 없는
　　　듯하지만.

| 6 | 야식킹: ㄴㅁ/:니 어데고 호로ㄴ새끼야 당장 좌표찍어
　　　라이런£%}+\

| 4 | 흰새: 다들 알겠지만, ㄷ음은 39층이다. 30층대의 리
　　　스트인 만큼 난이도도 상당하겠지.

| 4 | 흰새: 불필요한 희생을 막고자 저번 29층처럼 각 길
　　　드의 정예들을 모았으면 한다만.

| 8 | 다윗: ──야 1등

| 8 | 다윗: 보고잇냐? 오늘 선릉 왔다며 언제까지 신비주이
할건대 진자개답답

| 1 | 죠: ㅇㅅㅇ

| 1 | 죠: 신비주이(x) 신비주의(o)

| 4 | 흰새: 주이 아니고 주의다.

| 8 | 다윗: 상 마춤뻡충들때매 드러워서 랭커질 못해먹겟네

| 5 | 밤비: 죠님 지금 어딥니까


채널에선 항상 잠수 타고 있는 지오지만, 다윗의 말에
는 종종 나타나 답을 한다.

왜냐면 최다윗은 견지오의 최애니까. 볼 때마다 마음이 그
렇게 훈훈해질 수가 없었다. 심신의 위로가 된다고나 할까.

'역시 나 정도면 공부를 안 해서 그렇지 머리는 괜찮은
편이지.'

우리 모두의 자존감을 위해 TV 이런 데엔 최다윗 같은
애들만 노출되어야 한다고 본다. 그래야 박 여사도 딸의
명석함을 좀 깨달을 텐데.

지이잉─


[엄마네아들: 야]

[엄마네아들: 야 야]

[엄마네아들: 집에 안 오냐고]
[엄마네아들: 와 진짜 오늘만 산다 너; 하루살이세요?;;]


지오는 옆으로 돌아누웠다.

불 꺼진 가정집. 천장은 낮다.

백도현의 집은 대학가에 위치한 분리형 원룸이었다. 주인의 성정을 닮아 제법 깔끔한 편이었지만, 흙수저 티가 팍팍 났다.

솔직히 의외였다. 멀끔해서 고생 같은 건 전혀 모르게 생겼는데.

하나뿐인 매트리스를 흔쾌히 손님에게 내준 백도현은 부엌 쪽에 이불을 깔고 누워 있었다. 등 돌려 누운 흰 티셔츠 위로 그의 견갑골이 선연히 비쳤다.

견지오는 밤눈이 좋았다.

"좀 늦은 질문 같긴 한데."

"……안 잤습니까?"

"혼자 살아?"

"예."

"왜?"

"음, 형제는 원래 없고……. 어릴 적 사고로 양친 두 분다 돌아가셨습니다. 중학교 때까진 큰집에서 지내다가 이후엔 쭉 나와 살았어요."

"이렇게 혼자?"

"네, 이렇게 혼자."

백도현이 웃음기 어린 목소리로 답했다. 담백했다.

"그럼 학교는, 아니다, 일하려나?"

"또래보다 일찍 사회생활을 시작하긴 했죠. 사정이 생겨 며칠 전에 관뒀습니다만. 그나저나 갑자기 호구 조사입니까?"

"모르는 남자 집인데 어느 정돈 알아 둬야 할 거 같아서."

"모르는 여자인 건 이쪽도 마찬가지인데 불공평하네요. 전 당신 이름도 모르는데."

의외의 말에 지오가 고개를 들었다.

"내 이름 몰라?"

"모릅니다. 죠…… 그리고 마술사왕. 아, 오는 길에 알려 주셨던 빠른 연생 스무 살이라는 것까지. 이게 제가 아는 전부네요."

"흐으음."

가까이 들린 소리에 백도현이 화들짝 눈을 떴다.

'깜짝이야.'

어느새 다가온 지오가 턱을 괸 채 머리맡에서 그를 내려다보고 있었다.

창가의 달빛만이 어스름한 밤.

등을 말아 쪼그려 앉은 그림자는 언뜻 정말 고양이라도

된 것처럼 보였다. 약간은 기이할 정도로 '인간'이 아닌 것만 같다.

한없이 어리게도, 또 노회하게도 보이는 눈빛.

달밤 아래, 사람의 눈으로 읽히지 않는 인외의 무언가가 느껴졌다. 눈앞의 스무 살이 세상에서 제일 강한 초인이라지만, 그 점을 차치하고서도…….

'기묘해.'

"아는 척 쩔게 했으면서."

"……아."

"회귀했다며. 왜 몰라?"

"그걸 어떻게?"

"이 오빠 진짜 아는 거 하나도 없네. 내가 뭘 보는지도 모르고 진명을 알려 줘?"

"……잘은 몰라도 비슷한 경험은 한 적이 있으니까요."

만났고.

이름을 물었고.

그가 답하자 전부 알았다는 듯 웃었다. 꽁꽁 숨겨 가렸던 얼굴을 보여 주기까지 했다. 그 순간의 웃음이 너무나 인상적이어서, 도저히 잊을 수기…….

백노현은 마른침을 삼켰다.

'가까워.'

일어나고 싶어도 일어나질 못하겠다.

흔들리는 그의 시선이 지오의 이마에서 입술까지 미끄러지듯 스쳐 내려갔다. 그늘 속에서 견지오가 실소한다.

"친한 사이는 전혀 아니었구나."

백도현이 답했다.

"그런 사이가…… 되고 싶었죠."

하지만 너무 멀었다.

아무리 유명해지고 신성으로 떠올라도, 그가 그렇게 되기 아주 오래전부터 이 사람은 정점에 있었다. 불변하는 왕좌의 주인이었다. 도저히, 닿을 수 없었다.

세계가 끝나던 순간까지도.

그래서 지금의 이 거리가 백도현은 사실 잘 믿기지 않는다.

"대화는 딱 한 번. 그 뒤로는 몇 번 더 스치듯 멀리서 본 게 전부입니다. ……그, 오늘 일은, 멋대로 굴어서 죄송했습니다."

"죠."

"……예?"

"지오."

바벨 시스템에 등록된 닉네임은 한번 설정하면 변경이 불가하다. 초기엔 그 사실이 잘 알려지지 않아 제대로 흑역사 쌓은 랭커들이 수두룩했지만, 견지오는 다행히 아니었다.

단순한 걸 추구하는 성격답게 이름조차도.

"지, 오. 내 이름."

“…….”

“그니까 아예 모르는 것도 아냐.”

그러니 그런 표정 짓지 말라고.

보는 사람 기분 이상하게, 이 2회 차 찍는 주인공님아.

··✦✳✦✳✦··

“돌겠네.”

“왜?”

길드 〈바빌론〉.

대한민국 헌터계의 주축인 5대 길드 중 하나로, 전투원 대다수가 상위권 랭커로 이루어진 소수 정예형 길드다.

최상위 랭커 견지록이 어린 수장으로서 그들을 이끌고 있으며, 순정파 대표 주자인 그의 길드답게 탑 공략에 미친 골수 순정파들의 집단으로도 유명했다.

“왜겠어? 우리 집 망할 웬수 때문이지.”

“그 삼수한다는 너희 누님?”

“쪽팔리니까 작게 말해. 죽는다.”

〈바빌론〉의 부길드장, 12위 랭커 사세중이 헛웃음 지었나.

“쪽팔릴 것도 많다. 삼수가 어때서.”

아, 왜 자꾸 삼수래? 견지록은 신경질적으로 혀를 찼다. 그러곤 짐짓 진지한 투로 뇌까린다.

"꼭 견지오 탓만 할 것도 아냐. 보면 대학들이 이상하긴 하거든. 공부를 안 해서 그렇지 애가 타고난 머리는 나쁘지 않은데. 혹시 입학 비리 뭐 그런 건가?"

"……아. 그러셔."

"형이 한번 알아볼래? 형네 집 재벌 비슷하잖아. 대학 가랑 뭐 어둠의 커넥션 이런 거 있지 않나?"

저 삐뚤어진 시스콤 자식.

하루 이틀 보는 꼴도 아니다. 사세종은 딴 길로 새는 화제를 능숙하게 제자리로 돌렸다.

"그런데 너희 누님이 왜?"

"그흘흫으."

"뭐?"

"가출했다고!"

이 망할 노답 식충 고양이. 털을 확 다 뽑아 버릴 수도 없고. 진짜 가출을 해? 바깥세상이 얼마나 흉흉한데 미친 거 아냐?

산만하게 왔다 갔다 서성거리기 시작한 난폭 모드의 사슴을 보고, 회의 시간 맞춰 들어오던 길드원들이 수군거렸다. 뭐야, 뭐 마렵나? 화장실 갈 것이지 왜 저렇게 끙끙거려?

"리더 왜 지래?"

"누님이 가출하셨단다."

"얼씨구. 누나가 가출할 수도 있지! 얼마나 답답했으면.

대한민국 장녀의 설움을 모르는구만."

견지오가 어떤 인간인지 전혀 모르는 길드원 도미가 동정하며 혀를 찼다.

견지록은 분통이 터져 외쳤다. 아 씨, 뭘 알고나 말해!

"카드도 없이 나갔다고!"

"……?"

예?

무논리 무맥락 길드장의 급발진에 길드원들이 상태 이상에 빠진다. 좌중의 반응을 목도한 견지록은 더 울화가 치민 표정이었다. 가슴을 퍽퍽 치며 일장 연설하기 시작했다.

"사태의 심각성이 이해가 안 돼? 엄마가 카드도 잘라서 빈털터리 빈손으로 나갔다니까! 밥숟갈도 뜨다 말고 이 꽃샘추위 휘몰아치는 세상에 삼선 쓰레빠만 찍찍 끌고!"

너희 사이코패스야?

동료들의 비인간성에 치를 떨며 견지록이 홱 뒤돌았다. 말하면서 이미 머릿속에선 《성냥팔이 삼수생 견지오》 한 편이 재생된 뒤였다.

도미는 의심스럽고 조심스러운 어조로 주변에 물었다.

"쟤 지금 설마 우니……?"

"진짜 너희들에게 실망했다……."

'진짜 스무 살짜리 보스 모시기 고단하다.'

벽을 짚는 스무 살짜리 상관의 등을 보며 사세종이 혀

를 찼다.

울컥해 공략 중간 탑을 뛰쳐나가질 않나, 회의 직전에 분위기를 조지질 않나. 한창 감정 변화 심할 나이라지만, 이쯤 되면 아직도 길드가 망하지 않은 게 용할 지경이다.

S급만 아니었어도 확 반란을 도모했을 텐데.

어째서 괴물들은 전부 하나같이 인성에 하자가 있는지…… . 성위 당신들 취향 무슨 일이냐고 한번 따지기라도 해 보면 소원이 없겠다.

헌터계의 드문 상식인 사세종은 쓸쓸히 서류철을 정리했다.

[바벨탑 39층 공략 관련 5대 길드 협력 제안 공문]
[길드 바빌론 – 튜토리얼 관련 전력 보강(신입 모집) 건의안]

드디어 열린 39층부터 바짝 다가온 튜토리얼 시즌까지.
중대한 이벤트들이 코앞이었지만, 〈바빌론〉의 회의는 오늘도 영 글러 먹은 듯했다.

같은 시각.

견씨 인간 때문에 고통받는 사람이 여기 또 한 명 있다.

"······."

백도현은 단 이틀 만에 던전화된 집 안 풍경을 보며 침묵했다. 보는 사람도 없이 틀어져 있는 TV부터 아이스크림 빈 껍질과 흩뿌려진 과자 부스러기······.

무엇보다도 들썩이는 저 이불 더미.

헤드폰 뒤집어쓴 채 열심히 자판을 두드리는 조그만 뒤통수가 요리조리 흔들렸다. 얍, 얍! 입으로 효과음까지 낸다.

툭······.

백도현의 양손에서 테이크 아웃한 치킨과 아이스크림 봉지가 추락했다.

"어, 왔어? 이번엔 하×다즈 확실함? 저번처럼 나×루사 왔으면 다음 열차는 순살행, 순살행입니다."

조르르 달려온 죠가 봉지를 뒤적거리더니 다시 조르르 달려갔다. 원상태 원위치로.

'······동거, 란 게 원래 이렇게 힘든 거였나?'

**[특성, '호구 잡힌 집사'가 추가됩니다! 파이팅!]**

하늘에 계신 어머니 아버지.

저 백도현, 올해 스물다섯, 인생 2회 차.

순간의 선택으로 돌이킬 수 없는 집사 지옥의 문을 열

어 버린 것 같습니다.

5

『안녕하세요, 시청자 여러분! 헌터계 새로운 소식을 언제나 가장 빠르게 전해 드리는 굿모닝 바벨의 MC! 모나입니다!』

『MC 리자입니다.』

『어젯밤 그 아름다운 소리를 다들 들으셨겠죠! 네에! 6위 랭커 황혼 님이 이끄는 〈여명〉 길드가 승리의 종소리를 한국 바벨 섭에 선물해 주었는데요!』

『짝짝짝.』

『와아, 짝짝짝! 장장 5개월 만에 해금된 39층인지라 모두들 기대가 커요! 마침 또 제40차 튜토리얼 위크가 개막 직전 아니겠어요, 리자리자? 타이밍 저엉말 끝내주네요!』

『그래요, 모나모나. 30층대 라스트 관문으로서 상당한 난이도가 예상되는 만큼, 5대 길드에서 정예 인원을 차출해 연힙으로 공략할 확률이 높습니다.』

『저번 29층처럼 말이죠!』

『예. 그에 따라 각 길드마다 나름의 전력 보강, 즉 인원

모집이 필요하게 될 테죠. 튜토리얼 진행으로 탑의 층들도 일시적으로 닫히니, 자연스럽게 이번 튜토리얼에 모든 분들의 관심이 집중될 것으로 추측됩니다.』

『특히나! 19층, 29층 그리고 이번 39층까지! 이처럼 [마의 9구간]이 열리는 시기의 기수들은 별들에게 선택을 잘 받는다는 미신도 있고 말이죠!』

『단순 미신으로만 치부할 얘기는 아닙니다.』

『호오! 왜죠오?』

『현 국내 랭킹 5위의 견지록 님, 6위 황혼 님 역시 29층이 열리던 해, 가장 주목받은 루키들이셨죠. 두 분 다 [천문] 간택에 성공해 S급 판정을 받았고요.』

『이야, 그럼 이거 새로운 S급의 탄생을 기대해도 좋은 걸까요? 리자리자?』

『노코멘트 하겠습니다.』

『잘 피해 가신다니까! 과연 이번에 나타날 초신성은 누가 될지! 어쩌면 이 방송을 보고 있는 당신! 바로 당신일 수도 있겠죠! 네에? 바벨이 티켓을 안 줬다고요? 저어런~!』

『그래도 아직 실망하긴 이릅니다. '튜토리얼 위크'의 개막까진 27시간이나 남았으니까요.』

『맞습니다아! 오른쪽 상단의 시계 보이시죠? 잊지 마세요, 바벨은 10초 전에 티켓을 뿌린 적도 있다는 걸! 이와 관련해 자세한 얘긴 잠깐 광고 보신 다음, 집중 분석 코너에서 기일게 한번 살펴볼게요!』

　『그 전에 〈화제의 1분〉도 보고요, 모나모나.』

　『아차차! 그러네요! 오늘의 〈화제의 1분〉은 '한국인이
라면제발죠팝시다' 님께서 보내 주신 따끈따끈한 제보 영
상입니다! 이미 많이들 들어 보셨을 거예요, 선릉역의 히
어로! 오랜만에 나타난 폐하의 지우개질로 사알짝 묻히긴
했지만, 신성의 등장은 언제나 반가운 법이죠! 같이 보실
까요?』

··✦✳✦✳✦··

　"잠시 집을 비울 것 같습니다."

　"응. 갔다 와."

　"좀 오래 걸릴 듯한데요."

　"얼마나?"

　"일주일······ 정도?"

　휙 소리가 나도록 지오의 고개가 돌아갔다. 흡사 하늘
이라도 무너진 듯한 표정이다.

　늦게 자고 늦게 일어나고, 공부 안 해도 뭐라 하는 사람
없고, 게임도 자유롭게 하고, 먹고 싶은 거 마음대로 먹
고, 눕고 싶을 때 눕고.

　과연 견지오 인생에 이렇게 안락한 날이 있었나 싶은 요

즘. 이 남자(호구)에게라면 내 인생을 맡겨도 좋다, 그런 생각까지 들어 성약성이 안달복달할 지경이었는데…… 일주일? 지오는 치솟는 배신감에 째려봤다.

"그럼 나 밥은?"

"혼자 차려 드셔야죠."

빈 오첩반상을 차곡차곡 정리하며 백도현이 말했다.

"그럼 나 아이스크림은?"

"이 기회에 줄이세요. 당신 지나치게 많이 드십니다."

디저트로 하겐다즈 솔티드 캐러멜 맛을 꺼내 주며 백도현이 냉정하게 지적했다.

"그럼 나 빨래랑 청소는!"

지오가 화가 나 발을 굴렀다. 뺏어 입은 백도현의 엑스라지 사이즈 나이키 후드 티가 펄럭거렸다.

답 없는 그 뻔뻔함에 백도현도 드디어 인내심의 한계를 느꼈다.

그는 세탁기에 지오가 주스를 엎은 이불을 넣고 착, 착 버튼 누른 다음 돌아섰다. 손걸레로 과자 부스러기를 삭, 삭 닦으며 와락 인상 쓴다.

"누워서 군것질 안 하면 이렇게 더럽혀질 일도 없습니다! 수건이야 어차피 제가 요일별로 다 개어 두고 갈 거고요! 누워서 음식 먹는 버릇 좀 고쳐요! 그러다가 역류성 식도염 걸립니다!"

[당신의 성약성, '운명을 읽는 자'가 너네 지금 뭐 하냐고 묻습니다.]

"뭐야, 지금 그 얘긴! 식도염 걸리면 병원비 안 내주고 길가에 내다 버리기라도 하겠다는 거야?"

[성위, '운명을 읽는 자'가 저기요 부릅니다.]

"안 내주겠다는 게 아니라! 역류성 식도염이 얼마나 무서운 병인지 압니까? 당신은 보나 마나 식도도 조그마해서 엄청 아플걸요! 그걸 보며 미어질 이쪽 마음은 생각도 안 합니까?"

"몰라! 너 미워!"

"지금 뭐라고 하셨습니까! 그렇게 귀엽게 말한다고 그런 무시무시한 말을 뱉은 게 없었던 일이 됩니까? 당신 이거 가스라이팅이에요! 앉아 보세요!"

[성약성이 강가에 낚싯대를 던집니다.]

[끝나면 말해 달라고 선글라스를 끼고 눕습니다.]

"싫다! 이 꼰대야! 된장찌개 간 하나 못 맞추는 주제에!"

"뭐라…… 고요?"

"……."

누군가 치명적인 말실수를 저질렀을 때 드리우는 숨 막히는 정적.

지오가 주춤 눈치를 살폈다. 명백하게 상처받은 얼굴로 백도현이 눈을 내리깐다.

애써 아무렇지 않은 척 지오는 고개를 돌렸다.

"……흐, 흥."

"……맛있다고 했으면서."

"……."

"백×원 레시피였는데……."

만능 된장에 큰맘 먹고 한우 차돌박이까지 넣었다. 하지만 역시 바지락이었어야 했나? 지오가 조개 싫다 돌림 노래를 불러서 어쩔 수 없었지만.

백도현의 안색이 어두워졌다.

견지오가 이 집에 얹혀산 이후 내내 활성화 중인 [철면피] 특성의 벽조차 뚫고 양심에 타격 주는 얼굴이었다.

"……어흠."

"……."

"지금 생각해 보니까 살짝 달긴 했는데 괜찮았던 듯."

"아, 좀 달았습니까?"

"응."

"안 그래도 그분이 유난히 설탕을 좋아하는 편 같더라고요. 저도 마지막까지 넣을까 말까 망설였는데, 아마 그게 원인이었나 봅니다."

"다음부터 잘하면 되시."

"예. 반성하고 정진하겠습니다."

[특성, '**철면피**'가 한 단계 진화합니다!]

[세컨드 적업 조건 완료 – '**호구 전문 사기꾼**(일반)'. 전직하시겠습니까?]


견지오는 내킬 때만 상태창을 읽는 재주가 있었다. 가뿐히 씹고 아이스크림 스푼을 들었다.

분위기도 금방 다시 훈훈해졌다.

"일주일씩이나 왜 비우는데? 일 때려치우고 간간이 상하차 알바나 뛴다면서."

"이것 때문에요."

백도현은 왼쪽 팔을 걷어 보여 주었다.

호오, 지오가 동그랗게 입을 말았다.

낯익은 금색 문장. 그리고 그 아래 실시간으로 숫자가 줄어들고 있는 초시계.

바벨탑의 [티켓]이다.

색깔을 보니 타인에게 양도받은 것도 아니다. 양도받은 티켓은 은색으로 변하니까.

"이미 폐급, 아니, F급 판정받은 거 아니었어? 어떻게 또 가?"

"재입장이라고 못 들어 보셨습니까?"

"아."

튜토리얼 과정을 마친 각성자들은 센터로 이동하여 필

수적인 등록 절차를 거친다. 그곳의 측정기가 등급을 최종 판정하면, 네트워크에 각성자로 닉네임과 함께 정식 등록되는 식.

등급 측정기의 코어가 [바벨의 돌]인 만큼, 그 판정에 오차란 있을 수 없고 뒤집기도 거의 불가능했다.

하지만.

알다시피 이 세상엔 그런 법칙을 깡그리 무시하는 '성위星位'라는 여포들이 있다.

한번 [천문] 간택에 실패해 이미 판정받은 등급이라도, 추후에 성위와 맺어진다면 얼마든지 새로 경신 가능. 별들은 인간의 한계를 없애 주는 존재들이니 말이다.

그리고 그 경신으로 가는 가장 빠른 길이 바로, 튜토리얼 '재'입장이었다.

탑을 오르고 던전을 구르다가 별의 눈에 들 수 있다 해도, 모든 별들이 주목하는 메인 무대인 튜토리얼과는 당첨 확률 면에서 천지 차이니까.

"근데 재입장은 성약 안 맺은 애들이 하는 거잖아. 님 성약성 있는 걸로 아는데."

지오는 백두현의 지난 정보를 떠올리며 심드렁히 말했다.

재입장의 목적은, 못 보고 지나쳤던 흙 속 진주의 발굴.

따라서 바벨로부터 재도전의 기회를 부여받는 것은 계약 맺은 성약성이 없는 사람들에 한해서였다.

백도현은 소매를 내리며 웃었다.

"현재는 봉인된 상태입니다. 리셋 비슷한 걸로 생각하면 되겠네요. 이전처럼 만나서 똑같이 선택받아야만 화신으로 다시 인정받을 수 있다고 했거든요."

"성약성이랑?"

"예. 그러니 전부 다시 해야죠. 처음부터."

[성위, '운명을 읽는 자'가 별 웃긴 놈을 다 보겠다며 코웃음 칩니다.]

'왜요?'

[무슨 자신감으로 그 별이 본인을 또 선택하리라 믿느냐며, 놈들 변덕 모르냐고 되묻습니다.]

그래서 지오도 대놓고 물어봤다.

"뭘 믿고? 별들은 변덕이 심해."

"성위를 믿는 게 아닙니다."

고요한 눈으로 백도현이 단언했다.

"어렵고 힘들더라도 언제나 똑같은 길을 걸을 저 자신을 믿는 겁니다. 회귀했다고, 성약성과 헤어졌다고, 지닌 신념까지 바뀔 이유는 없으니까요."

"……"

……뭔데, 이거?

지오는 황급히 눈을 굴렸다. 어서 화제를 돌려야 했다. 이대로 먼치킨 조력자 포지션으로 고꾸라질 순 없었다. 저, 저, 간악한 주인공 자식 같으니. 질서선 펀치를 기습으로 먹이다니……!

"에, 에흐. 크흠. F급이긴 했나 봐, 저번에도?"

"예. 그럴 만도 합니다. 제가 봐도 그때 당시의 저는 여러모로 한심했어요. 왜 나만 이렇게 구질구질한가, 철없는 원망 같은 것도 있었고……."

"……."

"운 좋게 재입장 티켓을 얻어 별과 만나고, 또 좋은 동료들과 만나면서 그 덕에 조금은 봐 줄 만한 꼴이 된 거죠. 물론 여전히 부족하긴 합니다만."

"아니양 이 천사야……!"

"네?"

[당신의 성약성, '운명을 읽는 자' 님이 오빠 진짜 화내기 전에 우리 애기 적당히 하라고 짜증 냅니다. 후광은 무슨 얼어 뒈질 후광이냐고, 그런 거 없으니 눈 제대로 뜨라고 호되게 일갈합니다.]

'어, 없어?'

주먹 꽉 쥐고 외쳤던 지오가 슬쩍 실눈을 떴다.

형광등 아래 빛도현만 놀란 얼굴로 이쪽을 비라보고 있있다. 형광등 친 개 건 미모긴 했시만, 어쨌는 후광은 아니었다.

지오는 안심하고 포커페이스를 가다듬었다.

"아무튼, 재입장. 알겠음. 튜토리얼. 수고 바람. 그럼 이만"

인공 지능이 울고 갈 딱딱한 밤 인사였다.

뒤에서 아직 9시도 안 됐다고 빛도현이 외쳤지만, 지오는 씹고 이불 속으로 파고들었다. 머리끝까지 푹 뒤집어썼다.

[당신의 성약성, '운명을 읽는 자' 님이 좋은 말로 할 때 이불 속이 더워서 체온 올라간 거라고 말하라며 건들거립니다.]

[남자가 질투에 눈 돌면 어디까지 지저분해질 수 있는지 보여 주기 전에, 날 밝자마자 집으로 돌아가라고 젠틀하게 권고합니다.]

'닥쳐, 일회용 똥별.'

[성위, '운명을 읽는 자' 님이 이건 또 무슨 신박한 애칭이냐고 묻습니다.]

'아까 백도현 비웃었잖아. 무슨 자신감으로 성위가 택해 줄 거라 믿냐고? 아주 내가 회귀하면 누구시냐 하실 기세시던데. 됐어요. 나도 안 사요. 꺼져요.'

탁.

백도현이 스위치를 내렸는지 불이 꺼진다.

그에 지오도 숨 막히는 이불을 살짝 걷고 돌아누워 눈을 감았다.

견지오.

나는 이렇게 네가 삐지면서도 여지는 남겨 둘 때 제일 즐겁더라.

살짝 열려 있는 성흔.
먼 곳의 성위는 거대한 존재감을 죽이며 자신의 작은 화신에게 속삭였다.

【회귀라니. 난 너한테 그런 어설픈 고생은 안 시키지, 애초에.】

6

한국인이라면 누구나 아침 새소리가 선사하는 공포감을 알리라.
꿀잠 자다가 알람 못 듣고 지각할 때, 또 잠잘 타이밍 놓치고 밤새운 눈으로 해 뜨는 창밖을 바라볼 때 등등. 반도의 새들은 뭣 된 순간만 쏙쏙 골라 청명하게 지저귀곤 했다.
"성약성아…… 알람 꺼."
아이폰 시리 부르듯 성위를 부려 먹으며 지오가 잠결에 손을 휘저었다. 새소리도 그렇고, 눈앞에서 자꾸만 뭐가 성가시게 반짝거렸다.

……근데 잠깐만. 새소리?

'요즘 새들은 낮에도 우나……?'

삼수생 견지오의 평균 기상 시간은 이르면 아침 11시, 늦으면 오후 2~3시다. 그러고 보니 새소리라 치기엔 좀 많이 인공적인 것 같-

지오는 갑자기 소름이 끼쳐 눈을 번쩍 떴다. 아니나 다를까.

**[순위가 변동합니다.]**

[현재 견지오 님의 국내 순위는 2위, 전체 순위 4위입니다.]

"……."

……?

"……꿈인가?"

응. 꿈인가 보다. 완벽한 개꿈이네.

견지오는 다시 이불을 푹 뒤집어썼다.

지잉- 지이잉-

[부재중 전화 11건]

[안 읽은 메시지 34개]

우와. 카톡도 터지고 내 꿈 리얼감 죽인다. 인셉션인 줄. 자화자찬하며 지오가 팔만 뻗어 대충 잠금을 풀었다.

[엄마네아들: 야] 07:24

[엄마네아들: 야 우냐?] 07:24

[엄마네아들: (이모티콘)] 07:24

[엄마네아들: ㅋㅋㅋㅋㅋㅋㅋ야] 07:25

[엄마네아들: 내가 너 언젠가 이럴 줄 알았다ㅋㅋㅋㅋ] 07:25

[엄마네아들: 남들 죽어라 노동할 때 드러누워만 계셨으니ㅋㅋ 내가 말했지 누가 보면 너 이집트 미라인 줄 알아; 아오 사이다; 드디어 정의구현ㅎ 이게 사회지ㅎㅎ] 07:27

[엄마네아들: 근데 혹시 나쁜 생각 하는 거 아니지] 08:13

[엄마네아들: 시스터] 08:13

[엄마네아들: 사람이 매일 1등만 하며 살 순 없는 거야 가끔 아래 공기도 마셔 봐야 그게 사는 거지] 08:32

[엄마네아들: 그동안은 인간미가 좀 없긴 했어] 08:35

[엄마네아들: 얼른 집에 들어와 엄마가 너 좋아하는 소시지 반찬 해둠] 08:39

[엄마네아들: 견지오] 09:11

[엄마네아들: 진짜 어디야 지금 당장 연락 안햌] 09:11

[엄마네아들: 너 오늘 오후 전에 연락 안하면 진짜 월드채널에 신상 까고 수배령 띄운다] 09:15

[엄마네아들: 농담 아니야 난 말했어] 09:15

[엄마네아들: 나 진지해] 09:16


뭐야 내 1위 돌려줘요.

나 진짜 콩 된 거야? 콩죠당한 거야?

"언니, 해명해."

등수 스트레스에서 해방시켜 준다고 했잖아. 꽃길만 걷게 해 주겠다며. 아무것도 모르던 순진무구 초등학생 꼬드겨서 인생 홀라당 잡쉈 놓은 결과가 이거야?

'이런 폐차도 아까운 몹쓸 통차 같으니.'

[당신의 성약성, '운명을 읽는 자' 님이 오전부터 내리꽂히는 인성질에 아야 아야 합니다.]

[물론 말은 그렇게 했다만 울 애기가 무려 10년 동안 탑 계단 한 번 안 밟을 거라고 나도 상상이나 했겠냐며 항변합니다.]

됐다. 졸렬한 배신자의 변명 따위 들어 줄 시간 없다.

현실감이 아직 덜 와서 그렇지, 이건 사실 꽤나 충격적인 시간이었다.

순위 역전은 견지오가 바벨 시스템에 이름을 올려 랭커가 된 이래 최초로 벌어진 일.

지오는 심각한 표정으로 일어나 앉았다. 험한 잠버릇 덕분에 화려하게 까치집 지은 단발머리가 부스스했다.

랭커 채널을 끌어와 확인해 보자 아니나 다를까 거기도 불이 나고 있다. 무슨 빅 이벤트가 이렇게 우르르 터지냐며 다들 아주 신이 나셨다.

국내 랭킹부터 월드 랭킹, 헌터 인트라넷 등등. 빠짐없이 전부 체크한 다음에야 시야 한편, 존재감을 내뿜는 초시계가 눈에 들어왔다.

▷ **튜토리얼 D-DAY**

▷ Opening Soon **00:02:15:49**

'두 시간 남았나……'

금일 정오, 정각에 시작되는 제40차 튜토리얼.

해마다 1년에 2번씩, 새로운 각성자들을 배출해 내는 튜토리얼 위크는 범국가적 이벤트다. 개막일이 국가 지정 공휴일인 것은 물론, 바벨탑마저도 맨 아래 광장을 제외한 모든 층을 임시 폐쇄했다.

게다가 이번 튜토리얼은 [마의 9구간].

39층이 해금된 시점이니, 이전에 티켓을 받고도 입장하지 않고 존버 타던 자들까지 모조리 몰려들 그림이 뻔했다. 당장 랭커 채널이나 인트라넷만 둘러봐도, 죄다 튜토리얼과 순위 변동 얘기들뿐.

그래도 견지오한텐 언제나 상관없는 남의 축제였는데……

지오는 걸어가 주방 냉장고에 붙은 쪽지를 읽었다. 글씨체마저 정갈하신 빛도현이다.

유부 초밥 만들어 뒀으니 챙겨 드세요.

냉장고 열어 보면 갈아 둔 사과 주스도 있습니다. 필요한 거 있으면 카드 놔두고 갈 테니 쓰시고요.

그럼 다녀오겠습니다.

- 추신. 아이스크림 하루 만에 다 먹지 말기
- 추신2. 자기 전에 군것질했으면 양치 쪽! 한 번 더 하세요

나간 지 썩 오래되진 않은 느낌.

쪽지를 다 읽기도 전에 이미 접시의 랩을 까고 있던 손이 유부 초밥을 세 개째 집어 든다. 지오는 초밥을 야금야금 씹으며 천천히 상황 정리에 들어갔다.

☞ 당장 해치워야 할 미션 목록

① 순위 변동 진상 규명

② 오후 전에 밤비한테 연락하기

그나마 다행인 점은 자신의 소중한 순위를 전복한 천인

공노할 반역자도, 엄마네 아들도 지금쯤 있을 곳이 뻔하다는 것.

'음. 역시 그 길밖에 없나?'

[성위, '운명을 읽는 자' 님이 역시 그 길밖에 없는 것 같다고 헐레벌떡 달려와 맞장구칩니다.]

[혹시나 마음이 바뀔까 전전긍긍하며 제발 지금 생각한 그대로 실행했으면 좋겠다고 물 떠다 놓고 빌기 시작합니다.]

'아 알겠다구.'

우거지상으로 유부 초밥 접시를 내려놓은 지오가 터덜터덜 욕실로 걸어 들어갔다.

·· ✦ ✱ ✦ ✱ ✦ ··

─실례합니다, 이사님. 오늘 댁에 따로 약속하신 방문객이 있으십니까?

"곧 튜토리얼 시작인데 실없는 소릴."

─죄송합니다. 저희도 들은 바가 없는데, 거주하시는 레지던스 시큐리티 쪽에서 부득불 확인해 달라 요청이 들어와서.

"내 집에?"

─예. 그럼 없는 셀로 즉시 전달하겠습니다.

"비서팀도 바쁠 텐데 됐어. 직접 듣지. 연결해 봐요."

차칵. 담뱃불을 붙이는 사이 전화가 넘어간다.

-부, 부대표님! 바쁘신 와중에 번거롭게 해 드려 정말 면목이 없습니다. 죄송-

"바쁘신 와중이니 사설은 접고, 내용만."

-아, 예, 예! 다름이 아니라 지금 로비에 부대표님을 찾는 방문객 한 분이 와 계신데요. 저희 쪽 리스트에는 기록이 없는 분이지만, 부대표님께서 본인 이름을 들으면 알 거라며 말이라도 전해 보라 자꾸 우기셔서요. 저희 선에서 처리하려 했으나 이게, 어린 일반인 여성분이셔서 손을 쓰기가 영…….

'시큐리티는 교체해야겠군.'

"그래서 이름이?"

건너편에서 잠시 웅성대더니, 이내 시큐리티가 머뭇거리며 말했다.

-겨니…… 라십니다.

"처음 듣는군. 내보내요."

탁자에 짓이긴 담뱃불이 소리 없이 죽는다. 자리에서 일어나는 사내의 얼굴은 무료하기 그지없었다.

느지막한 오전.

적당한 일조량이 펜트하우스를 물들이고 있었다. 그리고 그 햇빛을 가로질러 욕실로 향하려던 발걸음이 순간 멈칫하고.

'겨니, 견…… 잠깐. 견?'

–그렇게 하겠습니다. 다시 한번 실례가 많았–

"기다려."

–네?

"일단 대기해. 지금 갈 테니."


그리고 그가 승강기에서 내렸을 때, 로비에선 여전히 실랑이가 한창이었다.

"여기서 이러시면 곤란합니다. 자꾸 억지 쓰시면 저희도 힘을 써서라도 강제로 끌어내는 수밖에 없습니다!"

후드를 뒤집어쓴 채 쪼그리고 앉은 작은 여자애와 그 앞에서 애걸복걸 사정하는 우락부락 덩치들.

어이없고 웃기기도 해서 그는 팔짱을 끼고 기둥에 기대 섰다. 어디 한번 구경이나 해 볼 심산으로.

"아재 각성자?"

"그래요, 아가씨. 그러니까."

"올, 나 민간인."

"……."

"힘쓰면 철창행. 찰캉찰캉."

"미치겠네……."

세상에 각성자란 세 나타나 평범한 시민들과 섞여 산 지 어언 이십 년째다. 적응 초창기의 여러 불미스러운 사건들로 인해 각성자 관련 처벌 기준과 수위 역시 매우 엄격하게 강화된 지 오래.

그래도 각성자에겐 특유의 존재적 압박감이 있는 만큼 웬만하면 알아서 물러나는데…….

이번 건은 제대로 잘못 걸린 듯하다. 체구도 쪼그만 게 겁이라곤 눈을 씻고 찾아봐도 없었다.

급격히 집에 가고 싶어진 표정의 시큐리티팀.

보다 못한 팀의 막내가 젊은 패기로 나섰다.

"됐습니다, 선배님! 이러다간 정말 끝이 없겠네요! 그냥 제가 눈 딱 감고 총대 메겠습니다. 입주민분들 오가시는 로비에서 계속 이러고 있을 수도 없지 않습니까. 어이! 이보세요!"

어, 네. 이보세요……?

호기롭게 팔 걷어붙이며 나섰던 막내가 엉거주춤 물러났다.

사자가 새끼 목덜미를 물어 옮기듯, 방금까지 눈앞에 쪼그려 앉아 있던 후드가 누군가의 손에 들려 대롱대롱 매달려 있었다.

"헉……!"

주변에서 크게 숨을 들이켜는 소리가 들렸다.

어느새 조용해진 로비.

얼어붙은 막내의 등 뒤로 시큐리티팀이 황급히 자세를 가다듬었다. 잔뜩 긴장한 얼굴들로 외친다.

"부, 부대표님!"

"가서 일들 봐. 이건 내가 처리하지. 버릇 나쁘게 키워서…… 사람 손을 가리거든."

가벼운 흰 티에 한 손은 주머니에 꽂은 프리한 차림.

얼핏 보면 어디 편의점 마실이라도 가는 모습이지만, 겉모습으로 그를 얕볼 사람은 아무도 없다.

한국 부동의 최정상 길드.

〈은사자〉의 이인자, 랭킹 7위.

이명은 귀주鬼主. 만귀萬鬼를 복종시키는 이매망량의 대리자.

고개를 비스듬히 낮춘 범이 지오를 들여다보며 씩 웃었다.

"그렇지, 폐하?"

·· ✦ ✳ ✶ ✳ ✦ ··

견지오에겐 언제든 멋대로 꺼내 쓸 수 있는 카드가 두장 있다.

하나는, 사는 꼴이 가엾다며 엄마 몰래 찔러 준 남동생 견지록의-현재는 사망한-세컨드 카드.

또 하나는, 민증 나온 기념이라며 서프라이즈 선물로 빋은 한도 무제한의 블랙 카드.

박박 긁어 대는 견지록 카드와 달리 볼 때마다 서민 간담 쫄리게 만들어 편의점, 혹은 치킨 사 먹을 때, 혹은 위급 시에만 슬그머니 긁어 보는 그 VVIP 카드.

범은 바로 그 블랙 카드의 주인이었다.

··✦✳✦✳✦··

"불편해."

범은 힐긋 보고 지오를 한쪽 팔 위로 고쳐 안았다. 짐을 옮기는 자세에서 할리우드 애 아빠 자세로 변한 거였지만, 안는 쪽이나 안기는 쪽이나 별 위화감이 없었다.

"카드 키 줬잖아. 왜 밑에서 소란 피워?"

"잃어버림."

"폰 이리 내."

지오 손에서 휴대전화를 가져가 능숙하게 잠금을 푼다. 1111. 지극히 견지오다운 패스워드는 바뀌지도 않았다.

승강기가 오르는 동안, 입주민 전용 앱을 설치해 주던 범이 지나가는 투로 던졌다.

"못 보던 옷인데."

"……원래 있던 건데? 오랜만에 봤으면서 아는 척 오져."

엄마 몰래 인터넷 쇼핑몰에서 옷 사다 걸린 급식처럼 견지오가 발끈했다. 소파 위로 지오를 내려놓던 손이 그 말에 멈칫한다.

범은 옆의 팔걸이를 턱 짚으며 상체를 숙였다.

"그래. 얼굴 한번 보기 참 힘들더군, 견지오 양. 거의 석 달 만에 사이즈 전혀 안 맞는 남자 옷을 입고 나타나선 자 기 것이라고 우기질 않나……."

"크흠. 겨, 견지록 거."

"밤비 냄새는 내가 잘 알지. 변명은."

콧등을 툭 때린 범이 다시 허리를 폈다. 지오는 멀어지 는 등을 보며 투덜거렸다.

"아저씨, 나 용건 있어서 왔는데 어디 가?"

"11시잖나. 슬슬 준비해야지. 우리 '죠'의 용건이야 뭐."

티셔츠를 대충 벗어 던진 범의 청동빛 머리칼이 흐트러 졌다. 드러나는 어깨의 날카로운 흉터, 그리고 넓고 탄력 적인 등 위로 수놓인 마력 문신이 시선을 빼앗는다.

전부 금제에 관련한 술식이었다. 지오가 마지막으로 봤 을 때보다 몇 개 더 늘어난 듯싶다.

욕실로 가던 범이 무언가 생각난 듯 전화기를 집어 들 었다. 덕분에 잠깐 끊긴 대화. 짧은 통화를 마치고 그가 돌아봤다.

"내 1등 돌려 내, 일 텐데. 안 그래? 씻고 같이 탑으로 이 동하도록 하지. 쉬고 있어."

"……."

"뭐 좀 먹으면서. 너 체중 내렸더라."

타악.

안쪽 문이 닫힌다.

뭘 하나 했더니 룸서비스 시킨 거구나.

지오는 옆의 쿠션을 끌어안고 발라당 드러누웠다. 그리고 속 깊이 탄식했다.

'……역시 멋짐.'

[당신의 성약성, '운명을 읽는 자' 님이 재수 없는 자식 가오 더럽게 잡는다고 빈정거립니다.]

[옷은 왜 보이는 데서 벗고 난리냐고, 이거 시청 연령 등급 어긴 거 아니냐며 시청자에게 윤리 문제를 제기합니다.]

'당신의 견지오가 기각합니다. 사유: 보는 내 눈이 즐거움.'

분에 차 씩씩대는 별을 뒤로하고, 몇 분 지나지 않아 룸서비스가 들어왔다. 이 나라에서 제일 난다 긴다 하는 인물들이 모여 사는 곳답게 근처 별 달린 호텔 식당에서 바로 공수해 온 요리랍신다.

펜트하우스에 덩그러니 홀로 앉아 있는 후드 티 여자애가 그들 눈에 당혹스러울 법도 하건만, 노련한 직원들은 프로답게 할 일만 마치고 재빠르게 퇴장했다.

'……미, 미미美味!'

한 입 먹고 요리왕 비룡처럼 감동한 지오가 철퍼덕 엎어졌다. 정말이지, 이런 걸 겪을 때마다 눈물 나도록 아까운 거다.

"진짜 내가 딱 10년만 늙었어도……."

안 차였을 텐데. 쳇.

풋풋한 고등학교 졸업식 날. 저 잘난 남자에게 고백했다가 장렬히 까였던 견지오가 근거 없는 자신감으로 혀를 찼다. 아직까지도 범의 거절 사유가 나이 차이 때문이라고만 생각하고 있었으니까.

경악스러웠던 그날의 고백 멘트를 아는 자라면 누구나 턱을 떨굴 만한 뻔뻔함이었다.

[성위, '운명을 읽는 자' 님이 그런 자본주의에 눈먼 영혼리스 고백을 대체 어떤 미친놈이 받아 주냐며 기가 차 합니다.]

[재수 없는 놈이긴 해도 양심과 상식이 제대로 박혀 있는 점 하나는 마음에 든다며 '운명을 읽는 자' 님이 고갤 크게 끄덕입니다.]

·· + ✳ ✦ ✳ + ··

길드 〈은사자〉.

최대 규모, 최강 전력. 그리고 최장의 역사.

한국 5대 길드이자 세계 8대 길드에 속하는 〈은사자〉는 모두가 인정하는 국내 원 톱의 길드였다. 범세계적 용병형 거대 기업으로 여러 방면에서 신뢰가 높았는데, 그렇게 된 배경에는 바로……

길드장 '사자' 은석원.

1세대 각성자의 대표 격 헌터.

마술사왕의 데뷔 전까지 국내 1위를 놓친 적 없던 입지전적 인물이 현역으로 버티고 있는 덕이 가장 컸다.

언제나 최전선, 그 맨 앞에서 재앙과 맞서 싸워 온, 한국이 자랑하고 세계가 존경하는 백전노장.

인품까지 훌륭하여 사람들이 자진해 그의 밑으로 모여든 케이스였으며, 대중적 인기 또한 남녀노소 가릴 것 없이 전 세대를 아울렀다.

'범'은 그런 은석원이 제 아들처럼 키운 이인자였다.

또한 시간이 흐르면 〈은사자〉의 모든 것을 마땅하게 물려받을 차기 수장이었고.

"할배 나이가 몇인데 불쌍한 삼수생의 코 묻은 1등을 뺏어 가고 난리야. 양심 어디?"

"아직 정정하시다. 네 게으름은 생각도 안 하지."

서류철을 넘기며 범이 담담히 응수했다.

소문난 컬렉터인 그를 위해 롤스로이스에서 특수 제작해 선물한 자동차는 승차감도 죽여줬다. 하지만 그런 건 관심도 없고, 안중에도 없는 망나니는 그저 시큰둥할 따름이다.

"확 골병 나라."

"견지오."

뭐. 어쩌라구.

딱 그런 얼굴이면서도 지오는 더 말 않고 고개 돌렸다. 원래 철부지도 제 보모 말은 듣는다고.

이름 미상. 연령 미상. 또…… 실력 미상.

어린 시절, 거리를 떠돌다가 은석원에게 거두어졌다는 범은 알려진 게 많지 않았다. 다들 겉모습을 보고 대충 30대쯤 됐겠구나 나이만 얼추 짐작할 뿐.

현 랭킹 또한 7위에 머물고 있으나, 그가 몇 수를 더 숨겨 둔 실력자임은 천상계 내에 공공연히 알려진 사실이었다.

격이 높은 성위를 데리고 있다면 바벨의 눈을 어느 정도 가리는 일이야 불가능하지도 않으니까. 그가 직접 '극지의 대마녀'를 찾아가 등에 새겨 넣은 어마어마한 봉인식들도 그렇고 말이다.

이런 것만 보면 '어, 이 새끼 혹시 흑막인가?' 싶을 만큼 수상쩍은 놈.

그러나 그는 '은사자'의 아들이요, 또 오른팔이었다.

사자의 옆에서 오랜 세월 동안 묵묵히 보여 준 모습은 세간으로부터 명성과 인정을 얻어 내기에 충분했다.

센터 또한 그런 그를 신임하여 10여 년 전, 최초 S급 각성자 '죠'의 보호자로 지정했을 정도이니.

범은 견지오가 얼마나 말도 안 되는 괴물인지 알고 있는, 극소수의 사람 중 한 명이었다.

"일시적일 거다."

"……?"

"자세한 건 삡고 직접 들어. 하지만…… 오늘 새벽, 페관을 깨고 나오시면서 '더 이상 넘을 벽이 없다'라고 하셨지. 내가 봐도 그래. 황혼을 앞둔 사자의 마지막 포효이니 존중해 드려."

"……."

"어차피 정점이 누구 자리인지는 모두가 알고 있으니까."

차창 너머를 응시하던 지오가 돌아봤다.

그에 서류를 넘기던 범도 시선을 든다. 지오를 향해 그대로 소리 없이 입만 움직였다. '폐, 하.'

"……달래지 마. 재수 없어."

"이거 은근히 좋아하더라. 취향 특이해."

"누가요, 내가요?"

"어. 네가요."

"할배 은퇴하고 대가리 바뀌면 은사자 빌딩부터 뭉개 버려야지."

"그건 진짜 좀 무섭고."

"범 새끼가 밖에선 가오 쩔게 잡지만, 집에선 면도도 안 하고 배나 긁고 다닌다고 찌라시랑 사진도 뿌릴 거야."

"그건 정말 좀 귀엽고."

차가 멈춰 선다.

도착지는 하늘 너머까지 드리운 세상의 거대한 그림자, 바벨탑이다.

천천히 열리는 차 문. 지오는 코밑으로 후드를 끌어 내리며 발을 디뎠다. 끝까지 놀린다고 욕설도 좀 갈겨 주면서.

그러자 문을 잡아 주던 범이 피식 웃는다.

눌러쓴 지오의 후드 위를 큰 손으로 덮으며 살짝 고갤 숙여 속삭였다.

'너무한데. 방금 건 진심.'

귀엽다는 말을 어떻게 거짓으로 하나.

하여간 여전히 어리다 얜.

입장 자격을 확인 중입니다.

Loading······.

[승인 완료 ─ **각성자**(S)]

[랭커 확인 ─ **2위 '마술사왕' 죠**]

《최초 방문입니다.》

《바벨탑에 오신 걸 환영합니다, 견지오 님!》

《튜토리얼 진행으로 현재 그라운드 플로어를 제외한 모든 층의 접근이 일시 제한됩니다.》

《해당 기간 동안, 랭킹 2위 견지오 님은 바벨의 선두권으로

서 모니터 룸 입장이 가능합니다. 입장하시겠습니까?》

/모니터 룸 입장 시 순위 및 닉네임이 공개됩니다. 동의하십니까?/

/동의하지 않으셨습니다. 견지오 님은 익명으로 표기됩니다./

**[모니터 룸 | 익명 님 입장]**

《만류 천칭의 탑, 성지星地 바벨에 입장하셨습니다.》
《성지星地의 영향으로 성위 ─ '운명을 읽는 자' 님의 권능이 일부 해방됩니다!》
《성계 성약에 따라 직속 화신에게 적용됩니다.》
《유일 진眞 화신 ─ 견지오 님, 변동값 조정 완료》

[화신 진명, **'전지全知의 사서'**가 바벨탑과 호응합니다!]
[퍼스트 타이틀, **'마술사왕'**이 바벨탑과 호응합니다!]
[**전지의 사서**(유일) ─ 성지에 머무는 동안, 시간당 0.005%의 성위 고유 스킬 숙련도 상승 효과를 받습니다.]
[**마술사왕**(신화) ─ 탑에 머무는 동안, 마력 관련 성장 리미터가 일시 해제됩니다. 마력 회복 속도가 2배 증가합니다. 어떤 마법적 피해도 입지 않습니다.]

+ 00:00:04:31

+ 성장 버프 **ON**/OFF

[성위 고유 스킬, '**라이브러리화**' 숙련도: 17.025%]

[타이틀 특성, '**용마의 심장**(전설)', '**마력지체**(희귀)'가 성장 2단계에 진입합니다.]


'……어?'

…….

개, 개꿀……!


7


부가티, 맥라렌, 람보르기니, 페라리 등등. 평소엔 보기도 힘든 슈퍼 카들이 즐비한 풍경을 보니 비로소 현실감이 확 끼쳐 왔다.

'내가 드디어 이 빅 리그에 입성하는구나.'

어머니, 딸이 해냈습니다!

제40차 튜토리얼 참가자, 나조연은 괜스레 하늘을 바라보며 코를 훔쳤다. 물론 어머니는 건강히 집에 잘 계시지만, 한 번쯤 이렇게 해 줘야 할 타이밍 같아서.

「조연아, 왕후장상 영유종호라는 말 들어 봤니?」

「네, 어머니. 왕후장상의 씨가 어찌 따로 있겠느냐! 저 또한 이 옛 격언을 마음 깊이 새기며 포기 않고 헌터의 꿈을……!」

「아니다, 요것아. 네 이름이 왜 조연이겠니?」

「네?」

「그럴싸한 개소리에 속아 넘어가선 안 된다. 왕후장상의 씨는 매우 따로 있어요.」

「아…… 네.」

「하지만 이것 역시 알아 둬야 한다. 행복이란 결국 조연의 몫이라는 걸.」

「어…… 네?」

「세상이 주인공으로 삼는 건 늘 일등 아니면 꼴등이야. 걔네 인생 보면 허구한 날 시끄럽고 피 터진다고. 그렇지만 피라미드의 중간? 아무도 신경 안 쓰는 데서 평화롭고 안락하지.」

*그러니 조연이 곧 승리자다.*

「늘 이 점을 명심해라, 딸아!」

지독한 현실주의자셨던 어머니가 본인 신념에 따라 지어 준 이름, 나…… 조연!

그러나 어머니도 당신의 딸이 조연도 아닌 그저 그런 엑스트라 1로 살게 될 줄은 모르셨을 거다.

'하지만 어머니! 염려 마세요! 오늘에서야 이 딸은 비로소 이름값에 한발 가까워집니다! 주인공의 옆! 조연의 길로 힘차고 당차게 걸어가는 저를 지켜봐 주세요!'

열기 어린 눈으로 나조연은 바벨탑의 외벽을 올려다봤다.

끝이 보이지 않는 위대한 흑탑.

잘 가공된 보석처럼 매끈한 검은색의 벽 위에 1번 채널 랭커들, 즉 대한민국 최상위권 랭커들의 순위가 마력 문자로 떠 있었다.

실시간으로 업데이트되는 저 랭킹은 밖에서뿐만 아니라 탑 내부에서도 볼 수 있다고 들었다. 특히 '톱 텐', 천상계 10위권까지는 별도로 더 크게 표시되고.

---

[Rankings] 로컬 — 대한민국


《 1 》은석원 ▲1

《 2 》죠 · 비공개 ▼1

《 3 》알따 · 정길가온 –

| 4 | 흰새 · 하얀새 –

| 5 | 밤비 · 견지록 –

| 6 | 야식킹 · 황혼 –

---

'흐윽, 폐하……'

나조연은 저미는 안타까움에 심장을 부여잡았다. 마음이 갈기갈기 찢기듯 아팠다.

매번 5, 6위를 엎치락뒤치락하는 밤비와 야식킹을 제외하면, 천상계에서 화살표가 뜨는 건 극히 드문 일.

때문에 오늘 아침 뜬 화살표에 온 나라가 말 그대로 뒤집혔다.

나조연이 가입한 '죠'의 비공개 회원제 팬클럽도 예외가 아니었다. 벌써 〈은사자 은퇴 기원 기도 모임〉의 신청을 받고 있어 튜토리얼에 오기 전 신청서도 내고 온 참이다.

'꼭 조연짱이 되어야지. 꼭 조연짱이 돼서 폐하 괴롭히는 애들 다 패 버릴 거야.'

굳게 다짐하는 나조연의 옆으로 인기척이 났다.

"이래서 닉네임은 신중해야 해. 한번 정하면 변경 불가할 거라고 누가 생각이나 했겠어? 바벨도 너무하지."

시원스런 미소를 띤 여자가 나조연을 돌아봤다.

"랭커라도 됐다간 매일 사람들 다 보는 곳에 뜨는 건데.

'야식킹', '낼공인인증서갱신' 이러고 있다니 어이구야. 안 그래요? 그쪽은 이름 정했어요?"

"아, 전 조연짱, 아, 아니. 조연이라고."

"귀엽다. 난 로미예요."

모 대학의 학생회장이라는 로미는 전형적인 인싸였다. 이미 나조연 말고도 오면서 여러 사람과 말을 텄다고.

두 사람은 간단한 잡담을 나누며 입구를 거쳐 바벨탑의 그라운드 플로어, 튜토리얼 광장에 도착했다.

'다들 한가락 할 것 같아 보여. 놀 줄 아는 놈들인가.'

나조연은 긴장해 주변을 휘휘 둘러봤다. 인산인해라 느낄 만큼 사람이 많은데도 비좁거나 답답하다는 느낌은 전혀 없었다.

하지만 이내 나조연은 다시 긴장을 푼다.

어차피 다 조연 후보들. 주역들은 이 자리에 없다. 아마 소문의 [모니터 룸]에서 이쪽을 지켜보고 있겠지. 자신들을 서포트해 줄 조연을 찾기 위해서 말이다.

'할 수 있어!'

갑자기 의욕이 활활 타올랐다.

조연이 될 운명을 타고난 나조연 이니겠는가!

주인공 경생도 아니고 조연늘 개싸움인데 이기지 못할 이유 하나도 없습니다! 아자!

그때였다.

"언니, 조연 언니! 인사해요. 이쪽은 아까 오다가 지하철에서 만난 분인데 되게 괜찮은 분이거든요. 재입장이시라니까 혹시 몰라요. 튜토리얼 1등 할지도! 우리 친해져 놔야 해!"

"아, 로미 씨. 그런 말씀은……."

"에이, 부끄러워하긴. 어서, 어서 인사들 해요."

로미에게 등을 떠밀린 청년이 난처하지만, 자신감 어린 미소로 손을 내밀었다.

"백도현이라고 합니다."

조연에겐 조연의 촉이 있다.

나조연은 본능적인 위기감을 느꼈다. 뭔데 이 비주얼, 뭔데 이 존재감?

'이 새끼 조연 아닐지도 몰라……!'

아니라는 데 조연 지망생 26년의 삶도 걸 수 있었다.

상반기에 한 번. 하반기에 한 번.

매해 딱 두 번 열리는 튜토리얼 위크는 평균 사나흘 정도 소요된다.

물론 이건 통계상의 평균이고, 그해 난이도나 기수들 수준에 따라 격차가 컸다. 최단 기록은 하루, 최장 기록은 일주일이었으므로.

아무튼 짧든 길든 꽤 시간이 걸린다는 것만은 확실.

그 짧지 않은 기간 동안 순정파가 대다수인 하이 랭커들은 꼼짝없이 손가락만 빠는 처지로 전락한다. 다른 헌터들이야 탑이 닫히면 오랜만에 던전도 가 보고 한다지만, 최상위권 랭커들에겐 불가능한 일이었으니까.

비유하자면 동네 조기 축구회에 메시가 가서 공 뺏는 짓과 비슷하다고 할까? 심심하다고 정체 숨기고 놀러 갔다가 걸리기라도 하면, 저어 새끼 래앵커 좀 됐다고 가암히 힘숨찐 놀이 하는 거냐고 국민 비호감 되기 십상이었다.

따라서 그들이 향한 곳은 자연스럽게 탑의 [모니터 룸].

바벨의 선두권, 랭킹 100위권까지 입장 가능한 모니터 룸은 그렇게 할 일 없어진 순정파 고인물들의 경로당이라 봐도 좋았다.

"아니, 천상계 클라아쓰가 있지, 경로당을 왜 와?"

"이상한 말 좀 쓰지 마라, 다윗."

"아 씨, 스카우터들 놔두고 바쁜 우리가 여길 왜 오냐고!"

"……? 바빴나? 금시초문인데."

국내 랭킹 4위.

무도 명문 〈해타〉의 종주 하얀새가 특유의 무표정으로 갸웃거렸다. 속 터지는 반응에 최다윗이 가슴을 퍽퍽 친다.

군데군데 떨어진 소파에 앉아 있던 랭커들이 무슨 소란인가 돌아봤다가 서둘러 못 본 척했다. 뭐는 무서워서 피하는 게 아니라 더러워서 피한다지만…….

〈해타〉길드의 유명한 두 여자.

그중 랭킹 8위 혼혈 양아치 최다윗은 더럽다 못해 무섭기까지 한 S급이었다. 저쪽으론 시선도 안 주는 게 상책이다.

"야 이 백새대가리야! 바벨에서 오피셜로 주는 휴가 기간인데 당연히, 어? 돠이내뭐하고 썬나게 놀아야지! 할 게 얼마나 많아!"

"소란 피우지 마라. 다른 이들이 불편해하지 않나."

"와, 이 조선 여자 어떡하지? 존내 선비질 하…….."

"다윗 네가 무책임하게 놀고 다녀 모를 뿐, 이쪽은 매해 해 왔던 일이다. 이번 기수는 특별해서 그대까지 대동한 것뿐이지."

특별?

스페셜, 유니크……. 이런 단어에 은근히 취약한 최다윗이 슬그머니 다시 착석했다.

"뭐가 특별한데?"

"19층, 29층. 그리고 39층이 열렸지. 세 번째 황금 세대가 될 확률이 높아."

"29층은 밤비 놈이랑 야식 매니아 놈 말하는 걸 테고. 19층? 뭐야, 그해 기수에 누가 있었나?"

"너."

"……"

"자꾸 잊는 거 같은데 너도 귀한 S급이다, 다윗."

크, 크흠. 칭찬에도 대놓고 약한 최다윗이 헛기침했다. 쑥스러운지 말을 돌린다.

"그럼 뭐야, 우리 채널 늚들은 다 오려나~ 오랜만에 비싼 낯짝들 구경 좀 하겠네."

"전부는 아닐 거다. 루키가 필요한 건 결국 길드니까. 관련 인물들이 오겠지. 다른 길드들에서도 수장급 인사가 온다고 듣긴 했다만. 은석원 님은 확실히 오신다 하더군."

"……사자도 제 말 하면 온다더니."

최다윗이 삐쭉 입매를 비틀었다.

호랑이라고 지적하려던 하얀새가 따라 고개를 돌렸다. 묵직한 존재감. 기다렸다는 듯 바벨이 알려 왔다.

[모니터 룸 | 1위 은석원 님 입장]
[모니터 룸 | 16위 안치산 님 입장]

'뭐야, 범이 아니잖아?'

아끼는 오른팔은 어디 두고 노사자가 왼팔과 입장하셨다.

몰리는 시선 속에서 걸이긴 두 남자가 튜도리일 광장이 가상 잘 보이는 맨 앞 열에 착석한다.

그러나 최다윗이 호기심을 해소할 틈은 없었다.

임박한 오프닝을 알리듯 잇따라 최상위권 랭커들, 나머

지 5대 길드의 수장들이 등장했으니까.

### [모니터 룸 | 5위 견지록 님 입장]

"우리 영 보스, 우쭈쭈. 아직도 삐졌어?"

"아니니까 건드리지 좀 마! 젠장, 이 식충이는 왜 아직도 연락을. 진짜 해보자는 거야, 뭐야."

소수 정예 길드 〈바빌론〉의 리더, '밤비' 견지록.

### [모니터 룸 | 3위 정길가온 님 입장]

"그러니 정리를…… 됐습니다. 이따가 마저 얘기하죠. 여러분! 다들 잘 지내셨습니까?"

대기업 계열 〈D.I.〉의 대표 이사, '알파' 정길가온.

### [모니터 룸 | 6위 황혼 님 입장]

"아 됐다 엄마, 끊어라! 내 건강 내 알아서 한다고. 보약은 뭔 보약, 끔찍한 소리 하노. 내 밀가루 하루라도 못 먹으면 디진다. 아들 디지는 꼴 그마이 보고 싶음 보내든가! 여보세요? 전화기 상태 와 이라노?"

"혀, 형님, 문 열렸습니다."

"……어어, 그래요, 김 사장님. 내 지금 좀 바쁘니까 우리의 냉혹한 비즈니스 얘긴 다음에 이읍시다."

갱스터 길드 〈여명〉의 헤드, '야식킹' 황혼.

그리고…….

중요 인물은 다 왔다 싶을 때.

보기 힘든 유명인들을 구경하기 바빠 모두가 더 이상 입장 알림에 신경 쓰지 않을 즈음.

[모니터 룸 | 7위 범 님 입장]
[모니터 룸 | 익명 님 입장]

100위권이 거의 모인 자리다.

익명으로 들어온 랭커가 없지 않았다. 랭커 1인당 한 명의 동행이 가능하기에 스카우터나 지인 등, 순위권 외의 동행인이 썩 드문 그림도 아니었다.

하지만 이 자리엔 그런 걸로 쉽게 속지 않는 자들이 있었다.

대다수의 시선이 〈은사자〉의 이인자, 범 쪽을 향하는 가운데. 그 옆의 인영, 후드를 코밑까지 푹 내리쓴 자로 인해 고개 돌린 극소수의 강자들이.

'샹. 뭔데?'

'뭐고…… 저 괴물?'

짐승보다 예민한 기감을 타고난 S급들, 최다윗과 황혼이 제 눈을 의심할 때, 경험으로 기감과 눈치 이상의 것을 지닌 정길가온 같은 수완가는 확신했다.

자꾸만 새는 웃음을 정길가온은 감출 수 없었다. 언젠가 꼭 쳐 보고 싶은 대사였다.

"사탄들이 모인 모니터 룸에 루시퍼의 등장이라……."

처음으로 왕관을 빼앗긴 왕.

귀하디귀한 일인자의 행차셨다.

마력으로 고정한 후드를 재점검하며 힘숨방 견지오는 생각했다. 이 조명, 온도, 습도……. 눈빛.

확실했다.

'이 십새들…….'

눈치 개빨라.

강자들에게만 느껴지는 공기가 뜨겁다.

이래서 눈치 빠른 랭커들은 싫다니까.

탑에 들어올 때부터 어느 정도 예상해 뒀던 부분이긴

했다. 지오가 찾는 사람이 '사자' 은석원인 만큼 필히 어느 정도는 노출될 일.

그래서 얼굴도 잘 가렸고, 뭣보다 마력 컨트롤 하나는 자신 있었으므로 들킬 가능성은 거의 100만분의 1. 엄청 낮겠거니 했는데…….

이렇게까지 대놓고 들킨 것은 아마 갑작스러운 능력치 변동, 바벨탑에 입장하자마자 쏟아진 온갖 버프 탓이리라. 깜짝 놀라는 바람에 컨트롤 스틱을 댕그랑 놓쳐 버린 것.

'방심해 부러쓰…….'

랭커가 파도 파도 꿀만 나옴.

이 정도로 파파꿀일 줄 누가 알았겠어요? 프로 꿀빨러도 당황케 만드는 바벨탑 파워 밸런스 붕괴의 현장.

물론, 이쪽 정체를 눈치챌 만한 놈이라면 어차피 1번 채널 놈들뿐일 테니 큰 문제는 아니다.

랭커 채널별 유대감은 매우 강한 편이었다. 채널 안에서 오가는 얘기를 외부로 유출하지 않음은 불문율, 서로의 비밀을 지키는 것은 국룰에 가까웠다.

'정신 나간 놈이 어기면 정의 구현해 주지 뭐.'

이쪽은 비폭력을 추구하는 방괸지지만, 원래 절대자의 길이라는 것이 자고로.

'조빱들이 까불면 여기저기 두드려 팰 수도 있는 거고…….'

저기 나사렛 출신 누구네 아들 예수 씨도 말 안 듣는 못

된 장사치들을 주먹질로 다스렸다고 들은 것 같다. 공부하느라 바빠 그런 데 힘쓸 시간이 부족하지만, 별수 있나? 견지오의 노멀 안락 라이프는 수능보다도 중요한 1순위였다.

[당신의 성약성, '운명을 읽는 자' 님이 암요 암요 고개를 끄덕입니다. 울 애기 하고 싶은 거 다 하라며 응원봉을 주섬주섬 꺼내 흔듭니다.]

아무튼 이왕 들켰겠다. 힘을 숨긴 후드 걸 견지오는 터덜터덜 목적지로 직진했다.

걸음마다 멀리서 악마화 중인 견지록의 눈빛이 내리꽂혔다. 거의 레이저 빔이었다.

'에, 엑스 맨? 사이클×스인 줄.'

"……리더. 야, 견지록 왜 그래?"

"으므굿드 으느느끄 슨긍 끄."

처억.

지오는 이 악문 소리를 무시하고 그대로 누군가의 앞, 일인용 소파에 거물처럼 거만하게 앉…… 으려 했으나 체구에 비해 소파가 상당히 커서 다리를 위로 당겨 접었다.

하지만 쳐드는 턱에는 제법 카리스마가 있었다.

"어이, 은 씨. 살림살이 좀 나아지셨나 봐. 어?"

"……누구신지 몰라도 지금 이게 무슨 무례-!"

"안치산."

범이 턱짓했다. 눈치 없이 나대지 말고 빠지라는 뜻.

은석원이 시원스럽게 웃었다.

"여전하군. 오랜만일세. 잘 지내셨는가?"

"오늘 아침 전까진."

"왕좌 찬탈 정도의 일을 벌여야 자네가 직접 움직이는 거로구먼. 그것도 모르고 매번 만나 달라 매달리기만 했으니. 말년에 좋은 교훈을 얻었네."

왕좌 찬탈.

'왕좌…… 왕이라고?'

볼륨을 낮춘 대화였으나 크게 무리 없었다.

은석원의 측근들, 그리고 아닌 척 열심히 이쪽에 귀 기울이고 있는 소수의 최상위권 랭커들이 듣기엔 그 정도로도 충분했다.

소리 없는 경악이 좌중을 휩쓴다.

지오는 눈 하나 깜짝 않고 대화를 외부와 차단했다. 억양 없는 건조한 말이 이어진다.

"할배, 까불지 마. 다 낡아 빠진 몸으로 뭘 짓인데? 그렇게 당장 영안실 직행하고 싶어?"

"죠."

"되었다, 범아."

손짓으로 제지한 은석원이 물었다.

"그래, 이제 몇 년 남았는가?"

빤히 바라보던 견지오가 턱을 괴며 툭 답했다.

"길면 2년."

"짧으면?"

"1년."

"이런……."

"그러게 누가 나대래? 5년 남았던 걸 이렇게 줄여? 기껏 남이 선심 써서 알려 줬더니. 은혜를 통수로 갚네."

지오가 뚱하니 고개 돌렸다.

[라이브러리화]의 하위 특수 스킬 중 하나인 [운명의 모래시계]는 지정 대상의 남은 수명을 알려 주는 시계다. 해금된 슬롯은 단 한 개였고, 견지오는 스킬이 사용 가능한 숙련도에 도달하자마자 은석원을 대상으로 지목했다.

처음 만났을 때부터 환갑이 넘었던 할배.

아는 사람 중 가장 먼저 죽을 것 같았고, 그렇게 된다면 갑자기 인사도 없이 떠나보내기 싫었으니까.

그녀가 기억도 못 하는 아빠처럼 말이다.

"이번이 마지막일 테니 화 푸시게. 별도리가 없었다네."

"……."

"이렇게 평생 살아와 이렇게 사는 법밖에 모르는 것을. 다르게 살기엔 지나치게 오래 살았지. 원래 늙은이 고집이 제일 무섭다지 않나."

"……."

"죽더라도 도전하면서 죽을 수 있다면 헌터로서 그보다

좋은 결말도 없겠지. 호상이야. 비록 눈에 넣어도 안 아플 손녀가 마음에 걸리긴 해도……."

은석원이 지오를 보며 미소 지었다.

S급이든 뭐든 중요하지 않다.

10년 전. 일생 친자식이 없던 그의 앞으로 범이 조그만 아이를 데려왔을 때, 견지오는 이미 세상에 단 하나뿐인 그의 손녀였다.

"……사고는 이미 다 쳐 놓고 뭐래? 버스 떠났거든요."

"어이쿠. 다시 잡으려면 어찌해야 하나?"

"흥. 개노잼. 틀니 개그."

"……죠, 제발."

범이 이마를 짚었다. 스스로 키운 재앙…….

오냐오냐 키우긴 했다만, 하필 초딩 때부터 한반도 서열 1위 먹은 애를 오냐오냐 키우는 바람에 가끔 지나칠 정도로 안하무인이었다.

콧방귀 뀌며 지오가 풀썩 소파에 등을 기댔다.

"도전이고 뭐고 킹지오한테 콩 냄새 나게 만들다니. 가오 다 상해쓰. 조만간 다시 가져올 거니까 흠집 내지 말고 보관해 놔."

"허허. 그래도 오랜만에 1위를 해 보니 그거 기분은 참 괜찮더군. 옛 생각도 나고 말일세."

"이래서 2등이랑은 서먹서먹이 사이언스지. 잘해 주면

순진하고 착한 1등의 결말은 등에 칼 꽂히거나 옥상에서 떠밀리는 것뿐이라니까."

용건 끝났으니 가겠냐고 범이 눈짓으로 물었다. 지오는 심드렁하게 고개를 저었다.

"온 김에 튜토리얼까지 봐 주지, 뭐."

+ 00:00:37:59
+ 성장 버프 ON/OFF
[고유 스킬, '**라이브러리화**' 숙련도: 17.028%]
[타이틀 특성, '**용마의 심장**', '**마력지체**' (2단계 성장 중)]

'딱 기다려라, 영감탱이. 바로 뒤집어 주마.'

성약성 말 들으면 자다가도 S급이 떨어진다고.

허구한 날 탑 좀 가라 종용하던 잔소리에도 다 맥락이 있으셨던 거다. 설마 이런 깜짝 선물이 기다리고 있을 줄은.

지오는 딴청 피우며 상태창을 힐끔거렸다. 열심히 유지 중인 포커페이스와 달리 탁자 아래에선 발가락이 꼼질거렸다.

각성자의 [타이틀]은 크게 두 갈래로 구분된다.

첫째로, 선천적인 숙명에 의한 각성자 개인의 정체성을 정의하는 [고유 타이틀].

예컨대 회귀자, 환생자 따위가 이에 속했고.

둘째는, 각각 [퍼스트] / [세컨드] / [서드]로 나뉘어 후천적으로 생성되는 [적업適業 타이틀]이다.

[적업 타이틀]은 재능 및 적성으로 인한 특성 여러 개가 모여 어떤 조건을 충족했을 때, 그것들이 상응하면서 개화하는 일종의 '직업' 비슷한 것이라 보면 됐다.

지오의 경우엔 각성과 동시에 숨겨진 특성, [불세출의 천재], [용마의 심장], [마력지체] 등이 해금되면서 최초 '대마법사'라는 퍼스트 타이틀을 얻었다.

격 높은 성위와 만난 버프로 종족 한계를 초월하고, 스킬 숙련도가 점점 높아지면서 '대마법사'에서 '마술사왕'으로 최종 개화했고.

그리고 그렇게 개화를 완전히 마친 타이틀과 관련된 특성은 웬만해선 성장하지 않는다. 무협 소설처럼 뭔가 심오한 깨달음을 얻는다든가, 아주 드라마틱한 계기가 없다면.

견지오 역시 본디 타고난 보유 마력은 언리미티드이나, 아직 [타이틀 특성]의 성장도가 1단계에 머물러 있어 마력 회로에 제한이 걸려 있었다.

그래도 넘치도록 충분해서 여태 내버려 뒀으나…….

알아서 오른다는데 받아먹지 못할 이유 전혀 없죠. 그렇죠. 게다가 지금은 튜토리얼 워크. 탑 공략도 인 하고, 앉아만 있는데 숙련도가 오른다니?

꿀 빠는 것도 이 정도면 살짝 미안해지려 한다.

지오는 태연한 척, 튜토리얼에 흥미 생긴 척, 뉴비를 발

굴하는 노련한 선배인 척 유리 너머 광장으로 진지한 시
선을 던졌다.

'수상한데.'

스멀스멀 올라가는 그 입꼬리와 꼼지락대는 발을 못 볼 리
없는 범이 눈매를 좁혔다. 하지만 그가 뭐라 지적하기 직전.

▷ Opening Soon **00:00:00:00**

《만류 천칭의 탑, 성지星地 바벨에 오신 걸 환영합니다.》

《당신의 이름을 천문에 울리세요. 별들이 부름에 응할 것입
니다.》

**[튜토리얼이 시작되었습니다.]**

[Ground F: 튜토리얼 시나리오 — 〈시작의 제전: 인간 실격〉
Start!]

드디어 튜토리얼의 막이 올랐다.

/S급 각성자 견지록 님의 파티 '받아'가 생성되었습니다./

/선택하신 파티 채널의 카테고리는 [친목]입니다. [친목]에

서는 분배 방식 설정을 비롯한 파티의 여러 기능이 제한됩니다. (전체 보기)/

　/익명 님이 [친목] '받아'의 초대를 거절하셨습니다./
　/익명 님이 [친목] '좋은말로할때받으라고'의 초대를 거절하셨습니다./
　/익명 님이 [친목] '하……'의 초대를 거절하셨습니다./
　/익명 님이 [친목] '받으면 십만원'의 초대를 수락하셨습니다./

　/초대된 대상은 이름 비공개 상태입니다. 임의 변경하시겠습니까? 변경된 이름은 상대에게 보이지 않습니다./
　/[임의] 닉네임이 변경됩니다./

　[나: 야 삼수생]
　[나: 피했겠다]
　[나: 이틀 만에 나타나서 눈을 피해?]
　[나: 너어는 진짜 인간이 덜 ㄷ]
　[나: 잠깐]
　[나: 너웃 윫그거 뭐야]
　[나: 그거 남자 옷 아냐? 너설마남자집에서외박했냐????]
　[나: 읽씹이 이젠 아주 습관이지]
　[나: 당장 그쪽으로 가기 전에 답해라]

[나: 일어난다 지금]

[나: 다리에 힘줬다 지금]

[엄마의큰실수: 친구가]

[엄마의큰실수: 도희가 덩치가 좀 커]

[나: 도희는누군디]

[나: 누군데]

[엄마의큰실수: 있음 백도희]

[엄마의큰실수: 넌 모르는 애]

[나: ? 내가 누나 친구들 다 아는데 뭔; 친구라곤 평생 유치원 동창 셋밖에 없는 히키코모리가]

[엄마의큰실수: 록아]

[나: ㅇ]

[엄마의큰실수: 이거 튜토 계속 유리창으로 내려다봐야 해?]

[엄마의큰실수: 보기 힘드러 누나 난시죠 ( ˙˙̭˙ )]

[나: 그러니까]

[나: 맨날 폰이랑 컴만 붙들고 있고 누워서 웹툰이나 보고 내가 너 소설 그만 좀 보랬지]

[나: 저번달 요금 얼마 나왔는지 알기나 해? 대체 니 인생 장르가 현판 깽판물인데 현판소를 왜 읽고 있냐고]

[엄마의큰실수: 요즘엔 카카페 로판 보는뎅]

[엄마의큰실수: 최애는 흑발이 멋진 차가운 북부의 악마 대공 윈터]

[엄마의큰실수: 이혼남이고 자꾸 으르렁대긴 하는데 멋져 짱 설렘]

[나: 그럴 시간에 탑이나 올라 제발]

[엄마의큰실수: (˃̣̣̥᷄⌓˂̣̣̥᷅)]

[나: 으휴]

[나: 지금 이렇게 눈으로 보는 건 광장뿐이고 시나리오 시작하면 미션 필드 바뀌면서 참가자들도 이동해]

[나: 그럼 나눠진 그룹이나 구역별로 모니터가 뜸 그거 보면 돼]

[나: 실시간 순위도 뜨고]

[엄마의큰실수: ㅇ]

[나: ?]

[나: 야]

[나: 이게 진짜]


8


[3, 2, 1.]


익숙한 탑의 카운트다운.
백도현은 가만히 눈을 감았다.

심장이 요동칠지언정 마음만은 호수처럼 고요했다. 며칠 전부터 계속 이런 상태인 것 같다. 절망적인 상황에서 회귀했음에도 결코 초조하지 않았다.

이젠 알고 있으니까.

'미래는 달라질 수 있다.'

직접 겪지 않았나? 왕과 만났고, 3월 선릉역 그라운드 제로가 사라졌다. 무엇보다도…….

죠는 아직 인류의 편이다.

다시 뜬 백도현의 눈이 차분하게 빛났다.

'바꿀 수 있어. 충분히.'

두 번째 기회. 두 번째 재입장.

회귀 전, 동일한 조건에서 F급 백도현의 튜토리얼 성적은 3등. 최종 소요 시간 나흘.

《바벨탑에 돌아오신 걸 환영합니다, 백도현 님.》
《튜토리얼이 시작되었습니다.》

그리고 오늘 그는, 이번 기수의 새로운 1등으로서 탑의 최단 기록을 갈아 치울 생각이었다.

마술사왕, 죠.

전적은 불패. 별명은 폐하.

죠의 인기는 타의 추종을 불허했다.

알려진 신상도, 하는 일도 없는데 어떻게 가능하냐 싶겠지만, 바벨 시대에 최상위 랭커의 인기란 따 놓은 당상이나 마찬가지.

하물며 죠는 최초 등장부터 이미 구국救國 영웅, 데뷔 이래 단 한 번도 순위를 내준 적 없는 부동의 일인자였다.

무엇보다도 그 예술적인 등장 타이밍.

죠는 정말 '네가 이래도 안 나타나나 보자' 정도의 상황이 되어서야 한 번씩 나타났다.

사람들이 '얘들아 우리 이번엔 진짜 찐으로 망한 것 같다. 다들 다음 생 준비하고 그럼 저승에서 만나' 싶을 때 구세주처럼 극적 등판했다는 소리다.

제일 결정적이었던 이벤트들이 바로, 근 10년 사이 일어났던 세 번의 1급 균열.

첫 번째 1급 재앙 당시.

어디선가 흑룡을 타고 날아온 죠가 발록의 목을 사이다 뚜껑처럼 따 버렸을 때. (일명 '병따개 이니죠 발록 따개죠' 사건 — 현세 우튜브 소회 수: 78.9억 Views)

사실상 죠의 인기는 정해진 거나 다름없었다.

심지어는 그 비슷한 짓을 두 번이나 더 했으니.

그뿐인가? 이놈의 1급 균열들은 담합이라도 한 것처럼 꼭 세계 여러 국가에서 동시 생성된다. 결과를 놓고 각국끼리 비교를 안 하려야 안 할 수가 없는 판.

그런 판국에 법사계 원 톱을 보유한 한국의 피해가 제일 적은 건 너무나도 당연해서.

이건 뭐 거의 국뽕을 퍼마시라 입 벌리고 때려 박은 격이었다.

다각도로 촬영한 라이브 전투 영상과 팬들이 눈 돌아가 편집한 매드 무비들의 뷰 수는 하늘 높은 줄 모르고 치솟았다.

기자들은 개나 소나 부여잡고 두 유 노 죠를 시전하기 시작했고.

활활 타오르는 국뽕에 최종적으로 기름을 부은 방화범이 바로 전 세계가 사랑하는 슈퍼스타……. 미국 랭킹 1위의 티모시가 방한했을 때였다. 모여든 수백 개의 마이크 앞에서 그가 입을 뗐다.


「여기가 죠의 나라입니까?」


게임 끝이었다.

기본적으로 무관심하긴 해도 죠는 자신의 인기를 싫어하지 않았다. 1번 채널에 소속된 랭커들이라면 다 아는 얘기다.

최다뷰잇이 옛헴 제 인기를 자랑할 때면 불쑥 나타나 자기 영상의 링크를 뿌리곤 했으니까. 나라가 위기를 맞을 때마다-약간 늦긴 해도-어쨌든 늘 나타나 줬고…….

그런 사람이 왜 인류로부터 등을 돌렸을까.

답은 하나밖에 없다.

'키도Kiddo, 난 이번에 누구보다도 빨리 올라가겠다.'

그리고 반드시 너를 찾아내 죽이리라.

백도현은 표정 없는 얼굴로 검을 털었다.

핏방울이 흩뿌려진다. 점점이 붉게 물든 풀밭에 널브러진 시신들.

마지막으로 남은 참가자가 주저앉은 그대로 뒷걸음쳤다. 이가 딱딱 부딪쳤다.

"사, 살려…… 살려 주세요!"

"죽지 않습니다. 아시지 않습니까."

"제발!"

"이건 단지 우리의 인간성을 기세하는 과정일 뿐입니다."

단순한 필멸자가 아닌, 세계와 인류를 지켜 낼 수호자로서.

"제발요……."

"미안합니다. 밖에서 만난다면 사과드리겠습니다."

사선으로 그어지는 검. 백도현은 힘을 주어 목뼈를 끊어냈다. 뜨거운 피가 뺨으로 튀었다. 그는 고개를 살짝 들었다.

[동족을 처치했습니다.]
[스페셜 포인트 50점 획득!]

[흠잡을 데 없는 일격! 경이로운 재능입니다.]
[숨겨진 특성, '**세기의 천재**(영웅)'가 해금됩니다.]
[적업 타이틀의 개화 조건을 충족하였습니다. (5/5)]
[퍼스트 타이틀, '**심판의 검**(준신화)'이 발아 단계에 들어갑니다.]
[악을 멸하고 질서를 보호하는 성위가 당신을 눈여겨보기 시작합니다.]

《백도현 님의 현재 포인트: 10,270점》
《튜토리얼 현 순위 1위. 단독 선두입니다.》

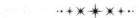

"장난하나. 황금 세대는 개뿔. 개큰 황금알 딱 하나네."

올챙이 놀이터에 웬 황소개구리 하나가 껴서 도륙을 내

고 있다. 〈여명〉 길드장, 6위 랭커 황혼은 실시간 순위를 확인했다.

튜토리얼이 시작된 지 고작 한 시간 이십 분.

스타트부터 오, 저거 좀 놀아 본 놈인가 싶더니 벌써 만점을 돌파하셨다.

뉴비들 싸움이란 자고로 마구잡이 뒤엉키는 맛인데, 덕분에 1등 자리가 도통 요지부동이었다. 빼곡한 문신과 달리 피어싱 자국 하나 없는 귓바퀴를 만지작대며 황혼이 혀를 찼다.

"간만에 신입 좀 데려가 볼까 했더니 피 터지겠네. 점마, 뭐 좀 나오더냐? 아님 쌩신인?"

"그건 아니고 엊그제 매스컴을 한 번 탔답니다. 선릉역의 영웅이라고."

"……엊그제? 선릉역? 확실하나."

손깍지를 껴 상체를 수그리며 황혼이 물었다.

진지한 낯과 다르게 달달 떠는 무릎을 보며 그의 오른팔 우나샘이 떨떠름히 끄덕였다.

아까 〈은사자〉 쪽 대화를 엿들은 이후로 쭉 저 상태.

38층을 깼는데도 순위가 안 바뀌었다며 견지록을 죽어라 누려보던 꼴에 비하면 낫긴 히디만…… 이것도 이것 나름대로 적잖이 추했다.

"쟈 몸값 얼마면 되겠노."

"왜요, 저것도 수집하시게? 쟨 마술사왕의 옷자락도 못 봤을 겁니다."

"확 마!"

팍 인상 구긴 황혼이 한쪽을 힐긋대며 목소리 낮췄다.

"인연. 인연. 빅 픽처. 나중에, 어? 스몰 토크의 주제가
되잖아. 니 어디 좀 빙신이가."

'빙신은 KTX 타면서 봐도 빠돌이 너 같은데…….'

금세 눈이 초롱초롱해진 제 헤드를 뒤로하고 우나샘은
주변을 둘러봤다.

실시간으로 바뀌는 순위를 열심히 기록 중인 길드 스
카우터들부터, 각자 관심 가는 모니터 앞에 서서, 혹은 소
파에 앉아 얘기 나누는 사람들까지.

겉보기엔 그저 평소와 다름없는 모니터 룸.

하지만 한국 최정상의 괴물들이 지금 죄 한쪽으로 촉
각을 세우고 있다는 사실은, 내로라하는 랭커들만 모인
이곳에서도 극소수만이 알고 있는 흐름이었다.

우나샘은 은사자들 근처의 검은 후드에게서 애써 시선
을 뗐다.

한번 인식하고 나니 왜 몰랐나 싶을 정도였다.

그 '은석원'의 옆에서 지하철 1호선 진상 취객처럼 철퍼
덕 앉아 있음에도 저렇게 위화감이 없는데.

물론 태도 말고 겉으로 드러난 힌트가 일절 없긴 했다.
솔직히 황혼이 귀띔해 주지 않았더라면 우나샘의 수준에

선 끝까지 몰랐을 뻔했으니까.

랭킹 15위인 그가 존재감조차 읽지 못하다니…….

같은 공간에 있어 보니 얼마나 격이 다른 괴물인지 새삼 실감했다. 마술사왕을 과소평가했던 건 절대 아니나 이건 상상 이상이다.

그야말로 천외천天外天.

"한참 더 높은 경지가 있다는 것에 기뻐해야 할지, 좌절해야 할지……."

"뭔 헛소리고."

"아닙니다. 그냥……."

말끝을 흐리는 오른팔을 보며 황혼이 피식 웃었다.

"마 웃기네. 우로 오르는 건 대가리인 내가 한다. 니들은 내 등이나 보고 따라와."

"……네, 헤드."

"쓸데없이 계산기 두드릴 거면 쟈 몸값이나 계산…… 어, 어? 뭔데, 뭔데! 저거 어디 가노."

발길이 향하는 방향은 맨 앞 열의 〈은사자〉 무리.

그의 앞을 지나쳐 당당히 돌진하는 최다윗을 보며 황혼이 히둥지둥 팔을 뻗었다.

허둥지둥이긴 했어도 S급의 순발력이 어디 가진 않는다. 갑자기 옷자락을 붙잡힌 최다윗이 야차처럼 인상을 찌그러트렸다. 아, 씨.

"뭐 이 배달의민족 야식 파트 VVIP 새꺄."

"가스나 처돌았나. 밖에서 그래 부르지 말라 분명 경고했제."

"아 그래서 뭐어!"

"……어, 어디 가는데 니?"

"딱 보면 모르냐? 저기 저쪽."

"와 하 진짜 돌았네 이거. 설마 내 생각하는 그 이유가? 랭커 국룰 까뭇나. 같은 채널 사람들끼리는 서로 신상 지켜 주는 거. 매너는 뭐 어데 갖다 집어던졌는데! 니 지금 이래 뜬금포로 쳐들어가믄 여기 인간들 시선 싹 다 몰린다. 지금도 아마 어? 눈치 빠른 아들은 거의—"

"됐고."

속사포 부산 사투리를 최다윗이 손 들어 잘라 냈다.

조용히 둘을 지켜보던 우나샘은 그 순간 깨닫는다.

'저건…… 뒷배가 있는 당당함이다.'

"누구 마음대로 뜬금포래? 주 2회. 성북동 헌터 스포츠 타운."

"……."

"이 몸 은사자 할아버지랑 같은 스쿼시 동호회시다."

"……!"

"언제든 가서 하하 호호! 떠들 수 있는 사이인데?"

황혼의 눈이 화등잔만 하게 커졌다. 말로만 듣던 도, 동호회 네트워크! 그를 내려다보며 최다윗이 비릿하게 미소 지었다.

"다이내믹 코리아는 인맥이다. 좆만아."

다윗아 너는 다 계획이 있구나?

당당한 걸음걸이에는 전부 맥락이 있으셨다.

휙 돌아서는 최다윗을 멍하니 보던 황혼이 뒤늦게 후다닥 부여잡았다.

사실 몇 분 전에 '앉아 있으니 몸도 찌뿌둥한데 산책이나 해 볼까? 어라, 드넓은 모니터 룸을 걷다 보니 우연히 은사자들 근처네. 아이고 반갑습니다~'까지 스토리를 짜서 일어났지만.

먼저 접근한 정길가온이 범의 선에서 잘려 나가는 꼴을 보고 아무 일 없던 척, 기지개 켜고 휘파람이나 불며 앉아 있던 참이었다.

"아씨 또 뭐!"

"……누, 누나야, 내도 같이 가."

"……."

랭킹 6위 황혼이 비에 젖은 강아지 눈빛을 시전했습니다. 대사는 '누나야, 내도 같이 가'였지만, 발음은 '누나아 내두 가티 가아'였다.

못 볼 걸 본 최다윗의 표정이 썩어 들어가던 찰나.

쿠웅-!

쿠구구구구!

"……뭐고."

"방금 흔들린 거 맞지?"

민첩하게 균형을 잡은 최다윗이 곧장 주위를 확인했다. 다들 별반 다르지 않은 반응. 비단 그녀만 느낀 것이 아니다.

'탑'이 흔들렸다!

[댫▨▨▨?※쉚쎴▨◆▨가 ??▨▨를 ◆◆▨합니닭? ? ?]

**[바벨탑 ― 긴급 서버 점검을 실시합니다.]**

[로컬 서버 점검 시 네트워크 방어벽이 일시적으로 약화됩니다. 주의 바랍니다!]

《외부 요인으로 인해 튜토리얼 난이도가 재조정됩니다.》

《시나리오가 시작된 튜토리얼은 중단이 불가능합니다.》

"이게 뭔 개소리야……!"

누군가 황망해져 중얼거렸다.

서버 점검이라니? 역사상 한 번도 일어난 적 없던 일이다.

그리고 바로 그때.

랭기 2번 채널, 혹은 그보다 하위 채널에 소속된 각성자들의 표정이 심상찮게 급변하기 시작했다. 각자 다급한 기색으로 윗사람을 찾는다.

황혼 역시 빠르게 전달받았다.

"뭐, 서든 게이트? 세 개가 동시에?"

바벨탑 내부에선 전자 기기가 먹통이다.

외부와 통하는 연락 수단은 랭커 채널뿐이고, 설상가상 '돌발' 균열은 바벨로부터 예고받을 수도 없는 종류였다. 때문에 상위 전력은 만일을 대비해 반드시 로테이션으로 스케줄을 짜지만……

튜토리얼 위크가 괜히 오피셜 휴식기라 불리는 게 아니다. 튜토리얼이 진행될 땐 게이트가 나타나지 않는다는 것이 세간에 굳어진 통설. 그에 따라 하이 랭커 태반이 탑 안에 있는 바람에 외부에서 급히 여러 채널을 수배해 연락한 것이었다.

우나샘은 굳은 낯으로 마저 급보를 이었다.

"남양주는 4급. 북한산과 수원에는 각각 2급 균열로 추정된답니다. 아무래도 가 봐야……!"


콰지직- 파악!


…….

기묘한 석막이 내려앉는다.

광장을 내려다보는 모니터 룸 전면 시야.

그 유리벽이 모종의 충격파로 인해 박살 난 것은 아주

찰나에 벌어진 일이었다.

거한 파열음과 함께, 부서진 유리 잔해가 그대로 장내를 덮쳤어야 옳지만…… 마치 시간이 고정된 것처럼, 잘게 쪼개진 형상 그대로 허공에 멈춰 서 있는 파편들.

황혼은 퍼뜩 한쪽을 돌아봤다. 본능적인 행동이었다.

그리고 정답이라는 듯 후드를 쓴 뒷모습이 다시 한번 발을 탁, 가볍게 굴렀다.

사아아아아……!

잔해들이 일시에 빛가루로 화해 사라진다.

아무런 흔적도 남기지 않고.

광범위하며 지독하리만치 섬세한 마력 컨트롤.

그러나 두 눈 뜨고 보면서도 마력이 움직였다는 사실조차 느낄 수 없었다. 이 자리 전원이 마력을 다루는 데 능란한 랭커들임에도.

이 사실이 시사하는 바는 단 한 가지뿐이다.

경악 혹은 경외.

공통된 깨달음으로 말을 잃은 좌중 한가운데서 '은사자', 은석원이 몸을 일으켰다.

"뭣들 하고 있나. 퇴장하시게. 우리가 해야 할 일을 해야지, '헌터'들."

그에 맞춰 드디어 랭커 1번 채널에서도 뜨는 알림.

표시된 랭킹 숫자는 9. 센터 소속 긴급대응반 구조진압

1팀 김시균 팀장의 전언이었다. 상황이 긴급하니 서둘러 달라는.

급히 정신을 추스르며 하나둘 탑에서 퇴장하는 랭커들. 와중에도 몇 명이 끝까지 미련을 버리지 못하고 힐긋거렸다.

"그럼 튜토리얼은……."

"괜찮을 걸세. 우리에겐 언제나 돌파구가 있지 않았는가."

확신을 담아 답하며 은석원은 바라본다.

가로막던 유리벽이 사라진 곳.

우두커니 서서 텅 빈 광장을 내려다보는 등. 바벨과 별들이 친애해 마지않는 작은 왕의 등을.

·· ✦ ✴ ✦ ··

마술사왕 죠는 두 손을 주머니에 꽂은 채 광장을 내려다봤다. 그리고 생각했다.

'(구) 랭킹 1위인데 못 참고 관종 짓…… 해 버렸습니다.'

힘숨방 신조로 다스리기엔 지나치게 간지 작살 타이밍이었다. 허공을 향한 눈빛이 앤지 아련 씁쓸하다.

'그래도…… 가오 죽였어, 견시오…….'

폼생폼사…… 가오살 가오죽.

후회는 어, 없다…….

··✦✳✦✳✦··

지지직—

튜토리얼 필드를 비춰 주던 모니터들도 전부 노이즈가 낀 채 먹통.

갑작스러운 난이도 변경 알림 이후 시나리오 상황이 어떻게 돌아가고 있는지 전혀 파악할 수 없었다.

"바벨에 모니터 룸 같은 공간이 존재하는 이유를 아나, 죠?"

"싹수 보이는 놈 건져 가서 함 키워 봐라."

"그것도 옳지만, '모니터링'의 본질은 예기치 못한 상황을 대비하기 위함이지. 그 대상이 초보자라면 응당 보호를 위한 관찰일 테고."

〈은사자〉의 길드장과 부길드장, 견지록, 그리고 죠.

전부 떠나고 극소수만 남은 룸은 조용했다. 은석원이 진중한 어조로 말을 이었다.

"루키들을 여기서 잃어선 안 되네. 그들은 미래야."

"웬 오바. 그냥 난이도 변경인데."

"나는 바벨이 모니터 룸을 마련해 둔 건 이런 돌발 상황을 위한 안배였다고 보네. 탑이 흔들렸어. 처음 있는 일이잖나. 결코 좋은 징조는 아닐 걸세."

"……어쩌라고?"

지오는 심드렁하니 말을 이었다.

"알아서들 나오겠지, 애야 뭐야? 안에 뭐 아는 사람이라도 있-"

'헉?'

있었다.

사자 할배 말고 견지오가.

후드 아래서 지오의 동공이 흔들렸다.

'그러고 보니 배, 백 집사……!'

아까까지 소파에 느긋하게 앉아 '가랏, 회귀자몬. 일등은 너로 정했다!' 속으로 낄낄거리기까지 했으면서 깜빡하다니.

급격히 말이 사라진 지오. 그에 길드원들을 먼저 보내고 홀로 남았던 견지록이 참지 못하고 입을 뗐다.

"어떤 심정이신지 알겠습니다만, 은사자. 이미 시작된 튜토리얼은 중단도, 우리 쪽에서 출입도 불가능합니다. 잘 아실 텐데요. 불가능한 일로 견지오한테 부담 주지 마시죠."

"그럴 의도는 아니었네만. 그리 들렸다면 사과하겠네."

"아닙니다, 사과까진……. 뭐 답답한 건 저 역시 마찬가지니까요. 성위들이 도와준다면 또 몰라도, 누가 억지력까지 행사해 가면서 랭커에게 '선용 티켓'을 주려 하셨습-"

움찔.

"……."

"……."

지오는 마른침을 삼켰다.

싸늘하다. 가슴에 비수가 날아와 꽂힌다.

하지만 걱정하지 마라. 철면피에는 빈틈이 없으니까. 이대로 아무 일 없다는 듯 집으로…….

"……동작 그만. 철면피 켰냐?"

'제기랄. 아귀 같은 놈.'

**[특성, '철면피'가 비활성화됩니다.]**

매처럼 후드를 낚아채는 견지록의 손.

끼기긱, 깡통 로봇이 삐거덕거리듯 지오의 고개가 돌아갔다.

"아아니? 내애애가?"

"너……. 진짜 궁금해서 그러는데 거짓말 엄청 못하는 거 알고 있냐? 나도 제발 속아 넘어가 보고 싶다. 됐고. 바른대로 불어. 네 팔불출 성약성이 프리 패스 줬어, 안 줬어?"

"시나리오 쓰고 있네, 밤비 새끼가!"

"구라 치다 걸리면 손모가지 날아가. 어?"

투닥투닥. 투그닥투그닥.

견씨 남매 싸움을 지켜보던 은석원이 걱정스레 옆에 물었다.

"범아, 말려야 하지 않느냐. 아이들 말이 너무 험하구나."

"내버려 두세요. 쟤네 지금 노는 겁니다."

경력 10년의 베테랑 베이비 시터 범이 담담하게 답했다. 견지오를 돌보면서 수백 번도 넘게 봐 온 고양이 VS 사슴의 대환장 파티였다.

그의 말처럼 아옹다옹 투닥대던 싸움은 퍽, 견지록이 지오의 팔목을 걷으며 끝이 났다.

"흐억……!"

팔뚝 안쪽에 선명히 찍혀 있는, 백색의 바벨 문장.

일반적인 [티켓]과 달리 좁쌀만 한 크기지만, 잘난 랭커들 시력엔 또렷하게 보였다.

성약성이 성위 고유 권한으로 임의 발권하는 [전용 티켓]이다. 다르게는 이렇게도 불렀다.

프리 패스.

보통 탑에 입장하려면 입장 티켓을 지참하거나, 또는 바벨 네트워크에 각성자로서 닉네임이 정식 등록되어 있어야 한다.

따라서 [전용 티켓]의 본래 용도는 튜토리얼을 거치지 않고 성위에게 간택을 받아 선先 각성한 별수저들을 위한 안배였다.

튜토리얼의 최종 목적이 [천문] 간택인 만큼, 이미 성약을 마친 화신에겐 튜토리얼이 필수적이지 않지만 성장을 위한다면 뭐든 빼지 않는 게 좋은 법.

하여 화신의 요청에 성약성이 인심으로 '아이고 그래, 귀여운 내 새끼. 경험 삼아 밑바닥부터 겪어 보는 것도 나쁘진 않지 ㅎㅎ' 하며, 예외적으로 마련해 주는 입장권이었지만…….

사실 그런 경우는 없다시피 드물고.

본 의도와 다르게 변질되어, 자기 성약성과 친한 화신들이 졸라서 받아 내 어른의 다양한 용도로 쓰곤 했다. 말그대로 탑의 룰보다 위에 있는, 개방된 층이라면 어디든 갈 수 있는 '프리 패스'였으니까.

도깨비불로 담배에 불붙이며 범이 깔끔하게 대화를 마무리했다.

"사쿠라네?"

"……커험."

'아씨. 씨이. 그니까 내가 티켓 좀 그만 남발하라고 몇 번을!'

살면서 구경조차 어려운 프리 패스래도 이쪽에겐 아니었다. 도무지 탑에 가질 않는 견지오 때문에 거의 매일 성약성과 장난식으로 주고받던 것.

견지록이 말을 꺼내기 전까진 지오도 받았다는 사실 자체를 까머고 있었다.

[당신의 성약성, '운명을 읽는 자' 님이 나라고 이렇게 될 줄 알았겠냐며 턱을 긁적입니다.]

[울 애기 오빠 믿지? 잠시만 있어 보라고 이왕 이렇게 된 거 바벨 주머니라도 털어 와 보겠다며 오구오구 달랩니다.]

세 남자의 뜨거운 시선 속.

궁지에 몰린 지오가 그렇게 눈만 도로록 굴리고 있을 때.

띠링-!

과연 능력 좋은 팔불출의 행동력은 대단했다.


[퀘스트 도착!]


˘ 이벤트 퀘스트 /조건부 랭커 전용/

▷ 도와줘요 마술사왕~

· 난이도 | EASY

· 목표 | 튜토리얼을 종료하라

— 에러 코드: unknown으로 GF 시나리오 — 〈시작의 제전: 인간 실격〉이 위기에 처했습니다(˃˂) 통제가 풀린 위험 요소들을 제거하여 시나리오를 무사히 끝내 주세요!


[완료 보상]

· 고유 스킬 숙련도 3% UP

· 시나리오 진행 동안 성장 버프 가속화(5배)


으으음.

"……선배로서 위기에 빠진 후배들을 두고만 볼 순 없겠지."

"……?"

"이것이 나의 사명이라면 받아들이는 수밖에."

"……."

"여긴 내게 맡기고 다들 가 봐. 튜토리얼 이놈은 갓지오가 상대한다."

"……뭐야, 이 우디르급 태세 전환은?"

뭣 씹은 표정으로 견지록이 중얼거렸지만, 지오는 무시하고 늠름하게 뒤돌아섰다.

장초를 꺾어 없앤 범이 찡그린다.

"견지오, 진심이야?"

"녜에."

"장난 말고. 고양이 장난에 병아리는 죽어."

"녜엥. 잔소리는 1절만."

지오는 신경 끄고 [티켓]에 마력을 주입했다. 탑 성애자 견지록 덕분에 사용 방법쯤이야 잘 알고 있다.


《견지오 님이 전용 티켓의 사용을 요청합니다.》

《올바른 권한 소유자. 승인 완료되었습니다.》

《현재 견지오 님이 계신 곳은 0층 모니터 룸입니다. 이미 입장한 관계로 '탑의 입장'에 해당 사항이 없습니다. 다른 층의

입장 권한으로 대체합니다.》

《원하시는 층수를 말씀하세요.》

지오가 답했다.

"그라운드 플로어."

《그라운드 플로어. 광장. 튜토리얼 시나리오 — 〈시작의 제전: 인간 실격〉》

《현재 진행 중인 시나리오입니다. 중도 입장하시겠습니까?》

《확인. 견지오 님 1인의 예외 입장을 허가합니다.》

수면 위 파문이 일듯 허공에 문이 생겨났다.

미풍에 단발이 휘날린다. 일렁이는 불빛이 얼굴을 물들였다. 시선들을 뒤로하고 지오는 문고리를 잡았다.

바벨탑에 들어온 지 한 시간 사십 분 경과.

현재 고유 스킬 숙련도 17.033%.

'흠. 아직도 2등 콩죠 손절 안 한 친구?'

[딩신의 성약성, '운명을 읽는 자'가 매수한 직도 없다며 '1등 지오바라기'라고 적힌 해바라기 탈을 주섬주섬 꺼내 씁니다.]

'굿.'

그럼 가 볼까?

왕관 '탈환'하러.

지오는 웃었다. 반나절도 길다.

귀찮고 성가셔도 운명은 운명. 나태하고 무관심해도 왕은 왕. 견지오는 타고나길 왕으로 태어났다.

그러니 단 한 순간도 아니어선 안 됐고, 아닐 이유 역시 없었다.

---

## AWAKENER STATUS

· 이름: 견지오

· 나이: 20세

· 등급: **S급 — 전투계 | 마력 특화**

· 랭킹: (in progress)

· 성향: 자유롭게 방관하는 지배자

· 소속: 행성 어스 — 대한민국

· 하위 소속: 없음

· 성위: 운명을 읽는 자 | [유일 진眞 화신 — **전지全知의 사서**]

· 퍼스트 타이틀: **마술사왕**(신화)

· 고유 타이틀: 일인자, 만인지상, 세계의 왕, 불패의 정점, 폭군, 게으름뱅이, 철부지

---

## 9

나조연은 이를 악물었다.

바벨탑 튜토리얼의 악명에 관해선 익히 들어 온 바다. 일반인이었던 비기너들에게서 살육의 망설임을 지워 내기 위해 무조건 인간형 마수만 나온다고.

그 말 그대로였다.

〈인간 실격〉이라는 테마에 맞춰 이번 튜토리얼의 시나리오 몬스터는 식인종.

겉보기엔 일견 평범해도 입이 허리 아래까지 찢어지는 괴물들이었다. 참가자들을 산 채로 삼키거나 찢어 잡아먹는 잔혹성과 흉악함을 자랑하는.

그럼에도 외형은 어쨌든 인간인 만큼, 정신만 똑바로 차리면 충분히 맞서 볼 만한 상대이기도 했다.

분명히 그랬을 텐데…….

'미친, 왜 갑자기 진화하고 난리냐고! 니들이 디지몬이냐!'

《외부 요인으로 인해 튜토리얼 난이도가 재조정됩니다.》
《시나리오가 시작된 튜토리얼은 중단이 불가능합니다.》

[난이도 조정에 따른 조치로 튜토리얼 시작 시 주어진 아이템 외 임시 무기를 배급합니다. 무기는 참가자 개인 특성에 맞춰 임의 제공합니다.]

[현재 시나리오 내 생존 중인 참가자 전원의 체력이 완전 회복됩니다.]

['동족 처치'의 포인트가 50점에서 0점으로 변경됩니다. 더 이상 참가자들끼리의 결투로 점수를 획득할 수 없습니다.]

바벨의 다급한 알림이 여러 개 뜬 직후부터다.

날개 달린 식인종, 머리가 두 개 달린 식인종 등등. 요목조목 예쁘게 뜯어봐 줘도 절대 인간 느낌은 아닌 몬스터들이 출몰하기 시작했다.

'나, 나…… 돌아갈래애애……!'

물론 바벨의 다른 층과 다르게 튜토리얼에선 죽어도 정말 죽지 않는다는 걸 머리로는 알고 있지만…….

이게 정말 무슨 온라인 게임도 아니고. 죽는 게 쉬울 리가 있나?

심지어 고통은 필터링되지 않고 고스란히 전해진다.

거인 식인종에게 뜯어 먹히던 파티원들의 하드 코어한 비명이 여태 귓가에 생생했다. 총 다섯 명의 파티였는데, 나조연만 빼고 깔끔히 전멸했다.

후욱, 후우우욱!

식인 거인의 뜨거운 콧바람이 머리 위를 스쳤다. 섬뜩했다.

나조연은 바위 아래로 몸을 더욱 바짝 웅크리며 수십 분 전의 선택을 후회하기 시작했다.

'젠장, 젠장! 누가 봐도 주인공처럼 생긴 그 자식 따라갈걸……!'

수십 분 전, 우연히 맞닥뜨렸던 백도현.

튜토리얼 순위는 참가자 모두에게 실시간으로 공개된다.

사람 좋은 얼굴로 무시무시한 점수를 기록하고 있는 게 영 소름 끼쳐서, 백도현이 (의외로) 동행을 제안했지만, 나조연은 (쿨하게) 거절하고 나중에 만난 파티를 선택했다.

'그놈 따라갔으면 적어도 식인 거인한테 찢겨 죽진 않았을 텐데.'

"흑……."

답답해서 저도 모르게 샌 울먹임. 제가 낸 소리에 희게 질려 나조연은 퍼뜩 몸을 굴렀다.

콰앙! 크어어어어!

"아악!"

부서진 돌 부스러기기 시방으로 튀었디.

방금까지 나조연이 몸을 숨기고 있던 그 바위였다. 조금만 늦었어도 박살 난 건 바위가 아니라 그녀였을 터다.

나조연은 손바닥이 피투성이가 되는 줄도 모르고 엉금

엉금 기었다. 일어나야 하는데 공포 때문일까, 도저히 다리에 힘이 들어가질 않았다.

"제, 제발, 움직여어어⋯⋯!"

'살려 주세요. 아무나 제발!'

사실, 회귀자 백도현이 나조연에게 동행을 제안한 것은 그녀가 타고난 고유 특성 때문이었다.

특성, [광신도].

무얼 믿든, 숭배 대상이 무엇이든 중요치 않다. 일부 신성 계열 성위들이 판단하는 기준은 오로지 그 신앙심의 순수성.

지닌 마음이 순수할수록 그들로부터 선택받을 확률도, 또 고위 등급으로 각성할 확률도 높았다.

지금의 나조연은 모르겠지만, 백도현이 기억하는 이전 세계의 그녀는 더블 A급 힐러였다. 타고난 순수성으로는 어디 가서도 뒤지지 않는다는 뜻.

그리고 그런 나조연의 간절함을 바벨도 외면하지 않았다.


"[영역 선포.]"


라이브러리, 구현화具現化

『마탄의 사수 — 백발백중의 총』

『강화 키워드: '교활한 자미엘아, 은으로 된 내 총구엔 일곱 번째 탄환이 없다.'』

차라라라락–

'책장…… 소리?'

여러 겹의 종잇장이 넘어가는 소리를 들은 것 같다. 그렇게 생각하며 나조연이 꽉 감았던 눈을 뜨는 순간.

타아앙–!

매서운 총탄성이 울렸다.

책 따위가 아니었다.

쿠궁!

비명도 없이 이마 정중앙을 관통당한 채 쓰러지는 거인.

나조연은 멍하니 고개를 돌렸다.

사나운 연기와 바람이 흘러오는 방향. 필드 가운데 유유히 홀로 선, 새까만 후드를 눈 밑까지 내려쓴 자.

겨눴던 은제 대물 저격총을 어깨 위로 툭 걸치며 말한다.

"올림픽 나갈까 봐."

'……총성이다.'

새 떼가 일제히 날아올랐다.

멀지 않은 거리다. 백도현은 고개를 들었다.

'이 기수에 사수射手 관련 특성을 지닌 자가 있었나?'

물론 저번에는 무기 발급 같은 이벤트가 없었으니 몰랐어도 이상하지 않다. 어차피 사수의 한계상 마력 특화 계열이 아니라면 별 의미 없겠지만. 만약 그런 재능의 소유자라면 그의 기억에 없을 리도 만무하고.

'위력이 대단한 것 같았는데…… 착각일지도. 예전의 내가 아냐. 그걸 잊어선 안 된다.'

심지어 변수까지 생기지 않았나.

아직은 변동 없는 순위를 확인하면서 백도현은 몬스터 사체에서 검을 뽑아냈다.

갑작스러운 난이도 변경과 마수들의 돌연변이화. 전부 원래라면 일어나지 않았을 일들이었다. 자신의 회귀로 인한 나비 효과인지 혹은 그 이상일지, 그걸 모르겠어서 문제지만.

'일단은…… 해야 할 일부터 하자.'

되도록 튜토리얼을 빨리 끝내 성약성과 다시 만나야 한다. 그것이 급선무였다.

백도현은 잠시 쉬었던 몸을 일으켰다.

동족 처치로 인한 스페셜 포인트는 사라졌고, 돌연변이들로 인해 난이도는 엉망이 됐다.

계획을 변경할 시점이었다.

[특성, '**추적자**'가 활성화됩니다.]
[오감이 소폭 상승합니다.]


'힐러가 필요해.'

부디 아직 죽지 않길 바라며, 그는 나조연과 헤어졌던 갈림길로 자취를 더듬어 갔다.


그렇게 한 30분 정도 지났을까.

"어? 도현 씨……?"

[추적자] 특성은 적업 스킬이 아닌 만큼 전문성에서 다소 떨어지긴 하나 제법 쓸 만했다.

백도현은 얼마 지나지 않아 후미진 개울가에서 나조연을 발견했다.

정확히는, 야생과 물아일체가 되어 있는 나조연을.

"조연 씨. 한참 찾았습니다. 그런데 그 모습은……?"

원시인처럼 물고기들을 낚고 있던 나조연이 허둥지둥 나무 작살을 뒤로 감췄다.

하지만 백도현은 이미 7녀 등 뒤이, 학살당해 밧줄에 꿰어 있는 물고기들까지 전부 목격한 후였다. 심지어 내장까지 깔끔하게 빼내 손질되어 있다.

'무슨 일이…… 있었던 거지? 왜 갑자기 베어 그릴스가

된 거야.'

"아, 아니. 이건 그게……."

"아뇨……. 괜찮아 보여서 다행입니다. 튜토리얼이라도
허기가 질 수 있는 거고."

'겨우 두 시간 반 지났지만.'

"생존 능력이 훌륭…… 하시네요."

"제, 제가 먹을 게 아니에옷!"

"예?"

울먹이는 나조연. 그 반응이 사뭇 거셌다.

당혹감을 누르며 백도현은 찬찬히 그녀를 다시 살펴봤다.
헝클어진 머리칼, 얼룩덜룩 지저분한 뺨, 짓무른 눈물 자국.

이제 보니 베어 그릴스가 아니라 다르게도 보인다. 마치
착취당하는 고대 노예처럼…….

백도현의 눈빛이 가라앉았다.

오래 헌터 생활을 해 왔던지라 정황 파악은 어렵지 않
았다. 그는 조심스럽게 한 걸음 다가갔다.

"나조연 씨, 혹시 신변에 위협을 느끼는 상태입니까?"

"느, 네?"

"괜찮습니다. 제가 돕겠습니다. 주변에는 인기척이 없
는 걸 확인했어요. 만약 원하지 않는 노동을 강제로 요구
당하고 있다면 고개만 살짝 끄덕이세요."

"아, 아니에요! 절대 그런 건 아닌데! 그냥……!"

헌터계는 철저한 강자존의 세계.

일반인은 건드리지 않되 동류끼리는 랭킹 같은 서열 제도도 있겠다, 상대적 약자를 괴롭히는 쓰레기들이야 얼마든지 널려 있었다.

그래도 시작점인 튜토리얼부터 이렇게 대놓고 양아치 짓이라니.

그 정도 쓰레기라면 여기서 미리 싹을 잘라 두는 편이 낫다. 백도현은 선한 인상이 믿기지 않을 만큼 차가운 웃음을 띠었다.

"아니라면 나조연 씨는 지금 본인 의지로 먹지도 않을 사냥을 하고, 손질까지 다 끝내 둔 거군요. 저쪽에 떠 놓은 물은 정화까지 되어 있던데. 그자가 식수까지 마련해 오라 시켰습니까?"

"도현 씨, 정말이에요. 억지로라거나 강제로는 절대 아니었어요. 그냥, 그냥!"

"예."

"저, 저도 모르게. 모르겠어요. 그냥 몸이 저절로 움직였어요."

중얼거린 나조연이 퍼뜩 고개를 쳐들었다.

"설마 그, 그분을 해치시려는 건 아니죠! 안 돼요! 그러지 마세요! 저희를 내버려 두세요!"

'……쓰레기 같으니. 세뇌까지 철저히 끝내 뒀군.'

정신 특화 계열인가? 만만치 않은 자다.

굳은 낯으로 백도현은 자신을 붙드는 나조연의 팔을 떼어 냈다.

"알겠습니다. 다만 짐이 무거워 보이니 가시는 곳까지 나눠 들겠습니다. 조연 씨가 안전하다는 것도 확인할 겸요. 광장에서의 인연도 있는데, 그 정도는 할 수 있겠죠."

여전히 망설이는 기색의 나조연이 마지못해 끄덕였다.

"……그 정도라면, 네. 대신 천문에 대고 약속하세요. 그분을 해치지 않겠다고."

"예. 약속드리죠."

선의의 거짓말 정도는 별들도 이해할 것이다. 백도현은 잠시 하늘을 올려다보고 나조연을 뒤따랐다.


하늘은 맑고, 바람은 선선하다.

바보 하나쯤은 땅속 깊이 묻어 버려도 아무도 모를 만큼……. 백도현은 진심으로 그리 생각했다.

앞장선 나조연이 안내한 곳은 웬 공터. 마치 숲 한가운데를 가위로 슥삭 도려내 버린 듯한 공터였다.

그리고 그곳에 앉은 누군가의 모습이 드러났을 때.

미처 그가 반응하기도 전에 뛰쳐나간 나조연이 상기된 목소리로 외쳤다.

"제가 늦었죠! 누굴 좀 만나는 바람에……! 도현 씨, 인사하세요!"

"……."

"이쪽은 나죠죠 님이에요!"

"……."

"죠, 죠죠 님, 입맛에 맞으실지 모르겠지만 이건 제 작은 성의……!"

"물고기 별론데. 나 극성 고기주의자임."

"크흑! 정말인가욧! 제기랄!"

"이 집 도비는 성의가 없네."

"나쁜 조연! 못된 조연!"

"어허. 그만해."

"어, 어쩜 자비로우셔라……!"

'정신 조종은 무슨.'

차게 식은 눈빛으로 백도현은 들뜬 얼굴의 변태를 바라봤다. 엄청 행복해 보이는 변태 도비를.

잠시 잊고 있었다.

나조연.

정확히는, '광신도' 나조연.

1회 차에서 그녀는 세계적으로 유명한 죠의 추종자였다. 죠의 팬들이 공공연하게 팬덤 최대 아웃풋이라 내세우는, 극성팬들에게조차 두루 인정받는 광신도.

저도 모르게 몸이 움직여? 그냥 네 본능이 시켰던 거

겠지…….

불행히도 하늘은 그녀에게 귀신같은 광신도 본능을 주는 대신, 성의 없는 가명을 꿰뚫어 볼 안목까지 주진 않은 모양이었다.

도비의 머리를 토닥인 나죠죠, 견지오가 고개를 들었다. 옛날 홍콩 배우처럼 어디서 났는지 모를 이쑤시개를 질겅질겅 씹으며 쿨하게 손을 든다.

"오이오이."

'쓸데없이 멋있지 마…….'

"뭐죠? 아, 아는 사이인가욧?"

'넌 째려보지 마…….'

총체적 난국.

백도현이 푹 한숨 쉬며 걸음을 뗐다. 딱딱하게 굳은 얼굴로 일갈한다.

"……대체, 날이 이렇게 쌀쌀한데 모닥불도 안 피우고 뭐 하시는 겁니까? 귀한 분이 앉아 계시기엔 바닥이 차지 않습니까."

"됐어. 난 괜찮음. 흡, 푸엥췽! 콜록콜록."

"죠, 죠죠 니이임! 너 이 품종 좋은 대형견 얼굴을 한 천하의 백여시 같으니! 오자마자 그런 뼈 때리는 지적질이라니!"

"됐습니다. 거기까지가 '초면'이신 분의 한계인 거겠죠. '구면'인 제가 노련한 솜씨로 장작을 구해 오겠습니다. '초면'인 나조연 씨는 여기서 쉬고 계세요. (쓸모없이)."

"뭐, 뭐라고요! 당신 방금 끝에 뭐라고 중얼거렸어욧!"

"예? 제가 뭘⋯⋯. 성격이 꽤나 난폭하시군요. 과연⋯⋯."

견지오는 모닥불 전쟁 수준으로 번져 가는 두 사람의 대화를 들으며 흐어엉 하품했다. 그러곤 간절한 소망을 담아 생각했다.

'눕고 싶다⋯⋯.'

눈앞 고깃덩이에 눈이 멀어 늠름하게 뛰어든 것까진 좋은데. 의욕 배터리 최대 시간이 3분이란 점을 깜빡했다.

'인벤토리에 침대 넣고 다니면 좀 에반가?'

지오는 진지하게 고민했다.

튜토리얼 세 시간 경과.

바벨이 비싼 값 주고 사들인 S급 구원 투수가 등판했지만, 게임의 향방은 점점 더 불확실해지고 있었다.

＋1회 차

│〈D.I.〉 길드 소속

AA급 보조계 랭커 '나조연' 인터뷰

다갈색 긴 머리카락, 색소 옅은 눈동자. 천사나 공주라는 수식어가 잘 어울릴 그녀의 얼굴에서 '광신도'라는 흉악한 별명을 연상해 내긴 쉽지 않다.

인터뷰 중간, 기자는 결국 호기심을 참지 못하고 물었다.

"나조연 님은 랭킹 14위의 하이 랭커십니다. 게다가 다들 모셔 가려 한다는 AA급, 성력 특화 계열이시죠. 부와 명예를 쥔 특권층으로서 누굴 좇기보다 추앙받는 위치가 더 어울린다는 점을 부정할 수 없을 텐데요. 그럼에도, 이미지적인 손해를 감수하시면서까지 누군가의 추종자란 타이틀을 고집하시는 이유가 있을까요? 물론 그분을 폄하할 의도는 절대 아닙니다만."

"기자님은 사람들이 헌터를 좋아하는 이유가 뭐라고 생각하세요?"

"영웅을 싫어하는 시민은 없죠. 유구하게요."

"그리고 시민들이 '영웅'을 좋아하는 이유는, 그들이 아무런 이유 없이 자신을 위해 희생하는 구원자이기 때문일 테고요."

"뭐, 완전히 동의하진 않아도, 아예 틀린 말씀이라고는 할 순 없겠네요."

"단순하게 생각하세요."

니조연은 미소 지었다.

"저한테 그분은 헌터예요. 헌터로서 바라보는 또 다른 헌터가 아니라, 그냥 인간 나조연의 헌터가 그분인 거죠.

조건도, 이유도 없이 날 구원해 준 나의 헌터.”

“……아. 혹시! 긴가민가했는데 역시 맞죠? 인천 게이트!”

“와, 알아보시네요. 맞아요. 저 인천 공항 1급 재앙 생존자예요. 딱히 비밀은 아니었는데 다들 비밀로 생각하시더라고요.”

과거를 더듬는 나조연의 눈빛이 부드러워졌다.

“기자님, 사람이 구해질 때요. 생각보다 많은 것이 기억에 남진 않아요. 그렇잖아요? 정신없고, 다 엉망진창이고. 근데 모든 게 다 끝났다고 절망한 순간에 내리쬐는 빛…… 그 빛줄기 같은 건, 내 얼굴에 닿던 감촉 하나까지 미치도록 생생해요. 아마 죽어서도 잊지 못할걸요.”

“아…….”

“그러니까 나조연, 조연으로서 저는 결국 그걸 좇는 거라고 봐야 해요.”

「생존자, 여기 생존자 있습니다!」

「어, 엄마…… 우리 엄마가 안에 있어요. 제발, 엄마부터요, 우리 엄마 제발…….」

「안심하세요. 구출 중입니다. 다 끝났어요. 다 끝났습니다……!」

「죽는, 죽는 줄 알았는데…….」

어떻게 된 거냐 묻는 그녀에게 요원은 하늘을 가리켰다.

죽어 가던 암흑 속과 달리, 눈부신 뙤약볕이 쏟아지는 여름 하늘.

태양의 흑점처럼 창공을 비행하는 검은 용이 있었다. 영화보다 참혹한 현실에서, 영화보다 찬란하게 빛나는 영웅이.

나조연은 멍하니 하늘을 올려다봤다.

무너진 폐허에서 보물처럼 껴안고 있었던 라디오가 깨끗한 울림을 토해 냈다. 젊은 아나운서가 벅찬 감정을 숨기지 못하며 힘차게 외쳤다.

『국민 여러분! 안심하셔도 좋습니다. 상황은 종료되었습니다. 위협은 사라졌습니다. 인천 게이트. 1급 균열은, 재앙은 완전히 끝이 났습니다! 오늘을 잊지 마십시오. 부디 한 이름을 기억해 주십시오. 여러분, 오늘 우리를 구한 영웅의 이름은……!』

잊을 수 있을 리가 없잖아.

나의 구원자. 나의 주인공.

"그날 영웅은 그 자리에 왜 왔을까요? 간단하잖아요."

사람이 있기에.

사람으로서. 사람을 위해.

"랭커로서의 명예는 별로 관심 없어요. 크게 보면 결국 그분을 좇는 것은 헌터를 떠나 인간으로서의 저 자신을 잃지 않고 들여다보는 일이니까요."

"……"

"사람이라서, 사람에게 구해졌음을 잊고 산다면 그건 곧 제 인간성의 종말일 테죠. 저는 '멋있게'보다 '사람답게' 살고 싶어요. 그뿐이에요."


10


!긴급재난문자 [바벨청]
3-7 13:42 서울특별시 북한산 일대, 경기도 수원시 장안구 서쪽 지역 2급 돌발 균열 동시 발생. 위험 지역 즉시 대피 바랍니다.


!긴급재난문자 [바벨청]
3-7 13:45 경기도 남양주시 4급 돌발 균열 발생. 안전에 유의 바랍니다.


!긴급재난문자 [구민안전처]
3.7일 13시 50분 서울, 수원, 남양주 균열 특보 발령 중. 외출 자제, 위험 지역 대피 및 접근 금지, 노약자 안전 확보 등 안전에 주의하시고 재난 방송 청취 바랍니다.

지이잉! 띠링 띠링-!

공휴일답게 사람들 바글거리던 카페 안이 삽시간에 알림 소리로 물든다. 재난 문자를 확인한 견금희는 습관적으로 유튜브 앱부터 켰다.

인덱스 화면이 이미 다른 버전으로 전환되어 있었다. 실시간 관심이 모두 '헌터' 쪽으로 쏠렸다는 뜻.

유튜브엔 두 가지 버전의 인덱스가 존재했다.

일반 영상이 올라오는 노멀 버전과 헌터 관련 영상이 올라오는 헌터 버전.

헌터 버전은 오른쪽 상단의 버튼으로 인덱스 전환되기에 흔히들 [우튜브], 또는 헌튜브라 불렀다.

스트리밍 시대. 헌터 콘텐츠를 내세운 다른 플랫폼들에 점유율을 무섭게 빼앗기던 유튜브에서 내린 초강수였다.

최초 등장할 때부터 대중의 관심이 지대했던 각성자들 아닌가. 탑 안에서야 촬영이 일절 불가능하지만, 던전 됐다 뭐 하겠나? 던전 공략 라이브나 헌터 마켓 같은 그들의 일상을 찍은 브이 로그, 균열 영상 등은 업계에 파란을 일으켰다.

한마디로, 돈이 매우 되셨다 이거다.

게다기 레이드 구경하는 데엔 언어의 장벽도 따로 없겠다, 조회 수(=돈)는 국경을 넘어 천정부지로 치솟았으니.

괜히 던전 공략에만 매진하는 탈옥파들의 이미지가 안

좋은 게 아니다. 대다수의 탈옥파가 이런 우튜버들이라 보면 됐다.

그리고 방년 17세. 샛별 고등학교 1학년 4반.

견씨 삼 남매 막내 견금희는 권외 랭킹의 탈옥파 우튜버다.

[LIVE!!!] 몰래 방송) 서울에서 남양주로 가즈아(유입 환영)

[독각 생방송] 네? 여기서요? 갑자기요? 수원 놀러왔다가 게이트 만남 ☆REAL 실시간☆

[*LIVE*] 서든 게이트 삼연타ㅏㅏ같이 응원하자ㅏㅏㅏ

'참 빠르다 빨라.'

"아~ 뭐야! 튜토리얼 위크엔 괴물 프리가 국룰 아니었냐? 이놈의 균열은 왜 맨날 수도권에만 몰빵이고 난리지?"

"대가리 수가 많으니까. 인구수 대비로 터진다잖아."

"오늘부터 아프리카 이민을 목표로 인생 플랜 재설계 들어간다."

"응~ 이미 부자들이 다 먹었어~ 넌 입구 컷이야."

"허, 헐! 닥쳐 봐! 견지록이다!"

〖수원 장안구, 5위 랭커 견지록 외 바빌론 길드 도착〗

카페 한쪽 벽에 걸린 텔레비전. 속보로 뜬 뉴스 채널 상단엔 LIVE 딱지가 선명하게 붙어 있었다.

언제 봐도 소름 돋게 일렁이는 푸른 균열과 포효하는 괴물들.

촬영 거리는 멀다.

헬기에서 가볍게 뛰어내린 견지록의 등장에 카페 안 사람들이 일제히 술렁거렸다.

"견지록이라고?"

"진짜 밤비 맞아? 잘 안 보이는데."

"아, 카메라 얼굴 안 잡고 뭐 하는 거야? 허, 헐, 와아아악! 시, 실화잖아! 찐이다!"

그리고 건물 위를 달리며 창을 소환하는 모습이 줌 업 되자 순식간에 월드컵 16강 분위기로 급전환. 벌떡 일어나는 사람들의 의자 끄는 소리로 카페 안이 금세 소란스러워졌다.

"와앙! 어떡해! 개본새 난다! 우리 오빠 미쳐써 개머시써!"

"설뽀 주접 미쳤나 봐. 견지록 동생은 따로 있는데 왜 네가 난리야."

"……치, 사람 민망하게. 금금, 못 들은 척해 줘."

계속 우튜브만 체크하고 있던 견금희가 고개도 들지 않고 대꾸했다.

"뭐라 했어?"

"야야 냅둬. 얜 지네 오빠 일에 저언혀 관심 없어. 아직도 모르냐?"

"보면 볼수록 신기하다니까. 난 내 혈육이 천상계 랭커면 업고 다니겠다 시벌. 밤비만큼 대존잘이면 용돈도 드릴 의향 있음."

"느이 오빠 원래 너한테 용돈 받잖아. 강제 용돈."

"내 말이. 살아서 이산화탄소 농도만 올리는 새끼 같으니. 그 새끼 머리 위로 게이트 터지면 아주 소원이 없겠네."

시시콜콜 떠드는 와중에도 친구들의 시선은 그대로 뉴스 화면에 고정.

헌터란 자들이 그랬다. 어디서든 눈길을 앗아 가는 힘이 있다.

더군다나 '랭커'. 그것도 견지록처럼 천상계 랭커의 전투 라이브는 날이면 날마다 볼 수 있는 구경도 아니니까. 지금 이 카페 안에서 TV 쪽을 보고 있지 않은 사람은 견금희가 유일했다.

"와…… 와씨, 와아쒸. 방금 턴하는 거 봤어? 아 침 나와. 우리 밤비 오빠 월드 랭킹 몇 위더라?"

"11위일걸."

"역시. 급이 다르네. 절대 사람 아니잖아."

"데뷔한 지 몇 년 되지도 않았는데, S급인 거 김인해도 재능 무섭다 무서워……."

"그러고 보면 금금 얘네 집도 은근 쩔어. 오빠는 월랭이지, 금금도 헌터고. 아빠도 헌터였다며. 엄마랑 언니 빼면 이거 완전 헌터 패밀리 아니냐?"

"부럽다아. 근데 견지록 혼자 너무 천상계라서. 그나마 일반인 언니가 있어서 다행이지. 금금이랑 오빠 둘만 있었어 봐. 나라면 좀 박탈감 들고 기분 이상했을 듯."

바쁘게 자판 위를 오가던 견금희의 손가락이 순간 멈칫한다. 휴대전화만 보던 고개가 처음으로 들렸다.

견금희는 대수롭지 않다는 투로 헛웃었다.

"뭐래. 가족끼리 뭔 박탈감이야. 그리고 나도 어디 가서 안 꿀리거든? 왜 이래."

"맞지 맞지. 우리 금금 우튜버야, 이것들아. 구독자가 무려 만 명이라고."

"어제 밤비 인스타 팔로워 3억 넘겼다며? 만 명과 3억⋯⋯ 그미그미 우는 거 아니지?"

"곽서라 선 넘네. 나 갈래."

"아 왜, 어디 가. 금금, 화났어?"

"됐어. 안 그래도 가려고 했어. 톱 텐 떴다고 여기저기서 라이브 켜고 난리야. 나도 북한산 쪽이나 가 보려고. 설뽀, 같이 갈래?"

좋다며 설보미가 흔쾌히 일어났다.

그때, 여전히 견지록이 나오는 화면 쪽을 보고 있던 곽서라가 별생각 없이 피식거렸다.

"미련하게 뭘 그래? 걍 오빠 찬스 써. 한 시간도 안 돼서 구독자 3천만은 찍겠다."

옆에 선 설보미가 말릴 새도 없었다.

"악!"

TV를 향해 있던 시선들이 큰 소리에 일부 돌아본다.

견금희는 신경 쓰지 않고 옷깃을 잡은 손에 힘을 줬다. 뒷덜미가 꺾인 곽서라가 놀라 울먹거렸다.

"왜, 왜 그래!"

"좀. 대가리까지 거쳐서 말을 해. 팩트여도 막 뱉지 말고. 왜 팩트 '폭력'이겠어, 서라야. 맞으니까 아프잖아. 아프니까 기분이 나쁘고. 서라 너 양아치니?"

"……미, 미안."

"응. 미안해야지. 불러도 내가 알아서 부를게. 금희는 다 계획이 있으니까 상관하지 마, 조또 모또 모르는 우리 서라?"

상큼하게 웃어 보인 견금희가 손을 휙 팽개쳤다. 돌아서는 얼굴에는 미소가 싹 사라져 있다. 슬금슬금 눈치 살피며 설보미가 팔짱을 껴 왔다.

"나는요…… 아무 말 안 했지롱."

"넌 밤비 놈 빠는 데서 이미 아웃이에요."

"이잉. 금금, 기분 풀어. 우리 네일하러 갈까?"

"북한산 갈 거라니깐. 거기 정길가온 떴대. 잘만 하면 퇴근길은 볼 수 있을 듯."

"뭐? 그걸 왜 이제 말해! 어, 얼른 가자."

그렇게 카페에서 떠나기 직전. 견금희는 힐긋 텔레비전 쪽을 돌아봤다.

내리긋는 견지록의 장창을 따라 드높이 솟구치는 나무 감옥.

도시 정중앙, 순식간에 하나의 수림樹林이 탄생한다.

4급 마물인 이종 혈기사들이 그에게 닿지도 못한 채 안으로 삼켜졌다. 견지록은 그런 그들을 돌아보지 않고, 그대로 정면의 거대한 괴수에게 달려간다.

고요한 희열에 휩싸인 눈으로.

'얼씨구, 스위치 켜졌네. 오늘 무조건 데려온다 장담하더니……. 노답은 지금쯤 어디서 뭘 하고 있으려나.'

일반인이라…….

웃음도 안 나온다. 하긴 뭐, 나서는 게 연례행사급이니 영 틀린 말도 아닌가?

'어쩌자고 인간으로 태어나서. 어디 시골 동네 고양이로나 태어날 것이지.'

인생 하……. 노답 인생의 누군가를 떠올리는 발걸음이 저절로 거칠어졌다. 보고만 있어도 빡치는 누구 덕분에 이젠 거의 견씨 집안 전통이 되어 버린 걸음걸이다.

애인지 평소보다 날카로워 보이는 친구의 등을 설보미가 서둘러 쫓아갔다.

나가는 그들의 등 뒤에서 견지록의 승리에 기뻐하는 환

호성이 길게 울렸다.

·· ✦ ✦ ✦ ✦ ··

"와아아~ 잘한다, 잘한다, 자란다."

"제, 제법 하는군욧!"

탁!

백도현이 가볍게 착지했다.

과연 좀 놀아 보신 회귀자는 달라도 달랐다.

휴식을 끝내자 그야말로 파죽지세. 쉼 없이 변종 식인
종들을 처치하길 약 두 시간. 튜토리얼이 시작된 지 다섯
시간 만에 벌써 보스전이 목전이었다.

중간에 즐겁게 식사 중인 식인종 부락도 만나고, 소름
끼치는 늪도 지나고……. 여러 가지 이벤트가 출몰하긴
했으나 지오가 나설 일은 없었다.

가끔 뒤에서 총만 몇 번 탕탕 갈겨 준 정도.

물론 그 총이 『마탄의 사수』에서 꺼내 온 악마총이긴
했지만, 사소한 건 넘어가자.

'너무 역경이 없으니까 슬슬 뻘쭘한데. 바벨 설마…… 당
한 건가?'

화신 사랑에 눈먼 간악한 별에게?

우리 집 곧 무너진대서 헐레벌떡 도장 찍으니까 알고 보

니 재개발이었던 거야?

[당신의 성약성, '운명을 읽는 자' 님이 다 들린다고 헛기
침합니다.]

[바벨이 그렇게 세상 물정 모르는 녀석은 아니라고 고
개 돌려 또 헛기침합니다.]

물론 와중에도 성장 속도는 쑥쑥 잘만 오르고 있었다.


+ 00:05:09:15

+ 성장 버프(×5) **ON**/OFF

[고유 스킬, '**라이브러리화**' 숙련도: 17.12%]

[타이틀 특성, '**용마의 심장**', '**마력지체**' (2단계 성장 중)]


17.12%…….

가만있어 보자. 아무리 수학 시간마다 쿨쿨 꿀잠 잔 미대
입시 삼수생이라지만, 이 정도 암산은 식은 죽 먹기다. 이대
로 완료 보상까지 무사히 수령한다면, 음…… 20%……?

'생각해 보니 속은 놈이 잘못인 듯.'

자칫 사소한 동정심에 거사를 그르칠 뻔했다.

감수성 없는 차가운 도시 여자답게 견지오는 마음을
굳게 다잡았다. 음음, 고개 끄덕이면서 옆의 나조연을 뒤
로 획 당긴다.

"앗!"

쿠웅-!

드디어 진입한 튜토리얼의 파이널 스테이지, 암벽 동굴 안.

방금까지 나조연이 서 있던 자리가 그대로 무너져 내린다. 지오는 그녀를 챙겨 착지하며 계속 생각했다.

'물론 그래도 킹지오 체면이 있는데 한심하게 속은 놈일지라도 인심은 베풀어 줘야겠지. 바벨처럼 이렇게 아낌없이 퍼 주는 호구한테는 특히나.'

쿠구구구- 터엉!

"흐아악!"

기관 함정.

수천 개의 독화살이 일행 쪽으로 폭우처럼 쏟아진다.

지오는 대충 발을 굴러 결계막을 펼치고 고민했다. 화살들이 광범위 결계에 부딪쳐 애처롭게 튕겨 나갔다.

'좋아쓰. 더도 말고 딱 체면 살리는 정도만 하는 거야. 근데 흐음, 대체 뭘 해야 하나?'

샤아- 쉬이익!

"어, 엄마야……?"

만독굴.

이계의 독사들이 도미노처럼 놓인 원형 기둥들 아래서 험상궂은 송곳니를 드러냈다.

지오는 그 위를 터벅터벅 걸어가며 미간을 좁혔다. 듬성듬성 불규칙한 간격으로 떨어져 있던 징검다리들이 어느새 매끈한 포장도로처럼 이어져 있었다.

'할 게 없네. 회귀자 놈이 너무 셈. 보스? 보스 멱이라도 따? 에이, 그래도 튜토리얼용 보스 스틸은 좀.'

그렇게 막히면 부수고, 길이 없으면 만들어서 걸어간 지 수십여 분…….

"어휴."

견지오는 거대 석상들 아래서 팔짱을 착 끼고, 한숨을 푹 내쉬었다.

"뭐임, 보스 던전이라며. 왜 아무것도 없어? 할 일이 없 잖아!"

"……."

"……죠, 죠죠 니임! 뒤, 뒤! 뒤이이!"

"뭐야 이건 또. 사람 말하는데 매너 없게 눈깔을 부라려!"

'냥냥 펀치.'

'냥냥 펀치다.'

백도현과 나조연이 동시에 생각했다.

그리고 하찮게 휘두른 허공 주먹질에 튜토리얼 시나리 오 〈시작의 제전: 인간 실격〉의 최종 관문. 인신 공양 제 전을 지키던 고대 석상, 천 년 만에 깨어났던 야만신의 문 지기들 눈에서 붉은 안광이 완전히 사그라졌다.

사실상 기능 상실이었다.

"인테리어 수준 하고는…… 쯔쯔. 누가 장식품을 이런

데 갖다 뒤?"

"그거 원래 거기 있던 게…… 아니, 아닙니다……. 이만 들어갈까요?"

"잠까안! 내가 고민을 좀 해 봤는데, 역시 보스 스테이지는 백 집사가 마무리하는 게 좋겠어. 건수가 큰 것들이지만, 흔쾌히 양보해 줄게."

"오, 옴마야. 어떠, 어떻게 사람의 그릇이 이렇게 클 수가 있죠! 배포가 정말 대단하세요!"

"딱 보면 몰라? 타고나길 큰사람이잖아."

"아앗. 너무 크셔서 도저히 바라볼 수가 없어욧. 죠죠니임!"

'방금이 중간 보스였던 거 같은데…….'

죽은 놈은 원래 말이 없다고 했다.

게다가 뭐라 말을 꺼내 보기도 어려울 만큼 중간 보스 주제에 죽어도 너무 허무하게 죽으셨다. 백도현은 목까지 차오른 말을 삼켰다.

그래도 그가 볼 때, 보스 스테이지 난이도는 손속이 악랄해진 것만 빼면 이전 회차와 큰 차이가 없는 듯했다.

미처 보스전까지는 난이도 변경이 반영되지 않은 걸까?

생각을 정리하면서 백도현은 앞장서서 거대한 석문을 밀었다. 그러자…….

"……!"

곧바로 그들을 덮친 것은 안개.

자욱해서 의식까지 흐려지는 피 안개였다.

··✦✳✦✳✦··

……엇.

…….

아차. 정신계 공격 저항력을 빼먹었구나.

실 끊어진 인형처럼 쓰러지는 화신을 보며 먼 곳의 성위가 뒤늦게 이마를 탁 쳤다.

11

*일어나, 세, 죠! 지– 오 님!*

*지, 오–*

*지–*

*……*

"지오야."

"……"

"견지오, 우리 공주님. 일어나야지."

"공주 아니야."

─이번 역은 우리 열차의 마지막 종착역인 죽전, 단국대역입니다. 내리실 때는 두고 내리시는 물건이 없는지 다시한번 살펴보시기 바랍니다.

문이 열리는 기계음. 한꺼번에 이동하는 사람들의 바쁜 발걸음. 섞이는 소리 속에서도 선명하게 귓가를 파고드는 다정한 음성……

견지오는 눈을 떴다.

이어 잠기운 가득한 목소리로 웅얼거린다.

"난 왕이야. 백설 공주는 슬기라고 몇 번 말해."

"하하, 반에서 제일 예쁜 애가 공주 하는 거 아니었어? 아빠 눈에는 우리 딸이 제일 예쁜 걸 어쩌나."

"아빠, 사람들 들어. 그런 석기 시대 원시인 같은 말 좀 하지 마. 슬기도 봐 줄 만해. 왕비 맡은 나윤이만은 못한데, 걔 비주얼이 딱 백설 공주처럼 생겼어."

"왕비도 있이? 우리 딸은 근데 왜 윙이야?"

"내가 하고 싶다니까 애들이 표 몰아줬어."

견태성은 웃음을 참으며 계단 앞에서 딸을 번쩍 안아 들었다. 이 야무진 척하는 꼬맹이가 벌써 초등학교 3학년이라는 사실이 믿기지 않았다.

"왕이 왜 하고 싶었는데?"

"하는 일 제일 없는데 제일 세잖아. 사람들은 알아서 다 기고."

"……딸, 너무 속물 같은 거 아냐?"

슬슬 잠이 깨는지 지오의 눈이 또랑또랑해졌다. 한심하다는 표정으로 아빠를 보며 한숨 푹 내쉰다.

"효율적인 거지. 엄마가 아빠는 미련 곰탱이니까 우리가 알아서 똑똑하게 자기 살길 찾아가야 된다구 했어."

"순요야……."

견태성이 앓는 소리를 냈다. 집에서 아홉 살배기 아들과 여섯 살 막내딸을 돌보고 있을 아내 모습이 아련하게 떠올랐다.

역에서 나서기 전, 그는 품에서 아동용 마스크를 꺼냈다.

아직은 쌀쌀한 3월이었다. 며칠 전 크게 아팠던 지오는 아직까지도 약한 감기 기운에 시달리고 있었다.

"꼭 써야 해? 답답해서 싫은데."

"안 돼. 이거 하는 게 같이 오는 조건이었잖아. 지오 감기 걸리면 아빠 또 엄마한테 혼난다. 다신 용인 할머니 집 못 기게 할걸."

"힝……."

"어허."

두 부녀는 손잡고 탄천을 따라 천천히 걸었다. 조깅하던 아주머니 두엇이 곰돌이 귀 달린 후드에 파묻힌 꼬마를 보고 웃으며 지나갔다.

"내가 아빠 도와준 거야."

"응?"

"엄마한테 미움 덜 받게 도와준 거라구. 나 데리고 가면 그래도 할매 좀 얌전하니까. 원래는 집에서 밤비랑 토이 스토리 보기루 약속했는데."

"그랬어? 어이구. 우리 딸 다 컸네. 아빠 생각도 해 주고."

"그러게 엄마가 싫어하는 짓 자꾸 왜 해? 할매 집 가 봤자 좋은 꼴도 못 보면서."

지오는 괜히 바닥을 차며 툴툴거렸다.

엄마 박순요는 지오가 태어나기 전부터 외가와 연을 끊었다. 아들을 위한 딸의 희생이 당연하다는 가족들 때문이었다.

원하던 대학도 못 가고 고등학교를 졸업하자마자 공장에 취업해 돈을 벌었지만, 버는 족족 빼앗기다가 이렇게 살아선 안 되겠구나 어느 날 벼락처럼 깨달았다고 한다.

그래도 그때까진 어찌어찌 연락 정도는 하고 지냈는데, 가뜩이나 천애 고아라며 박대하던 사위한테서 몰래 돈을 뜯어내고 있었다는 걸 알게 된 뒤로는 완전히 쫑.

당시 할머니는 헌터 사위를 뒀는데 내가 이 정도도 못

받느냐 되레 따졌단다. 이건 지오가 할머니한테 직접 들은 얘기였다. 고집 센 노인네는 손녀를 앉혀 두고 자기가 뭘 그렇게 잘못했냐며 서럽다 가슴을 쳤다.

본인도 억울하다면 억울하겠지.

사업한다는 아들한테 집안 살림 모조리 내주다 못해 딸이 모은 돈까지 빼돌려 바쳤지만…… 결국 지금 할머니에게 남은 것은 아무도 찾지 않는 용인의 작은 아파트 하나뿐이었다. 그것도 지오의 아빠 견태성이 마련해 준.

"할머니도 외로워서 그러시는 거야. 혼자 계신데 얼마나 쓸쓸하시겠어. 지오는 할머니 뵈러 가는 거 싫어?"

"엄마가 싫어하니까 지오도 싫어."

"물론 엄마가 좋아하지는 않겠지. 그래도 아빠가 이렇게 해야 엄마 마음이 조금이라도 편해져. 딸들한테 엄마는 밉고 끔찍해도 엄마거든."

"그게 뭐야."

"그런 게 있대. 사실 아빠도 완벽하게 이해는 못 했어. 너희 엄마가 해 준 말이라."

"엄마가?"

"취중진담이었지. 너희 엄마 술 잘 못하거든. 이건 지오랑 이빠만 아는 비밀이다."

주말마다 찾는 견태성을 주변 이웃들이 친근하게 알아봐 왔다. 또 왔냐는 그들 말에 마주 인사하는 등을 보며 지오는 이번엔 할머니한테 좀 잘해 줘 볼까 생각했다.

하지만 역시, 쉽지는 않은 일이었다.

"지오 애비야, 잠깐 이리 좀 와 봐라."

"이게 뭔가요?"

"얼마 전 이 근처에 새로 크게 연 한의원인데, 여기 원장이 서울에서 유명한 양반이었다지 뭐냐."

"아……."

"개업 기념으로다가 회원권을 끊으면 언제든 침도 놔 주고 부항도 떠 주고 족욕 그런 것까지 다 해 준다는데. 어때, 견 서방? 괜찮지 않나?"

"……예, 장모님. 괜찮네요. 그런데 금희가 올해부터 유치원에 가서요. 요즘 사정이 그렇게 여의치가 않습니다. 꼭 필요한 게 아니시면―"

"아니 그럼! 필요해서 말하지, 체면도 없이 필요도 없는 걸 말하겠나? 자네 정말! 동네 노인네들은 다 간다는데 나 혼자만 집구석에 있으란 말인가 지금?"

"……."

"늙으니 서러워서 원……. 내가 그 뭐야, 누구네 장모처럼 요트 타고 그런 건 바라지도 않네! 아이고 참 니, 됐네 됐어! 없던 얘기로 하세!"

감정 상한 티 팍팍 내면서 할머니가 전단지를 뺏어 접었다. 헌터씩이나 되어선 쪼잔한 것도 정도가 있다며 혀를 끌끌 찬다.

바벨탑이 세상에 등장한 지도 거의 10여 년.

그러나 각성자 수는 여전히 턱없이 부족했고, 사람들의 두려움을 떨쳐 내기 위해 TV에선 매일같이 선전을 때리고 있었다. 헌터가 되면 얼마나 대단한 부와 명예를 얻는지, 또 어떤 호화 생활을 누릴 수 있는지.

일 없는 독거노인이 집에서 보는 거라곤 텔레비전뿐이니 오해하는 것도 어쩌면 당연했지만……

그건 소수의 최상위층에 한정된 얘기다.

견태성은 고작 E급 보조계 헌터에 불과했다. 아무도 필요로 하지 않아 던전 공략도 눈치 보면서 들어가고, 모인 인원에 최저 등급이 없는 날엔 짐꾼마저 겸하는.

"아, 아뇨, 장모님. 그냥 확인해 본 말입니다. 마음 상하셨으면 푸시고. 그럼 예…… 내일 같이 등록하러 가실까요? 보정이면 여기서 정말 가깝고 좋네요."

'미련 곰탱이.'

엄마 말은 하나도 틀린 게 없다.

지오는 계속 자는 척했다.

방으로 돌아온 아빠가 작게 한숨 쉬고, 지오의 머리를 쓰다듬을 때까지 계속.


다음 날 찾은 한의원은 4층 규모였다.

단축 진료하는 주말이라 그런지 규모에 비해 사람은 눈에 띄게 적었다. 덕분에 TV 소리도 크게 울린다.

【오늘은 자타 공인 현재 대한민국의 대세! 요즘 여성분들 모이면 이분 얘기밖에 안 한다고 하죠! 누나들의 로망이 된 화제의 명문대생 헌터! 국민 연하남 정길가온 군을 모셨습니다.】

【반갑습니다. 정길가온입니다.】

【요즘 인기가 실감이 되시나요, 길가온 군?】

【모르기 힘들던데요.】

【하하하! 잘생긴 외모와 학벌도 대단하지만, 무엇보다 길가온 군 능력이 화제예요. 다른 사람의 능력을 학습해서 연기한다니! 거의 만능 아니에요? 정말 굉장합니다. '알파'라는 닉네임과도 잘 어울리지만, 각종 포럼에선 길가온 군 이명을 그래서 '배우'라고 부른대요. 정 배우!】

【좋은 얘기들 많이 해 주시더라고요. 부끄러울 정도로. 물론 많은 분들이 말씀하시는 것처럼 무적이고 그런 능력은 아닙니다. 이 자리에서 자세하게 설명드릴 순 없지만.】

【어머 당연하죠! 헌터의 능력은 중요한 정보인데요~ 그 정도는 우리도 알아요. 시청자분들도 이해해 주실 거예요.】

【그럼 감사하죠.】

【그래도 대단한 능력인 것만은 확실하잖아요. 현재 랭

킹도, 이거 보세요! 저는 이런 그래프는 음원 차트에서나 보는 줄 알았어요. 벌써 10위권에 진입하셨네요. 대단하다. 더 오르시겠죠?』

『글쎄요, 아직 여기가 제 자리는 아닌 것 같긴 합니다. 올라갈 곳까진 올라가 봐야죠. 이왕 얼굴도 어머니가 화면발 잘 받게 빗어 주셨는데.』

"엄마는 어디 계시니?"

지오가 돌아봤다. 말을 걸어온 건 옆자리의 젊은 아주머니였다. 허리엔 보호대를 차고 있다.

"집에요."

"응? 혼자 왔어 그럼?"

"아니. 아빠랑 할머니랑. 검사한다고 안에 들어갔어요."

"얘는. 놀랐잖아. 애기 혼자 보낸 줄 알고."

"애기 아닌데. 초등학교 3학년인데."

"뭐어? 웬일이야, 그럼 우리 딸애랑 동갑이네! 근데 왜 이렇게 조그매? 너 편식하지?"

"……키 작으면 편식한다는 건 다 한심한 편견이랬는데."

"어머, 애 말하는 거 봐. 누가 그러디?"

"내가요."

부인은 손뼉까지 치며 까르르 웃었다.

이것저것 얘기하며 어디서 요구르트까지 꺼내 까 준다.

접수할 때 데스크에서 주는 거였다. 이미 아빠랑 할머니 몫까지 세 개를 해치웠던 지오가 처음 받는 것처럼 시치미 뚝 떼며 받아 챙겼다.

"지오 집은 그럼 서울?"

"응."

"어쩐지 애가 좀 깍쟁이 같다 싶더니 너 서울깍쟁이구나?"

"아줌마, 그거 욕이지?"

"눈치 빠른 꼬맹이 같으니."

"어, 아빠다."

"저분이 지오 아빠셔? 와, 역시 헌터셔서 그런지 인물이 훤하시네."

우리 집안이 좀 생겼긴 하다며 지오가 막 대꾸하려던 그때.


쿵! 쿠구구구궁!


시작은 거나한 지진파였다.

"지, 지진이다!"

"숙여-!"

부인이 얼른 지오를 챙겨 바닥으로 엎드렸다.

동시에 충격을 못 버틴 실내 물건들이 우르르 추락하며 쾅, 쾅! 요란한 파열음이 울렸다.

"지오야!"

서둘러 달려온 견태성이 지오를 넘겨받았다. 그리고.

"……."

"……."

정전.

건물 전체를 흔들던 진동도 어느새 멎고, 암흑과 함께 끔찍한 침묵이 드리웠다.

후욱, 훅…….

잔뜩 긴장한 숨소리가 곳곳에서 울렸다.

지오는 견태성의 품 안에서 고개를 들어 올렸다. 눈이 익숙해지자 어둠 속, 당황한 사람들의 얼굴이 하나둘 보였다.

"……."

적막 가운데서 제일 먼저 일어난 사람은 견태성이었다. 창가로 걸어간다.

다행히 시간은 오후 4시. 창문가에는 아직 빛이 남아 있었다.

기이하리만치 조용한 순간.

숨죽인 사람들은 누구 하나 섣불리 움직이지도, 건물 밖으로 달려 나가지도 않았다. 어쩌면 모두가 본능적으로 예감했을지도 모른다.

창가 앞에 우두커니 멈춰 선 견태성. 밖을 내다본 그가 마른침을 삼키며 기다리는 사람들을 향해 천천히 돌아보았다.

"……지진 아닙니다."

"……."

"균, 열…… 게이트입니다."

파앗! 우우웅-!

기계음이 다시 들려왔다. 깜빡이면서 전등 빛도 돌아오고…….

지오는 아빠의 목을 껴안은 팔에 꽉 힘을 줬다.

소리를 따라 사람들이 멍하니 한곳을 응시했다. 때마침 켜진 텔레비전 쪽으로.

『긴급 균열 속보입니다. 방금 전 용인시 일대에서 대규모로 생성된 돌발 균열은 최소 2급으로 추정되며 정부에선-』

"저, 저기…… 죽전 아닌가……?"

누군가 넋 나가 중얼거렸다. 덜덜 떠는 손끝으로 TV 화면을 가리키면서.

하지만 굳이 그러지 않아도 여기 있는 모두가 아는 사실이었다. 부정하기에는 돌아간 화면의 풍경이 지나치게 낯익었으니까.

그리고 그렇게 사람들이 사색이 된 가운데.

웨에에에에엥-!

사이렌이 울리기 시작했다.

아주 가까이서.

· ○ ◖ ◖ ● ◗ ◗ ○ ·

　의사 포함 한의원 직원 4명. 검진 기다리던 중년 3명. 거동 힘든 노인 4명. 초등학생 꼬맹이 1명.
　그리고…… E급 헌터, 1명.
　코앞에서 터진 게이트가 무려 2급에 가깝다는 사실을 생각해 볼 때 완벽한 수어사이드 스쿼드, 그 자체였다. 디씨 코믹스의 안티 히어로 집단 말고 문자 그대로의 자살 특공대 말이다.
　"안 터집니다……. 게이트랑 가까우면 데이터도 안 터진다더니 진짜였네요."
　"그래도 나중에라도 터질지 모르니 핸드폰들은 되도록 사용하지 않는 편이 좋겠어요. 배터리 아껴야 하니까요."
　"후우, 전기는 왜 자꾸 나가는지. 라디오가 있어서 그나마 다행이네요. 이런 상황에 재난 방송이라도 없었으면 정말……."
　"씨벌 있으나 마나지! 뭘 앵무새처럼 위험하니 안에서 나오지 말라는 말밖에 안 하는데! 이렇게 봉쇄해 놓고 그냥 손 놓는 거 아냐? 빌어먹을, 이래서 지금 정부는! 난 그 무식한 새끼 애초에 뽑지도 않았다고!"

"아니, 아저씨 이 상황에 정치 얘기가 왜 나와요?"

젊은 간호조무사의 지적에 버럭 소리치려는 그를 옆에서 아내가 말린다. 절망적인 상황에 그들끼리 언쟁할 이유 없었다.

재난 방송에서는 현 상황을 대규모 균열 사태라고 정리했다.

용인뿐만 아니라 의정부, 천안, 속초까지 산발적으로 터졌다고. 특히 설악산 쪽 게이트는 1급 재앙에 준하여 상위 전력 다수가 그쪽으로 향했단다.

2.5급으로 최종 판정된 죽전·보정 지역은 일단 봉쇄.

임시 조치의 일환으로 근처에서 차출된 군부대와 다른 헌터들이 쉬지 않고 전투 중이었지만……. 지옥견을 필두로 한 마수 떼는 막대한 개체 수로 밀어붙이며 쉽게 절멸되지 않고 일대를 휘젓고 다녔다.

재난 방송은 시민들에게 밖으로 나오지 말라 강한 권고를 반복했다.

아우우우우- 우우우-!

어두컴컴해진 밖에선 소름 끼치는 하울링이 멎질 않는다.

'생각보다 오래 버텨야 할지도…….'

견태성은 근심을 누르며 아까부터 조용한 딸의 등을 토닥였다.

"우리 지오, 맨날 아빠가 같이 안 있어 준다고 서운해했는데, 이번에 아빠랑 엄청 친해지겠는걸. 그치, 지오야?"

"……으응."

"우리 딸, 왜 이렇게 힘이 없지? 왜 그래, 아빠 봐 봐."

"저기요, 애기 열 있는 거 아니에요? 잠깐만."

아이와 짧은 안면이 있던 부인, 이언정이 서둘러 다가와 이마를 쟀다. 그러고는 입술을 꾹 깨물더니 견태성의 팔뚝을 세게 갈긴다.

"열 있잖아! 애 몸이 이렇게 뜨거운데 안고 있으면서도 몰라요? 하여간 아빠들이 이렇다니까! 선생님! 의사 선생님! 애기가 아파요! 빨리, 빨리!"

"지, 지오야!"


20××년 3월 23일.

2.5급 돌발 균열 발생으로 용인시 수지·기흥구 전역 봉쇄.

용인시 기흥구 보정동, A 한방 병원. 생존자 헌터 1인 외 민간인 12명.

현재 시각, 오후 22시 07분.

고립 여섯 시간 경과.

· ◦ ◖ ◖ ● ◗ ◗ ◦ ·


"그럼 계속 여기 이러고 있어요? 최소한 사람이 갇혀 있다는 것 정도는 밖에 알려야 될 거 아니에요! 그래야 누가 구하러 오든 말든 하지! 죽은 사람이 깔리고 깔렸는데 이런 상황에 살아 있는지, 어디에 있는지 알지도 못하는 사람들 찾으러 인력 풀겠냐고요!"

"아니, 방송 못 들었어? 밖으로 절대 나가지 말라잖아. 괴물들 지능이 높아서 건물 문안으로도 들어오니까 계단 이용도 하지 말라는데 어떡해? 우리라고 이 상황이 답답하지, 안 답답하겠어?"

"미치겠네. 진짜 이대로 싹 다 뒈지려고 환장했나?"

"허이고, 젊은 사람이 어른들 앞에서 말하는 싹수 좀 봐. 그럼 희섭 씨가 직접 나가든가!"

"헌터가 있는데 제가 왜요!"


"선생님, 지오, 우리 지오 상태는 좀 어떻습니까?"

"열은 37.5도까지 내렸네요. 경과는 괜찮아 보입니다만…… 나가시려고요?"

"……."

"견태성 씨. 아니, 지오 아버님. 이런 말 어떻게 들릴지 모르겠지만, 그냥 이이 핑계 대고 계세요. 구조대 오겠죠. 아이랑 할머니까지 모시고 계시면서……. 사람들 다 흥분 상태니까 여론에 휩쓸리지 말고 머리 식히세요."

『치익– 칙– ……악산 1급 균열 사태가 예상보다 길어질 것으로 보입니다.』

『예고 없는 강제 봉쇄에 정부를 향한 비난 여론이 거세지고 있는 가운데, 재난 관리청에선 봉쇄 지역에 구조 헬기를 투입할 예정이라고 발표했습니다.』

꽈앙– 쾅쾅!

'씨발! 잠겼어!'

'아, 안 돼. 흐윽, 안에 사람 없어요?! 열어 주세요! 제발 살려 주세요! 저기요!'

'위로 가자!'

'돌들로 막혔어, 못 가! 어쩌지?'

"……여, 열어 봐요! 어서! 목소리 들으니까 어린 애들인 거 같은데!"

"그, 그러다가 괴물들이라도 들어오면…….''

"당신 미쳤어? 쟤네 저러다가 죽으면 우리가 죽이는 거야! 당장 열어!"

"저, 저희 전부 D대 학생이에요. 학교 근처 스벅에 숨어 있었는데 괴물들이 유리를 뚫고 들어와서, 전, 전부……! 끄흐윽, 다 죽고 저희만 겨우 도망쳤어요……."

"게이트 앞은 지금 센터 헌터들이 막고 있어요. 길

드…… 하, 길드 놈들이고 정부고 뭐고, 다 썩어 빠진 개새 끼들이에요! 설악산에 〈은사자〉랑 의정부에 〈해타〉 빼곤 아무도, 아무도 안 움직이고 있대요, 씨발……!"

"대통령 그 개또라이 새끼는 사람들 돼지라고 다 봉 쇄해 놓곤 한참 있다가 나타나서 개소리나 하고 자빠졌 고! 지금 사람들 다 탄핵한다고 난리예요."

"아 망했다……. 여기선 폰 안 터지네……."

A 한방 병원, 인근 대학 재학생 4명 합류.
3월 24일 오후 12시 25분.
고립 스무 시간 경과.

· · ☾ ☾ ● ☽ ☽ · ·

투다다다-!
또 한 대의 헬기가 지나가는 소리가 들렸다.
대학생들 말에 따르면 비상구 계단은 3층부터 부서진 건물 잔해들로 인해 아예 접근이 불가하다고 한다. 옥상 으로 가는 딜출 루트가 막혔다는 뜻이있다.
창문으로 몸을 내밀어 보자는 의견도 적지 않았지만, 몇 시간 전부터 인간 냄새를 맡은 몬스터들이 바로 지척 에서 어슬렁대고 있었다. 위치가 특정되어 많은 수가 밀고 들어오기라도 했다간 그대로 끝장이다.

지오는 점점 어두워져 가는 아빠의 얼굴을 볼 수 있었다.

간호사들이 챙겨 둔 간식이었던 식량은 떨어진 지 오래. 허기는 인내심으로 버틴다 해도 식수가 문제였다.

첫날 수도에서 핏물이 섞여 나온 이후로 수돗물은 아예 틀지 않는 상태. 아직까진 여유가 있지만, 만약 여기서 더 길어진다면…….

달고 있는 짐은 노인과 어린아이. 그 자신은 헌터.

그를 보는 주변의 눈길이 갈수록 따가워졌다. 견태성은 홀로 고민하는 시간이 길어졌다.

지오는 자신을 안아 든 아빠의 팔이 파르르 떨리는 걸 느꼈다.

"……안 되겠습니다. 제가, 제가 밖에……!"

"흐어어엉, 아빠아아!"

영민한 아이였다.

자신이 또래보다 작다는 것도, 남들보다 쉽게 귀여움을 받는다는 사실도 잘 알고 있었다. 그래서 동정표를 사기엔 더할 나위 없다는 점까지도.

아홉 살 견지오는 아빠를 부르짖으며 엉엉 소리 내어 울었다. 걸음마를 시작한 이래 처음이었고, 본능에 가까운 계산이었다.

이대로 아무것도 안 했다간 아빠를 잃을지 모른다는 공

포가 선명했으니까.

발작에 가까운 어린아이의 울음소리에 은연중 이쪽을
향했던 시선들이 머쓱하게 돌아갔다.

3월 25일 오후 20시 15분.

고립 이틀 경과.

· ○ ☾ ☾ ● ☽ ☽ ○ ·

"우리 공주, 아니, 우리 폐하 다 우셨어요?"

"······힘들어."

"그렇게 우니까 당연히 힘들지! 짜식이······. 아빠는 우
리 지오가 하도 안 울어서 엄마랑 막 고민하고 그랬는데
괜한 걱정이었네. 이렇게 잘 우는 줄 몰랐다."

"나 할 땐 하는 사람이야."

"어이고, 네, 네. 내가 너 때문에 산다, 정말."

"······."

"지오야."

"······."

"아빠는 있지······ '헌터'야. 저기 괴물들한테서 사람들
구하라고 하늘에서 힘을 내려 준 헌터. 지오도 아빠가 헌
터인 게 자랑스럽다고 옛날에 유치원에서 발표도 하고 그

랬잖아. 그치?"

"근데 하늘이 아빠한테 힘 너무 조금 줬어."

"그러게나 말이다."

"가지 마, 아빠. ……나, 나 솔직히 센 척하고 있는데 무서워."

"……."

"여기 오자고 한 할머니도 밉고, 자꾸 이상하게 아빠 쳐다보는 사람들도 싫고. 밖에 괴물들 소리도 무섭고, 진짜 무섭거든. 근데 아빠만 있으면 다 참을 수 있어. 그니까 지오 두고 가지 마, 아빠. 지오 혼자 두지 마…… 응?"

"……."

"응? 대답해애, 얼른."

"……."

"명령이야, 견태성."

"……그래. 알았다, 알았어. 네. 알았습니다."

"약속해."

"약속."

"복사, 사인까지."

"자. 복사아. 사아인."

"……흥."

"좋아?"

"아니거든."

"……지오는 정말 엄마를 닮았다. 아빠는 지오 나이 때 흙이나 파고 다녔는데. 누구 딸인데 말도 이렇게 또박또박 잘하고 강할까?"

"밖에 나가면 다들 아빠 판박이래."

"하하하, 그래? 그렇지. 응. 아빠 딸이지. 우리 지오."

눈에 넣어도 안 아픈, 사랑스러운 내 보물이지.

· · ☾ ☾ ● ☽ ☽ · ·

클 태太. 별 성星.

별들이 유난히 많던 밤. 선물처럼 찾아왔다고 보육원 원장님이 지어 줬다는 이름.

이름에 걸맞게 누구보다도 반짝이면서 열심히 살고, 미련할 만큼 착한 사람이었던 아빠는 사실 그렇게 훌륭한 사람은 아니었을지도 모른다.

어린 딸과의 약속 하나도 제대로 지키지 못했으니까.

"할머니, 아빠는?"

"……."

"언정 아줌마, 우리 아빠 어디 갔어?"

아픈 데다가 우느라 체력이 빠진 지오는 아주 깊게 잠들었고, 아무도 그런 아이를 깨우지 않았다. 어른들끼리의 합의였다.

3월 26일 오전 10시 15분.

고립 사흘째.

E급 보조계 헌터 견태성, 구조 요청 목적으로 자진 이탈. 그 외 자원 인력 없음.

·○◐◖●◗◑○·

"……젠장! 왜 안 떨어지는 거야! 지오야, 견지오! 선생님 말 들리니?"

"지오야, 정신 차려 봐. 어쩌면 좋아, 선생님, 애가 열이 이렇게 높으면 위험한 거 아니에요?"

"할미가 잘못했다…… 응? 제발 눈 좀 떠 봐, 불쌍한 내 강아지 가여워서……."

"어, 어떡해요, 저 꼬마 죽는 거예요?"

"학생! 뭐 그런 재수 없는 말을 해! 에이 내 참, 하필 여기는 왜 또 한의원이야 한의원이긴."

"그니까 내가 애 아빠 보내지 말고 좀 지켜보자니까!"

온몸이 타들어 가는 듯한 열병이었다. 그러나 한의사가 아니라 다른 의사 그 누가 와도 치료는 불가능했을 터다.

인간에 의한, 인간의 병이 아니었으니까.

견지오는 아우성치는 사람들 너머 누군가의 목소리를

들었다.

【찾았다.】

머나먼 곳에서 전해져 온 울림.
별과 영혼의 문, 성흔星痕의 첫 개문이었다.

· ○ ◖ ◖ ● ◗ ◗ ○ ·

백색 공간이었다.

그리고 지오가 그곳을 '공간'이라고 인지하자마자 물감 퍼지듯 배경이 채색되었다.

마침내 만들어진 장소는, 오래된 서적 냄새가 나는 중세풍 연구실.

책등의 제목은 전부 알아볼 수 없는 글자들이었고, 반쯤 열린 창문 밖으론 광활한 밀밭이 보였다. 바람이 불 때마다 황금빛 파도가 잔잔히 출렁인다.

창가 근처에 있던 종이들이 팔락팔락 지오의 발치로 밀러 내려앉았다. 지오는 한 장을 주워 들었다.

'이거 뭐라 하더라…… 수식?'

【그렇군. 이게 네 지저의 풍경인가. 아니지, 약간은 내

것과 섞였을지도.】

공간 전체에서 울리는 목소리.
모습은 보이지 않는다.
어린 지오가 어리둥절해져 주변을 두리번거렸다.
그러자 웃음소리가 이어지더니, 어루만지듯 무언가가
지오의 뺨에 와 닿았다.

【보고 싶었다. 나의 ■■■■.】
【아, 이젠 '견지오'겠군. 견지오.】

"……누구세요? 여긴 또 어디구. 설마 납치범?"

【겁이 없는 건 여전하구나. 납치범이면 좋겠다만 여긴
무의식, 지저知底의 세계다. 너의 격이 나에 비해 한없이
보잘것없고 약하다는 사실을 깜빡했거든. 성흔을 새기는
것조차 그리 버거워하니 억지를 좀 썼어. 그러니 정확히
는, 내 안의 네 무의식이라고 봐야겠지.】

"뭔 소리지."

【흐음, 어려서 그런가. 아직 눈치가 덜 자랐어. 선행 주

자들이 이미 여기저기서 떠들어 대지 않았더냐. 백색 세계, 그리고 격 높은 존재와의 조우에 대해.】

격 높은, 성위星位.
그들로부터 선택받은 자, ⋯⋯화신化身.
전등불이 켜지듯 지오의 머릿속에서 차례로 떠오른 것들이었다. 지오는 깜짝 놀라 외쳤다.
"성위 계약?!"
정답. 별이 웃었다.

【네가 열심히 보던 TV 속 그놈들이 거친 과정은 이리 평화롭지 않았다는 점 정도는 알아 두거라. 이 얼마나 자비로운 성위란 말이냐. 미계약 상태에서 응? 우리 고양이 다칠까 봐 네가 감당해야 할 인과율까지 다─】

'그럼 각성이잖아. 각성, 각성자⋯⋯? 잠깐, 아빠!'
"아빠. 우리 아빠는? 우리 아빠 헌턴데 위험한 데 나갔단 말이야! 나 여기 있으면 안 돼. 아빠한테 갈래. 내보내 줘!"

【⋯⋯.】

성위가 왠지 퉁명스러운 목소리로 대답했다.

【나가서 뭐 어쩌겠다는 말이냐? 쪼그만 게. 혼자서 할 수 있는 거라도?】

"아저씨가 무슨 상관인데!"

【아, 아저씨.】

쾅, 쾅쾅!
"내보내 줘! 여기요! 문 열어요! 지오 살려!"

【단어 선택 신중히 하거라. 납치 플레이를 좋아하는 거지, 진짜 납치 흉악범이 될 생각은 없단 말이다.】

"사랑하는 엄마 아빠. 지오는 괜찮으니까 협박에 지지 말고, 납치범이 요구한 1억은 동생들 학비에……."

【요놈. 깃펜 내려놓지 못하겠느냐.】

지오는 불량한 얼굴과 버릇없는 손길로 깃펜과 잉크병을 휙 던졌다. 쓰기도 더럽게 불편했다. 발라당 누워 허공을 째려본다.

"원하는 게 뭐야! 이 더러운 자식."

【네 어미는 대체 딸한테 뭘 보여 주는 거냐? 가만있어
봐……. 남X의 유혹, 원X드, 크리미X 마인드, 힘 쎈 여
자 도X순. 제목들이 다 왜 이래? 꼬맹이 주제에 뽀X로나
볼 것이지.】

"장난해? 뽀X로는 네 살 때 뗐어."
마치 천자문 뗀 신동이라도 되는 것처럼 지오가 콧대를
높였다. 그러곤 경멸을 담아 눈을 부라린다.
"이제 보니 스티커 짓까지……."

【스티커가 아니라 스토커겠지.】

왠지 피곤해진 투로 성위가 중얼거렸다.

【이런 식으로 말할 생각은 아니었는데, 분위기 잡을
틈을 안 주는구나.】

"당신 정말 뭐야! 날 어쩔 셈이야!"

【세상을 안겨 줄 셈이다.】

"⋯⋯응?"

휘이익–!

꼬마 지오의 단발이 나부꼈다.

등 뒤에서부터 불어온 바람.

분명 연구실 바닥에 누워 있었는데, 마술처럼 공간이 전부 사라졌다. 어느새 견지오는 디딜 곳 없는 허공에 떠올라 있었다. 그리고 무심결에 다시 한번 눈을 깜빡였을 땐⋯⋯.

은하수銀河水.

그 한가운데였다.

"와⋯⋯."

수억 개의 별들이 탄생과 공멸을 반복하고 있었다.

고결하게 태어나, 치열하게 살다가, 또 허무하게 죽어간다. 이 일련의 과정이 지오를 감싼 사방에서 끊임없이 되풀이되고 있었다.

한낱 미물의 눈으로는 온전히 이해 불가한, 경이롭고 압도적인 광경. 넋 놓고 바라보는 아이의 귓가로 여러 겹의 웅혼한 소리가 들려왔다.

【부富와 권력權力. 승리勝利와 영광榮光.】

【전지全知와 전능全能.】

【실패하지 않을 것이요, 고꾸라지지 않을 것이다. 필멸자의 승리는 영원하지 않으나 네 것만은 영원하리라.】

【원한다면 언제든 세계를 너의 발밑에.】

【바란다면 죽음 또한 감히 그대를 삼키지 못할지니.】

소리가 가까워진다.

더 이상 공간 전체에서 울리지 않았다.

【단, 이 모든 것은 나와 네가 얽매였을 때 가능한 일.】

그가 가까이, 다정한 연인처럼 은밀하고 자상하게 속삭였다.

【내게 속하거라. 다시 나에게 매이거라.】

【계약하자, 견지오.】

【한마디면 돼. 그럼 세계와 나는 너의 것이다.】

지오는 그대로 답할 뻔했다. 정말 거의 그랬다.

하지만 '하겠다' 그 한마디가 목구멍을 비집고 나오기 직전 멈춘 것은, 별의 유혹에 넘어가려던 꼬맹이를 마지막 순간 붙든 것은…….

부친 견태성.

몇 시간 전까지 보고 있었던 그의 등이었다.

어느새 공간은 다시 최초의 백색으로 돌아왔다.

형체 없이 투명한 바닥 위로 발이 닿는다. 지오는 허공을 올려다봤다.

아무것도 없지만, 확실하게 시선이 느껴졌다.

"······."

머뭇거리는 아홉 살의 아이에게 초월자는 너그러이 답해 주었다.

【나쁘지 않다. 너는 인간이고, 굳이 구분하자면 중도이긴 해도 선에 가까워.】

"······내 생각이 들려요?"

【너를 읽는데 생각이라고 예외일까.】

약간 서러워진 마음은 이 별님이 이상할 정도로 다정해서. 아마 그래서일 거다. 지오는 시선을 떨구며 투정 부리듯 중얼거렸다.

"바본가? 힘은 갖고 싶지만, 헌터는 되기 싫은 게 어떻게 안 나빠."

모든 힘에는 책임이 따른다.

견지오는 아빠의 등을 떠밀던 눈들을 기억했다. 트라우마로 남기에 충분할 만큼 폭력적이고 야만적이었던 그 시선들을.

가족을, 또 사랑하는 사람들을 지킬 수 있는 힘이 욕심나긴 했지만…… 힘을 가졌다는 이유만으로 그런 사람들을 위해 나서라 등 떠밀리긴 싫었다.

더 정확히는, 무서웠다.

【흐음.】

물끄러미 내려다보던 성위가 실소했다.

【계약을 구걸하는 입장이라 살살 어르고 달래 주고는 싶다만. 이거 참, 쓸데없는 고민이라는 안타까움을 지울 수가 없구나.】

정말로 어린애를 다루는 어조였다. 지오는 당연히 발끈했다.

"뭐야, 남은 지금 엄청 진지한!"

【안 해도 된다.】

"데……?"

【꼴릴 때만 나서라. 그래도 된다.】
【그렇지. 이번에 네가 하는 그 연극. 거기 나오는 왕 역할 같다고 생각하거라.】

하는 일은 없되 권력은 넘치던 방관자 왕.

【등을 떠밀려? 개 풀 뜯어 먹는 소리를 다 듣는구나. 힘으로 세운 권좌에 대고 누가 감히 짖는단 말이냐. 그 세계는 네가 있는 것만으로도 감지덕지해야 할 것이다.】

성위가 되게 심드렁하게 말했다. 배라도 벅벅 긁으면서 말하면 딱 어울릴 것 같았다. 꼬마 지오는 드물게 당황했다.
"아니, 그……!"

【너도 솔직히 그 왕 역할 그래서 골랐잖아.】

"그렇긴 하지만!"

【게으르고, 난폭하고, 변덕스럽고, 이기적이고. 네 타고난 천성이 폭군 모양으로 생겨 먹은 걸 어쩌겠느냐? 각

성한다고 천성을 갈아 끼울 것도 아닌데.】

'이 아저씨 말 막 뱉네…….'

【아저씨 아니랬다.】

은근 쪼잔하기까지. 좀 짜증 나서 지오가 따졌다.
"아 몇 살인데? 나 아홉 살이야."

【……뭐 그래도 매일 놀고먹기만 하든 뭘 하든 다 좋은데 탑에만 종종 가 주거라. 조건은 이게 전부다.】

"탑?"

【바벨탑 말이다. 거기선 제약이 덜하거든.】

방향도 없이 불어온 바람이 콧등을 스친다.
손끝으로 간질이는 느낌과 비슷했다. 지오는 고개를 휘휘 저어 털어 냈다. 성위가 나직하게 웃었다.

【애석하고 불행하게도, 직접 대화를 나누기까진 꽤 시간이 걸릴 테지. 성약을 마치면 너와 나는 '바벨'을 거쳐서

만 통하게 될 것이다.】

"왜?"
별의 목소리에는 헤아릴 수 없는 여러 울림이 섞여 있었으나, 지오가 느끼기에 지금만큼은 하나로 선명했다.

【우리의 격이 다르니까.】

쓸쓸함.
하나 착각이었다는 듯 어조가 금방 바뀐다.

【네가 워낙 하찮으셔서 말이다. 아무리 격을 쪼개고 죽여 봐도 제대로 보는 것조차 못하니 어쩌겠느냐? 그래도 탑에 가면 바벨이 완충 역할을 할 터이니, 너도 얼른 무럭무럭 자라서─】

"근데."

【음?】

"나 계약하겠다고 안 했는데."

【……응?】

지오는 짝다리를 짚었다. 삐딱하게 턱도 살짝 비틀었다.
"왜 다 잡은 물고기처럼 말해? 내가 물고기야?"

【무슨 소리. 넌 고양이지. 그런 이상한 캐해석은 용납
할 수가 없어요.】

아니 이게 아니잖아.

【왜?】

성위가 개울가에서 솜사탕을 씻다가 잃어버린 너구리
처럼 당황했다.

【이렇게 다 퍼 주는 계약이 어디 있다고?】

고객님, 갑자기 변심하시면 곤란하죠.
경력 한 달 차 초보 상담원처럼 성위가 감정적으로 따
지고 들었다. 아홉 살 견지오는 굴하지 않고, 노련한 진상
처럼 대꾸했다.
"아니 뭐, 옵션이 뭐가 많긴 한데 잘 안 와닿아."

【당연히 말로만 들어선 모르겠지. 직접 겪어 봐라. 어마어마할걸!】

직접 착용해 봐야 타 성위와의 차이를 제대로 느끼실 수 있으세요, 언니. 우주에서 고르고 골라 초이스해 온 아이예요. 절대 후회하지 않으실 거예요.

전형적인 과대 광고식 답변에 지오가 산전수전 다 겪은 베테랑 컨슈머처럼 팔짱을 꼈다. 이 자세는 심리학적으로 상대방에 대한 불편함 혹은 방어로 해석됩니다.

"……."

더 이상의 말은 하수. 고수는 무언으로 압박하는 법.

초조해진 성위가 고객 눈높이 맞춤 설득에 들어갔다.

【그래. 내가 좀 어렵게 말했지. 인정. 반성. 후회. 폼 잡아 본다고 욕심에 그랬어, 미안하다. 그런데 잘 들어 봐라. 애기야, 너 이 오빠랑 계약하잖아? 그럼 놀고먹고 자도 맨날 1등만 하는 거야. 옆집 전교 1등 하는 선영이 때문에 우리 애기 티는 안 냈어도 그동안 얼마나 스트레스 받았어요? 오빠는 속상했던 울 애긔 마음 다 안다?】

"흠……."

【이제 선영이 그 못된 애가 1등 자랑할 때마다 우리 지오는 속으로 비웃어 주기만 하면 되는 거라고. '야 이 기지배야! 넌 고작 샛별초 1등이니? 난 세계 1등이다. 내 밑으로 오빠 언니들이 한 트럭이거든! 흥!'】

"흐으음······."

보복 사이다에 약한 민족답게 한국인 꼬마 견지오가 흔들렸다. 앙칼진 성위의 성대모사가 유난히 맛깔스럽기도 했다.

그 뒤로도 남들과는 차별화된 안락함이 보장된 꿀 빨 인생, 절대 손에 물 한 방울 안 묻히는 초호화 라이프 등등. 온갖 레퍼토리를 꺼내 들던 성위가 최후의 출사표를 던졌다.

【꼬, 꽃길만 걷게 해 줄게.】

"······."

【우리 견지오 하기 싫은 거 빼고 다 해.】

"좋아."

【그래도 부족하다면······! 응?】

"좋다구."

왜. 싫음 무를까? 난 상관없는데. 거만하게 팔짱을 푼 지오가 조선 시대 폭군처럼 뒷짐을 지었다.

……이 맹랑한 꼬맹이. 아주 갖고 노는구나.

그는 저 쥐방울만 한 꼬맹이가 또 강짜를 놓기 전에 관리자부터 불렀다.

【바벨.】

견지오의 발밑이 부유한다.

바벨과 함께 나타난 초월자들, 성위星位.

이들 존재가 무엇인지에 대해선, 지금도 의견이 분분하다. 혹자는 인류를 돕고자 왕림한 절대자들이라 믿어 의심치 않았으나 또 누군가는 바벨과 한통속인, 종말의 원인 중 하나라며 혐오하기도 했으므로.

하지만 이것저것 따져 보다가 합치되는 결론은 늘 비슷했다.

선한 존재든, 악한 존재든…… 뭐가 됐든 간에 만약 그들이 없었더라면 인류는 진작 종말을 맞이했을 거라는 것.

한번 연을 맺은 '화신化身'에게 그들이 건네는 힘에는

어떠한 대가도 없다. 탑 위의 천문에서, 별들은 그저 지켜보았고, 그저 도왔으며.

또, 그저 수호할 뿐이었다.

그 결과, 인간은 별을 통해 지닌 한계를 뛰어넘고, 단순한 각성자 이상의 존재로 거듭나는 데 성공했다.

바벨은 이 계약을 일컬어 성스러운 약속, [성약]이라고 불렀다. 마치 까마득한 예전부터 그렇게 불러 온 것처럼, 당연하다는 듯이.

지오는 숨을 들이켰다.

다르다.

무언가 엄청난 일이 '제대로' 벌어진다는 것을 꼬맹이의 미숙한 눈치로도 느낄 수 있었다.

급격히 어두워진 사위.

이어 짓이기는 듯한 존재감이 장막처럼 드리운다. 공간을 폭발적으로 잠식하는, 성위. 그 궁극窮極의 격.

ㅡㅡ ㅡㅡㅡ!

소름 돋는 소리와 함께 기이한 황금 문양들이 허공을 빼곡히 채우기 시작했다.

그리고 금이 가듯, 공간이 아가리를 벌리며 드러나는 심연 속 눈동자!

'뭐야.'

지오는 마른침을 삼켰다. 솜털이 곤두섰다. 소름? 공포? 인지조차 불가한 격의 차이에 근본적인 두려움이 닥쳐왔다.

달래듯 그가 속삭인다.

【두려워 말라. 그럴 필요 없느니.】

【이것은 혼과 근원의 서약. 가장 오래된 약속에 따라 너와 나는 운명을 함께할 것이다. 그대 마지막 최후의 걸음까지 내가 지켜보리라.】

【견지오.】

【나와 계약하겠는가?】

……．

애매한 건 싫다.

약한 건 더더욱. 이왕 한다면 정말 제대로여야만 했다. 지오는 마지막으로 확인했다.

"진짜, 진짜 센 거 맞지?"

【화신이 지나치게 어린 것도 힘들구나. 그래, 세다.】

"……대신 언니로 바꿔 줘. 아저씨가 맨날 붙어 다니면 찝찝하잖아. 변태 같고."

【별 개소리를 다 하는데도 깜찍하니 원.】

"화신이라며. 난 당연히 예외지."

【너 아직 대답도 안 했다.】

"할게."
성위가 웃었다. 보이진 않았지만, 그렇게 느껴졌다.

『궁극 성위, '■■■■■' 님이 관리자에게 성약 공증을 요구합니다.』

[바벨 네트워크, 외부 특별 계약을 확인합니다.]
[승인을 위해 대상 견지오 님의 히스토리에 접근합니다.]
[액세스 권한 부족. 작업 중단.]
[상위 성계 권한으로 성약 승인을 위한 검증 절차가 생략됩니다.]

**[성약 각인을 집행합니다.]**

생전 처음 보는 알림들이 빗발침과 동시였다.

치솟는 빛줄기와 함께 발밑으로 거대한 문양, 지오도 익히 봐 온 바벨의 문장이 그려지더니…… 이내 훅, 바닥이 꺼진다.

"……흡!"

소리 없는 비명이 혀끝에서 울렸다.

어디가 천장인지 바닥인지 구분할 수 없다.

방향이 제멋대로 바뀌며 등 뒤로 누군가에게 끌려가듯 어느새 지오는 빠르게 추락하고 있었다.

차칵, 차칵. 차칵. 온몸을 옭아매는 사슬의 감촉. 허공에서 솟아난 심연의 금사슬들이 지오를 감싸 삼켰다.

그리고 그렇게, 시야가 멀어져 간다.


【나의 작은 지오.】

[유일 진眞 화신 ― 견지오 님.]

【성약은 체결되었다.】

[당신의 성약성, '운명을 읽는 자' 님이 성약 체결을 알립니다.]

【너는.】

[당신은.]

【이번에도 나, ■■의 것이니라. ■■■■.】


[ ― 오류 발생. 성약성의 목소리를 읽을 수 없습니다.]

·∘⊂⊂●⊃⊃∘·

흐려지는 의식 속.

마지막으로 기억하는 것은, 이마를 쓸어내리는 손길과 부드러운 목소리.

【돌아가서 너무 슬퍼하진 말거라. 격을 받아 내기 위해 불가피한 시간이었느니. 이르든 늦든, 정해진 결과는 바뀌지 않았을 것이다.】

·∘⊂⊂●⊃⊃∘·

그 말이 무엇을 의미했는지는 바로 알 수 있었다.

지오가 눈을 뜬 곳은 병원 침대 위.

A 한방 병원이 아닌 서울 소재 모 대학 병원이었으며, 달려온 가족들은 전부 검은 상복 차림이었다.

"지, 지오야. 흐으, 지오야. 감사합니다, 감사합니다…… 우리 지오. 내 딸, 내 새끼, 내 아기…… 엄마 여기 있어. 우리 딸 엄마 알아보겠어? 괜찮아? 응?"

"엄마아……."

"그래. 엄마야. 괜찮아, 이제 괜찮아. 다 끝났어, 끝났어……."

견지오는 자신을 어루만지는 엄마의 흐느낌 속에서 멍하니 달력을 바라봤다.

깨어난 날짜는 4월 1일.

우습고 또 공교롭게도, 만우절이었다.

12

악몽의 3월.

총 희생자 약 팔천.

균열도 균열이지만, 희생이 이렇게까지 커진 데는 인재人災를 무시 못 했다.

국민을 버린 정부와 의무를 외면한 헌터들.

거리에선 현 대통령 김근영의 탄핵을 요구하는 시위가 매일 이어졌고, 대형 길드들의 처벌을 요구하는 서명 운동이 대국민적으로 일어났다.

한국 헌터계의 거목, '사자' 은석원은 한쪽 눈을 잃었다.

사상자 수가 가장 많았던 설악산 1급 균열. 그 앞을 막아선 자들은 오로지 〈은사자〉와 산하 세력뿐.

수많은 사자의 형제들이 돌아오지 못하고 설악에 영영 묻혔다.

〈은사자〉 길드는 대대적인 각성자법 개혁에 대해 강력한 지지를 표명했다.

의정부를 홀로 지켜 냈던 〈해타〉 또한 피해가 극심하긴 마찬가지.

〈해타〉의 당대 종주는 일시 폐문과 함께, 고등학생 손녀 하얀새에게 종주 자리를 위임하고 은퇴할 것을 선언했다.

〈은사자〉와 〈해타〉를 제외한 나머지 대형 길드들. 사명을 회피했던 그들에 대한 비난의 불길은 사그라질 줄 몰랐고, 날마다 다른 이름의 기자 회견이 열렸다.

그러나 누군가에게는 다 끝난…… 이미 지나가 버린 일이었다.


합동 영결식은 희생자 인원이 너무 많아 지역별로 나누고 또 나눠야 했다.

벽처럼 줄줄이 겹쳐 쌓인 액자들 가운데, 지오는 멀어서 잘 보이지도 않는 아빠의 영정을 올려다봤다.

사망 추정 시각. 3월 26일 오전 10시 40분.

그날 잠에서 깬 지오가 우리 아빠 어디 있냐고 물어본 그때, 이미 견태성은 죽음에 접어들었던 것이다.

뒤늦게 발견된 시신의 품에선 쪽지 두 장이 나왔다고 들었다.

한 장은 A 한방 병원에 어린 딸과 민간인들이 고립되어 있으니 구조해 달라는 요청. 또 한 장은 가족들에게 보내는 유언.

살아서 돌아가지 못할 가능성을 염두에 두고 미리 써둔 거였다. 세심하고 미련한 아빠다웠다.

덕분에 고립되어 남아 있던 인원 전원이 무사 구조되었다.

고열로 인해 구조 즉시 병원으로 이송되었던 지오는 거의 일주일 만에 깨어났다. 영결식 바로 직전에.

엄마를 포함한 모두가 지오의 참석을 반대했지만, 울고 악써서 지오는 따라왔다.

사방에 가득한 무거운 공기. 족들의 비통한 오열 소리.

멍한 얼굴의 지오 옆을 남동생 견지록이 지켰다. 내내 꽉 부여잡고 있었던 지오의 손을 다시 한번 다잡는다.

"누나."

"……."

"부모님이 각성자면 자식들도 각성자가 될 확률이 높대."

"……."

"아빠는 누가 뭐래도 헌터였어. 난 헌터의 아들이니까, 그러니까."

"……."

"나는, 내가 만약 각성하게 되면…… 탑에 오를 거야. 꼭, 꼭 마지막까지 올라가서, 왜 우리한테 이런 짓을 하는지 알아낼 거야."

꼭 그렇게 할 거야.

이를 악물며 되뇌듯 중얼거린다.

퉁퉁 부은 눈, 일찍 철이 들어 버린 눈으로 맹세하는 어린 견지록.

1월, 12월. 딱 열한 달 차이.

같은 해에 태어나 남매보다는 쌍둥이처럼 자란 동생이었다. 치미는 것을 꾸역꾸역 삼켜 내는 동생의 그 얼굴……

지오는 대답하지 않았다.

발인이 시작되자 엄마는 반쯤 넋을 놓았다. 눈물 자국도 없는 얼굴로 미친 사람처럼 중얼거렸다.

"병신 새끼…… 견태성 이 멍청하고 미련한 등신 새끼. 지가 뭐라고……"

스스로 무슨 말을 하는지도 모르는 것 같았다.

"네가 뭐라고, 네가 헌터는 무슨 헌터야. 월급쟁이만도 못한 새끼가. 거기가 어디라고, 뭘 할 줄 안다고, 무슨 힘이 있다고 나서 나서길. 미련해 빠진 새끼. 거길 네가 왜 가니. 가지 말라고 했잖아. 난 엄마라고 생각하지도 않는 인간을 네가 뭔데, 뭔데 챙겨서……"

"……"

"지오야."

"응."

"저렇게 살지 마. 너는 네 ―처럼 살지 마. 그냥 ――. 응?

―― 살아.”

답이 없자 엄마가 돌아섰다.

박순요는 지오가 아는 세상에서 제일 강한 사람이었다.

그런 사람이 우는 얼굴은 솔직히 충격적이었고, 또 한 편으로는…… 겁이 났다.

무릎을 낮춘 엄마가 지오의 어깨를 쥐었다. 아팠다.

“―――. ――― ―――. ――.”

“……”

“―――. ――. 알았지?”

대답하지 않으면 그대로 엄마가 부서질 것만 같았다. 그 래서 견지오는 끄덕이며 약속했다.

알겠다고.

꼭, 그러겠다고.

·○☾☾●☽☽○·

죽은 이를 되살릴 수 있냐고 물었다.

성위는 불가하노라 답했다.

시간을 되돌릴 수 있냐고 물었다.

성위는 네가 원하는 만큼은 불가하노라 답했다.

할 수 있는 게 그럼 대체 뭐가 있냐고 물었다.

성위는,

[당신의 성약성, '운명을 읽는 자' 님이 대답합니다.]
[어떤 기억이 떠오르지 않도록 덮는 것은 매우 간단한 일이라고 속삭입니다.]

영결식이 끝났다.
엄마는 아빠와 관련된 모든 물건을 치우고 태웠다.
반년이 지났다.
지오는 더 이상 아빠의 얼굴이 기억나지 않았다.

눈을 떴다.
다시 서 있는 곳은 피 안개 짙게 드리운 꽃밭.
덮어 저 멀리 치워 버렸던 기억의 조각들이 전부 돌아왔다. 잃어버렸으나, 잃어버린 줄도 몰랐던 것들이었다.
스무 살 견지오는 후드 주머니에 손을 꽂으며 삐딱하게 섰다. 시선이 가깝게 느껴진다. 지오가 익히 아는 시선이다. 언제나 제 곁에 있는.
"……이 변태 똥차 별, 결국 납치의 꿈을 이뤄 버린 건가?"

【서운한데.】

성위聖位. 화신 견지오의 유일한 성약성이 느긋하게 웃었다.

【내 솜씨라면 이리 초라한 곳에 모셔 뒀을 리 없잖나.】

"그럼 여기 대체 어딘데?"
살살 건드리는 무형의 손길을 날파리처럼 쳐 내며 지오가 물었다.

【이런 차가운 도시의 애기고영 같으니.】

"어디냐고."

【경계선의 석산 언덕.】

우와. 그렇구나.
저기 선생님, 그렇게 말하시면 제가 알까요? 말없이 주먹을 흔들어 보이자 성약성이 유유히 덧붙였다.

【정신계 미물들이 잔재주 부릴 때마다 쓰이는 곳들 중하나다. 제 자리로 돌아가지 못하는 찌꺼기들이 비료가

되어 악몽의 석산화를 피우지.】

　정신 계열 공격에서 깨어나지 못하는 영혼들의 최종 처리장이라는 얘기였다.

　【험한 데서 하도 쿨쿨 자기에 깨웠다. 좋은 꿈 꿨느냐?】

　"알면서 묻지 마."

　【말하기 편하라고 판을 깔아 주는 거지. 인간들은 이걸 배려라고도 부르더구나.】

　지오는 여유롭게 주변을 둘러봤다.
　움직이는 몸에 스칠 때마다 붉은 꽃이 안개처럼 흩어졌다. 소름 끼치는 실체와는 어울리지 않을 만큼 제법 그럴싸한 풍경이었다.
　"뭐 요약하면, 그니까."
　걸으며 지오가 운을 뗐다.
　"세상 순수했던 순진무구 꼬마 지오가 악마 같은 늙다리 성위의 꼬드김에 넘어가 아빠와의 추억들을 싸그리 지우는 패륜을 저질러 버린 거잖아?"

【흐음. 이의 있습니다.】

"피고 별, 발언하세요."

【악마라니 이거 너무 격이 떨어지지 않나…….】

"시끄럽다. 변기급 사탄아."
먼 울림으로 성약성이 나른한 말을 이었다.

【인간은 늘 답을 찾지. 답을 내는 것 또한 인간. 그날의 견지오가 답으로 구한 것이 그것이었을 뿐.】
【왜. 되찾은 기억으로 인해 심경의 변화라도 일어났느냐?】

"그럴 리 없잖아."
오히려 아무렇지 않아 이래도 되나 싶으면 몰라도.
"변하는 건 아무것도 없어. 그냥 그랬구나 싶지."
그래서 아빠 얘기할 때마다 밤비가 피했구나.
박 여사 얼굴이 그랬구나.
아무것도 기억 못 하는 주제에 또 약속은 잘도 지켰구나.
"그냥 이게 다임."
마모되는 인간성이야 헌터들의 직업병이자 고질병이

고, 그중에서도 마법사들이 특히나 그렇다지만…… 비단 그런 것 때문만은 아니다.

생生과 사死. 그 중간에 걸친 어디쯤.

이질적인 경계선 언덕 위에서 홀로 뚜렷한 빛깔을 띤 한 명의 인간. 견지오의 흑단발이 낮은 바람에 나부꼈다.

"다 지나간 걸 이제 와 어쩌겠어?"

어두운 기억과 쾅 맞닥뜨렸다고, 고구마 시련 구간이라고. 어디 히어로나 소설 속 주인공처럼 성장 서사를 위해 주저앉는 일 같은 거 해 줄 생각 없다.

그저 평소처럼 턱을 들고, 짝다리를 짚었다.

변하는 건 정말 없을 테니까.

아무렴 이미 견지오가 선 곳이, 여기가 바로 정점인데. 더 올라갈 데가 어디 있겠나?

그렇기에 이 자리는 성장하는 자를 위한 자리가 아닌, 굳건히 서서 결코 무너지지 않는 자의 자리였다.

"엄마 아빠 찾으며 눈물 짜는 건 교복 벗을 때 같이 졸업했지."

【안타깝구나. 서글피 눈물이라도 떨구면 슬찍 이 오빠의 태평양 같은 어깨를 자랑해 볼까 하였더니.】

"이 언니 아직 멀었네. 그 말 못 들어 봤어? 킹지오는 살면서 딱 두 번 운다."

태어났을 때. 또 박 여사가 투뿔 한우 갈비찜에 소금 통을 엎었을 때.

"자매품도 있다고. 킹지오는 살면서 딱 세 번 빡친다."

그리고 이 자리는 또한, 철퇴와 자비의 때를 명확히 구분해야 하는 자리이기도 했다.

하늘이 일그러진다.

석산이 파도처럼 흔들렸다. 고개를 든 마법사의 얼굴이 폭풍 전야처럼 고요하다.

"와이파이에 비번 걸려 있을 때. 나 말고 남이 1등 할 때. 그리고……."

송사리 엑스트라가 주제도 모르고 힘숨찐을 건드릴 때.


[정신계 고유 특성이 깨어납니다.]

[숨겨진 특성, '**왕의 위엄**(희귀)'이 해금됩니다!]

[특성, '**부동심**(특별)'이 '**왕의 위엄**(희귀)'과 호응해 '**사자심**(전설)'으로 진화합니다!]


용의 멱을 따 본 회칼이 피라미의 멱을 따지 못할 이유 없다. 비슷한 이치. 정신계 마물과 조우한 게 처음이라 당했을 뿐, 이게 뭔지 겪어 본 지금.

적은 더 이상 '적'이 아니었다.

"언니."

【언니 안 한댔다.】

"그럼 아재요."

【혼나.】

"왜 자꾸 탑에 가라 했는지 이해했어. 오랜만에 목소리로 대화해서 솔직히 좀 반갑기도 했고. 근데 역시 자주는 못 오겠다."

물론 귀찮은 것도 귀찮은 거지만…….

"올 때마다 이런 레벨 업이면 너무 깡패 같잖아요."

[상대와 격의 차이가 현격합니다.]

**[적의 구속력이 강제 해제됩니다!]**

사아아아-!

거꾸로 뒤틀리는 경계, 그리고 조각나는 세계.

파도처럼 하늘로 솟구치던 붉은 꽃들이 일제히 닉화했다.

레벨 업 마친 생태계 교란종의 귀환이었다.

·· ✦ ✹ ✸ ✹ ✦ ··

'갖고 놀고 있다.'

배부른 고양이가 쥐를 툭툭 치며 구석으로 모는 꼴이나 다름없었다.

등 뒤, 막다른 벽이 점점 가깝다. 백도현은 피가 흥건한 입가를 훔쳤다. 쇠 맛이 비릿했다.

석산의 무덤지기.

원래라면 탑의 20층대 후반 시나리오 〈폐태자〉에서나 출몰하는 정신계 환상종 마수였다.

대상의 가장 처절하고 두려웠던 순간으로 끌고 들어가는 피 안개를 부리며…… 만약 그 안개에 갇혀 깨어나지 못할 시, 그대로 영체가 경계선 언덕으로 끌려가 석산의 거름으로 전락한다.

물론 깨어나서도 간단하진 않았다.

무덤지기가 데리고 다니는 애완 키메라 두 마리는 자유자재로 신체 구조를 바꿔대는 극악함을 자랑하니까.

회귀자 경험치로 버티곤 있으나 그는 현재 [성약]이 봉인된 상태.

진작 승패가 난 게임이 아직까지 이어지고 있는 건 순전히 저 마물의 고약한 성격 덕분이었다.

"———! ——. ———."

**[에러 코드: 잘못된 접근]**

《해당 시나리오 구역이 아닙니다. 상대의 언어를 해석할 수 없습니다.》

굳이 해석까지 필요할까? 삿대질하며 히죽거리는 무덤지기를 보고 나조연이 치를 떨었다.

"저, 저 불쾌한 골짜기처럼 흉측하고 뷔페처럼 다양하게 빻은 새끼가 지금 우리 비웃는 거죠!"

"그렇다고 해도 어쩌겠습니까."

머리를 흔들어 땀을 털어 낸 백도현이 한계까지 찬 숨을 몰아쉬었다.

"조연 씨. 아직 반응은······."

"어, 없으세요. 어쩌죠?"

"말했지만, 절대 건드리면 안 됩니다. 정신 공격에 당한 사람을 함부로 만졌다간 영영 못 깨어날 수도 있어요. 옆에서 계속 이름만 불러 보세요."

"그러고 있어요. 그런데 이러다가 혹시 모, 못 깨어나시기라도 하면······."

울먹이며 뒷말을 삼키는 나조연.

백도현은 어렵지 않게 대꾸했다. 간단했으니까.

"그럼 저희는 여기서 죽는 겁니다."

불행히도 그들에겐 남은 선택지가 없다.

탑에서 죽어도 실제로 죽지 않는 건 오직 튜토리얼 시나리오뿐. 그러나 무덤지기는 엄연히 20층대 마수. 튜토리얼 몬스터가 아니었다.

바벨탑에서 '혹시……'라는 기대는 애당초 갖지 않는 게 좋다는 걸 백도현은 경험으로 알고 있었다.

계속 뜨는 에러 코드 역시 답 없는 현실을 확인 사살해 주고 있지 않나? 너희들 여기서 죽으면 정말 끝이라고.

'대체 어디까지 끌고 들어간 거지?'

백도현은 초조히 뒤쪽을 힐긋거렸다.

무덤지기가 부리는 피 안개의 농도는 상대의 무력과 비례한다. 비교적 얕았던 두 사람의 것과 달리 견지오를 뒤덮은 피 안개는 소름 끼칠 정도로 짙디짙었다.

콰아앙- 파가각!

"도현 씨!"

노련한 키메라는 집중이 흐트러진 적의 틈을 놓치지 않았다.

쿨럭! 벽에 처박한 백도현이 크게 피를 토해 냈다.

경악해 달려간 나조연이 허겁지겁 스킬을 사용했지만, 나오는 것은 아직 먼 쿨 타임을 알리는 메시지뿐.

백도현의 고개가 푹 꺾인다.

죽어? 진짜 이대로 죽어?

절망감이 몰려왔다. 나조연은 하얗게 질려 백도현을 부

여잡았다.

"아, 안 돼. 정신 차려어! 흐어어엉, 일어나라고! 힐러 놔두고 혼자 리타이어 때리는 딜러가 어디 있어! 씨발 놈아! 딱 봐도 조연도 아닌 새끼가! 당장 정신 안 차려?!"

'여기서 끝난다고? 이렇게 허망하게? 정말로?'

가까워지는 마수들의 흉악한 그림자.

애써 부정해 보는 현실과 반대로 마음 한편에선 체념이 드리우는 그때.

"끼에에에엑!"

차라라라락-

'데자뷔……!'

그래. 그건 데자뷔였다.

"……하, 하하."

나조연은 퍼뜩 돌아봤다.

죽은 줄 알았던 백도현의 어깨가 들썩이고 있었다. 미약해 거의 신음에 가깝지만, 분명히 웃음소리다.

ㅣ나조연 또한 경험해 봤기에 아는, 절망 직전 구원과 맞닥뜨린 자의…….

그리고 그게 나조연이 기억할 수 있는 마지막 순간이었다.

"울 도비는 잠깐 자고 있어."

라이브러리, 지난 작업 불러오기

**『북마크 ― 넘버 4. 농촌 체험』**

『라이브러리 검색

　→ 키워드 '**그림 리퍼**Grim Reaper'

　→ 범위: "웨스트", 필터: "무기" "죽음"』의 구현화具現化를
진행하시겠습니까?


"정의 구현 추수 타임이니까."

백도현은 힘겹게 고개를 들었다. 억지로 깜빡여 핏물에
흐릿해진 시야를 밝혔다.

신화 속 악룡과 함께 '마술사왕'을 대표하는 상징이 되
어 버린 무기. 제 몸보다 훨씬 거대한 대낫을 가차 없이 휘
두르는 등이 보였다.

살아 있는 것들을 찢고, 이어서 공간까지 난폭하게 찢
어발긴다. 마치 농부가 수확하듯 거두는, 이름 그대로 구
현화된 죽음.

그림 리퍼의 낫에 추수된 적들은 비참한 유언조차 남기
지 못한다. 새까만 칼단발을 휘날린 '죠'가 마수의 수급을
턱, 발로 밟았다.

만사태평한 표정. 나태한 목소리.

"누구 허락받고 여기서 쥐잡기를 해."

역설적이게도,

그래서 더 믿음직한.

"이 구역 미친 녀, 아니, 킹은 나거든."

어이가 없어서 백도현은 웃었다. 진짜로 우습지만, 부정할 수 없이 저런 것마저.

'젠장…… 멋있잖아……'

[Ground F: 튜토리얼 시나리오 — 〈시작의 제전: 인간 실격〉]
**[시나리오가 종료됩니다.]**

대앵- 대애앵-!

수없이 들었던 종소리.

그러나 이렇게 가까이선 처음이다.

[타이틀 특성의 2단계 성장이 완료되었습니다.]
[퀘스트 완료 보상을 정산 중입니다.]

또한 지금 울리는 이 종소리는 거우 이곳에만 국한되지도 않으리라. 바쁘게 올라가는 숫자들을 보며 지오는 씩 웃었다.

숙련도 20% 달성.

이 말은 즉.

[순위가 변동합니다.]
《바벨 네트워크, 월드 알림》
[현재 견지오 님의 국내 순위는 1위.]
**《랭킹 업데이트 — 행성 대표 교체》**
[전체 순위, 1위입니다.]


**《1위 — 죠 · 비공개(▲3)》**


·· ✦ ✳ ✦ ✳ ✦ ·· 


시나리오 필드가 서서히 지워져 갔다.

주변에 남은 이는 없다. 튜토리얼 참가자들은 모두 최종 관문, 성위 간택을 위한 [천문]으로 이동됐으므로.

견지오는 어슬렁어슬렁 탑을 빠져나왔다.

저무는 3월 저녁.

밤하늘엔 별들이 하나둘 나타나고 있었다.

"지오, 이쪽."

"……엥. 게이트 안 갔음?"

"닫고 온 거다. 모셔 왔으니 모셔다드리는 것까진 해야지."

담뱃불을 지져 끈 범이 까딱 턱짓했다.

말마따나 게이트 토벌에서 바로 왔는지 오프 로드형 지프차에, 눈에도 푸른 귀기가 아직 남아 있었다. 전투 피로 탓인지 목소리도 평소보다 나른하고.

"질색하더니, 화려하게 잘만 노셨던데."

"허흠. 산이 거기 있기에 올랐을 뿐."

"반 1등 하려다가 전교 1등까지 떠안아서 깜짝 놀라진 않았고?"

"……아, 아닌데?"

차 문을 열어 주며 범이 피식 웃었다.

"어쨌든 축하한다, 왕좌 탈환."

그 말에 지오도 잠깐 서서 하늘을 올려다본다.

오늘따라 유난히도 소소한 별빛.

아마 그래서 그런지. 위대하신 성위들이 굽어보는 이 시대에, 보잘것없는 사람 하나가 죽어 감히 큰 별이 되었다 하더라도…….

오늘 하루 정도는 믿어 봐도 어떠냐 싶었다.

견지오는 조용히 중얼거렸다. 약간은 기분 좋은, 또 얼핏 후련하게도 보이는 얼굴로.

"거 1등 먹기 딱 좋은 날이네."

## 2장
### 뭉치면 귀찮고 흩어지면 편하다

1

---

**[베스트] 실시간 바벨 월드 랭킹 TOP 50 / 로컬 랭킹 TOP 100**

추천 3777 반대 24 (+12899)

.......................................................................

- 무서운 꿈을 꾸었느냐?

- 아닙니다

- 슬픈 꿈을 꾸었느냐?

- 아닙니다. 달콤한 꿈을 꾸었습니다.

- 그럼 왜 그리 슬피 우느냐

- 그 꿈은 이뤄질 수 없기 때문입니다....

---

- by. 콩석원

- "아아 괜찮은 열두 시간이었다…!!!"

- 20xx.03.07~20xx.03.07 R.I.P 은석원의 1등 여기 잠들다

- 베댓 상태 실화냐 사탄 오늘도 1패 누적;;

- 진짜 나쁜 새끼들ㅋㅋㄱㅋㅋ이럴 때만 단합력 미친ㅋㅋㅋㅋㄱ

- 죠: 석원아 1등이 하고 싶어?

- ??: 하늘은 어찌하여 은사자를 낳고 죠를 낳았단 말인가!

- 은사자 행님 집에서 막걸리 까셨답니다 다들 그만해주세요

- 노인공격 그만해라 나쁜놈들아ㅜㅠ 우리 장군님한테 못하는
  말이 없네

- 느그죠 퇴물됐죠 딸치던 새끼들 다 어디감?? 응~ 우리죠 개
  쌉레전드 찍는 중~ 현역리즈 조죠버리죠

- 죠형누님,,,전 당신을 믿었습니다,,, 갓죠 빛죠 킹죠 폐하 당신
  이 korea다,,,^^777

- ㄹㅇ 쾌감 쩐다 이것이 진정한 국뽕의 맛인가 구글 메인 월랭
  1위에 ZIO랑 태극기 뜨는데 어라? 어째서 나 눈물이

- 와이엠아꾸라잉ㅜㅜ

- 펄~럭

- 펄~~럭

- (링크) <마술사왕 죠의 이민금지 출국금지를 법으로 제정하라
  > 청와대 국민청원입니다. 부디 서명하시고 퍼날라주십시오.

- 동네 편의점 맥주 다 털려서 마트 가려고 차키 챙기는 중;; 국뽕

풀악셀 밟는다 말리지 마라

- 아 개웃기네ㅠㅠㅋㅋㅋ S사 신나서 지금 작년에 만들어둔 죠 다큐 재
  방함ㅋㅋㅋㅋㅋ 딴 채널들 다 뉴스 하는데 노빠꾸 도랏ㅋㅋㅋㅋ
    └ 그 주인공 인터뷰 1초도 없이 편집 스킬로만 한일전 시청률
      땄다는 전설의 다큐멘터리 말인가요?
- 국민 설문 99.9% "죠가 대통령이 아닌 것은 국가적 손실이다"
- (티모시 내한 당시 '여기가 죠의 나라입니까' 짤)
- 도쿄 사는 교민인데 여기 놈들 지금 죠는 죠선의 국책이다 비
  밀리에 실험 성공한 생체병기다 또 허겁지겁 판넬 들고 와서
  실시간 뇌절 오짐ㅎㅎㅎㅎ개꿀잼ㅎㅎ
- 이해는 감;;; 나도 이 좁은 반도 대체 어디서 월드급 랭커들이 이렇
  게 튀어나오나 의문인데 이제 월랭 간판 보유국 ㅋ ㅑ;;; 국뽕치사량
- 윗댓 받고 좀 진지 빨자면 이거 진짜 파급력 클 거야. 그동안은
  월드랭킹 1위 매드독이 무국적인데다가 익명이라 2위인 티모
  시 릴리와이트가 대접받았던 거지만, 이젠 엄연히 1위가 떡하
  니 존재하잖아. 국가 위상부터 달라질걸? 안그래도 우리나라
  인구수 대비 랭커 질 제일 좋아서 (참고로 SPI 도시 안전성 부문
  매해 1위임○○ 선진국들 중에서 균열 사망률 제일 낮음) 서울 외국인
  거주 비율 점점 높아지고 있는데 얼마나 더 늘어날지 상상도
  안 된다.
    └ 부동산 떡상하나요
    └ 여기서 더 오른다고?

- 근데 죠가 월랭 1위한 거 처음 아니지 않음? 나도 당연히 기쁘긴 한데 다들 난리라서 이정도인가 싶네

  └ 내려온지 7년쯤 됐음... 글고 그땐 1세대 시절이라 3세대가 주축인 지금이랑 비교 힘들지. 매드독 튀어나오고 티모시 떡상하면서 월랭은 거의 3위에 붙박이었으니... 죠가 아무리 임팩트 쩔어도 그래봤자 걔네보다 약하다며 어그로 은근 많았는데 논란 종식 찍은 거.

- 죠빠 대해방의 날ㅇㅇㅇㅇ티모시 그동안 저주해서 미안했다고 갑자기 지들끼리 화해하고 난리 났고요

- (과거 기사 링크) 티모시 릴리와이트 "동북아 팬들 바늘 꽂힌 짚인형 선물 자꾸 보내, 마음은 감사하나 자제 부탁"

  └ 빛모시 죄없어…… 누나가 미안했다…….

  └ 츄ㅅ츄 (대충 미안하다는 말)

- 헐 저거 모야 처음봤는데 미쳤냐고ㅋㅋㅋㅋ 공감성수치 미친ㅠㅋㅋㅋㅋ 죠충들 진짜 개극성개진상 대다나다ㅋㅋㅋㅋ

- 티모시 팬인데 이거 이렇게 유머 소재로 언급될 일은 아니지 않니. 죠팬들 아직도 사과 안 했잖아. 보기 불편하네.

  └ 배기 불팬해냬~ 얘째래걔~

  └ 웅 불편하먼 울 매국노칭구는 그대로 코박고 뒤져서 얼른 편해지기^^ 갓한테 불경 저지르고 살아있는 니새끼 존재 자체가 잘못^^

  └ (신고로 블라인드된 댓글입니다.)

└ (신고로 블라인드된 댓글입니다.)

- 아 깡패들 몰려왔다ㄷㄷ죠깡패들ㄷㄷㄷ

- 죠진다의 죠... 죠팬다의 죠팬.... 그 헌터에 그 팬덤..... >천생연분< 그 자체

- 시발 누가 또 좌표 찍었냐 하지마 쟤넨 찐광인들이라 리얼 무서워

- 그럼 죠가 구세대일 거란 가설은 사실상 끝난 건가? 천조국 일등이 리미터 붙은 구세대한테 밀리는 그림은 도저히 상상이 불가능한데;

- 넹ㅊ_ㅊ 은석원님 케이스도 있긴 한데 죠 팬덤에선 죠님 거의 20대 극후반에서 맥시멈 30대 중반쯤으로 추측해요ㅊ_ㅊ

- Q. 죽기 전에 마술사왕 실물 영접 가능?
  └ A. 넌 쌉불가능

- Q. 개존잘이다죠 vs 개못생이다죠
  └ ?? 성별도 모르는데 뭔ㅋㅋ;;

- 쿨타임 찰 때마다 거의 집착 수준으로 궁금해져ㅜㅜ 진짜 뭐 하는 사람일까....

삼수생이다.

전적 6전 6패. 불합격의 지배자.

완패의 미대 입시생 견지오(현 월드 랭킹 1위)는 멍하니 눈앞의 건물을 올려다봤다.

랭커 보유 수가 곧 국격이자 국력인 지금 이 시대.

'잠자는 우리 집 일등 코털을 뽑았더니 세계 일등을 가져와 버렸다!?'식 전개로 전 국민이 국뽕에 만취해 나라가 한편 디비지고 있는 이 시점.

각종 〈왕좌 탈환 폭탄 세일〉, 〈왕의 귀환 할인 이벤트〉 현수막으로 떡칠된 번화가 한복판. 화제의 주인공, 마술사왕 견지오는 〈전원 합격! 합격률 100%의 신화!〉의 입간판 앞에 우두커니 서 있었다.

'입시의 스페셜리스트……. 죽은 학생도 되살려 내는 입시계의 화타…….'

아니, 누굴 살려 낼 정도면 그냥 헌터를 하시지 왜……?

"견지오, 거기서 뭐 하고 있어! 빨리 와."

"……니예에에."

"대답 짧게 안 해?"

"넵."

승강기 앞. 박 여사는 긴장한 기색이 역력했다.

오늘은 착장도 온화한 야쿠르트 프레시 매니지 차림이 아닌 완벽한 전투 모드. 모 명품 브랜드에서 최상위 랭커들에게만 한정으로 헌정했다는 마석 박힌 백까지 드셨다.

"넌 옷이 그런 거밖에 없어?"

나왔다. 예민해진 엄마표 공격 1번. 옷차림 지적.

"최신 유행 스웩인데."

"스웩은 무슨, 서울역 노숙자도 거지인 줄 알고 으웩하겠다 이것아. 너 내가 인터넷에서 옷 사지 말고 가서 입어 보고 사라고 했어, 안 했어! 머리 꼴은 또 왜 그래! 당장 이거 안 빼?"

"끄앙! 내 헤어밴드! 내 힙합 스피릿!"

"이런 거나 하고 다니니 정신 상태가 그 모양 그 꼴이지! 너 이번에도 대학 다 떨어지면 호적에서 파버릴 줄 알아!"

"거기 가는 게 인생의 전부는 아닌데! 대학도 맨날 엄마 취향대로 쇼핑하듯 고르면서!"

빼액. 견지오가 의미 없는 반항을 시전했습니다.

박 여사의 극대노가 돌아옵니다.

"안 가면! 어? 대학 안 가면! 뭐 하고 살 거야! 네가 기생충이야? 기생충은 칸에서 상이라도 받아 와 이 웬수야!"

[당신의 성약성, '운명을 읽는 자' 님이 저기 모녀분들 엘리베이터 왔다고 알립니다.]

등짝 두 대를 얻어맞은 지오가 눈물 그렁그렁한 채로 올라탔다. 씨익씨익 숨을 몰아쉰다.

"두, 두 번이나 때렸어! 아, 아버지한테도 맞은 적 없는데에……!"

"애비도 없는 게 까불어. 조용히 안 해?"

노 빠꾸 패드립. 지오가 경악해 입을 다물었다.

'저, 저런 사탄도 몰라봤다고 인사할 아줌마 같으니.'

졌지만 잘 싸웠다는, 성약성은 있으나 마나 한 위로와 함께 프론트 데스크에 도착.

총 7층의 번듯한 건물은 입시생들의 피땀 눈물을 얼마나 빼먹었는지 보이는 곳마다 번쩍번쩍 화려하기 그지없었다.

그리고 바로 이곳이, 의기양양 귀가했으나 현실은 가출한 삼수생이었던 견지오의 라스트 찬스가 될 곳이었다.

바야흐로 어젯밤.

훌쩍이면서 무릎 꿇은 월랭 1위에게 박 여사가 최종 통보했으니.

「너 이번이 마지막이야. 정말 힘들게 소개받은 곳이니까, 만약 여기에서도 안 되면 그냥 강원도 보현 스님한테 가. 속세에서 떠나. 알았어?」

「따, 흐끅, 따르겠습니다아……!」

"저희 옵티무스는 각 반 정원을 최대 다섯으로 제한하는 소수 정예 운영입니다. 1:1 맞춤 커리큘럼과 담임 제도로 완벽하게 학생들을 케이하는 체제지요. 일반계 없이 예술 및 헌터 계열 학생들만 집중 지도하고요. 그래서 이 바닥에선 제법 경쟁률이 치열한데…… 듣자니 선영이 어머니 소개로 오셨다고."

'선영이 가만 안 둬.'

"선영이 같은 경우는 워낙 모두가 아는 모범생이었기도 하고, 그런 학생의 소꿉친구라기에 저희도 흔쾌히 수락했습니다만……."

'진선영은 나의 원수.'

"학생의 미래가 달린 일이니 직설적으로 말씀드리겠습니다."

"네, 선생님. 경청하겠습니다."

한 올 흐트러짐 없이 머리칼을 바짝 올려 묶은 김조영 선생이 지오의 성적표를 툭 내려놨다. 마치 더러운 거라도 만진 듯이.

"이 학생은 가망이 없습니다, 어머니."

"……!"

"목표 대학을 H대로 두셨다고 들었습니다만, 인 서울은 물론 수도권 진입 자체가 불가능합니다. 웬만한 지방 대학들도 이런 성적의 원서를 받으면 치욕스러워할 겁니다."

"……!"

"학생 실기 실력이 피카소급이 아니라면 대학 진학은 포기하고 지금이라도 기술을 배워야 합니다. 그동안 교육이 아니라 사육을 하셨군요."

"기, 김조영 선생님!"

쓰앵님, 안 돼요. 저희 지오 H대 보내야 해요.

"제 능력 밖입니다. 그러니 죄송합니다만, 상담은 여기까-"

처억. 박 여사가 책상 위로 소리 나게 가방을 올렸다. 묵직한 무게감. 김조영의 눈이 흔들린다.

'잠깐. 저건, 에르메스 랭커 스페셜 리미티드 에디션……?'

"이런 말씀까진 안 드리려고 했는데."

랭커 엄마가 힘을 숨김. 힘숨맘 박순요가 말했다.

"제 부족한 아들이 견씨 성에 지록이라는 이름을 씁니다."

"……!"

'수, 숨 막혀…….'

입시계 두 거물의 기 싸움에 낀 새우 견지오가 어깨를 움츠렸다. 세상아 월랭 살려.

그리고 그렇게 고수들끼리 무언의 공방이 오간 후.

침묵하던 김조영이 먼저 움직였다. 저 멀리 치웠던 성적표를 천천히 다시 살핀다.

"……저희 옵티무스 프라임은 강도 높은 스파르타식으로 유명합니다. 감수하시겠습니까?"

"예. 선생님만 믿겠습니다."

"알겠습니다. 그럼 지오의 성적은 전적으로 저한테 맡기시고 어머니는 그저 지오의 건강만 신경 써 주십시오."

그제야 사르르 풀어지는 분위기. 두 여성이 점잖게 악수했다.

"훌륭한 아드님을 두셨군요."

"뭘요. 세 마리 중 하나 간신히 건졌습니다."

"그럼 혹시 막내도 이런 지경……?"

"걘 우튜버입니다."

"유감을 표합니다."

'젠장.'

지오는 뭣 씹은 표정으로 그 장면을 바라봤다.

그러거나 말거나, 전국이 축제처럼 들뜬 봄날.

창밖 하늘엔 서울 시청에서 오늘 오전 띄웠다는 〈월드 랭킹 1위 죠〉 문구가 그려진 흑룡 애드벌룬이 떠다니고 있었다. 둥둥. 유유자적.

·· ✦ ✹ ✦ ✹ ✦ ··

▷ 로컬 — 대한민국
▷ 국내 랭커 1번 채널 (랭킹 1~50위권)

| 8 | 다윗: 아니 내가 외쿡 생활을 오래(long)해서 한국 문화(k-culture)가 글케 익숙하진 않지만 축하(celebrate)할 일이 있으면 떡(ricecake)도 돌리고 동네에 인사(greeting)도 하는게 같이 사는 이웃(rankers)간 예이(manners) 아닌가?

| 4 | 흰새: 예이 아니고 예의다.

| 8 | 다윗: 샹―― 글애서 해석 달아줫자나 새대가리띨빡아

| 8 | 다윗: 야 찐1등(no.1) 계속 노코멘트(no comment)할 거냐고—.— 진자 좆목질 프레임 씌워질 거면 좆목질이란ㄷ 좀 해보자 어?

| 5 | 밤비: 딴 데 가서 알아봐요. 당분간 보기 힘들 거니까.

| 6 | 야식킹: ? 머고 마 니 뭔데 아는 척하는데 쫌 친하나

| 6 | 야식킹: ???

| 6 | 야식킹: 점마 미친새끼 아이가 와 내 말만 씹노 와 야 마도네;;;

| 8 | 다윗: 으이구 븅신ㅋㅋㅌㅋㅋ 왜겠냐? 맨날 지 혼자 라이벌;;

| 12 | 상상: 누구나 알지만 그 혼자만 영원히 모르는 이유….

| 15 | 샘: 헤드. 채팅 좀 하지 마십시오. 제발요.

| 20 | 낼공인인증서갱신: 시균 팀장님! 튜토리얼 위크 예정보다 빨리 끝났는데 신규 헌터 등록 그대로 픽스된 날짜에 진행되나요? 확인하시면 연락주세요.

| 8 | 다윗: 아 날짜 바꾸지 말고 그냥 더 받으라 그래——의무교육 일주일 넘 짧아

| 25 | 성탄: 옛날 생각나네요 뉴비들 좋겠다 새로운 것도 배우고 새 친구들도 사귀고... 직장인은 스쿨라이프가 그리워

| 3 | 알파: 그러게나 말입니다. 새 시작인 3월엔 꽃도 피고 폭풍도 싹 트는 법인데^^ 학원물 장르의 전통적인 시

작점이기도 하죠. 상속자들 보세요^^~ 시대의 명작입니다.

| 25 | 성탄: ;;;; 왜 또 얘기가 드라마로 빠져요?? 그것도 맨날 상속자들;;

| 3 | 알파: 탄 씨 보니까 생각나는걸요. 싫으면 개명하시든 가요^^~*

·· ✦✸✦✸✦ ··

꽃 피는 삼월.

새로운 튜토리얼. 새로운 학기. 두근두근 새 출발이 모여 있는 봄.

40차 튜토리얼이 끝난 뒤, 헌터 등록 전의 의무 교육을 위해 훈련소에 들어간 뉴비들이 안면 트고 있을 무렵.

입시계 명문 〈옵티무스 프라임〉 종로 본원, 예술 전형 특별관리반에서도 새로운 인연이 싹 트는 중이었다.

"이거 비밀인데…… 사실 '죠'. 그거 우리 형이야."

'네? 이 자식아?'

"진짜 비밀이니까 절대 아무한테도 말하면 안 돼. 알았지?"

'초면에 저한테 대체 왜 이러세요……'

수업 첫날, 합당한 이유가 있어야만 집에 보내 준다며―학원 주제에―담임이 내준 조퇴서.

삼수생 견지오는 영혼 나간 얼굴로 빈 종이에 끼적였다. 다음과 같은 사유로 조퇴를 신청합니다…….

[사유: 짝꿍이 성전환을 강요함]

"이러다가 전 국민이 같은 호적 쓰겠네. 다들 우리 형이죠고, 우리 누나가 죠야 아주."

"오빠, 뭐 봐요?"

"그냥 인터넷 댓글. 이거 봐. 사칭도 역대급이야. 아 여기저기 진짜 난리네. 하필 훈련소에 갇혀 있을 때 이런 대형 사건이 터지냐. 아까비~!"

"그러게요. 저도 친구들한테 들었는데 바깥은 거의 월드컵 우승 분위기래요. 한강에서 매일 축제도 열리고 그런가 보더라고요. 부러워…….

"그럴 만해. 왕좌 탈환만 했어도 뒤집어졌을 텐데, 그냥 1위도 아니고 세계 1위를 해 버렸잖아."

"타이밍도 대박이죠. 어떻게 튜토리얼 종료랑 딱 맞춰서 동시에."

"우리 폐하가 드라마를 아시는 거지. 발록 따개죠 짬밥 어디 안 간다니까."

"다들 헌터 인트라넷은 들어가 보셨어요? 댓글 개웃기던데. 막 폐하께서 잠깐 무릎 꿇었던 건 추진력을 얻기 위해서였다고."

"어어. 난 헌터들은 인트라넷에서 뭔 얘기 하나 궁금했는데 사람 사는 거 걍 다 똑같더라. 똑같이 드립 치면서 놀더만."

"헐, 뭐야! 인트라넷이요? 그거 우리도 들어갈 수 있어요?"

"등록만 아직 안 했지, 우리도 이제 각성자는 맞잖아. 게시판 기능들 몇 개 잠겨 있긴 한데 접속 자체는 문제없던데?"

서둘러 자리에서 일어나는 사람들은 얼른 구경해 볼 심산인 듯했다. 융통성 있는 훈련 스케줄 덕분에 여가라면 충분했으니까.

이곳, 경기도 화성시 〈예비 각성자 적응 교육 훈련 기관〉.

줄여서 훈련소 혹은 예비관이라 불리나 그보다는 다들 대충 '화성'이라고 부르는 곳이었다. 기본적으론 센터 산하의 국가 기관이지만, 헌터 협회와 공동 운영된다.

설립된 지는 약 십여 년. '악몽의 3월' 사건이 가장 큰 계기였다.

불미스러운 비극으로 각성자 통제의 필요성을 뼈저리게 체감한 사람들이 뒤늦게 외양간 고치기를 실시.

대통령 탄해 뒤 새로 출범한 정부는 국민의 전폭적인 지지를 등에 업고, '각성자 등록 전 의무 교육화'를 추진하기에 이른다.

그 결과, 만 14세 이상의 예비 각성자는 반드시 훈련 기관의 수료 기록이 있어야만 바벨에 '등록' 가능하다는 특별법이 제정되었으니.

각성자가 바벨 시스템에 이름을 정식 등록하는 방법은 두 가지였다.

1. 바벨탑 안에 들어가거나.
2. 바벨의 돌과 접촉하거나.

그러나 등급 측정기의 베이스가 되는 [바벨의 돌]은 다루기가 상당히 까다로운 고등 마력 물질. 어차피 개인이 다룰 수 있는 물건이 아니므로 패스.

그렇다면 남은 선택지는 오직 탑뿐이었는데…….

특별법이 통과되자마자 정부는 재빨리 바벨탑 입구로 향하는 모든 루트를 철저하게 감시, 감독하며 독점하기 시작했다.

21세기에 이 무슨 인권 침해냐. 니들이 빅 브라더냐.

일부 각성자들의 거센 반발도 잠시.

조선 땅에 발붙이고 사는 이상 '아이고, 그 정부 누가 갈아 치웠는지 일 참 잘한다!' 짝짝짝 손뼉 치는 대국민 정서를 감히 거스를 수 없는 노릇이었다.

따라서 현재는 튜토리얼이 끝나는 즉시, 정부의 안내에 따라 화성으로 실려 가는 그림이 아주 자연스러웠다.

"홍해야, 넌 헌트라넷 보러 안 가?"

"전 좀만 더 먹고요. 밥이 너무 맛있어서……. 여기 시설 진짜 좋은 거 같아요. 솔직히 후기 볼 땐 다 뻥인 줄 알았는데."

"허, 좋긴 뭐가 좋냐? 국가 인재들을 데려다 놓고 이 정도도 안 하면 셔터 내려야지. 시골에서 올라온 티 내기는."

"……시골 아닌데."

"아 미안, 미안. 시골 애들은 시골이라는 말에 예민하지 참. 하하. 어디 출신이랬지? 울…… 울릉도! 맞지!"

"울산이요……."

"비슷한 데 아닌가? 바다 보이고 풍광 좋겠네."

'이 무식한 서울 촌놈아.'

더벅머리와 두꺼운 사각 안경 덕분에 욕하고 있는 눈은 잘 보이지 않는다. 울산에서 상경한 고등학생 홍해야(18세/남)는 애써 웃음을 짜냈다.

화성에 입소한 지 셋째 날.

친목도 결국엔 다 운인 법이다. 첫 단추 잘못 꿰면 수습도 어렵다고, 안 맞는 사람들과 얼떨결에 어울리다 보니 상황은 돌이킬 수 없는 상태가 됐다. 이미 훈련소 내 친목 그룹이 다 형성되어 이제 와 다른 친구를 사귈 가능성도 저조하고…….

홍해야는 우울한 심정으로 맞은편의 최성택을 바라봤다.

'다들 화성에서 커플도 되고, 인생 친구도 얻어 가고 그런다던데 왜 나는…….'

심지어는 기본 2인실인 기숙사도 혼자 쓰는 중이었다. 룸메이트조차 없는 건 아마 훈련소에서 그 한 명뿐일–

"맞다. 해야 너 룸메 생기겠더라."

"그래요…… 네, 네?! 룸메요? 제 룸메이트?"

"어. B동에 누가 마력 발작인가 일으켜서 특별관리동으로 옮겨 간다더라고. 남는 애가 네 짝 될 거 같던데. 하긴 뭐 하러 따로 두겠어?"

"드디어……!"

"그럼. 좋아할 만하지. 한번 친하게 지내 봐! 친해지면 이 형님한테도 다리 좀 놓고."

"어? 형, 누군지도 아시는 거예요?"

"걔잖아. 튜토리얼 수석."

수석이면…… 1등…….

"배, 배, 백도현?!"

꽥 소리 지른 홍해야가 놀라 제 입을 틀어막았다. 그리고 대각선 방향으로 데구루루 굴러가는 눈.

백도현, 나조연 등등, 이번 제40차 튜토리얼의 수석과 차석을 포함한 최상위권들이 모여 앉은 쪽이었다.

차가이겠지만, 이곳을 쳐다본 것 같기도……. 자라처럼 목을 쑥 집어넣은 홍해야가 소리를 낮췄다.

"진짜요? 정말로 백도현이래요?"

"아 그렇다니까. 왜 그렇게 눈치를 봐?"

"그치만 무, 무서울 거 같⋯⋯! 역대 최다 득점자라면 서요. 3만 점을 넘긴 건 바벨탑 튜토리얼 역사상 최초라고⋯⋯. 천문에서도 이번 기수 중 제일 늦게 나왔다던데."

튜토리얼 종료 직후 성위 간택을 위해 이동되는 [천문天門].

그곳에서 소요되는 시간은 각성자마다 제각각이다. 1초도 안 걸리는 사람도 있는 반면, 종일 걸리는 사람도 있었다. 성약을 맺었는지 안 맺었는지는 스스로 밝히지 않는 이상 알 수 없는 노릇이지만, 백도현처럼 반나절 넘게 걸렸다면 거의⋯⋯.

"빼박 성약성 만났겠지. 높은 등급은 따 둔 거나 다름없으시고. 크으, 듣자니 재입장이라던데 완전 인생 한 방! 다들 모셔 가려고 달려들겠구만."

입이 트인 최성택은 각 잡고 훈련소 여기저기서 주워들은 설들을 늘여놓기 시작했다.

저 백도현이가 원래는 F급이었다더라, 얼마 전 냥줍한 고양이를 집에 혼자 두고 와서 불안해한다더라, 나조연과 같이 다니긴 하는데 맨날 원수지간처럼 싸우는 것 같다더라 등등.

그렇구나⋯⋯. 영혼 없이 끄덕이며 듣던 홍해야가 별안간 고개를 번뜩 쳐들었다.

"뭐, 뭐야? 깜짝이야."

"형. 방금 뭐라⋯⋯ 뭐라고 했어요?"

"내가 뭘?"

"은사자, 어쩌고 말했잖아요!"

얘가 이렇게 큰 소리도 낼 줄 아는 놈이었나? 낯설기까지 한 박력에 최성택이 머뭇거리며 제 말을 복기했다.

"백도현이 은사자에 들어갈지도 모르겠다고……."

"더 길게!"

"……'죠'와 연이 있으니 은사자에서 데려갈지도 모르겠다……?"

안경 너머의 눈빛이 변한다. 자세한 설명을 요구하자 최성택이 더듬더듬 이었다.

"그, 그냥 헌트라넷에서 도는 얘기야. 선릉역 히어로로 떡상한 그날 백도현이 누굴 붙잡는 걸 봤는데, 마술사왕이 나타난 타이밍이나 이런 거 계산해 보면 그게 죠가 아니었나 하고. 또…… 은사자는 뭐, 너도 알다시피 워낙 유명하잖아."

그랬다.

마술사왕의 거의 유일하다 싶은 연결 고리.

랭킹 1위의 대외 활동과 관련한 모든 것을 길드 〈은사자〉에서 도맡아 처리한다는 건 널리 알려진 사실이었다. '죠'에 대해 조금이라도 깊게 파 본 사람들이라면 누구나 아는 얘기.

그래서 홍해야 여시도……

"잠깐. 근데 야! 왜 이렇게 흥분하는 건데? 쫄았잖아, 짜식아!"

"아. 아아. 죄, 죄송해요. 저도 목표하는 데가 은사자라

놀라서⋯⋯."

홍해야는 두꺼운 안경테를 밀어 올렸다. 다시 소심해진 기색으로.

맥 빠진 최성택이 투덜거린다.

"난 또 뭐라고⋯⋯. 야, 라이벌 삼을 놈을 삼아. 이 형님이 말했지. 동기라고 다 동급이 아니에요. 딱 보면 모르냐? 나! 최소 A급! 쟤 관상에 써 있잖아."

"아⋯⋯."

"화성 나가자마자 스카우터들이 줄 서서 여기 좀 봐 주세요, 백도현 님! 백도현 님! 외칠 거라니까. 에씨 부러운 새끼. 고추라도 작아라 제발."

"⋯⋯."

"알아들었어? 네가 넘볼 깜냥이 아니시라고. 괜히 열폭하지 말고 어떡하면 친해질까 궁리나 하셔. 아마 쟤 쪽에서 너한테 먼저 말 거는 일은 절대 없을 테니⋯⋯ 까⋯⋯ 으응? 어⋯⋯ 얼레?"

어딘가 나사 빠진 듯한 최성택의 목소리. 머리 위로 드리우는 그림자에 홍해야가 고개 들었다. 그리고.

"해야. 홍해야. 맞죠?"

"⋯⋯네."

"반갑습니다. 오늘부터 당신 룸메이트가 될 사람이에요."

아직은 앳되기만 한 얼굴, 그러나 저 두꺼운 안경알에

감춰진 황금안은 퇴색하지 않는다.

과거엔 엇갈렸던 세계의 퍼즐 조각 중 하나.

황금률黃金律, 홍해야.

백도현은 선한 미소로 손을 내밀었다.

이번엔 이 조각이 가엾게 부서지기 전, 우리의 왕에게 제대로 인도해 줄 결심으로.

친애하는, 그의 작은 왕에게로 말이다.

탁-!

흥얼거림이 끊긴다. 키도는 아름답게 웃는 낯 그대로 읊조렸다.

"와. 좆같네."

매드독이 인상을 구겼다.

"저게 지랄병이 도졌나. 사람 면전에 대고 왜 욕질하고 난리야. 이 근본 없는 새끼야."

"몰라. 갑자기 기분이 뭣 같네. 굉장히 찝찝해졌어. 그다지 좋지 않은 징조인데."

미국 캘리포니아주, 산타모니카.

해안가 야외 파라솔에 여유로이 앉은 두 남자. 그중 백색 드레드록의 라틴계 사내, 매드독이 신경질적인 투로 쏘아붙였다.

"난 네가 더 찝찝하시다, 이 새끼야. 맨날 지 혼자만 아는 얘기지. 의미심장하고, 수상쩍고. 알아? 겁나 나쁜 놈 같다고 너."

"저런, 매드독. 우린 나쁜 놈이 맞아. 그걸 아직도 모르고 있었어? 불쌍하긴."

자몽 주스를 홀짝거리며 말하는 키도. 짙은 선글라스와 깊숙이 눌러쓴 버킷 해트 탓에 얄미운 입 모양밖에 보이지 않는다.

매드독은 울화통이 터져 제 몫의 주스를 벌컥 들이켰다. 거친 그의 성정답게 남자다운 스트로베리 주스였다.

"씨발! 나쁜 놈도 종류가 있는데, 넌…… 넌! 존나 비열하고 얍삽해 보인다고!"

"너무해. 상처야, 브로."

"상처받은 척하지 마, 망할 놈아! 미안해지니까!"

"쉿. 전화 온다. 받아야 하는 전화야."

키도가 씩 웃으며 화면을 보여 주었다.

[발신자: 어린애Child]

"제길. 또 그놈의 역겨운 보모 노릇이군."

조용히. 검지를 입에 대며 경고한 키도가 통화 버튼을 눌렀다.

"헬로, 티모시."

…….

"그래. 그 뉴스지? 나도 확인했어. 시차는 상관없지. 월드 알림이야 전 세계 동시에 뜨니까. 너야말로 던전에 들어가 있는 거 아니었어? 하하하. 들떴네. 흥분을 좀 가라앉혀 봐. ……응? 안 돼. 불쑥 찾아가면 좋아하지 않을 거야."

우리의 '죠'는 세상 무엇보다도 자기 일상이 제일 중요한 사람이거든.

"어떻게 알긴. 나도 내 나름의 정보통이 있다고, 달링. 우리가 친형제나 다름없는 사이긴 해도 모든 걸 공유할 순 없는걸. ……글쎄. 정 그렇다면 방법이 없진 않겠지. 예를 들면…… 개인이 아니라 국가 차원에서 접근해 본다든가. 중간에 다리를 끼워서 말이야."

덫이란 원래 중간 단계가 많을수록 좋은 법.

그래야 눈치채지 못한 상대를 서서히 조여들어 갈 수 있으니까 말이다.

키도는 부드럽게 미소 지었다.

"물론 예시가 그렇다는 거지만……. 자신감을 가져. 넌 전 세계가 사랑하는 티미 릴리잖아. 니? 니는 인제나 네 곁에 있으니까. 네가 가면 나도 가는 거지."

…….

"감동할 것까지야. 맞아. 잘된 일이긴 해. 매드독처럼 불안 요소가 랭킹 위에 있는 것보다는, 우리의 친애하는 죠가 여러모로 훨씬 낫지. 그래. 매드독의 소재지는 알아냈어? 그거 찾아서 먼 마라케시까지 간 거였잖아."

우웨엑. 토하는 시늉을 하는 매드독의 등을 두드려 주며 키도가 웃었다.

"못 찾았다고? 아냐, 하하. 친애하는 형제. 실망하지 마. 괜찮아. 기회는 또 오겠지. 천천히 가자고. 그래, 그럼 뉴욕에서 보자."

뚝.

"뉘욕에서 뱌재."

빈정거린 매드독이 진저리 쳤다.

"연애하냐? 역겨워."

"질투하는 남자는 매력 없는데. 게다가 미안하지만, 난 그쪽은 영……."

"염병! 나도 아니거든, 이 걸레 새끼야!"

발끈해 욕해 봐도 상대는 타격감이 전무하다.

매드독은 눈앞의 반반한 꼴통이 타인과 대화가 통하지 않는 인물임을 다시 한번 상기했다. 포기하고 짜증을 담아 테이블을 쾅 내려친다.

"그래서! 이제 어쩔 건데? 네놈이 그렸던 그림이 이게 맞아? 일이 어떻게 돌아가는지 공유를 해야 알 것 아냐! 빌어먹을 빼질이 악당 새끼야."

"으음, 그러게. 일이 어떻게 돌아가는 걸까?"

"야. 13월……!"

"놉. 지금은 그렇게 부르면 안 되지."

뒤로 젖힌 의자가 흔들거렸다.

키도는 느긋하게 선글라스를 내렸다. 허밍하듯 중얼거린다.

"강아지 덫에 왜 고양이가 들어갔을까? 만나기 전에 없애 두려고 했더니. 판이 이상하게 돌아가지? 여러 번 해봐도 만만치가 않아……."

"뭐가 잘못된 거야? 알아듣게 말해!"

"서울에 가게 됐어. 결론은 그런 얘기야."

"……뭐? 네놈 입으로 그랬잖아. 준비되기 전에 킹은 절대 건드릴 생각 하지 말라며!"

"내가 그랬나?"

결정을 뒤죽박죽 번복하는 건 그에게 흔한 일이다.

자리에서 일어나며 키도는 모자를 벗었다. 느지막이 불어온 해풍에 화려한 귀걸이가 흔들렸다.

연록과 하늘빛의 색이 뒤섞인 머리칼 아래, 국적을 쉬이 가늠할 수 없는 놀라울 정도로 미형인 얼굴.

순식간에 이목이 모여든다. 알아볼 수밖에 없는 독특한 외관에 주변 소음이 급격히 높아졌다.

"아마 [기억]이 덜 정리된 상태였겠지. 걱정 마, 나의 형제. 말했잖아. 우린 운이 좋아……."

키도가 머리를 쓸어 올렸다. 야살스러운 미소와 함께.

"그 폭군에게 나는 예컨대, 거부하기 힘든 개박하 같은 존재거든."

"그게 뭔 개소-!"

"저, 저기! 귀도, '귀도 마라말디' 맞죠!"

쳇. 재빨리 선글라스를 주워 쓴 매드독이 혀를 차며 일어났다.

설레는 얼굴로 달려온 한 명이 물꼬를 트자 금세 눈덩이처럼 불어나는 인파. 쏟아지는 셔터 음과 사인 요청 속에서 키도가 한쪽 눈을 찡긋거렸다.

"나중에 봐, 자기."

세상으로부터 버려진 무법자들이 모인 국제 테러 집단의 단장, '13월' 집행자執行者 키도Kiddo.

동시에 대외적으로 그는, 월드 랭킹 현 9위.

'조련사' 귀도 마라말디.

신의 아들 티모시 릴리와이트가 이끄는 세계에서 가장 큰 방패, 길드 〈이지스〉의 부길드장이었다.

그리고 그렇게 어딘가의 세상이 바삐 돌아가든 말든. 지금 이 순간 누군가에게 가장 중요한 것은…….

「지오야, 이게 도대체 무슨 뜻이니? 성전환 강요라니. 강재
가 그럴 아이는 아닌데.」

「선생님.」

「그래, 응. 말해 봐.」

「사실 제가 죠인데 자꾸 지네 형이 죠래요.」

「……..」

「죠는 억울하죠.」

「들어가렴. 배웅은 안 하마.」

탈출하고자 던졌던 조퇴장이 기세 좋게 까였다는 현실
이었다.

지오는 흐린 눈으로 강의실을 바라봤다.

다들 깜짝 놀랐겠지만, 사실 견지오는 주변에 사람이
많은 편은 아니다. 다들 정말 의외라 여기겠지만, 사교성
이 남들보다 다소 뒤처지는 면이 있었다.

덕분에 일평생 한 동네에서 살았음에도 친구라고 부
를 만한 사람은 단 세 명. 유치원 동창인 (양)세도, (강)세
나, (설)세라뿐이었다.

절대 이름 외우기 귀찮아서 비슷한 애들로 골라 친구
삼은 건 아니다. 성씨도 통일했으면 하는 바람이 있긴 하

지만…… 여튼.

요약하면, 이렇게 인싸들만 모인 장소와는 영 궁합이
별로라는 뜻.

'박 여사 사기당한 것 아님? 믿었던 김조영 선생한테 뒤
통수 세게 맞은 거 아니냐고……. 이놈들이 어딜 봐서 입
시생이야?'

김조영 선생이 고민 끝에 노답 삼수생을 집어넣은 곳
은, 예술 전형 특별관리반. 기초반이라 쓰고 처치 곤란반
으로 읽는 곳이었다.

[당신의 성약성, '운명을 읽는 자' 님이 아무리 봐도 터가 쎄
하다고 중얼거립니다. 입시 패망의 기운이 물씬 난다고, 한번
들어오면 삼대가 삼수를 할 것 같다며 호들갑을 떱니다.]

'그냥 저주를 해라……'

무지개 염색 머리, 패션 타투 등등. 학원 일진물 장르 아
무 데나 집어넣어도 위화감이 없을 개성 만점의 클래스메
이트들.

공작새처럼 화려한 양아치 친구들을 피해 무난하고 평
범한 놈 하나 간신히 찾아 옆에 앉았건만.

'제일 평범한 놈이 제일 병신이라는 장르 공식을 망각
하다니……'

당했다…….

초면에 강제 성전환을 시도한 것도 모자라, 이젠 희희낙락

요청하지도 않은 지네 형 사진을 보여 주기 바쁜 짝꿍 윤강재.

지오는 차분하게 말했다.

"기본적으로 헌터는 존잘임."

"……?"

"랭킹 높을수록 대존잘."

물론 과학적인 근거, 그런 건 이쪽도 잘 모른다. 대다수가 주장하는 설이 그랬다.

[인간은 진화하며, 마력은 진화에 영향을 끼친다.]

1세대 각성자들의 단명에서 최초 시작된 가설이었다.

종의 한계를 초월한 각성자는 원론적으로 장생해야 마땅하다. 그러나 바벨탑 출현 이전, 본래 평범한 인간에 불과했던 1세대들은 타고난 육체 한계를 넘어서기 위해 제 뼈와 살을 깎아 내야만 했다.

그 결과, 1세대 헌터들의 평균 수명은 약 쉰.

비교적 일찍 마력에 노출된 2세대부턴 급격히 드물어진 현상이었고, 이후 3세대들에겐 아예 그런 리미트가 존재하지 않았다.

전문가들은 3세대가 인류의 전환점이라 말했다.

그런고로 요점은 마력빨을 잘 받은 신인류일수록 능력도, 비주얼도 남다르다는 얘기.

"갑자기 그 얘기를 왜……?"

'몰라서 물어, 강재 동무? 몰라서 묻냐고…….'

장화 신은 고양이 눈으로 지오가 쳐다봤다. 신나서 형 자랑에 한창이던 윤강재는 그저 어리둥절한 눈치. 그러더니 이내 탁, 무릎을 내려쳤다.

"아……! 아아."

'그렇지! 그거야!'

"그치. 누나가 봐도 우리 형 잘생겼지? 딱 쵸답게 생겼다니까."

'개새끼야, 내가 너 반드시 고소한다.'

"알아. 형이 좀 생겼어. 여자들 이런 스타일에 환장한다며? 살짝 견지록도 닮은 듯. 소개시켜 줄까?"

'윤강재 죽이고 지옥 가겠습니다.'

[성위, '운명을 읽는 자' 님이 사탄도 인정할 정당방위라며 끄덕입니다.]

[지금 누구한테 가암히 소오개를 해 준다고 지껄이냐고, 당장 응징하지 않으면 그거야말로 사회악을 방치하는 거라며 부추깁니다.]

"표정이 왜 그래, 아, 혹시 부담스러워? 하긴…… 무슨 드라마 주인공도 아니고 정체 숨긴 월랭 1위랑 만나는 건 좀."

'졌다…….'

완패였다.

이 자식은 '진짜'다. 상상 이상의 또라이력에 지오가 할 말을 잃은 그때.

"뭐야, 윤강재 찐따 새끼 또 시작이냐?"

위기에 처한 주인공에겐 언제나 히로인이 등장하는 법. 흩날리는 긴 머리의 샴푸 향이 향긋하다. 예술반의 대표 인싸, 반의 터줏대감 서가현이 지오에게 눈을 찡긋했다.

"언니, 무시해요. 저 얘랑 동창인데 쟈가 어쩌고저쩌고 저거 쟤 고정 레퍼토리예요. 우리가 관심 안 주니까 처음 온 언니한테 붙은 거 봐. 하여간 허언증."

"야, 서가현……! 허언증은 누가 허언증이야!"

"그럼 뭐, 증거나 근거 있어? 몇 년째 네가 뭐 하나 들고 오는 꼴을 못 봤다."

"와, 진짜 와…… 하."

"이런 새끼들은 할 말 없으면 꼭 하늘 보면서 와, 하 이러더라. 야, 윤강재. 내가 진짜 안타까워서 그러는데, 네가 안 그래도 너희 형 충분히 잘난 랭커니까 구라 좀 그만 까고 다녀. 형 보기 창피하지도 않냐?"

"랭커?"

지오의 중얼거림에 서가현이 돌아봤다. 정색하고 윤강재를 쏘아붙이던 것과 전혀 다른 얼굴로.

"네~ 언니. 사진 보셨을 텐데. 쟤네 형 '윤의서'잖아요. 랭킹 29위. 바브 소속."

"바, 뭐, 바부?"

"아이~ 언니이이. 귀여워라. 인바이브 길드요. 헌터 쪽에 별로 관심 없으시구나? 그럼 언니는 관심사가 뭐예요? 냥이는 안 좋아하시려나? 우리 집 나나가 언니랑 진짜 똑같이 생겼는데. 사진 보실, 아 참, 언니 번호가-"

콰앙!

윤강재였다. 강의실 문을 세차게 닫고 나간다.

아, 깜짝이야. 서가현이 황당한 투로 지랄도 참 다채롭게 한다고 혀를 찼다.

···✶✶✶✶✶···

[엄마의큰실수: 록록]

[엄마의큰실수: 밤비밤비]

[엄마의큰실수: 바브가 뭐임?]

[엄마의큰실수: 윤의서 알아?]

[엄마의큰실수: 정보 점]

"……얜 어디서 또 뭘 하고 다니는 거야."

'그러는 넌 또 왜 회의 중간에 카톡질인데.'

심지어는 딴짓 중인 걸 숨길 의사도 없어 보인다.

나의 바빌론, 정말 이대로 괜찮은가……? 부길드장 사

세종은 익숙해진 근심을 뒤로하고 헛기침했다.

"집중하자."

"바브……. 윤의서가 있는 바브면 인바이브인데. 거기 황혼 산하 아냐?"

견지록의 탐탁잖은 중얼거림에 손톱 거스러미를 다듬던 도미가 대꾸했다.

"맞습니다요. 초창기엔 나름 대형 길드였는데, 쫄딱 망하고 밑바닥에서 스캐빈저들 밥그릇이나 뺏고 다니던 걸 야식킹이 꿀꺽했잖아. 하여튼 그 양반 뭐든 참 잘 먹어."

"근본 없는 양아치 같으니."

"집중하자……."

"양아치 아니고 갱스터요, 영 보스. 나름 국제적으로 논다고, 걔네도."

"그래 봤자 조폭 새끼들이야."

"집중……."

[나: 질 나쁜 쓰레기들ㅇㅇ]

[나: 알 거 없어 신경 꺼]

[나: 너 학원 아니냐? 수업 안 해?]

따닥, 닥- 소리 나게 자판을 친 견지록이 후, 앞머리를 불어 올렸다.

"걔네 왜 망했는데."

"와. 역시 어리다, 우리 리더. 유명한 사건인데 모른단 말야? 왜 그 옛날에, 헌터 의무 무시하고 대규모 균열 사태 때 잠수 탔잖아. 그때일걸. 악몽의 삼, 월……."

아차.

말하는 도중 실수를 깨달은 도미가 입을 다물었다.

하지만 견지록의 낯은 이미 싸늘해진 뒤. 장내 공기가 삽시간에 무거워졌다.

누구에게나 편안한 그늘이 되어 주지만, 또 한편으론 얼마든지 위험해질 수도 있는 게 '숲'이 지닌 이면성이다. 그 숲을 지배하는 견지록의 성약성은 까칠한 성미로는 어딜 가도 뒤지지 않았다.

당연히 그에게 선택받은 화신 역시도.

회의실을 두른 녹음의 향이 싸하다.

좌중의 눈길이 아닌 척 슬그머니 한쪽으로 쏠렸다.

'이것들이……. 수습은 맨날 떠넘기지.'

어쩌겠나? 한숨 쉰 사세종이 자연스럽게 화제에 끼어들었다.

"확실히 인바이브 같은 곳에서 썩기엔 윤의서가 아깝긴 하지. 그 희귀하다는 테이머니까. 랭커급 테이머는 전 세계에서 '귀도 마라말디'와 '윤의서' 딱 둘뿐이잖아. 그래서 예전에 헤드헌터 통해서 찔러도 봤는데 안 먹히더라고. 무슨 사연이 있는 것 같다냐. 그런데 갑자기 그쪽은 왜?"

"……누가 얘기해서."

"누가, 는 무슨. 보나 마나 또 누님이겠지."

사세종이 콧방귀 뀌었다. 시스콤을 비웃는 재질이다.

정곡을 찔린 견지록이 괜히 딴청 피웠다.

다시 청량해지는 향을 맡고, 옳거니 도미가 가세했다. 분위기 쇄신 찬스!

"오올. 가출했다더니 돌아왔구만? 그러게 아무리 귀족 미대라지만, 뭘 힘들게 삼수까지 해~ 돈 넘쳐 나고 이렇게 잘나가는 동생도 있겠다, 그냥 놀지."

"됐어. 걘 그냥 엄마 꿈 이뤄 주는 거야."

"정말? 이여얼. 효녀네."

"……견지오가 생각 없이 살긴 해도 가족 생각은 좀 하는 편이지."

온순해진 밤비가 끄덕끄덕 수긍했다.

시대가 각박해지고, 일상의 많은 것들이 마력으로 대체되면서 온전히 사람의 몫인 예술의 위상은 거꾸로 높아졌다. 괜히 귀족 미대라고 불리는 게 아닌데. 박 여사나, 견지오나. 둘 다 서로를 위한답시고 고집부리는 중이있다.

두 여자를 생각하는 견지록의 눈이 잠시 깊어진다.

"누나 이름이 지오야? 와, 나만 지금 이름 처음 안 거 아니지? 다들 알고 있었어?"

"그럴 리가요. 얼마나 아끼면 우리한테까지 얼굴 한 번 안 보여 준대? 금희 동생은 그래도 오며 가며 몇 번 본 거 같은데 누나 쪽은 정말 구경도 못 해 봤잖아."

"하긴 영 보스 누나면 엄청 미인이긴 하겠네. 길쭉하고 늘씬하니 아주, 경계할 만도 하지 뭐."

사슴처럼 뻗은 목, 그를 덮는 곱슬머리와 입술점의 견지록.

막내 견금희도 그렇고, 길드원들이 본 견씨 남매는 모델 같은 체형에 성숙하다 못해 뇌쇄적인 분위기가 특징이었다.

하지만 그들 말 중 뭐가 또 뒤틀렸는지, 견지록이 인상을 팍 찌그러트린다.

"전혀 안 닮았으니까 관심 꺼. 남의 가족 얘길 왜 자꾸 꺼내? 할 짓 없어? 회의 안 해?"

아, 예…… 더러운 권력자의 변덕 같으니…….

썩은 표정의 길드원들은 안중에도 없는 난폭 모드의 밤비가 이어 사세종에게 화살을 돌렸다.

"형도. 황혼 밑에 있는 놈을 왜 찔러 봐? 그딴 양아치들이랑 엮일 생각 없으니 다신 그런 짓 하지 마."

"윤의서는 좀 달라. 언더그라운드 성향은 확실히 아니거든. 뭐, 그래도 싫다면야 참고는 하겠는데……. 인원 보충이 그만큼 필요하니 거기까지 찔러 본 거 아니겠습니까, 보스? 그럼 회의에 집중을 좀 하시죠."

사세종의 손등이 모니터를 툭툭 두드렸다. 여기.

"이번 기수, 백도현이랑 나조연. 이 슈퍼 루키 둘 중 하나는 무조건 잡아야 한다고."

흐음. 견지록은 팔짱 끼며 두 사람의 프로필을 확인했다.

'백도현, 백도현⋯⋯. 묘하게 낯익은 이름인데.'

"수석首席이 백도현?"

"화성에 있는 정보통 말로는 S급 같다더라."

"됐네, 그럼. 이 사람 잡아요."

"나조연은 성력 특화 계열이야. 최소 A급 내지 더블 A급 이상으로 추정된다 하고. 조금 더 고민해 보지?"

"저 사람 검 좀 쓴다며. 전력 강화 목적이니 딜러 쪽이 나아. 힐러는 지금 멤버로도 머릿수 충분해. 백도현한테 집중하고-"

띠링!

[센터 장일현 국장: 견지록 헌터. 잠깐 시간 내줄 수 있어요? 괜찮다면 긴히 나누고 싶은 얘기가 있는데.]

'왜 안 오나 했지.'

월드 랭킹 1위의 국기가 태극기로 바뀌었다. 어디든 가만있을 리 없는 일.

예상했던 연락인 만큼 대처 방안도 정해져 있었다. 회의실에서 빠져나오며 견지록은 지체 없이 통화 버튼을 눌렀다.

수신자는 범.

'프런트 싸움에 누구 좋으라고 플레이어가 나서?'

저쪽 능구렁이엔 이쪽 능구렁이로. 협상 테이블의 기본 상차림이었다.


## 2


유명세로 인한 몸살은 랭커에게 통과 의례와 비슷하다.

특히나 천상계, 노출 적은 상위권 랭커일수록 더더욱 심했으니.

가장 유명하고 가장 알려진 게 없는 '죠'의 경우엔 더 말할 것도 없었다.

탈북자 설부터 시작해 범죄자일 것이다, 털보 아재, 애엄마, 외계인, 생체 병기, 죠선족, 죠커, 죰비, 죤웍 등등.

가히 들어 보지 않은 말이 없다. 정체 관련 추측만 거의 팔만대장경급. 지오도 그걸 모르지 않아 논쟁에 몇 번 참전도 해 봤지만…….

- 나 20대 랭커인데 내 동년배들 죠 다 큐티섹시쿨뷰티요정이
라 한다.
  └ 응~ 오타쿠 희망사항 잘 들었구요~ 망상 그만하고 뒈져~
  └ 그런다고 해서 욕하고 저주할 일인가요?
  └ ㅋㅋㅋㅋ그랜대걔 욕해걔 저주핼 일인가얘? 우냐? 울어?
  └ 시, 시발....ㅜㅅㅠ

온라인 정글의 피 튀기는 잔혹성만 깨닫고 퇴각했다. 이
후로는 해탈한 티베트 여우처럼 산은 산이요, 물은 물이
로다 마인드로 살고 있었는데.

"자, 증거."

'강재야, 넌 진짜 혼모노구나.'

물통을 갈던 지오가 뚱하니 한숨 쉬었다.

실기 수업까지 수업 커리큘럼에 포함돼 있는 사회악 옵
티무스. 오늘은 미술 실기반의 수업 첫 시간이었다.

실력 테스트 겸 '헌터'를 소재로 자유 구상해 보라기에
마술사왕 자화상을 그렸다가, 마수의 흉측함이 무척 실감
난다는 극찬을 들어 몹시 심기가 편치 않은 상태인데 참.

"후……. 이런 말끼지 안 하려고 헸는데, 나님 누군지
알면 너 진짜 뭐우 뒤집어진…… 어?"

'어, 어?'

지오는 윤강재 손에서 '그것'을 휙 낚아챘다.

놀라 바라보자 윤강재가 의기양양한 기색으로 팔짱을 낀다.

"봐, 증거. 진짜라고 했잖아. 내 말 맞지? 서가현 걔는 우리 형 귀찮아질까 봐 내가 안 보여 준 것도 모르고, 참 나."

"……너 이거 어디서 났어?"

"내가 뭘 믿고 저한테 말하냐고. 안 그래? 누나도 진짜 너무했다고요. 걔 말만 믿고—"

"야."

"……."

"어디서 났냐고 내가 묻잖아."

윤강재는 저도 모르게 몸이 굳는 걸 느꼈다.

이유는 전혀 모르겠다. 그저 꼼짝할 수가 없었다. 마주 보고 선 두 다리가 사시나무처럼 떨려 왔다.

어느새 짙어진 건물 그림자. 거기에 비스듬히 가려진 견지오의 얼굴. 무슨 얘기를 해도 시큰둥하던 표정은 분명 그대로건만…….

[당신의 성약성, '운명을 읽는 자' 님이 진정하라고 속삭입니다.]

[닮긴 했지만, 엄연히 짝퉁이라고 다시 한번 살펴볼 것을 권유합니다.]

'응? 아냐?'

지오는 그늘에서 걸어 나와 창가 쪽으로 손에 든 것을

비춰 봤다.

검은 용의 비늘. 분명 맞는…… 아.

'맞네. 니드호그 거 아니네.'

햇빛에 반사되니 적의의 불길에 달궈진 칠흑색이 아닌 오색빛을 띤다. 비유하자면 자개 껍데기에 억지로 옻칠을 해 놓은 느낌?

'하긴…….'

생각해 보면 누가 감히 라이브러리 속에 둥지를 튼 자신의 용을 건드리겠는가?

지오는 성의 없는 손길로 비늘을 툭 튕겨 건넸다. 아무 일도 없었던 것처럼.

"뭐, 형 거라고?"

"……네, 네."

"웬 뜬금 존댓말? 반말 틱틱 까더니."

"그, 그러게요?"

"용은 나한테만 있는 줄 알았는데 신기하긴 하네. 본 적도 있고?"

"자주는 아니고 한두 번 정도는…… 어? 네? 방금 뭐라고……?"

"원래는 묵시록의 빨간 용인가, 그거 갖고 싶었는데 숙련도가 딸려서. 니드호그 정도가 한계더라구. 이것조차 너프된 것 같긴 한데 어릴 때부터 데리고 다녀서 제법 정도 들었고, 귀여운 맛이 있지."

마치 자기 집 똥개라도 자랑하는 말투다.

농담인지 진담인지 윤강재는 전혀 감을 잡을 수 없었다. 지오가 피식 웃었다.

"왜, '죠' 처음 봐? 너네 집에도 있다며."

"……아. 하하. 노, 농담이구나. 난 또. 깜짝 놀랐잖아요."

"진담인데. 지오, 죠. 완죠니 심플. 모르겠음?"

"아, 누나! 장난 그만 쳐요. 누나 워낙 포커페이스라 진짜로 속을 거 같다고요."

그러고선 대신 물통을 들어 주겠다며 호들갑을 떠는 윤강재. 앞질러 걸어가는 그 뒷모습을 물끄러미 바라보다가 지오는 느릿하게 바닥을 툭툭 쳤다.

**[타이틀 특성, '드래곤 피어**(전설)**'가 비활성화됩니다.]**

그와 동시에 범인의 시야 범위 밖.

거대하게 일대를 뒤덮고 있던 용의 그림자도 조용히 지면 밑으로 사그라졌다.

·· ✦ ✳ ✦ ✳ ✦ ··

"민서 그림은 오늘 아주 좋다. 배경 묘사에만 조금 더 신경 쓰고, 이대로 가면 될 것 같아. 베리 굿. 그럼 다음 그림…… 은."

"……그, 선생님. 새로 온 지오의 그림인데."

미술 실기반. 귀가 전, 평가 시간.

벽에 붙인 그림들을 보며 하나하나 평을 남기던 원장이 우뚝 멈춰 섰다.

견지오는 침묵하는 선생 무리를 지그시 바라봤다.

자기들끼리 모여 내내 소곤거리던 애들도 이상할 정도로 입을 다물고 있다. 그야말로 숨 막히는 정적.

'뭐. 어쩌라고. 뭐가. 왜. 씨바…….'

"음……."

'선생님 왜 말을 못 해.'

"그러니까……."

우아한 미모의 원장이 창백해진 안색으로 제 뺨을 감쌌다.

"시, 심오하네. 주제가 몬스터 웨이브였나?"

'자화상이라고.'

"마술사왕이라 하는데……. 아무래도 지오한테 오늘 주제가 좀 어려웠던 것 같아요."

"으, 으응. 그래요. 교실에 마력 청정기는 잘 돌아가고 있죠? 던전 근처 나쁜 기운, 그런 게 그림에 섞여 들어갔을 수도 있으니까. 악령이나 뭐 그런 거. 조심해야지."

'그렇게 안 봤는데 초면에 말 막 하잖아.'

요약: 상처뿐인 시간이었다…….

괜찮다는데도 부득불 집에 가져가라며 넣고 갈 화통까지 공짜로 안겨 준 선생들.

견지오는 고독한 표정으로 종로의 밤바람을 맞았다.

내 이름은 죠, 비운의 예술가죠.

[당신의 성약성, '운명을 읽는 자' 님이 지금이라도 진로를 바꾸는 게 어떠냐며 조심스럽게 폐하께 여쭙습니다.]

'언니. 반 고흐가 이런 기분이었을까……?'

[성위, '운명을 읽는 자' 님이 입을 틀어막습니다.]

[하마터면 오빠가 울 애긔한테 심한 말 뱉을 뻔하지 않았냐고 정도껏 하라고 정색합니다.]

빠앙-!

"아가씨, 왜 길거리에서 혼자 신파 찍고 있나."

"말투 졸라 아재 같음. 쉰내에 질식……."

"오늘따라 더 까칠하네. 타."

"안 돼요. 싫어요. 꺼져요."

스윽. 살짝 내렸던 차창이 완전히 내려간다.

한쪽 눈썹을 치켜든 범이 창턱에 팔을 걸쳤다. 검은 목티에 올 블랙 슈트 차림이다.

"어르고 달랠 시간 없는데. 자정까진 너 집에 돌려보내야 해. 왜 그래?"

"고독한 아티스트의 마음을 누가 알아주지오?"

"아. 그냥 심통이군. 타. 나비야, 착하지? 어서."

그가 검지를 휘휘 젓자 피어난 꼬마 여우불들이 지오의 등을 까르르 웃으며 떠밀었다.

그에 못 이긴 척, 지오가 각진 차 안으로 터덜터덜 올라탄다. 미리 켜 뒀는지 카 시트가 따뜻했다.

"어디 가는데?"

"재미없지만, 가야 하는 곳."

"에엥. 센터네."

지오는 턱을 괬다.

달리는 차창 너머로, 별들과 바벨탑이 서울 야경에 빛을 수놓고 있었다.

·· + ✳ ✦ ✳ + ··

국내 각성자와 관련된 힘의 추는 두 개가 존재한다.

하나는 각성자들의 이익과 권리를 대변하는 〈대한각성자협회〉.

또 다른 하나는 〈한국 각성자 관리국〉. 소위 말하는, 센터였다.

얼핏 보면 협회 쪽의 기세가 우세할 것 같으나 의외로 두 곳의 균형은 한쪽에 치우치지 않고 잘 유지되고 있었다.

종말이 오기 전, 대다수의 사람들은 말세가 되면 모두 각자의 이익만을 좇아 움직일 것이라 예상했지만…….

막상 진실로 이 땅에 재앙이 도래하자 생각보다 많은 사람들이 정의롭길 택했으며, 또 생각보다 많은 사람들이 사명감을 챙겼기 때문이었다.

그리고 그런 이들 중에서도 손꼽히는 재능을 가진 인재들, 수많은 것들을 포기하고 오직 국가 헌신에 몸 바친 각성자들.

그들이 가는 곳이 바로, 센터 산하의 '긴급대응반'이었다.

"어깨 힘 빼. 권계나."

"아, 알겠습니다."

긴급대응반 안에는 여러 개의 팀이 존재하나 유명한 팀은 단 하나다.

최상위권 랭커 김시균 휘하의 구조진압 1팀.

명성 높은 그의 직속 팀인 만큼 김시균이 한 명 한 명 손수 뽑아 키운 국가 엘리트 집단이었다.

그러나 그런 일류 팀의 일원이라도 이런 날에는 떨지 않기가 힘들다. 권계나는 마른침을 삼켰다. 팀장과의 첫 면접 이후로 이렇게 긴장해 본 적이 있었던가?

"전혀 안 풀고 있잖아. 경호원이 경호 대상보다 쫄아서야 어쩌겠다는 거야."

그러거나 말거나 옆에서 타박 주는 김시균 팀장은 그저 평온한 안색. 권계나는 좀 억울해졌다.

"그럴 수밖에 없지 않습니까? 팀장님은 그래도 몇 번 보셨다지만, 저는 오늘이 처음-!"

"목소리 낮추고."

"……이라고요."

서울 외곽의 한정식집.

정부 관계자 외 인원을 전부 내보낸지라 분위기는 꽤나 한적했다. 경호조차 같은 공간에서 할 수 없는데 오죽할까.

전원 물리고 위급 시엔 김시균 팀장만 들어올 것.

그게 저쪽에서 내건 조건이었다.

입 무거운 순서대로 선별한 정예 요원들은 덕분에 전원 병풍 너머 옆방에서 대기해야만 했다. 경호 대상이 각성자 관리국의 하나뿐인 국장임을 생각하면 말도 안 되는 처사였지만…….

어차피 상대가 해하고자 마음먹는다면 그들로선 아무런 방도가 없으니, 받아들이는 수밖에.

"하긴 뭐, 무서운 사람이긴 한가."

"……팀장님한테도요?"

"난 사람 아니냐."

"아니신 줄 알았는데요. 공무원 로봇이신 줄."

"까분다."

김시균이 손빗으로 앞머리를 쓸어 넘겼다. 짙은 눈가에 현장 공무원 특유의 피로감이 가득했다.

"나는 방종이 싫어서 공직에 몸담은 인간이야."

"……."

"이런 인간에게 종잡을 수 없는 것보다 성가시고 무서운 것도 없지. 그런데 그 방면에서 1등인 사람이 우리나라 꼭대기에, 또 이 행성 꼭대기에 있는 거고. 괴담도 이것보단 덜하겠어."

"무섭네요."

"너 그거 아냐? 이 얘기 하면 공감해 주는 건 공무원밖에 없다."

실소한 김시균이 중얼거렸다.

"아마 내 인생의 가장 큰 공로는 걔 교육 담당으로 범그 자식을 밀어 넣은 거겠지."

"……네? '걔'요?"

"쉿. 왔다."

탁- 저벅저벅.

풀벌레 울음소리 위로 바람 소리까지 들려오는 고요. 두 쌍의 발소리가 긴 복도를 울린다.

'말, 도 안 돼…….'

권계나는 굽어지는 등을 가까스로 세웠다.

밀물처럼 밀려드는 압박감. 무얼 해 볼 새도 없이 아찔하게 숨통을 조여 왔다.

'괴, 괴물……!'

당장에라도 바닥으로 고꾸라질 것만 같다. 몇 초 지나지도 않았건만 의식이 가물가물해졌다. 극심한 마력 격차로 의한 블랙아웃 전조.

"좀 묶어. 오늘 왜 이렇게 심술부리나."

"사람 너무 많음."

털썩-!

한 걸음씩 발소리가 가까워질 때마다 근처의 동료들이 하나둘 쓰러져 갔다.

'목소리가 어려……'

억세게 쥔 손등에 핏줄 서도록 힘을 주며 권계나는 두 눈을 부릅떴다. 장지문의 창호지 너머로 그림자가 비쳤다.

작은 체구의 단발머리 여자와 장신의 남자. 그리고.

"……흐읍!"

짙어진 그림자가 바로 문 앞으로 멈춰 선다. 손을 들어 올리며…….

똑, 똑.

"규니규늬 직계?"

…….

"잘 버티네."

블랙아웃.

장난스러운 그 말을 마지막으로 권계나는 기절했다.

·· ✦✷✸✷✦ ··

음식은 적당히 식도록 미리 주문해 뒀다.

뜨거운 요리를 대접하는 게 접객의 예의라지만, 국장 장일현은 눈앞의 상대에 대해선 제법 통달한 편이었다.

"이번엔 그래도 살살 다뤄 주셨습니다."

"아는 사람이 있더라구."

"호오, 그래요? 김 팀장 말고요?"

"응."

"안 알려 주실 얼굴이네요. 궁금하지만 참아야겠죠. 우선, 축하드립니다, 견지오 헌터. 그리고 고맙습니다. 조국이 늘 신세를 지는군요."

"근데 말 편하게 해, 장 아재. 웬 극존대?"

"하하. 살짝 불편한 얘기를 하게 될 것 같아서."

"그럼 존대하셔야지."

보는 사람이 민망해지는 우디르급 태세 전환.

지오는 뻔뻔한 표정으로 갈비찜을 우물우물 씹었다. 범이 능숙한 솜씨로 잘게 살을 발라 앞 접시에 놓는다.

"밥도 먹어. 짜다."

"이 집 갈비 잘하네. 맛집이네."

"견지오, 밥이랑 같이 먹으라고."

"늬에."

"대답만 하지 말고."

"콜록콜록! 쌀밥 광공……!"

"뭐?"

"아닙니다."

'아재 놀면 뭐 해? 얼른 화제 돌려.'

따가운 눈빛에 장일현이 헛기침했다.

"서론은 워낙 싫어하는 성격이시니 바로 본론부터 말하겠습니다. 이번에 티모시―"

"거절한다."

"아니, 그러니까―"

"거절한다."

"자, 잠깐 들어 보시―"

"허나 거절한다."

"거절은 거절한다."

"……?"

"……커험. 죄송합니다. 하도 얄미워서 저도 모르게 그만."

저 배불뚝이 아저씨가 지금 나한테 한 말 들었냐는 듯 율망율망한 눈빛으로 지오기 범을 돌이봤디. 그림으로 그린 듯한 내보남불.

범은 무시하고 이해한다는 시선을 보냈다.

그 묘한 동정에 18년 차 공무원, 국장 장일현이 발그레

해진 뺨으로 헛기침했다. 딸뻘인데…… 심히 민망했다.

"여하튼, 티모시 릴리와이트가 방한한답니다. 개인적인 차원에서가 아니라 백악관을 끼고요. 그러니 미국 측에서 보내는 공식 사절이라고 봐야 합니다. 죠의 축하 사절인 거죠."

"축하를 이렇게 우격다짐으로? 누가 영어 쓰는 양키들 아니랄까 봐."

영어 만든 자들은 나의 원수. 갈비찜을 씹는 지오의 안면에 쇄국 철벽의 기운이 넘실거렸다.

물론 따지고 보면 영어는 영국 것이지만, 서양사에도 일절 관심 없는 삼수생에겐 그놈이 그놈이다.

"압니다. 당황하셨죠, 저희도 당황했습니다. 그런데 이번에는 그쪽 의지가 워낙 굳건해서요. '죠'를 반드시 만나야겠다고, 으음……."

어째서인지 장일현은 조금 전보다 더 불편해 보이는 기색이었다. 계속 품속을 만지작거렸다.

눈앞에서 중년 아저씨가 자꾸 가슴을 더듬는 꼴을 직관하게 된 지오의 심기도 적잖게 불편해졌다.

"뭐지? 이게 웬 시각 폭력? 지저분하잖음."

"……그게 아니라. 과연 이걸 보여 드려야 하나 의구심이 들어서 말입니다."

"왜 그러십니까?"

"부대표도 모르시는 겁니다. 통화 나눌 때까지만 해도 페

기할 계획이었는데, 생각해 보니 일단은 그쪽에서 보낸 공식 메시지인지라······. 외교 관례상 저희 선에서 쳐내기가 참."

슬슬 호기심이 갑갑함으로 변모할 즈음.

석연찮은 표정으로 장일현 국장이 품속에서 봉투를 꺼냈다.

"편지?"

겉면에 근사한 필기체로 'Dear Zio'가 적힌 편지였다. 그리고 장일현이 조심스럽게 그것을 열자.

······.

"······공식 메시지?"

"예. 그것도 백악관 직통."

"미쳤군."

세 사람은 멍하니 카드 안쪽을 들여다봤다.

피플지 선정 세계 제일 미남자. 햇살처럼 환한 미소를 짓는 티모시의 얼굴이 인쇄된 카드 그 위, 한글로 적힌 메시지는······.

> 내한은 내가 할게.
>
> 죠는 누가 데려올래? ^_^

"······이 건방진 양키, 탱커임?"

어그로가 예술이네.

수능 영어 9등급, 21세기 흥선 대원군 견지오가 언짢게 뇌까렸다.

이 자식 내가 팰게. 수습은 누가 할래?

·· ╋ ✦ ✹ ✦ ╋ ··

시절이 하 수상하다 한들 천조국은 여전히 중요 파트너다.

장 국장은 귀찮은 놈 패 주겠다는 우리 집 또라이의 스웩에 감탄하면서도, 공무원답게 어떻게든 제 선에서 해결해 보겠노라 터덜터덜 돌아갔다.

뭐, 우는소리와 달리 크게 난처하진 않을 것이다.

대 헌터 시대.

가정이 무너지고, 사회가 무너지고, 세계가 무너질 뻔했으나 어쨌든 간에 극복. 조금 시끌시끌하긴 해도 세상은 꽤 멀쩡하게 굴러가는 중이었다.

그리고 아이러니하지만, 반복된 전쟁이 인류 발전의 꽃을 피워내 왔듯 이 험난한 시기 속에서도 치고 올라온 승자는 분명 존재했으니……

한국.

사우스 코리아.

월드급 하이 랭커 최다 보유국.

SPI 도시 안전성 부문 10년 연속 1위. 게이트 사망률

OECD 선진국 중 최저.

가장 다수의 각성자를 보유한 건 아닐지언정 가장 강한 각성자들이 들어앉은 피라미드 몰빵 구조.

조그만 반도에서 벌어진 이 기이한 현상은, 그들을 미국과 함께 헌터 종주국 비스름한 위치에 오르도록 만들었다. 이제 국제 사회에서도 제법 목소리 좀 내신다 이거다.

"……니! 언니!"

[창조 스킬, '잠깐눈을감은것은집중력향상을위해서지졸려서가아니다(일반)'가 비활성화됩니다.]
[창조 스킬, '뭘보시죠?제가자고있다는것은선생님의착각입니다만(희귀)'이 비활성화됩니다.]

[당신의 성약성, '운명을 읽는 자' 님이 너 죽은 줄 알았다고 이 스킬들 좀 안 쓰면 안 되냐고 식은땀을 닦습니다.]
"응, 가현아. 나 안 잤음."

현 시각 다시 정오.

그 조국 떡상의 최고 공헌지, 월드 원 톱 랭커 쵸(삼수생)는 입시 감옥에서 깨어났다.

천연덕스레 두 눈을 깜빡인다. 스킬 영향으로 눈곱 하나 없었지만, 볼따구에선 숨길 수 없는 숙면의 광이 번쩍거렸다.

'이 언니 멋진 숙면을 취했나 본데…….'

"하, 하하. 저, 점심 드셔야죠."

"므, 뭐? 1교시 끝난 게 아니야?"

'1교시에 끝났구나…….'

아무튼 그대로 서가현 손에 이끌려 올라탄 승강기.

잠도 채 깨기 전이건만, 어느새 지오는 서가현과 그 친구들 속에 파묻히고 있었다.

누가 서가현의 친구들 아니랄까 봐 인싸 바이브가 하나같이 어마어마하다. 게다가 다들 키도 무진장 컸다.

'살려. 숏지오 살려.'

[성위, '운명을 읽는 자' 님이 저기요, 가뜩이나 쬐끄만 울 아기 짜부라지겠다고 버럭 합니다. 딱 봐도 사교성 없는 본 투 비 왕따인데 부담스럽게 왜들 그러냐고 책상을 탕탕 내려칩니다.]

'언니, 무슨 소리야 지금. 왕따라니.'

단지 내가 세상을 왕따시키는 것뿐.

자발적 아웃사이더라고 들어나 보셨나?

있는 친구 힘껏 끌어모아 유치원 동창 셋이 전부인 이 구역 아웃사이더가 애써 현실을 부정했다. 불편한 심정을 담이 헛기침하며 끙끙 서가현 쪽으로 몸을 붙인다.

"어머."

"꺅."

'뭐. 시끄러. 이 인싸들아.'

그걸 노련하게 포착해 제 품에 집어넣은 서가현이 승리자의 표정으로 주변을 슥 둘러봤다. 느이 집엔 고양이 없지?

"뭐야, 또 나만 고양이 없어."

"역시…… 집사는 다르네."

"당신이 프린스, 아니, 버틀러 서?"

"예아."

띵– 딸랑!

그렇게 승강기에서 내려 우르르 도착한 1층의 편의점.

안으로 들어서자마자 정면의 광고가 오는 이의 시선을 강탈한다.

지오는 '캬, 이 맛이 세계의 맛! 월드 랭커도 즐기는 진짜 맥주!' 문구 아래의 최다윗을 빤히 올려다봤다.

본의 아니게 국위 선양을 나라가 떡상할 정도로 해 버린 애국자들…… 최상위 랭커. 그중에서도 특히 '톱 텐'의 인기와 영향력은 설명이 불필요했다.

그래도 품위 유지를 포함한 여러 이유들로 인해 어느 나라든 천상계는 되도록 대외 노출을 삼가는 편인데…….

대한민국 랭킹 8위 최다윗.

저 혼혈 양아치는 안 끼어드는 광고판이 없었다.

오죽하면 나라에서 '캡틴 코리아'로 밀어 주는 공무원 김 모 씨와 노출 빈도가 비등할 지경.

지오는 쯧쯧 혀를 찼다.

'말세다 말세. 저게 뭐임? S급이 본새 없게. 에잉, 저 자낳괴 같으니.'

"와! 마술사왕 뉴 에디션이다!"

"……."

"뭐야, 한정판 또 나왔어? 한정판이라더니 무슨 맨날 나오네. 그렇게 안 봤는데 죠 완전 자본이 낳은 괴물 아니냐?"

"이번엔 뭔데, 킹더조이? 돌았다. 까망이 피규어도 있네, 존웃~"

"까망이가 뭐지?"

"왜 그 죠가 타고 다니는 까만 용 있잖아. 이름 몰라서 죠빠들이 까망이라고 부른다더라."

"……."

가오왕 견지오의 동공이 요동쳤다.

그러거나 말거나 계산을 마친 서가현이 관심 끌려는 집사처럼 피규어를 눈앞에서 흔들었다.

"지오 언니~ 이거 봐요. 귀엽죠! 선물! 저는 폐하 가질게요. 언니는 까망이 가져요. 꺄, 커플템!"

"니, 니드호그……."

"네?"

'왜 이렇게 깜찍해진 거야, 이 자식아……. 왜 이등신이 되어 버린 거냐구.'

지오는 아련한 얼굴로 눈 크기가 왕방울만 해진 제 애완용의 피규어를 쥐었다.

'죠'와 관련된 상표 그런 것들은 귀찮다고 어릴 적 〈은사자〉 길드에 위임한 지 오래. 그로 인한 수익 전부는 철저한 신분 은닉을 위해 견지록이 데뷔한 이후, 모두 견지록 쪽의 헌터 계좌로 들어가고 있었다.

그러니 범인은 뻔하다.

'범 새끼 가만 안 둬……'

[당신의 성약성, '운명을 읽는 자' 님이 저 깜찍한 것은 무엇인고 지대한 관심을 보입니다.]

[고놈 거 일 잘하네, 저번 해피밀 세트보다 퀄리티가 훌륭해 보인다고 컴플레인 넣은 보람이 있다며 어깨춤을 들썩입니다.]

"이거 봐. 4월에 불닭볶음면 랭커 콜라보 나오는데, 첫 번째가 죠래!"

'그만, 그만해 사탄들아……'

뭣 씹은 표정으로 지오는 서가현이 까 주는 갈비 맛 핫바를 입에 물었다.

공부 빼고 다 재미있는 입시생들답게 먹으면서도 수다는 끊이지 않았다.

"근데 봤냐? 윤강재 오늘 조용하더라."

"어쩐지~ 학원이 평소보다 쾌적하다고 했다."

"걔도 허언증만 아니면 나름 봐 줄 만한데. 안 그래? 걔네 형도 1번 채널 랭커고."

"야, 누가 알아? 윤의서 동생이라는 것도 사실 구라 아냐? 원래 랭커 가족 사칭 졸라 많잖아."

"아냐. 예전에 그……"

무언가 말하려던 서가현이 멈칫 입을 다문다. 그사이 다른 친구가 먼저 말을 이었다.

"맞아. 왜 저번에 견지록 누나도 사칭 있어서 걔네 막내가 인스타로 광역 저격 때렸는데."

"막내? 견지록 동생 인스타 있어? 뭔데, 뭔데! 같이 봐."

"밤비 사생들 쪽에서 나온 정보 있어. 나도 돈 주고 산 거야."

"나만 견지록이 그 난리를 쳤는데도 아직 사생 남아 있다는 거 신기하냐? 진짜 목숨 걸고 덕질하네."

"그래서 걔 사생들도 오프는 잘 안 뛴다잖아. 리얼로 죽을까 봐. 개웃겨."

"야아, 견지록 동생 인스타 같이 보자고오. 밤비밤비 사진도 있어?"

"뭐 그냥 가끔 팔만 나오는 정도?"

하면서 슬쩍 폰 화면을 보여 주는 친구 1. 놓칠세라 옹기종기 머리들이 몰려들었다.

(사진)

♡ domdomi 님 외에 여러 명이 좋아합니다.

**g_ggold** 17.1세

#해피뉴이어 #20××년 #가족모임 #노답이또분위기조짐 #얘언제인간될까

댓글 ×,×××개 모두 보기

20××년 1월 26일

---

"미, 미쳤다. 개예뻐! 뭔데 이 여신? 모델이셔?"

"그치. 암튼 여기 보면 이 어깨가 딱 봐도 밤비고, 그 옆엔…… 어? 잠깐만 이 후드……."

"어?"

쪼로록, 평화롭게 멜론 주스를 마시는 중인 견지오.

서가현과 친구들이 사진 속, 소매만 나온 후드 티와 지오가 입은 옷을 헤드 뱅잉 하듯 번갈아 바라봤다.

소매의 독특한 문구가 포인트인 깜장 후드.

높이뛰기 하면서 봐도 동일 제품이다.

"이거……. 밤비 조공으로 들어갔던 한정판 제품인데."

휴대전화를 쥔 친구 1이 조용히 중얼거렸다. 이상히리만치 모두에게 크게 들렸지만.

"……."

"……그, 그러고 보니 성씨도."

"……에, 에이. 에헤이! 야! 그만해! 장난해?"

"하, 아하하! 그치. 서얼마~! 미쳤어? 견지록 누나가 삼수를 왜, 아, 언니 죄, 죄송해요. 절대 비하하려는 의도는 아니고요."

삽시간 어색해지는 분위기. 묘한 정적 가운데서 지오가 심드렁히 물었다.

"예전에 뭐?"

"네?"

"가현이 말하다가 말았잖음. 윤강재 예전에 어쩌고."

"……아. 그냥, 직접 본 적 있다고요. 걔네 형, 윤의서요. 윤강재랑 같은 반이었어서 수행 평가 때문에 걔네 집 가 봤거든요."

옳다구나 화제가 바로 바뀐다.

랭커의 집과 관련된 내용 아니겠나? 흥미를 끌기엔 충분한 소재였다. 미묘하고 어색한 공기도 떠나보낼 겸, 다들 후기 좀 풀어 보라 아우성치기 시작했다.

하지만 서가현은 난처한 기색으로 콧등만 긁적였다.

됐다고, 그만 들어가자며 뿌리치고 일어나도 친구들은 편의점을 나서는 길에서까지 난리다.

"아오, 평범했다니까! 그냥 흔한 주택이었다고."

"주택? 무슨 주택, 뭐 강남 초호화 고급 주택?"

"옥탑…… 아니. 야, 이런 얘기 하지 말자. 솔직히 집안 사정이 막 그렇게 좋아 보이진 않았단 말야."

"뭔 개소리래? 하이 랭커가 돈을 얼마나 잘 버는데. 너 마석 시가 몰라서 그래?"

"그러니까! ……언니?"

『성흔星痕, 강제 개문.』

【뒤로 두 걸음.】

채 1초도 안 되는 순간이었다.

쿠구구구, 쩌저저적! 쿵, 쿠궁-!

째지게 울려 퍼지는 사람들의 가지각색 비명. 건물 벽이 뒤틀리고, 대지가 갈라진다. 온몸으로 전해져 올라오는, 지축의 막대한 뒤흔들림.

하늘이 아닌, 땅. 위가 아닌 아래.

그렇다면 그것은 게이트가 아닌…….

"더, 던전이다-!"

[히위 로컬 채널 알림]
**[게릴라 던전 생성DUNGEON OPEN]**
[위치: 서울 종로구]
[유형: 타임 리미트 퀘스트 던전 (라급)]

……툭.

'……헐?'

허어어얼?

물고 있던 빨대 꽂은 멜론 주스가 주르륵 추락했다.

엉거주춤, 지오는 눈앞에 던전이 되어 버린 학원 건물을 올려다보다가 두리번두리번 고개를 돌렸다. 내 별님 목소리에 보, 본능적으로 뒷걸음질 쳤을 뿐인데.

"와……."

"저 여자애 혼자 살아남았나 본데?"

"나 봤어. 내가 봤어! 맨 뒤에 쟤만 쏙 빼고 애들이 단체로 휙……!"

"완전 간발의 차로 안 휘말렸네. 운빨 미쳤다. 전생에 무슨 나라라도 구했나?"

긴급 재난 알림과 던전 출현을 알리는 사이렌 속.

수군수군, 사람들의 웅성거림이 갈수록 커져 나갔다. 마치 살아남은 아이 해리포터와 그를 구경하는 마법사들이라도 되는 듯 엄청난 이목 집중.

그러니까 지금 상황이 그게.

'나만 혼자 토껴 버렸어……?'

약해 빠진 민간인들을 버리고 본의 아니게 혼자 비상 탈출 버튼 눌러 버린 마술사왕. 월드 랭킹 1위 세계 최강 견지오가 식은땀을 삐질삐질 흘렸다.

아니, 저기. 내가 딱히 그러려던 게 아니라.

…….

가, 가취 가욥…….

## 3

[포멀]과 [게릴라].

던전은 크게 이 두 갈래로 나뉜다.

세부적으로 나눠 들어가면 [시나리오], [퀘스트], [파밍], [인스턴스], [레이드], [트레이닝] 등등 종류가 다양하겠으나 크게 보자면 그랬다.

[포멀 던전]이 주로 초보자 사냥터나 마석 채굴, 훈련 목적의 안정적인 공략 장소라면…… [게릴라 던전]의 경우, 그 이름만큼 까다로운 퀘스트형이 다수.

특히 타임 어택 조건이 붙으면 시간 초과 시 던전이 폭주하는 등의 막심한 주변 피해를 불리일으키곤 했다.

"어고, 안녕하십니까! 수고들 많으십니다."

"신원 확인 부탁드립니다."

"에이~ 아저씨, 왜 그래요? 요기, 요 길드 마크 안 보여?"

"아저씨 아니고 구조진압 1팀 소속 탁라민입니다. 두 번 말 안 합니다. 신원."

"……구, 구1팀 요원이셨구나. 이번 라급 던전 공략을 맡은 인바이브 길드의 제2공략대입니다."

"CC급 각성자 신진철 공대장 외 6인 맞습니까?"

"옙!"

"늦으셨군요. 브리핑하겠으니 한쪽으로 모여 주시기 바랍니다."

"아, 요원님. 그게요. 저희 쪽 한 명이 아직 안 와서. 라급이라 위에서 지원 보내 주기로 했는데 좀 늦네요."

어쩌라고? 정확히 그 표정으로 탁라민이 눈썹을 들어 올렸다.

"시간제한 던전입니다. 한가하십니까?"

"아니, 그게. 저희가 여명 산하라서……. 나름 하청의 설움 같은 게…… 아, 아닙니다. 일단 먼저 진행하시죠."

당연하다는 듯 홱 돌아서는 요원. 그 뒤를 쫓으며 공대원들이 투덜거렸다.

"염병. 왜 저렇게 까칠해? 구1팀이면 단가?"

"놔둬라. 김시균 직계 국가 초엘리트들이시잖냐. 인생 자체가 아주 빳빳하시겠지."

싸늘한 외양에 걸맞게 요원 탁라민은 브리핑 또한 간결했다.

타임 어택형 퀘스트 던전.

공략 인원 제한 10명.

시간제한 20시간. 난이도 [라]급.


이때만큼은 공략대도 진지한 표정으로 귀를 기울였다.

[가] / [나] / [다] / [라].

총 8개로 나뉘는 던전 등급 중 위의 네 개까지가 상위 등급 던전. 모두가 탐내는, 일명 '부자' 던전이다. [라]급은 특히 그 넷 중에서도 비교적 낮은 난이도와 빵빵한 보상으로 경쟁이 가장 치열했다.

이번에는 공략 성공 여부와 관계없이 사라지는 시한폭탄 던전이기에 기회도 딱 한 번.

이 건을 따내고자 윗선 〈여명〉에서 몸소 나섰다니 오죽할까. 그것도 모자라 직속 길드원까지 보내 준다고.

물론 던전 보상이 목적이겠지마는, 만에 하나 잘 보이기라도 한다면 〈여명〉과의 연결 고리가 생기는 일이다. 위로 올라갈 사다리만 애타게 기다리는 산하 길드에선 그야말로 황금 동이줄이니 다름없었다.

"지금까지의 내용 중에 질문 있으십니까?"

신진철은 번쩍 손을 들었다. 사실 아까부터 매우 신경 쓰이던 참이었다.

"네, 뭐죠?"

"저기 저 꼬맹이는 뭡니까? 왜 여기에?"

그 말에 한곳으로 쏠리는 '너 님 누구세요?' 눈빛.

아직도 울리고 있는 비상 사이렌, 부산히 움직이는 여러 관계자들. 그렇게 바리케이드와 출입 제한 통제 선이 철통처럼 둘러진 긴급 현장 속에서.

누가 봐도 관계 외인처럼 두꺼운 모포를 두르고 따뜻하게 데운 우유를 호로록 마시던 견지오가 두 눈을 깜빡였다. 으응? 나?

건장한 아재 헌터들의 시선을 말똥말똥 마주 본다.

[성위, '운명을 읽는 자' 님이 울 애기 코스프레, 코스프레 까먹었다고 일러 줍니다.]

'아차차.'

나는 불운한 삼수생 민간인.

갑작스런 던전 출현에 친구들을 잃었죠…….

지오는 울적하게 눈을 착 내리깔았다. 탁라민이 다가와 조심스러운 손길로 그 어깨를 다독인다.

"실종된 민간인들의 일행이십니다. 바로 앞에서 목격한 만큼 아직 충격에서 회복되지 않으셨습니다. 언행에 주의 바랍니다."

아마 이 중에서 가장 건강할 견지오가 그 말에 애써 콜록거렸다. 어깨도 한 번 부르르 떨어 주면서.

속이야 어쨌든 겉보기엔 충분히 쬐끄만 애가 그러고 있으니 덩치들도 괜히 숙연해진 눈치다.

"그랬구먼. 쯧. 어려 보이는데……."

"근데 왜 병원에 안 데려가고……. 혹시 쟤가 실종자들 인상착의 같은 거라도 설명해 주는 겁니까?"

"아뇨. 아시다시피 [던전화]는 생성 당시의 주변과 융합되지 않습니까? 가장 근접한 목격자였던 만큼, 이번 퀘스트 아이템이 지오 씨 소지품 중에서 나타나는 바람에……. 지오 씨. 이분들께 보여 주시죠."

지오는 주섬주섬 아이템화된 용가리 피규어를 꺼냈다. [던전화] 직전, 버틀러 서가현과 나눠 가졌던 킹더조이 세트 피규어였다.

---

▶ 참우정의 멋짐을 모르는 당신이 불쌍해규어 /스페셜/

▷ 분류: 퀘스트 특수 아이템

▷ 사용 제한: 없음 (귀속 가능)

— 킹더조이 마술사왕 '죠' 리미티드 에디션 사은품(세트). 참우정의 멋짐이 담겨 있다. 상대를 향한 집요한 우정의 구애가 만들어 낸 연결 고리.

▷ 효과: 세트 아이템을 나누어 가질 시 상대방의 위치 파악 가능

---

"허접한 장난감 같아 보여도 위치 추적형 아이템인 듯합니다. 중요성은 잘 아실 테고, 사실상 이번 퀘스트의 키 아이템이나 다름없죠."

"호오. 사용자 제한은?"

"없-"

"늦었습니다!"

막 지오가 대답하려던 찰나였다.

멀리서 허겁지겁 뛰어오는 한 명의 헌터.

제법 낯익은 얼굴에 좌중 모두가 놀란다. 탁라민마저도 당황한 기색이었다.

"……오기로 한 사람이 윤의서 헌터였습니까?"

"아, 아닌데? 쟤는 그 윗선이 아니라 우리 쪽…… 야 인마, 너 뭐야 갑자기!"

온몸이 땀으로 범벅된 랭커 윤의서가 숨도 못 고르고 헐떡였다.

"자원! 자원했어요, 2공대장! 제발 들어가게 해 주세요. 동생이, 제 동생이 저 안에 있어요!"

"던전 내부에 갇혔다고 확인된 민간인들은 열여덟 명인데, 윤의서 헌터. 명단 확인은 하셨습니까?"

"윤강재요! 여기 학원에 다니는 윤강재가 제 친동생이에요. 아까부터 연락도 안 된다고요!"

"……일단 진정하고 브리핑부터 들으시죠. 그 상태로는

아무 데도 못 들어가십니다."

"잠깐, 잠시만요! 야, 너 따라와."

인상 팍 구기며 윤의서를 한쪽으로 질질 끌고 가는 공대장.

탁라민과 나머지 공대원들은 다시 지오를 돌아본다.

민간인 견지오는 아무렇지 않게 손안의 피규어를 꽉 쥐고 대답했다.

"귀속 아이템."

"네?"

"귀속 아이템."

"아니, 아까는 분명 제한 없–"

"귀속."

"……."

마치 광장에서 중립국을 외치는 듯한 기개.

한 치 비집고 들어갈 틈 없는 민간인의 단호함에 모두가 할 말을 잃어버린 그때.

"느, 늦었습니다!"

'또?!'

저쪽에서 힐레벌떡 달려오는 한 명의 남자.

헌터치고는 약간 작은 키다. 목 아래로 오버 핏의 티셔츠로도 감춰지지 않을 만큼 문신이 빼곡했다. 그와 상반된 두부상의 곱상한 소년 같은 얼굴이 인상적이라면 인상

적. 덤으로 어설픈 위장용 색안경까지.

"하, 으와. 차가 이래 막히나. 으마으마하게 막히네."

"⋯⋯."

"뭔데, 분위기 와 이라노? 누군지 몰라도 아주 이쁘게 조져 뿟네."

긴가민가한 표정의 공대원 하나가 어정쩡히 인사했다.

"그, 혹시 여명에서 오신다는 분⋯⋯?"

"넵. 제가 바로 황호, 크흠, 홀입니다. 홀. 황홀."

"⋯⋯이름 굉장히 독특하시다."

"아 그, 동생은 황짝입니다. 홀과 짝. 세트 알지예. 뭐 부모님 취향이 그래 됐으요."

"아아. 그럴 수 있죠. 트렌디하네요. 요즘은 또 황혼 님 이후로 외자 이름 짓는 게 유행이라고 하잖아요."

힘숨찐 황혼이 흐뭇한 미소를 참으려 근엄하게 헛기침했다.

"대단한 놈이긴 합니다. 마 민족의 자랑이고, 소울이고, 보물이고."

"네? 아니 그 정도까진⋯⋯."

낯선 놈에게서 익숙한 냄새가 난다. 이 구역 힘숨방 견지오가 떨띠름하게 팔짱을 꼈다.

'어디서 봤는데.'

[성위, '운명을 읽는 자' 님이 네 남동생 라이벌 지망생

개 아니냐고 귀띔합니다.]

'아. 아하…… 그 밀가루 조폭!'

같은 기수, 같은 나이대.

또, 같은 등급.

바벨탑의 29층이 열리던 해였다.

나란히 등장한 두 명의 소년은 각각 한국의 세 번째, 네 번째 S급으로 판정받으며 일대 파란을 일으켰다.

견지록, 15세. 중학교 2학년.

황혼, 19세. 고등학교 3학년.

센세이셔널했던 두 십 대 소년의 데뷔.

어린 나이에 걸맞게끔 저돌적이고 파격적인 전진, 또 눈부신 재능까지.

세간에선 이 재능충들을 묶어 '황금 세대'라 부르기 시작했고, 현재까지도 자주 엮어 언급되는 단골 소재였다.

두 사람의 전혀 다른 행보도 그 화제성에 한몫 두둑이 했으니…….

견지록이 연일 탑의 신기록을 갱신하며 강한 리더십의 '영 보스'로 국제적인 명성을 높여 나가는 반면, 황혼은 언더그라운드 갱들의 '헤드'로서 지하 세계를 장악.

물론 직종이 직종인 만큼 황혼 쪽은 매스컴에서의 노출이 드물어 알아보는 사람이 많진 않았지만.

이쪽은 예외다. 사람 기억 잘 못 하는 지오가 얼굴까지 외우고 있는 것은 순전히, 황혼의 끈질긴 집착 덕분.

튜토리얼에서 1점 차로 견지록에게 밀려 차석次席이 됐을 때부터인가, 엎치락뒤치락하는 랭킹 때문인가.

허구한 날 라이벌 의식을 불태우는 통에, 견지록이 짜증 섞어 욕할 때가 한두 번이 아니었다. 조폭 새끼라고 하도 들었더니 1번 채널에서 보일 때마다 이웃집 조폭처럼 느껴질 지경.

암만 둔감한 견지오라도 신상을 기억할 수밖에 없었다.

아무튼, 뭐야.

그럼 지금 저 거언방진 놈이 가암히 여기서 힘숨찐 놀이를? 게장, 족발집들도 원조 바로 옆에선 장사 안 하는데 뭐 저런 상도덕 없는 놈이.

'꼭 덜 익은 밀가루 반죽처럼 생긴 게.'

내로남불 지오의 눈이 가늘어졌다. 옆으로 서는 황혼을 보며 나지막이 뇌까린다.

"황홀? 와아. 되게 황혼 짭 같다."

"……크흐흠."

"사실 황혼 아님? 설마 힘숨찐?"

"……."

"황혼 개새끼 해 봐."

"……."

'못 들은 척하시겠다?'

▷ 로컬 — 대한민국
▷ 국내 랭커 1번 채널


| 9 | 규니규늬: 금요일쯤 수료 마친다고 보면 됩니다. 그리고 부탁이니 제발 사전 접촉 좀 하지 맙시다. 특히 바빌론.
| 8 | 다윗: 하여간 밤비 이새끼는 돈을 너무 함부러 써 막 써진짜
| 1 | 죠: 황혼 지금 ㅇㄷ?


순간, 그대로 멈추는 1번 채널.
다시 올라갈 땐 가히 폭발적이었다.


| 8 | 다윗: 헉
| 20 | 낼공인인증서갱신: 헉
| 44 | 이시국: 헐
| 50 | 감수양: 엄마야
| 35 | 솟아나라머리머리: 와우
| 2/ | 도미: 내박; 뭐지
| 5 | 밤비: ??
| 12 | 상상: 오…

| 8 | 다윗: ?????

| 8 | 다윗: 머머머머ㅓ머야

| 8 | 다윗: ㅎㄴ황혼색 드뎌 죽는 거냐? 몬짓햇냐? 무슨 병
　　크 터트렷어

| 4 | 흰새: 몬짓 아니고 뭔 짓이다.

| 6 | 야식킹:


"헉."

"……."

"*끄허어업?*"


| 6 | 야식킹: 37°34'19.1"N 126°59'15.3"E

| 6 | 야식킹: 보고드립니다황혼현재위치서울종로구xx동
　　라급퀘스트던전앞이빈다

| 6 | 야식킹: 입니다


'빙신…….'

지오는 저도 모르게 중얼거렸다.

[CC급 헌터 '신진철' 님의 다음 파티에 초대되었습니다.]

**[공략] 종로 퀘스트 게던 공대** 난이도: 라 | 역할: 기타

**[수락하시겠습니까?]**

/파티 채널, '비공개' 님 입장/

"이런 씨…… 장난해? 비공개 누구야! 공략 파티 닉네임은 실명 설정이 기본인 거 몰라? 힘숨찐이야? 놀러 왔어? 바꿔 당장!"

/파티 채널, '비공개2' 님 입장/

"……지금 뭐 하자는 거야! 한번 해보자 이거야?"

붉으락푸르락하는 공대장을 힘숨찐 두 명이 강 건너 불구경했다. '순진한 민간인은 아무것도 몰라요'와 '난 대기업이고 너는 하청이야' 표정.

한쪽은 민간인, 한쪽은 원청.

두 갑질 남녀의 배 째라 기세에 좌중이 침묵했다.

지오에게 나름 열심히 설명해 보려던 탁라민도 포기한 상태.

민간인한테 업계 툴을 들먹여 봤자 뭔 소용이겠나……. 나는 뭐가 뭔지 전혀 모르겠고 전부 시스템이 그랬다는 (거짓) 주장을 들으니 더 할 말도 없었다.

황혼 쪽은 위쪽 〈여명〉에서 왔다고 아예 노터치 상태였고.

"됐습니다. 무의미한 걸로 입씨름할 시간도 없고, 두 분은 [랜덤]으로 가시죠."

바벨은 익명 문화가 활발한 시스템이다. 따라서 그에 대한 대비책도 제법 갖춰져 있었다.

파티 채널의 닉네임 같은 경우가 바로 그것.

공략 중 오더 혼선을 막고자 비공개 닉네임은 다수의 요청에 의해 랜덤 변경이 가능했다. 파티원들이 특정인의 이미지를 떠올리면, 바벨이 그중 가장 걸맞은 이름을 골라 주는 식.

/[랜덤] 닉네임이 변경됩니다./
/비공개 → 냥아치, 비공개2 → 조폭두부/

"냥아치이?"

냥아치의 세모눈에 탁라민이 시선을 회피했다.

"뭐, 뭐 조폭두부? 이 누고, 걸리면 가만 안 둔다이."

조폭두부의 으름장에 윤의서가 고개 돌렸다.

어쨌거나 저쨌거나 그렇게 종로 라급 퀘스트 던전.

(힘을 숨긴) S급 둘을 포함한 총 공략 인원, 열 명.

탑에 밀려 사실상의 2부 리그인 던전 공략 역사상 유례없는 초호화 라인업이 탄생했다.

▶ (게릴라) 던전 퀘스트 /등급 제한 없음/

▷ 〈오염 속 희생자들〉

· 난이도 | 라 · 유형 | 타임 어택 · 인원 | 10/10

▷ 목표 | 폭주 저지 및 구출

▷ Timer | 00:19:27:57

— 언럭키! (๑>ੈ०<๑) 외차원 찌꺼기들과 조우했습니다. 기생왕 휘하 복족종은 느리고 열등하지만, 주변을 더럽히는 데 일가견이 있는 악충들입니다.

— 이들과 오염된 개체들을 제거하고, 내부에 갇혀 있는 시민들을 구출하세요! [길잡이]가 당신을 안내할 것입니다. (상세 보기)

[완료 시]

· 던전 정화

[실패 시]

· 던전 폭주

타찌 버금기는 손놀림으로 잽싸게 아이템 귀속을 마쳤던 견지오.

덕분에 퀘스트상의 [길잡이]는 이제 지오 한 명뿐이다.

그럼에도 민간인은 절대 못 데리고 간다며 길길이 날뛰

는 공대장 때문에 즉석에서 국가 엘리트 탁라민의 합류까지 결정되었다.

"알려 드린 대로, 지오 씨. [엔터 스톤]에 손만 대시면 됩니다."

"저거?"

"네. 포탈 옆의 수정 기둥이요. 바벨한테 하는 입장 신고 비슷한 걸로 생각하십시오. 안전하게 던전으로 들어가기 위해 반드시 필요한 절차죠."

계획 없던 민간인의 합류에도 탁라민은 꺼리는 기색이 없었다.

센터 소속 공무원 헌터들이 시민들에게 유한 것은 익히 알려진 사실. 이런 혼란한 세상에 영웅 심리 하나로 국가에 목숨 바치고 있는 바보들 아니겠나? 어쩌면 당연한 얘기였다.

지오도 그의 친절한 설명을 제법 열심히 들었다.

헌터 상식 기초 중 기초에 해당하는 지식이었지만, 이쪽도 따지자면 찐뉴비나 다름없는 사상 최강의 별수저.

훈민정음을 떼기도 전, 곤룡포부터 입은 처지에 뭘 알리가 없었다.

실물 던전만 해도 거의 10년 만. 경험해 본 것마저도 범의 [포켓 던전]이었으니 비교가 불가하다.

"조금 더 가까이서 보셔도 됩니다. 던전 포탈 실물은 처음이시죠?"

"와아."

"정말 폭포처럼 생기지 않았습니까?"

"히야아."

"들어가면 실제로 폭포 한가운데를 지나는 듯한 느낌이 드는데…… 촤악, 쏴아아, 하고."

"우오옹!"

"커흠, 흐허험!"

공대장이 크게 헛기침했다.

활어급 리액션에 은근 신이 나 설명하던 탁라민이 양팔을 내린다. 여전히 무표정했지만, 발개진 귓불로 옷매무새를 가다듬었다.

"……여하튼. 원칙대로라면 비각성자는 입장이 불가하나 지오 씨는 퀘스트 대상자라서 괜찮을 겁니다. 더러 있는 경우이니 안전 면에서는 염려 마십시오."

폭포와 닮은 던전 입구, [포탈].

그리고 그곳을 통과하는 입장 장치, [엔터 스톤].

일반인이 스톤을 만질 시 그대로 튕겨 나가며, 무시하고 포탈로 뛰어들 경우엔 목숨을 보장 못 한다.

물론 예외도 있긴 했다. 외진 산에서 삼을 캐다기 굴러 정신 차려 보니 던전 안이었다든가 하는, 포탈 없는 던전을 만나는 일들이 간혹 있지만……. 정말 벼락 맞을 확률이고.

보통 일반인이 던전에 들어가는 경우는 이처럼 [던전

화]에 휘말릴 때.

지금 서가현과 친구들, 민간인 버전 견지오 같은 케이스였다. 탁라민의 말마따나 1년에 한두 번씩은 일어나는 일이다.

"요원님. 그건 말 안 해 주십니까?"

"무얼 말입니까?"

"이렇게 휘말린 일반인들은 각성할 확률이 높다고요. 잘하면 공략 중간에 각성자 새로 하나 보겠습니다."

몸집만 한 대검을 흔들며 공대장 신진철이 거들먹거렸다.

"공략 뛰러 왔지 생판 남한테 각성 세례 때려 주라고 들은 적은 없는데. 운도 좋으셔. 각성하면 보답 제대로 하라고, 어? 운 좋은 아가씨."

"알았어요, 신민철 아저씨."

"……? 내 이름은 신진철인데."

"알았다니깐, 진진철 아저씨."

"신진철이다."

"아이 엠 그라운드야? 알았다잖음, 정진철 아재."

"……."

[성위, '운명을 읽는 자' 님이 저 건방진 정진철 자식 지금 누굴 째려보냐며 팔을 걷어붙입니다. 뜨거운 별펀치 맛 좀 보여 줄까 건들거립니다.]

'쯥. 그만해. 별씩이나 돼서 인간 때리는 거 아니야. 인간 지켜.'

[당신의 성약성, '운명을 읽는 자' 님이 그치만, 그치만을 부르짖습니다.]

됐다. 마음에 안 든다고 아무나 쥐어박을 만큼 그렇게 가정 교육 판타지로 받지 않았다.

유교국의 모범적인 장녀인 지오는 겸손하게 뒷짐 진 채, 등 뒤로 가운뎃손가락을 세웠다.

사실 아재들의 까칠한 반응이 이해되지 않는 것도 아니었다. 갑자기 달고 다니게 된 갓반인에다 윗선에서 보내 준 놈은 저어기 저 모양 저 꼴이시니.

던전 포탈 앞. 초당 3회씩 초조하게 허공을 바라보는 중인 황혼.

"와…… 와 답 안 해 주시노, 죠 햄……. 이 고물 바벨, 렉 걸린 거 아이가……."

허공을 더듬더듬. 혼잣말을 중얼중얼.

고작 몇 분 만에 볼살까지 쪽 빠져 보인다. 마치 순두부가 건두부 된 느낌.

"헉. 호, 혹시 위급 상황? 구조 신호였는데 내 설마 몬 알아들은, 그런……!"

'쟤 저러다가 팬픽 쓰겠는데.'

"어데 가, 산혀 계시면 당근을 흔들어…… 수시와요……."

'갔네. 갔어. 눈이 맛 갔어.'

| 6 | 야식킹: 언제라도 당근 흔들어주시면 이 싸나이 황혼
    즉시 부름에 달려가겠습니다
| 5 | 밤비: 미친 새끼

그리고 랭커 1번 채널이 울릴 때마다 황혼보다 더 움찔 대고 있는 또 한 사람.

"입장하겠습니다!"

시체마냥 창백해진 윤의서를 보다가 지오는 고개를 돌렸다.

건물 유리문 정중앙, 폭포처럼 출렁거리는 포탈.

공대장의 샤우트에 하나둘 보랏빛 수정 근처로 모여 선다. 이어 하나둘 손을 올리자 곧바로 급습하는…… 서늘한 이질감과 제6의 감각!

아주 찰나의 순간 뒤.

견지오는 축축한 습기에 둘러싸여 눈을 떴다.

이끼와 점액이 눌어붙은 벽과 바닥, 불유쾌하고 낯선 냄새. 누가 봐도 이곳은…….


[퀘스트 던전, '**틈의 오염지**(라급)'에 입장하셨습니다.]

[규격 초과로 난이도 강제 재조정 중…….]

[던전 폭주가 가속화됩니다.]

**[경고! 던전 폭주가 급가속화됩니다.]**

**['틈의 오염지(라급)' → '벌어진 틈의 오염지(나급)']**

**[남은 시간 — 00:05:37:45]**

··＊＊✦＊＊··

　여기는 대한민국 서울.

　헌터들의 폭력성을 실험하기 위해 진행 중인 던전 난이도를 돌발적으로 올려 보았습니다.

　"나급? 지금 이 전력으로 나아급? 히, 씨바알. 말이 안 나오네."

　"라급짜리도 배정 간신히 받았는데, 우리 수준에 나급이라니!"

　"말도 안 됩니다, 공대장! 지금 당장 외부에 지원 요청하고 나가야 해요!"

　"폭주까지 남은 시간 고작 5시간입니다. 인원 제한 퀘스트 던전이라 바깥에서 포탈도 닫혔을 텐데, 외부 지원은 어떻게 받고, 또 안에 있는 민간인들은 어쩌겠다는 말씀이십니까?"

　"이봐! 그쪽은 영웅 심리에 놀아 버린 절밥통이시니 안에 있는 민간인들이 걱정될지 몰라도, 난 나 죽으면 혼자 살 우리 어머니가 더 중요해! 알아들어?"

효과는 굉장했다.

구1팀 소속이니 탁라민은 최소 B급 헌터. 그런 그에게 평균 D급 헌터들이 눈 까뒤집고 달려드는 판이 벌어졌다.

본 사태의 원흉이라 할 수 있는, 최상위 랭커 셋.

견지오(1위/S급), 황혼(6위/S급), 윤의서(29위/A급)는 일행과 조금 떨어진 채 뻘쭘히 서서 예기치 못한 폭력 사태를 지켜봤다.

지오(1위)가 슬쩍 먼저 토스했다.

"음…… 자고로 인생이란, 살다 보면 푹 꺾이는 순간도 오고 그러지 않나……?"

'물론 난 아니지만.'

딴청 피우던 황혼(6위)이 냉큼 받아 스파이크를 쳤다.

"……맞나. 와 모르겠노. 난이도 조정도 당해 보고, 신용 등급도 조정당해 보고! 정신 단디 안 챙기믄 다 그래 한 번씩 당해 보면서 성장하는 거 아이겠나. 아파야 청춘이다이가."

'물론 내는 안 아파 봤지만.'

노답 S급들이 이뤄 내는 환장의 콜라보.

그나마 정상인 윤의서(29위)가 얼이 빠져 쳐다봤지만, 두 사람은 깔끔히 무시했다.

"역시 저렇게까지 화낼 일은 아닌 거 같음. 다들 너무 폭력적이네."

"내도 정확히 그 생각이다. 전적으로 동의한다. 와, 가스나 혹시 내 잃어버린 쌍둥이 아니가? 와 이래 똑같이 생각하노? 내 동생 할래? 가만 보니 냥이맹키로 쫌 귀여븐데."

"엥. 그쪽 동생 황짝인 설정 아님? 설붕 대다나다."

"⋯⋯혹시, 호옥시나 황짝으로 개명하실 생각 없으신가 정중하게 물어본 거였, 됐다. 관두라."

그래도 황혼은 약간이나마 정신 차린 눈치다.

떠드는 와중에도 아닌 척 견지오를 뜯어보기 시작했다. 난이도 재조정도 그렇고, 지나치게 태연자약한 태도 등등. 드디어 슬슬 의구심이 드는 모양이었다.

지오는 묘한 그 눈길을 코웃음으로 받아넘겼다. 뭘 봐. '조폭두부 따위에게 들키려고 갈고닦은 세월이 아니시다.'

랭커가 힘을 숨김.

힘숨찐은 중국을 제외한 동북아권, 특히나 국토 대비 랭커 비율이 높은 한국에서 은근히 흔한 사회 현상이었다.

드문 일이 아닌지라 조금만 수상해도 의심의 눈초리를 받기 십상. 지오도 그래서 [던전화]로 센터 사람들과 만나기 직전, 미리 물 샐 틈 없이 마력과 존재감을 꽉 막아 둔 침이었다.

오늘 견지오의 힘숨 상태는 그야말로 완벽. 퍼펙트.

저번 탑에서의 해프닝이 지극히 예외적인 경우였지. 그때처럼 돌발 상황만 없다면 타인이 지오의 정체를 눈치챌 확률은 애당초 제로에 가깝다.

그녀에게 제어법을 가르쳐 준 스승은 범이요, 힘을 억누르는 심리는 거의 강박에 가까웠으니까.

지오는 무의식적으로 손바닥의 흉터를 매만졌다.

벌써 10년 전의 일이었다.


4


「이름이 지오? 아.」

「…….」

「그래…… 알겠어. 너구나. 죠. 네가 '죠'야.」

「아저씨 누군데요?」

「나?」


스스로를 직접 소개하는 일이 재미있다는 기색으로, 남자는 느긋하게 인사를 건넸다.


「나는 〈은사자〉의 범. 앞으로 네 보호자이자, 스승이자 또…… 허락해 준다면 당신의 친구까지 되고 싶은 사람이지.」

서늘한 청동을 깎아 낸 듯한 사내.

무르익은 미소에선 분향焚香과 옅은 담배 냄새가 났다.

범.

어린 견지오가 만난 첫 하이 랭커였다.

· ○ ☾ ☽ ● ☾ ☽ ○ ·

*각성자 특별법 제8조 제1항.*

*대한민국 국민인 예비 각성자는 이 법률이 정하는 바에 의하여 국가 기관을 통한 능력 적응 훈련에 성실히 임하여야 한다.*

*단, 예비 각성자의 연령이 만 14세 이하일 경우에는 예외로 한다.*

「맞습니다. 만 14세 이하는 의무 교육 대상이 아니죠. 자, 잘 찾아보셨군요? 하지만 이건 경우가 좀 다르고…….」

기다리고 기다렸던 대한민국 최초 S급의 탄생.

지오의 바벨 정식 등록이 끝난 직후였다.

어느 정도 소란이 정리되이, '선 각성 후 등록 각성자, 즉 별수저 관련 의무 교육 얘기를 센터 쪽에서 슬그머니 꺼내 봤지만…….

설마하니 아홉 살짜리가 관련 조항을 따박따박 외워

오는 그림은 그들 계획에 없었던 모양이다.

「지오 양도 알지 않습니까. 이대로 두면 위험합니다. 지오
양 스스로에게나, 다른 사람들에게나.」

거의 사정하듯 장일현 팀장은 빌었다.

정체는 알아서 숨겨 달라. 모친에게 알리는 건 절대 싫
어. 의무 교육도 노노노.

요구 사항들이 하나같이 막무가내 초딩 생떼에 가까웠
지만 그 초딩은 다른 누구도 아닌, 국내 최초의 S급.

구국 영웅의 요청이라 생각해 보면 겸손하기 짝이 없게
느껴졌다. 해서 웬만하면 그들 역시도 다 들어주고 싶었
으나…… 교육만큼은 절대 양보가 불가했다.

상상해 보라. 방치된 채 걸어 다니는 아홉 살짜리 핵폭
탄이라니!

장일현은 졸졸 따라다니며 기나긴 설득에 들어갔다.

샛별초 앞에 잠복했다가 나타나고, 발레 학원 밑에서
비 맞으며 기다리고, 놀이터에서 우연한 만남처럼 가장해
보기도 하고.

그 노력이 가상(불편)해 한번 들어나 봅시다 하고 앉았
더니. 지오에게 스윽, 내민다는 카드가.

「1:1 과외는 어떠십니까?」

「지금 다니는 학원이 몇 갠데. 갈래요. 빠이.」

「제, 제발……! 꼭 교육이라 생각 안 하셔도 되니까요! 한 번만 믿고 만나 보시죠. 매우 훌륭한 헌터입니다. 컨트롤 분야에선 자타 공인 제일이고요! 반드시, 정말 반드시! 지오 양에게 도움이 될 겁니다.」


[당신의 성약성, '운명을 읽는 자' 님이 저 제안은 받아들이는 게 좋겠다고 조언합니다.]

'굳이? 언니가 컨트롤할 수 있다며.'

꼬마 지오도 이토록 뻗대는 데에는 다 나름의 믿는 구석이 있었다. 미성숙한 육체에 비해 과도한 힘이라지만, 여태껏 성약성이 알아서 잘 제어해 주고 있었으니까.

각성 이후 지금까지도 별 탈 없이 살아오지 않았나.

그러나 성약성의 생각은 달랐다.

[지금처럼 잦은 성흔 개문은 네 쪼그만 몸에 무리가 갈 수 있다고 성약성이 설명합니다.]

[울 아기 육체가 붕괴라도 됐다간 이 오빠의 여리디여린 멘탈도 붕괴되고 말 거라며 깊은 우려를 표합니다.]

'……무능 그 자체.'

[바벨 베이비 모니터링 모드 ON − 비속어를 필터링합니다.]

'욕? 설마 나한테 욕했어? 방금?'

[성위, '운명을 읽는 자' 님이 무슨 그런 무시무시한 소리 하냐고 펄쩍 뜁니다.]

[바벨이 더위 먹은 거 같다고 궁색하게 변명합니다. 네 나이가 적응이 안 돼 그렇다며 앞으로 주의하겠다고 반성문을 작성합니다.]

시끄럽고 능구렁이 같은 별님이지만, 지오도 알고 있다.

매 순간 운명을 함께하며, 또 최후의 마지막 걸음까지 지켜보겠노라 약조한 존재답게 이 세상 누구보다도 자신만을 위해 준다는 걸.

그러므로 웬만하면 그의 조언을 따르는 게 옳다는 사실 또한.

센터 사람들도 이만큼 헌신적인 성위는 처음 본다며 신기해할 정도였으니까.

'진짜 가기 싫은데……'

어쩔 수 없나.

그리고 그런 별님의 판단은 이번에도 정확했다.


「지, 지오야! 얘가 왜 이래! 지오야! 지, 어머, 누, 누구세요?」

「비켜 주십시오. 관리국에서 나왔습니다.」


센터를 방문하기로 약속한 전날이었다.

발레 수업 도중 돌연히 쓰러진 아이를 잠복 경호 중이던 요원들이 서둘러 데려갔다.

정밀 검사 결과, 아웃 오브 컨트롤Out of Control 현상에 의한 강제 부하 차단 상태.

어린 지오는 잠에서 깨어나지 못하는 날이 많아졌다.

·∘ ☾ ☾ ● ☽ ☽ ∘·

갑작스러운 혼절이었으나 모든 과정은 물 흐르듯 잡음 없이 처리되었다. 박 여사의 눈을 속이는 일도, 주변의 입을 단속하는 일도 말이다.

엄마에게는 절대 들키지 말아야 한다고 사전에 잔뜩 으름장을 놓아 둔 덕택이었다.

국가 차원에서 나서니 거짓말은 별로 어렵지도 않았다.

지오는 센터가 미리 섭외해 둔 국립 병원에서 〈악몽의 3월 피해자들을 위한 국가 지원 트라우마 치료〉라는 긴 명목하에 장기 입원하게 되었다.

덕분에 외부인과 주로 만나는 장소 역시 소아 병동의 놀이 치료실.

지오가 시큰둥하게 말했다.

「아저씨가 우리나라 컨트롤 일등이라면서요.」

「내가 그렇대?」

「응. 어쩌다가? 솔직히 그 정도로 막 세 보이진 않는데.」

「너만큼은 아니지.」

「난 종합 1등이니까 나랑 비교하면 안 되고.」

표정 하나 안 변하고 이런 말을 하는 꼬맹이.

스케치북 그림에 열심히 집중 중이신 그 조그만 뒤통수를 보며 범이 말없이 실소했다.

「오늘은 담배 냄새 별로 안 나네요.」

「애써 봤지. 어떤 어린이 덕분에.」

「아예 안 나진 않는데?」

「향냄새가 지겨워서 피우는 거다. 금연까진 곤란하니 이 정도로 봐줘.」

「그래. 봐줄게요.」

크레파스 색을 바꾸며 지오가 중얼거렸다.

「뭐 쌤쌤이지. 아저씨도 나 봐주니까. 내가 픽픽 쓰러져도 계속 만나러 와 주잖아요.」

「……」

「난 누가 나랑 말하다가 혼자 잠들어 버리고, 계속 그러면 되게 만나기 싫을 거 같은데.」

발작 원인은 등급 측정.

바벨과의 첫 물리적 접촉이 촉매제였다.

바벨 시스템에 정식 등록을 마치자, 성약만을 통한 불완전 각성 상태에서 완전한 각성 상태로 거듭난 것.

그에 따라 성약으로부터 건네받은 힘이 아닌, 각성자 견지오 고유의 힘인 [용마의 심장], [마력지체] 등의 특성들까지 온전히 개화하면서 육체 내 마력이 들끓기 시작한 것이었다.

이전까지는 성위 쪽에서 제어해 줬다지만, 영혼의 문인 [성흔]을 계속 열어 두는 것은 어린 몸에 무리가 간다고 판단.

별님은 마력 폭주의 조짐이 보일 때마다 지오의 스위치를 강제로 내려 버리는 쪽을 택했다.

기면증 환자처럼 픽픽 쓰러져 잠에 드는 것은 전부 그 탓이었다.

왜 사람을 네 맘대로 재우고 난리냐, 지오가 암만 짜증 내 봐도 견지오 처돌이를 말릴 수 있는 방법은 없었다. 덕분에 성위외도 며칠째 대화하지 않는 냉전 상태.

범은 물끄러미 아이를 바라봤다.

신경 쓰지 않는 척하지만, 이쪽으로 기울어져 있는 몸이나, 힐끔거리며 눈치 보는 거나.

'불안해하고 있잖아.'

오면서 대충 훑어봤던 보고서 내용이 떠오른다.

'자기방어적인 성향이 상당히 강하며, 책임지는 일이나 관계를 극도로 꺼린다…….'

트라우마 치료를 하는 척이 아니라, 진짜로 해야 하는 거 아닌가? 센터도 아직 멀었군.

범은 실소하며 턱을 괬다.


「난 좋아.」

「……응?」

「나는 좋다고.」

「…….」

「너 자는 얼굴 귀엽거든. 계속 봐도 안 질릴 만큼. 그래서 깨어 있든 잠들든 난 별로 상관없던데.」


지오는 대답하지 않았다.

스케치북 쪽으로 향해 있는 고개를 들지도 않았다. 그래도 노련한 어른인 사내는 알았다.

'안심하고 있네.'

정말 귀엽게.


「그림 좋아하나 봐.」

「……별로. 뭘 그려도 개발새발이에요. 간호사 언니들이 악마의 재능이래.」

「그런 것치고는 열심이잖나.」

「순요 씨는 좋아하니까.」

「순요…… 씨가 누구더라.」

「울 엄마요.」

「아.」

「옛날에 엄마 꿈이요, 미대 가는 거였대요. 가난하고 먹고사는 게 힘들어서 못 갔지만. 그래서 내가 한번 가 봐서 알려 주려구.」

「대학교 생활을?」

「아니. 가 봐도 지이이인짜 별거 없고 되게 별로니까 엄마 미련 같은 거 하나도 안 가져도 된다고.」


탁.

내려 두는 크레파스.

지오가 엉망이 된 두 손을 탈탈 털었다. 내내 숙이고 있는 고개 탓에 보이지 않던 스케치북이 그제야 제대로 보였다.

범은 침묵했다. 그리고 조용히 물었다.


「뭘 그린 거지?」


똑바로 허리를 편 아이가 답했다.

「내 안에 사는 괴물.」

*내일부터는 여기로 오지 마요, 아저씨.*
*훈련실에서 봐.*
*놀이 시간 다 끝났으니까.*

· · ◖ ◖ ● ◗ ◗ · ·

전투형 마력 특화 계열.
가늠 불가한 잠재력.
한계 없는 마력 회로.
최극상의 마나 감응도.

바꿔 말해 모든 것을 느끼고, 모든 것을 읽어 내며, 모든 것을 부수고 말살할 수 있는 재능이었다.

성약이 없었어도 인류 역사에 길이 남을 마법계 종주의 그릇이었고, 결국 궁극의 격을 지닌 성위와 만나 종족 한계까지 깨부수며, 시대와 세대의 정점에 앉게 된 괴물이었으니.

「의무팀, 빨리! 어서 접합부터! 서둘러요! 뭐 하고 있어!」
「지, 진眞 마력에 의한 대미지라 손상된 정도가 심각합니다! 일단 봉합해도 어서 옮겨 상급 치료를, 잠깐, 범 님……!」

웅성거리는 사람들의 등 뒤에서 어린 지오는 붉게 물든 제 손을 바라봤다.

사방이 막힌 큐브식 훈련실. 백색이어야 할 공간 한쪽 벽면이 피로 물들어 있다.

전부…… 범의 것이었다.

[당신의 성약성, '운명을 읽는 자' 님이 속삭입니다.]

[네 잘못이 아니라고, 넌 경고했지 않으냐며 괜찮을 거라 부드럽게 다독입니다.]

오랜만에 받는 메시지였으나 불행히도 눈에 제대로 들어오지 않았다.

억지로 눌러 왔던 만큼, 우리에서 막 풀려난 맹수처럼 사납게 들끓던 마력.

그래도 범의 인도에 따라 차근차근 훈련한 결과, 생각했던 것보다는 안정적이어서 안심했는데.

그게 문제였던 걸까?

오늘따라 유독 조짐이 좋지 않더니 결국, 이렇게 사달이 나고 말았다.


「지오.」

「……아.」

「괜찮나?」

피 칠갑을 한 채 타인에게 건넬 말은 아니었다.

지오는 멍하니 범을 바라봤다.

주변의 만류를 뒤로하고 다가온 그가 지오를 신중하게
살폈다.

「역시. 다쳤잖아. 아프면 아프다고 말을 해야지.」

「…….」

「미안하다. 흉터가 남지 않아야 할 텐데. 힐러, 이쪽부터.」

「……아냐.」

사과할 사람은 그쪽이 아니란 말이야.

그에게 붙잡힌 손바닥을 꽉 움켜쥐자 범이 의아하게 바
라본다. 지오는 어느새 접합된 그의 어깨로 후들거리는
손을 뻗었다.

마법사와 마력은 한 몸.

제 마력이 그의 뼈와 살점을 뜯어내던 순간의 감각이
공포스러울 만큼 선명했다.

「미, 내기, 내가, 미안해…….」

「…….」

「미안…… 미, 미안해. 흐윽. 죄송, 해요, 아저씨. 제가 잘못했어요. 정말 죄, 송해요. 내가, 흐어, 그러려던 게 정말 아닌데에…….」

피 묻은 손바닥으로 문지르느라 흐느끼는 얼굴이 엉망이 된다. 주변에 선 어른들이 눈물과 핏자국으로 번져 가는 아이의 어린 뺨을 멍하니 바라봤다.

지오는 울음을 멈출 수 없었다.

밀려드는 서러움과 안도감이 해일처럼 무거웠다. 그가 눈앞에 무사히 살아 있음을 확인하자 그랬다.

범은 달달 떠는 아이를 안아 들었다.

「……네가 왜. 그런 소리 하는 거 아니야.」

안아 보니 더 작다.

이런 애를 가장 강하다고 내세우는 게 죄스러울 정도로.

주변을 물리며 범은 훈련실 바깥으로 나왔다.

필사적으로 매달리는 등을 다독인다. 뜨겁고 어린 뺨에 가만히 입술을 대고 속삭였다.

「지오, 예전에 너 물었지? 내가 어떻게 제어 방면에서 제일이냐고.」

「…….」

「너도 알다시피 나는 귀鬼를 다뤄. 그들은 늘 허기져 있지.

피아를 구별 못 하고, 기회만 되면 달려들어. 그런 놈들과 더불어 살려면…… 나부터 제대로 다스려야만 하거든.」

　매일 매 순간.
　괴물들과 투쟁하며, 몸 안에도 온통 괴물이 우글거리는 느낌.

　「내가 괴물인지, 그들이 괴물인지.」

　나조차 구분이 어려운데 다른 이들은 오죽할까.
　헌터는 인간이면서, 또 괴물인 존재다.
　부정할 수 없는 진실이며 우리는 결코 이 모순에서 벗어날 수 없을 것이다.

　「하지만 지오, '죠'. 기억해.」

　언제나 허리를 펴고 턱을 들어. 정면을 봐.

　「이것이 헌터Hunter의 기본자세.」

　그렇게 절대 삼켜지지 않는 혼으로 똑바로 서서, 내 안의 괴물을 직시하고, 제대로 지배한다면.

동시에 얼마든지 인간으로 살아갈 수 있는 것도 헌터.

「삼켜지지 마라. 마주 보고 네 괴물에게 아주 단단한 목줄을 채워. 그리고 놓지 않는다면…….」

너는 그 누구보다 위대한 '사냥꾼'이 될 테니.

그리고 다시 지금, 현재.

그 목줄 지나치게 잘 잡아 버리셔서 어느덧 민간인 코스까지 가능해진 재능충 견지오는 오도카니 바라봤다.

최악으로 치닫는 던전 실황을.

누가 그랬던가? 인간은 위기와 맞닥뜨리면 일단 남 탓부터 시전하고 본다고.

"따지고 보면 이게 다 너 때문이잖아! 윤의서 이 새끼야!"

'아니…… 이렇게 급발진을?'

"너만 아니었어도! 봐 봐요! 저 새끼, 20위권 랭커가 갑자기 끼어들어서 이렇게 된 기 이니에요! 부르지도 않았는데 저끼어늘어선!"

결국 멱살까지 잡히는 윤의서. 해골처럼 비쩍 마른 놈이 주유소 풍선마냥 획획 흔들리니 없는 동정마저 솟아

날 판국이다.

견지오(1위)는 숙연해져 황혼(6위)을 째려봤다.

'저 양심 뒈진 조폭두부······.'

"뭐고."

핀치에 내몰린 윤의서도 서러운 눈빛으로 황혼 쪽을 연신 힐끔거렸다.

"와 다들 내 쳐다보고 지랄인데······."

"아이 헤이트 황혼."

"······!"

"아 죄송. 너무 흥분해서 영어가 나와 버렸네요. 황혼 욕 안 하면 죽는 병에 걸려 있어서."

"그, 그런 병도 있나."

"내가 황혼 안티 카페 쥔장이라."

"······설마 황혼그대로황혼녘너머로사라졌으면 님?"

'진짜 있냐······.'

"지금 뭐 하시는 겁니까!"

그때, 터져 나오는 탁라민의 고성.

두 S급이 퍼뜩 고개 돌렸다.

바닥으로 널브러진 윤의서 모습에 정황 파악은 쉬웠다. 입가를 훔치는 그를 보며 황혼이 군은 얼굴로 중얼거렸다.

"저 빙신 와 저러고 있는데······."

윤의서의 국내 랭킹은 29위.

그것도 그 희귀하다는 A급 테이머다.

아마 지금 여기서 공략대 전원이 동시에 달려들어도 승산은 없을 터. 각성자 간의 등급이란 그런 격차를 의미했다. 저런 취급을 받을 만한 인물이 아니었다.

지오도 물끄러미 윤의서를 응시했다.

최근 들어 본의 아니게 계속 접한 인물이다.

자기 형이 '마술사왕'이라는 윤강재 놈의 웃기지도 않는 주장부터 용의 비늘까지.

은근 신경 쓰이던 참에 때마침 눈앞에 나타났겠다. 그가 지녔을 것으로 추정되는 다른 용도 구경할 겸, 겸사겸사 던전 안까지 따라 들어와 봤더니…….

용은 개뿔.

'고구마밭이네.'

웹 소설 볼 때도 고구마 구간은 성약성한테 대신 읽게 시키는 사이다 패스의 심기를 자극하는 노답 막장 전개가 따로 없으시다.

"아, 아뇨. 요원님! 전 괜찮아요. 죄, 죄송합니다, 여러분. 제가 민폐를 끼쳤어요."

'당신의 파티원, 견지오 님이 고구마 극혐을 외칩니다.'

"전부 제 잘못이 맞으니까……."

'아냐. 그거 아냐, 이 자식아. 그만둬.'

"그러니까 공략부터, 우리 공략부터 해요. 제 동생 꼭 구해야 해요. 제발. 제가, 뭐든 다⋯⋯."

급기야 허리를 푹 수그린다.

그에 지오의 표정마저 굳기 직전, 바로 그때였다.

▷ 랭커 1번 채널
▷ 랭킹 6위 '아나운스' 사용
/채널 소속 인원이 '아나운스'를 사용 중입니다./
/아나운스 모드에서는 '채널 창 접기' 기능을 이용할 수 없습니다./

| 6 | 야식킹: 마

| 6 | 야식킹: 니 보고 있지

| 6 | 야식킹: 새끼 장난하나 허리 안 피나

| 8 | 다윗: ?? 머임? 갑분 아나운쓰 오졌다

| 8 | 다윗: 미친쉑ㅋㅋㅋㅋ 갑자기 상황극 들어가면 아까 빙신짓 한 거 업서지냐 개웃냐

| 8 | 다윗: 빨랑 안 꺼? 티비 화면 다 가리자나___ 씨댕

| 4 | 흰새: 다윗. 빠져 줘라. 우리한테 하는 말이 아니다.

| 6 | 야식킹: 니가 그러고도 1번 채널 랭커가

| 6 | 야식킹: 1번에겐 1번의 프라이드가 있다이가 아새끼 기본이 안 돼 있노

| 6 | 야식킹: 내 니 뭔 사정인지는 잘 모르겠는데 나급이든 가

급이든 이딴 던전 하나쯤은 눈 감고도 조진다

| 6 | 야식킹: 알 텐데

| 6 | 야식킹: 니 등 뒤에 있는 게 지금 누군지


"모르면 갈쳐 주까."


| 6 | 야식킹: 내 황혼이다. 윤의서.


"그러니까 허리 펴라 마, 좋게 말할 때."
혼잣말처럼 나지막한 저음.
그러나 들어야 할 사람 귀에는 정확히 들어갔다.
견지오는 어떤 등이 부들부들 떨리기 시작하고, 마침내 들리는 순간까지 전부 목격할 수 있었다.


「허리를 펴고 턱을 들어.」


주먹 쥔 채 허리를 펴고.


「정면을 봐.」


정면을 직시하는 헌터의 기본자세.
헌터이자 한국 '퍼스트 라인' 랭커 윤의서가 빨개진 눈으로 목소리를 높였다.

"……뭐든 다, 제가 다 책임지겠습니다. 믿어 주세요. 제 이름을 걸고 약속할게요. 저 윤의서가 무슨 일이 있어도! 오늘 여기서 단 한 분도 죽지 않도록 하겠다고!"

"……."

"그러니까 이번 공략……! 진행해 주세요! 부탁드립니다─!"

랭커란, 집합이 아닌 개인이다.

그러나 아주 드물지만, 집합이 되는 순간도 분명 있었다.

일상처럼 자리한 우측의 채팅창. 익숙한 그곳을 힐긋 본 지오가 심드렁히 고개를 돌렸다.

·· ✦ ✹ ✦ ✹ ·· 

▷ 로컬 ─ 대한민국
▷ 국내 랭커 1번 채널


| 1 | 죠: ㅇㅂㅇb
| 5 | 밤비: ?
| 3 | 알파: 호오
| 3 | 알파: 내 정길가온이다. 윤의서.
| 8 | 다윗: ?? 머함미친ㅋㅋㅋㅋㅋ

| 4 | 흰새: 내 하얀새다. 윤의서.

| 12 | 상상: 내 사세종이다. 윤의서.

| 8 | 다윗: .....ㅋ;;

| 8 | 다윗: ㄴ, 내 최다윗이

| 29 | 윤의서: 그만하세요…….

| 8 | 다윗:

| 8 | 다윗: 아아안할려고햇거든?? 할맘 전혀 없엇거든?!??
       와 오바하네 진차 허참——!!

| 8 | 다윗: 진자 리얼이라고 ㅅㅂ노관심이요;;!!

| 4 | 흰새: 울지 마라.

| 4 | 흰새: 그리고 진자가 아니라 진짜다.

**[Timer — 00:04:44:30]**

남은 시간, 약 다섯 시간.

기생왕 휘하의 복족종은 배로 기어 다니며 알을 까대는 흉충이다. 그들은 숙주로 오염시키는 데 종족을 가리지 않았다.

그러니 서둘러 민간인들을 구출하지 못하면 공략 여부와 상관없이 영영 돌이킬 수 없게 될지도 모른다며 탁라민이 무겁게 설명했다.

게다가 난이도 변경으로 인해 필드에는 이제 복족종만 나타나는 것도 아닌 듯싶다.

지오는 아이템 피규어를 바로 세웠다.

건물 지하에서 빠져 나오자마자 [참우정 피규어] 위로 팟! 떠오른 방향 화살표. 마력 홀로그램이어서 망정이지, 만약 형태라도 있었으면 이 난장판에……

좌악, 퍽!

"으읍. 웩. 토할 거 같아……"

"아니, 미더덕이야? 죽을 때마다 진물 테러가 어우 씨. 누구 인벤토리에 남는 수건 없어요?"

"없습니다. 마석 대충 챙기셨으면 서두르시…… 윤의서 헌터? 뭡니까, 괜찮습니까?"

"괘, 괜찮…… 괜찮아요."

꺾였던 무릎을 다잡으며 윤의서가 식은땀을 닦아냈다.

"먼저 보냈던 제 '금익조'들과 연결이 끊겼어요. 4층부터 시야 방해가 엄청난데…… 뭐 때문인지 확인을 못 했어요. 아마 바로 잡아먹힌 듯해…… 요."

눈치 보며 말끝을 흐리는 윤의서.

삽시에 가라앉은 분위기 탓이었다.

침묵과 함께 긴장으로 얼어붙은 눈들이 바로 앞, 4층 비상구 문을 향했다.

[나]급 던전.

그럼에도 지나치게 수월했던 이전 층들.

정찰 보낸 금익조들과 끊긴 연결은 확인 사살이나 다름 없었다. 굳이 말 안 해도 이 앞부터가 본게임이란 걸 다들 직감한 것이다.

아무도 나서서 문 열지 않는 정적 속에서 태연한 것은 오로지 두 사람뿐.

"어허. 그라믄 안 돼."

국내 랭킹 6위. 힘숨찐 황 모 씨가 여유롭다 못해 거들 먹대는 기세로 목을 툭툭 꺾었다. 실소하며 비상구 손잡이를 박력 있게 잡는다.

"마 몬스터 아들한테 쳐쫄고 그렇게 해서는 안 돼. 그래 봤자 몬–"

끼이익.

"흐, 흐아아아악!"

콰앙–!

허억, 헉. 황혼은 빛살보다 빨리 닫은 문을 쾅 짚었다. 새파랗게 질린 낯으로 호달달 떨며 일행을 돌아본다.

"뭐, 뭘 치보고만 앉았노?! 얼른 에, 에프 킨라 가온 나! 내 방금 세상에서 제일 큰 바, 바귀벌레 봤나이가. 엄마야. 어무니! 놀래라."

'……참 나. 쟤 진짜 어디 좀 모자란 거 아님?'

[당신의 성약성, '운명을 읽는 자' 님이 외간 남자 등에서 내려온 다음 말하라며 떨떠름하게 받아칩니다.]

'……'

크흐흠. 후다닥 매달렸던 탁라민 등에서 조용히 내려온 지오가 애꿎은 용가리 피규어를 툭툭 털었다.

시, 싫은 걸 어쩌라구.

'진짜로 싫어어어어.'

"막아! 막아! 전위 이 새끼들아 뭐 하고 있어! 자냐? 주무세요?!"

"궁극기! 궁극기 안 남았어?!"

"바퀴벌레 이 새끼들 원래 날아다니는 생물입니까! 제발 염병할 바벨이시여! 적당히 하자 씨발!"

파사사사삿!

'구, 궁극기 나 있어. 얘들아 나 있다!'

[성위, '운명을 읽는 자' 님이 히이익 질겁합니다.]

[이보게 아가씨, 악마 잡는 낫으로 날벌레 잡을 일이냐고 이성 챙기라고 뜯어말립니다.]

"세스코! 세스코오오!"

"누가 철없이 세스코 소리를 내었어! 누구야!"

"자, 잠깐! 방태호 헌터! 거긴! 그쪽으로 딜을 날리면 안 됩니-!"

쿠, 쿵. 콰가가가가-!

붕괴는 연쇄적이었다.

견지오는 본능적으로 몸을 굴렸다.

무너지는 발밑. 순간, 함께 균형을 잃는가 싶던 몸이 날렵히 공중을 짚으며 회전한다.

추락하는 콘크리트 조각들을 발판 삼아 다리를 탁! 그대로 튕김과 동시에 코너 벽 틈 사이로 가볍게 안착.

[특성, '**캣 파쿠르**'가 비활성화됩니다.]

[당신의 성약성, '운명을 읽는 자' 님이 10점 만점 점수판을 좌르르 들어 올립니다.]

'······세이프.'

뺨에 들러붙은 머리카락을 지오가 훅 불었다.

간담이 서늘할 만큼 부지불식간에 벌어진 상황이었다. 마지막으로 목격한 것은 누군가 잘못 넣은 딜에 승강기 쪽이 와르르 무너져 내리던 장면.

명예의 전당급 트롤링이 따로 없다. 일행의 과반수가 서 있던 곳이었는데······.

파티 채널은 아직 조용했다. 벽 너머노 기이할 성도로 고요하다.

'응? 자, 잠깐. 이거 데자뷔······?'

왠지 모르게 흐르는 식은땀.

전적 있는 탈출 장인 견지오는 괜스레 초조해졌다.

'가취 가욥 2탄 아니라고 해······.'

부담감을 잔뜩 떠안고 슬그머니 고개를 내밀자······!

"······."

시야 정면에 드러난 것은, 짐승에게 뜯어 먹히기라도 한 듯 난폭한 이빨 자국 형태의 텅 빈 크레이터Crater.

주변은 온통 희뿌옇게 흐렸다.

점액질로 엉겨 있던 바닥의 알들도, 독액을 뿌려대며 활공하던 벌레 떼도 온데간데없었다. 오직, 섬뜩한 형태의 구멍과 눈보라처럼 흩날리는 분진뿐. 그리고.

그 가운데 서 있는 한 인영.

"······엘사?"

"뭔 개소······ 헉!"

홱 소리 나도록 돌아본 황혼이 턱을 떨궜다.

냥아치 님이 거기서 왜 나와······? 분명 아무도 없었는데?

당황하는 모습에 견지오도 그 즉시 상황 파악 완료.

'뻔하지.'

다들 추락하고, 혼자 남았구나 싶으니 냅다 스킬부터 갈기고 보신 거다. 저 인내심 없는 조폭 놈이.

콘크리트를 뜯어 삼킨 뜬금없는 크레이터도 그제야 맥락이 잡혔다.

S급 헌터, 황혼.

세간에서 그를 부르는 이명은 '아수라餓修羅'.

끝없이 아귀다툼을 일삼는 아귀와 수라의 투장鬪將. 편식 없이 닥치는 대로 먹어 치우는 그가 지나가면 그곳에 남는 것은, 멋진 디너 타임이 있었다는 흔적뿐.

'쯔쯔. 빼박 현장 발각.'

제일 재미있다는 남의 집 불구경 시작이다.

지오는 연약한 민간인답게 곧장 입틀막부터 시전했다. 에그머니나! 나는 지금 몹시 놀랐고 쇼킹하시다.

"말도 안 돼애. 설마…… 조, 조폭두부 님이 히이임수움찌인……?"

"아이다. 지, 진정해라, 냥아치 님. 내 다 설명할 수 있으니까. 마! 그 포, 폰은 좀 내려놓고! 어, 카메라 켜지 말라니까! 우리 일단 차분히 대화부, 헉 거기 벌레, 벌!"

"흐악! 어디 어디!"

파사— 펑!

투욱.

…….

"레기…… 있었는, 데……?"

"……."

"디져 뿟네……."

정적…… 아니 적막.

본능적인 방어 기제였다.

중형 충종 마수를 마력으로 찢어 순삭해 버린 킹지오가 두 눈을 끔뻑였다. 어…… 음.

조용히, 녹슨 로봇처럼 뻣뻣한 팔다리를 움직여 본다. 쪼그려 앉으며 바닥으로 내던졌던 휴대전화(4년 약정)부터 조심스레 주워 들었다.

찰칵찰칵, 찰칵. 찰칵!

"……자동 연사 모드 눌러 놔서."

"어, 어. 그래. 삭제는 뭐 천천히 해도 괜안타……."

"배려 감사요……."

"별말씀을……."

기묘한 침묵 속에서 그렇게 수여 분.

괜히 색안경을 벗었다가 쓰고, 주변도 한 번 슥 둘러보면서 옷에 묻은 먼지까지 툭툭 털어 낸 두 사람.

서로 긴말은 더 이상 필요치 않다.

황혼은 말없이 검지를 슥 들었다.

'야 너두……?'

완벽한 힘숨찐 현장 검거.

도망칠 구석 없음. 해야 할 답 이미 정해져 있음.

그런고로, 계산 끝낸 견지오가 느릿느릿 엄지를 들어 올렸다. 멋쩍은 미소와 함께.

'야 나두……!'

# 5

랭커의 로망, 힘숨찐(힘을 숨긴 찐).

성공하면 여기저기 자랑하고 싶은 게 사람 심리요, 남들보다 뛰어나면 인정받고 싶은 게 인간의 욕망이라고.

그건 바벨탑 출현 이전의 시절, 명문대 학생들이 시비에 휘말리면—그게 상대에게 먹히든 말든—조선 시대 암행어사 마패라도 되듯 학생증 척 꺼내곤 '크큭. 나 사실 이렇게나 대단한 사람이다. 반전이지? 놀랐지?' 하며 으스대던 흑염룡 감성과 매우 닮아 있었다.

전에 이 나라에서 최고로 쳐주던 트로피가 학벌이라 그랬다면, 이젠 그 왕관이 랭커로 옮겨 온 것.

하지만 그 짓도 저 아래 어중간한 짬밥에서나 하는 짓이지⋯⋯. 이름 팔릴 대로 팔린 천상계에선 찾아보기 힘든 일인데.

"멋지잖아. 직인다이가. 아무도 예상 못 한 순간에 타아! 그늘의 바로 옆에서 등상하는 성제를 숨겼넌 주인공. 두둥."

"⋯⋯."

"캬, 그 반전이 주는 카타르시스가 진짜 쥑이는 거 아이겠냐. 냥아치 님, 공감하제?"

'전혀.'

앤 수치심이란 게 없나? 지오는 뭣 씹은 표정으로 잔뜩 신이 난 황혼을 바라봤다.

숙연했던 것이 언제냐는 듯 한번 입이 터지자 그때부터 시작이었다. (묻지도 않은) 신상 털이부터 (궁금하지도 않은) 힘숨찐이 된 배경까지 쉴 새 없이 본인 썰을 풀어 대고 계시다.


**[Timer — 00:03:40:01]**


와중에도 파티 채널은 여전히 침묵 중. 업데이트가 전무했다.

야너두? 야나두!로 상황이 일단락된 후.

추락한 파티원들을 찾으러 아래층으로 내려갈지, 화살표를 따라 민간인들부터 구하러 갈지 잠시 고민하던 두 힘숨찐이었으나…… 일행 쪽엔 나름 밥값 하는 윤의서와 탁라민도 있겠다, 실종자들이 더 우선이라고 판단.

현재 서 있는 곳은 5층.

강의실들이 쭉 나열된 5층 복도였다.

끼, 끼기긱-

지오는 강의실 하나를 열어 봤다.

층이 높아질수록 오염 정도가 강해져 원래 형태는 거의

남아있지 않았다. 게다가 거리낄 게 없어진 황혼이 오자마자 [아귀도]를 열어 죄 쓸어버린 탓에 더욱 초토화된 현장.

얼마나 참혹하게 조지던지 벌레 사체들한테 동정심이 들 지경이었건만, 정작 장본인이신 야식킹 놈은 안중에도 없이 본인 일대기 필리버스터 중이었다.

"이런 진솔한 토크 원래 우리 아덜한테 빼고는 한 적 없는데, 냥아치 님이니까 내 말하는 거다. 우린 느낌 아니까."

'이 두부 자식 아까부터 왜 자꾸 이상한 전우애를 형성하는 거지?'

"맞다. 글고 그 영향도 있다."

황혼의 목소리가 갑자기 아련해졌다.

"내 어렸을 때부터 나으 정신적 지주이자 롤 모델이 우리 죠 햄이었거든."

"……."

"제일로 훌륭하시고 존경하는 나의 햄께서도 보이는 모습에 연연 안 하시는데 내까짓 게 뭐라고 나대고 다니겠나, 뭐 그런 일종의 정신적인 가르침?"

"야, 조폭두부 님."

"웅?"

"발밑 조심해서 늘어오라ㅓ. 시제 밟으면 미ㄸ러우니까 대갈통 깨지지 않게 조심하고."

황혼을 흘기는 지오의 눈이 새초롬했다.

'빙신처럼 보여도, 조폭두부 님이 썩 나쁜 녀석은 아니지.'

이제 보니 좀 미소년상인 것 같기도 하다.

거 뉘 집 아이돌마냥 자알 생겼네.

몹시 편협한 세상을 사는 힘숨찐의 난데없는 상냥함에 황혼은 그저 어리둥절한 눈치. 그러거나 말거나, 지오는 다시 강의실을 뒤지기 시작했다.

"고, 고맙다. 근데 아까부터 뭘 자꾸 그래 찾아 쌌노?"

"내 노트랑 가방."

"여기서? 여가 어딘데? 냥아치 님 아는 데가?"

"엉. 내 교실이었음."

[당신의 성약성, '운명을 읽는 자' 님이 터가 영 안 좋다 싶었다며 쯔쯔 혀를 찹니다.]

'그러게나 말이야.'

대한민국 입시생들의 원한이 이렇게나 무섭다. 결국 학원 건물을 던전으로 만들어 버리다니.

'정의는 언제나 승리한다고……'

보고 있나, 김조영 선생?

"와, 냥아치 님 그래 안 봤는데 니 공부 좀 하는갑네. 노트 찾으러 이까지 들어오고."

"조폭두부 님, 딱 봐도 스마트하게 생겼잖아. 보면 몰라?"

"그라긴 해. 내 모범생들만 보면 두드러기 나는 체질인데, 냥아치 님 처음 보는데 딱 그르드라니까. 낸 처음에 그게 소름인 줄 알았다.”

“실력에 비해 실전이 약한 게 단점인데, 뭐 극복해야지.”

“뭐고? 냥아치 님은 이미 태도가 됐네. 마, 애티튜드가 딱 잡혀 있다이가. 뭘 해도 성공하지 이런 사람들은.”

“땡큐 베뤼 멀치.”

“크으~! 영어 발음도 쥑인다.”

‘찾았다.’

엎어진 책상 밑에서 드디어 찾아낸 노란색 노트.

1등급짜리 출제 노트를 찾아낸 S급 모범생처럼 지오가 감격하며 끌어안았다. 허겁지겁 맨 뒷장부터 열어 본다.

다행히 무사했다!

‘휴. 영영 잃어버리는 줄 알았잖아. 내 무✕사 쿠폰⋯⋯!’

박 여사한테 들킬까 실물은 처리하고 몰래 코드 번호만 옮겨 적어 둔 쇼핑몰 할인 쿠폰이었다.

‘이게 리뷰 몇 개를 얼마나 열심히 써서 얻어 낸 귀한 몸이신데. 이런 누추한 곳에⋯⋯.’

내 소듕한 쿠폰.

조개껍데기 끌어안은 보노보노처럼 품속에 소중히 챙겨 넣으려던 그때였다.

“사실, 내 어느 정도 예상하고 있었다. 냥아치 님 정체.”

흠칫. 넣던 자세 그대로 굳는 견지오.

반면 황혼은 대수롭지 않은 투로 말을 계속 잇는다.

"나급 뜨고 다들 난리 처난리인데 희한하게 태평하잖아. 거기서 딱 감이 오데. 요 봐라. 이 쪼매난 가스나 뭐 있는데."

어두컴컴했던 건물 지하.

의지할 빛이라고는 수명 다해 가는 백열등이 유일했지만, 낮보다 밤이 더 익숙한 황혼의 눈에는 정확히 보였다.

같은 공간에 있어도 홀로 유리된 것처럼 희고, 무감정하고, 따분한 얼굴로 사람들을 응시하던 여자가.

그리고 그의 관찰을 눈치채기라도 한 것처럼, 돌아보는 순간 정확히 마주쳤던 어둠 속 눈동자. 또, 유리알 같은 그 눈을 보자마자 이유 모르게 일어나던 소름까지.

"이건 분명 뭐가 있다. 있어도 단디 있는데 이 뭐지? 마력은 하나도 안 느껴지고."

"……."

"머리는 됐다 마 일반인이다 관둬라 하는데, 알제? 내 촉 좋은 S급이잖아. 감은 계속 아니라는 기라."

"……그래서?"

"그래서긴 뭘 그래서고? 결국엔 또 감의 승리. 내 감이 딱! 맞았다는 거 아이겠나. 크으, 역시! 내는 다 알고 있었다니깐. 마, 명탐정 황혼이라 불러라."

책상에 걸터앉은 채 무릎을 두둥탁, 내려치는 황혼.

티 없이 해맑게 웃는 얼굴이다. 표정 분석 돌려 보면 행복 100%라고 뜰 얼굴.

지오의 정체가 뭐든 간에 깊이 들어갈 생각은 없고 오직 힘숨찐이라는 정답을 맞힌 본인에 대한 뿌듯함과 자기애만이 물씬 느껴졌다.

[성위, '운명을 읽는 자' 님이 저 자식 저거 범인 잡아 놓고 내가 잡았다 자랑 끝나면 그대로 돌려보낼 놈이라며 신기해합니다.]

"와. 명, 탐, 정, 황, 혼."

안도한 지오도 얼른 짝짝 맞장구쳤다.

'완죤 쫄았잖아. 바보가 알아서 딴 길로 샌다는데 이 정도 리액션쯤은……!'

하지만 방심은 금물.

"아, 근데 한 가지. 그건 쪼매 희한하네. 와 그래 마력이 없노? 퍼스트 타이틀이 뭐길래? 힐러나 궁수 쪽은 아닌 거 같은데. 설마 내보다 더 높은……."

'젠장.'

위기의 견지오. 식은땀을 흘립니다.

당황 금지. 탈출 장인답게 생각해 보는 거야. 침착하게 이 위기를 빠져나갈 해결안을.

……역시, 그 플랜밖에 없나?

견지오는 비상하게 선언했다.

"검사."

부 캐 등 장.

"퍼스트 타이틀은……."

"……."

"카, 칼잡이 발도제."

미안하다악! 좀 빌려 쓸게!

지오는 어릴 적 우연히 케이블 채널에서 보았던 영화를 떠올리며 돌아섰다. 최대한 쓸쓸해 보이는 얼굴로, 슬픈 과거를 지닌 검사처럼 고독하게 벽에 기대섰다.

"칼이 없는데……?"

…….

"……검은 흉기. 검술은 살인술. 그 어떤 대의명분이나 미사여구로 포장해도 그것은 진실."

"아니, 아예 그 검이 없다니까."

명대사로 대충 때워 보려 했더니 안 먹힌다. 마음이 급해진 힘숨찐은 이판사판 나가기로 했다.

서걱! 툭.

돌연히 두 동강 나 그들의 발치로 떨어지는 노트.

잘려 나간 종잇조각들이 함박눈처럼 흩날린다. 견지오의 찢겨진 마음과 같았다.

내 할인 쿠폰……. 지오는 슬픔을 다잡고 말했다. 봐라, 밀가루 두부 자식아.

"벴잖음."

"……."

"뺐으면 검사지."

"……!"

"검은 너의 편견 속에 있다, 우둔한 자여."

**[특성, '기적의 개논리(일반)'가 추가됩니다!]**

손자병법 적전계 제11계. 이대도강李代桃僵의 인용. 살을 주고 뼈를 취한다.

무X사 쿠폰을 내주고 개논리를 지켜 낸 칼잡이 발도제가 당당히 적장을 응시했다.

없는 칼날까지 만들어 낸 이 시점. 더 이상의 약점은 없었다.

정면의 상대가 눈치채지 못할 만큼 극소량의 세밀한 마력 운용. 또, 마력을 보이지 않는 칼날처럼 물리화해 내는 고도의 컨트롤까지.

쓸데없을 정도로 고퀄의 재능 낭비였지만, 중요한 건 아니었다. 희한하게 설득력 있는 개소리 스킬과 월드 1등급 능력의 콜라보는 뇌가 맑은 상대를 만나 완성에 다다랐다.

충분히 간화된 황혼이 가라앉은 목소리로 읊조렸다.

"역시……."

"……."

"내보다 더 높은 신체 스탯의 검사였군. 방금 검을 전혀 보지 못하였다."

그야 검이 없었으니까.

"음."

발도제 견지오가 근엄하게 팔짱을 꼈다.

S급 랭커 황혼의 퍼스트 타이틀은 '욕계 영주欲界領主'.

제 그림자를 통해 [아귀도]와 [아수라도], 두 개의 육도
문을 지상에 연결하는 일종의 계약술사에 가깝다. 엄밀히
구분하면 마법사도 아니요, 검사와도 거리가 멀다는 얘기.

게다가 지금은 세계관 최강자가 그를 속여 먹으려 작정하
고 있지 않나? 제대로 넘어간 황혼이 고개를 크게 주억였다.

"옳다. 무기란 다 우리의 편견 속에 있는 거 아이겠나?
오늘 하나 배웠다, 칼잡이 발도제."

"음음."

"근데."

"……?"

황혼은 조금 전보다 더 심각한 표정으로 자세를 다잡
았다.

"이 정도로 높은 경지의 검사가 어쩌다가 무명인 거가?"

네?

"생각해 보니까 힘숨찐 동지긴 한데 아까 계속 떠들던
것도 내 혼자고. 냥아치 님은 아무 말 안 하고 잘 듣지도
않았잖아."

새끼 갑자기 예리한데……?

아직 부캐 설정을 깊게 짜지 못한 칼잡이 발도제가 당황했다.

"보이지 않는 칼날의 검사라……. 이래 특징이 명확한데 우예 못 들어 봤지?"

명탐정 황혼이 혼잣말했다. 점점 혼자만의 생각에 빠져드는 듯한 모습. 지오는 초조해졌다.

'아 안 돼. 깊게 파지 마, 이 자식아. 아직 거기까지 준비 안 됐어.'

"그, 그건 참 잘 숨어 다녀서……?"

"냥아치 님. 화성은 다녀왔드나? 희한타. 훈련소 들갔다 나왔으면 정보가 업계에 안 돌았을 리 없는데."

"그건 내가 은둔형 아싸라 존재감이 없어서."

"랭킹에 비공개 상태인 아들이 누구누구 있더라?"

"그건 그렇게까지 실력이 썩 좋진 않아서 이름이 안 올라갔……!"

점점 불어나는 거짓말.

덕분에 칼잡이 발도제의 설정도 굉장해지고 있었다.

잘 숨어 다니고 존재감 없는 은둔형 아싸에 그렇게까지 썩 좋은 실력은 아닌 놈이 된 견지오가 조용히 입을 다물었다.

'부캐 망한 듯.'

접고 다시 키울래…….

그러나 열심히 자기 얼굴에 침 뱉는 발도제의 노력에도 불구하고 황혼은 여전히 심각했다.

　　"내 이래 봬도 하는 일이 있어가 이 바닥 정보 하나는 꿰고 있거든."

　　이름 황혼, 나이 24세.

　　직업: 전국구 조폭 두목.

　　"근데 이런 실력자가 듣도 보도 못한 생무명이라니. 이거 뭐 거의 유령 아니가?"

　　'방금 만들었으니까 당연하지.'

　　"작정하고 세상에서 자기 자신을 지우는 수준이 아니면 설명이 안 된다. 대체 이렇게까지 해서 숨어 사는 이유가 뭔데, 발도제."

　　'갑자기 서울말 쓰면서 분위기 잡지 마.'

　　위기의 견지오 2탄.

　　지오는 다시 머리를 쥐어짜기 시작했다. 하지만 오늘 치 거짓말 한도 초과. 새로 얻은 [기적의 개논리] 특성도 켜질 기미가 없었다.

　　"냥아치 님?"

　　아 알겠다구. 지오는 엉거주춤 입을 뗐다.

　　"난, 나는…… 그냥."

　　"그냥?"

　　"부, 부끄러워서……?"

[성위, '운명을 읽는 자' 님이 보는 내가 다 부끄럽다고 중얼거립니다.]

'시, 시발.'

나는 부끄러움이 많아 힘을 숨겨 버린 토, 토마토지롱ㅜ^ㅜ! 감성으로 외쳐 버린 칼잡이 발도제의 귀가 빨갛게 달아올랐다.

[울 애기 괜찮다고 거짓말 못하는 모습도 깜찍하다며 '운명을 읽는 자' 님이 애써 숙연함을 감춥니다.]

'개새끼야, 네가 제일 나빠.'

지오는 헛기침하며 고개를 들었다. 어떻게든 다시 수습해 볼 생각이었으나.

"······."

"뭔데 그 갸륵한 표정?"

뭐냐고, 이 두부 자식아.

"맞나······."

"맞긴 뭐가 맞아?"

"세속적인 명성에만 매달리는 요즘 세상이 '부끄러워서' 알려지기보다 그늘 속에서 남들을 돕기를 택한 은둔 고수라······."

"······?"

"감명 깊다, 칼잡이 발도제."

'뭔······.'

거기서 '부끄러워서' 빼고 내가 넣은 게 대체 뭐가 있는데요?

쩔쩔매면서 추가한 설정들이 안쓰러워질 만큼 1분 만에 부캐 서사가 뚝딱 완성되어 버렸다.

'노력하는 놈은 즐기는 놈을 이길 수 없다더니.'

이게 찐과 가짜의 차이인가? 놀라운 격의 차이에 지오가 멍해진 사이, 황혼은 이미 과몰입을 끝낸 표정이었다. 인생 선배의 얼굴로 말했다.

"하지만 후배님, 그라믄 안 돼. 사람이 챙길 건 챙기고 살아야 된다."

"……."

"마, 아무것도 안 남는 희생을 누가 알아주노? 시체에도 살점이 붙어 있어야 까마귀 떼가 찾아드는 법 아니겠나."

사뭇 진지한 목소리였다. 만난 이래 처음으로.

장난기가 전부 지워진 그 말에 지오는 눈앞의 남자가 절대 손해 보는 일 없다는 언더그라운드의 제왕임을 새삼 상기해냈다.

'……그래. 괜히 닳고 닳은 밑바닥 놈들이 목숨 내놓고 따르는 게 아니겠지.'

덩달아 조금 진지해지려는 그때.

이어지는 황혼의 결론.

"안 되겠다. 오늘부터 냥아치 후배님은 내가 책임지고

키운다.”

……응? 잠깐 결론 상태가.

“내 팍팍 밀어 줄게! 이 선배님만 믿어라!”

으리! 찡긋 윙크한 황혼이 엄지를 척 치켜들었다.

·· ✦ ✳ ✦ ✳ ✦ ··

한편, 때아닌 부캐 탄생으로 두 S급이 바보 행진 중일 때.

바로 위층, 6층 스터디 존의 상황은 다소 심각해지고 있었다.

[**'벌어진 틈의 오염지**(나급)’의 배양실에 들어왔습니다.]

[오염지 중심부 진입으로 이계의 탁기에 직접 노출됩니다.]

[심각한 피로 누적 상태입니다. 타이틀 특성이 활성화되지 않습니다.]

[오염 저항이 불가합니다.]

/**[약화] 오염** – 이계의 탁기로 인해 신체가 오염되고 있습니다. 상태가 지속될 시 생명력에 치명적인 피해를 입게 됩니다./

윤의서는 고개를 떨궜다.

상황에 의한 절망감 때문은 아니다. 익숙한 자기혐오였다.

‘차라리 그런 약속은 하지 말걸. 뭐든 책임지겠다

니…….. 내 앞가림도 제대로 못 하는 주제에.'

"어떻게 못 하는 거예요?"

손발 묶인 채 엎드린 서가현이 속삭였다. 높게 머리칼을 묶은 정수리 위엔 화려한 모양의 버섯 하나가 돋아 있었다.

"오빠 랭커잖아요. 그것도 1번 채널! 코리아 퍼스트 라인! 하이 랭커!"

"디버프가 생각보다 세서……."

"아니, 무슨 하이 랭커가 디버프 걸렸다고 라급 쫄따구들도 처리를 못 하지?"

"나급이야, 가현아……. 바뀐 지 좀 됐는데……."

"그래도요!"

서가현은 답답한 눈치였다.

그럴 만했다. 윤의서가 생각해도 말이 안 되는 일이었으니까.


['……'이 응답하지 않습니다.]

[현재 소환수가 응답 불가한 상태에 있습니다. 파트너와의 연결에 실패하셨습니다.]


테이미의 소환수는 세 기지로 구분된다.

[파트너] / [가디언] / [펫].

이 중에서 [파트너]는 이름 그대로 하나뿐인 동반자로

서 테이머와 모든 것을 함께하는 메인 소환수였다. 파트너 소환수가 없는 테이머란 팔다리 없는 신세나 마찬가지.

현재 윤의서의 상황이 바로 정확히 그랬다.

'옆에 있어 줘야 했는데……'

동생 일로 마음이 급해져 앞뒤 가리지 않고 뛰어와 버렸다.

"여, 연정아!"

생각에 잠기던 윤의서는 화들짝 고개 들었다. 괴물들에게 의식 없이 끌려가는 친구의 모습에 놀란 서가현이 발버둥 친 탓이었다.

거센 움직임에 그들이 묶여 있는 줄 감옥도 따라 파도쳤다.

"가현아, 그렇게 움직이, 가현아 그만해……! 이러면 저놈들 주의를 끄는 것밖에 안 돼! 이 줄은 여기 배양실 전체로 연결되어 있다고 아까 얘기했잖아."

"하, 하지만 제 친구가……!"

"당장 큰일은 없을 거야. 앞서 끌려간 사람들이 있으니까."

기생 마수들은 보통 강한 숙주를 선호한다.

브리핑 때 들은 정보였다.

윤의서는 다시 손발을 푸는 데에 집중했다. 흘러내린 식은땀으로 온몸이 축축했다.

4층에서의 추락으로 의식을 잃은 후 깨어났을 땐 이미

이곳 6층 배양실 안. 같이 추락한 헌터들은 근처에 보이지 않았고, 묶여 있는 실종자들도 절반 남짓한 수뿐이었다.

「오빠, 정신이 드세요?」

「……누, 누구?」

「의서 오빠 맞죠? 저 기억 안 나요? 서가현이요! 윤강재 고등학교 친구!」

한참 기다렸다는 서가현은 그가 일행 중 제일 늦게 깨어났다고 알려 주었다. 정말 운이 좋았다는 설명과 함께.

서가현의 말에 의하면 실종자들은 [던전화] 이후 내내 이곳에 갇혀 있었단다. 그러나 수십 분 전, 돌연 괴물들이 남자들을 하나하나 데려가기 시작했고, 그의 동생인 윤강재도, 헌터들도 모두 그렇게 끌려갔으나 왜인지 모르게 윤의서만 두고 갔다고.

'이쪽은 기준 미달이라 판단한 거겠지…….'

기생충들에게 입구 컷 당한 씁쓸함도 잠시.

투– 둑.

드디어 손발이 풀렸다.

윤의서는 거미줄을 이로 갉아 내느라 고생한 펫, 실뱀을 역소환하며 조심스럽게 일어났다.

"가현아."

"흑, 왜…… 어어? 오빠 어떻게!"

"쉿. 들키지 않게 빠져나가야 해. 우선 너랑 나만 움직이자."

"제 친구들은요?"

서가현이 실타래 속에 갇힌 친구들을 걱정스레 돌아봤다.

"나중에. 네 상태가 제일 심각해. 버섯까지 돋았잖아. 그건 오염균이 네 몸속에 퍼졌다는 거야."

"뭐라고요?! 어떡해요, 그럼!"

"같이 온 일행 중에 탁라민이라고, 센터 요원이 있어. 비상 치료제를 챙겨 왔을 거야. 그분부터 찾자. 전투력도 그렇고 여러모로 그게 나아."

'솔직히 찾고 싶은 사람들은 따로 있지만……'

윤의서는 시야 한쪽의 파티 채널창을 힐긋 바라봤다.

불러도 되는지, 그 혼자 판단을 할 수가 없어 문제였다. 자칫 실수로 정체라도 밝히게 되면 그가 어떤 반응을 보일지 모르니까.

아무리 같은 1번 채널 소속이라도 모두가 비슷한 유대감을 느낄 수는 없는 법. 별 볼 일 없는 랭커 윤의서에게 〈어명〉의 길드장이란 그런 존재였나.

눈앞에 득실한 기생충들보다 더 무섭고, 더 두려운 사람.

'그래도 옆의 그분은……'

……관두자. 무슨 망상을 하는 거람?

무표정한 얼굴의 누군가를 머릿속에서 지워 내며 윤의
서는 서가현을 부축했다.

"혼자 걸을 수 있겠어?"

"잠깐만요…… 피가 안 통해서."

"천천히 움직일 거야. 최대한 들키지 않는 게 목표니까."

7층으로 향하는 비상구 계단의 위치는 승강기 근처.

실을 계속 짜내는 중인 투명거미들과 그 곁을 지키는
충병들은 배양실 중앙에 위치해 있었다.

충병의 숫자가 많긴 해도, 저들은 숙주 이동과 오염균
배양만이 목적이라 별도의 자아가 없는 존재들. 따라서
거미의 시야에 들지만 않으면 해 볼 만했다.

"포복 자세 알아? 엎드려서 기어가는 건데, 쟤네들을
지휘하는 게 저쪽 거미 같으니까 그 시야 영역만 피해서
잘 이동하면……."

"오빠……."

"응?"

"이미, 끝난 거 같은데요."

"뭐?"

등 뒤를 가리키는 서가현의 손가락. 왠지 얼떨떨해 보이는
그 시선을 따라 윤의서가 무의식직으로 몸을 돌리는 찰나.

"철쇄아. 바람의 상처!"

콰가가가각!

거센 돌풍이 불었다.

휘몰아치는 충격파에 윤의서는 반사적으로 두 팔을 들어 막았다. 순간 몸이 휘청거릴 정도로 위력적인 바람이었다.

그리고 그 돌풍이 가라앉자 드러난 것은,

거대한 톱날에 갈린 것처럼 거칠게 두 동강 난 거미 사체.

"상황 종료 같아요……."

넋 나간 서가현의 목소리 위로 또 다른 목소리들이 겹쳐진다.

"마, 냥아치 님! 살살 해라, 살살. 일반인들 다친다, 글다가."

"조폭두부 님. 내가 그런 컨트롤도 못 할 아마추어처럼 보여?"

"그보다 방금 그 기술 어디서 마이 본 거 같은데…… 어데서 봤지?"

"커흐흠. 가현이, 우리 버틀러 서 어디 있나?"

익숙한 말투. 익숙한 향기.

울컥한 서가현이 힘껏 외쳤다.

"지오 언니-!"

잘 키운 고영 하나 열 인간 안 부럽다. 오늘만큼 그 명언을 실감 해 본 적이 없있다.

옛날 옛적에, 마력과 검을 쓸 수 없는 칼잡이 한 명이 있었습니다.

"검을 쓸 수 없다면 애당초 칼잡이가 아니잖아."

"끌고 가."

"자, 잠깐……!"

아무도 그런 칼잡이에게 관심을 보이지 않았고, 칼잡이는 부족한 재능에 절망하며 쓸쓸한 나날을 보냈습니다. 그런 칼잡이에게 어느 날 친절한 외국인이 말합니다.

'임파서블, 이즈 낫싱.'

감동한 칼잡이는 그날부터 팔 굽혀 펴기 100회, 윗몸 일으키기 100회, 스쿼트 100회, 러닝 10㎞를 시작했어요.

"어디서 들어 본 얘기 같은데."

"치아라."

"이, 이거 놔!"

긴 고되고 험난한 수련 끝에 드디어 보이지 않는 칼날이라는 굉장한 힘을 얻게 됩니다.

칼잡이는 기쁜 마음으로 세상을 돌아보았어요.

그러나 앞만 보고 수련하는 동안, 세상은 많이 바뀌어 있었습니다.

맥주 광고를 찍는 랭커, 시심으로 김X숙 드리미에 특별 출연하는 랭커, 탑 등반에 눈 돌아간 랭커 등등. 세속적인 강자들의 모습에 실망하고, 부끄러워진 칼잡이는 결심했습니다.

'그래, 결심했어!'

칼잡이는 그렇게 모든 걸 훌훌 버리고 미련 없이 그늘 속으로 사라졌습니다. 보이지 않는 칼날처럼 보이지 않는 모습으로, 사람들을 지키겠다고 맹세하면서…….

이상, B급 헌터 칼잡이 발도제 이야기 마침.

"크으, 진정한 이 시대의 다크 히어로 아니가! 바닥에서 부터 올라온 언더독 정신까지 완벽 그 자체다."

"……."

"아무튼 이건 우리끼리만 알고 있는 걸로 하고, 다들 입 단속 단디 해라. 이런 피치 못할 상황 아니면 발도제는 절 대 자기 힘 밝히지 않았을 거니까. 마지막으로……."

황혼이 사람들을 돌아봤다. 웃음기 하나 없는 진지한 얼굴로 검지를 들어 올린다.

"검은 당신의 편견 속에 있다."

'시발…….'

저 새끼 바보 아닐지도 몰라. 알고 보면 고도로 멕이는 중인 거 아니야?

지오는 뚱한 표정으로 열 번째 검격을 준비했다.

이 새끼가 지금 장난히는 건가 진짠가, 아리송한 표정 의 사람들. 별 개소리를 들어 주느라 저들도 힘들겠지 만, 사실 따져 보면 이 상황에서 제일 고생 중인 사람은 누 가 뭐래도 견지오였다.

'이게 뭐야, 이게 뭐냐구!'

S급 하나, A급 하나, BB급 헌터 한 명, 그리고 기타 등등. 이곳에 있는 모두가 눈치채지 못할 만큼의 극소량 마력으로 칼날을 생성해 날려야 하는 상황.

스킬 사용 없이 오로지 순수 마력으로만 해내야 한다는 조건까지 붙어 있다. 비유하자면, 콩 한 쪽에 베르사유 궁전을 조각하는 난이도나 마찬가지.

[성위, '운명을 읽는 자' 님이 이런 식으로 수련시키는 신통방통한 방법이 있다니, 저 선생 거참 용하다고 연락처 얻을 방법이 없나 기웃거립니다.]

그 말 그대로였다.

얼떨결에, 어쩌다 보니, 등 떠밀려서긴 해도…… 과정이 얼마나 엉망진창이었든 결과적으로는 (강제) 고강도 마력 컨트롤 트레이닝.

오랜만에 집중하는 지오의 이마로 땀이 송골송골 맺혔다. 아무도 뜻하지 않았지만, 본의 아니게 더욱더 괴물이 되어 가는 중인 먼치킨.

그 증거로, 열 번째 칼날이 날아간 바로 그 순간.

[보이지 않는 일격! 적은 자신이 무엇에 베였다는 사실만 기억합니다!]

[여실지견如實知見! 고집과 같은 교만한 번뇌에서 벗어나

있는 그대로 현상을 바라보라! 깨달음으로 한 단계 도약을 이뤄 냅니다!]

[타이틀 특성, '**심검**(영웅)'이 해금됩니다.]

[적업 조건을 충족하셨습니다.]

[세컨드 타이틀, '**칼잡이 발도제**(전설)'가 개화합니다.]


"……."

"냥아치 후배님, 와 그라노? 무슨 문제 있나?"

"아니…… 그냥 뭐."

어디서 검객들의 현자 타임 곡소리가 들려오는 듯해서…….

이 세계관 밸런스 이대로 정말로 괜찮은가? 짐짓 심각해진 견지오의 뒤로, 사람들은 하나둘 정신을 챙겨 나가고 있었다.

황혼과의 평범한 대화(개소리)가 제법 효과 있었는지 충격에서 비교적 빨리 빠져나오는 모습들이다.

7층의 암실.

정말 아슬아슬한 타이밍이었다.

윤의서와 서가현을 포함한 실종자들을 챙겨 위층으로 올라왔을 때, 끌려갔던 이들은 거꾸로 매달린 알 주머니 속에 갇혀 숨이 넘어가기 일보 직전.

벌레 진액에 갇혀 질식사할 뻔하다니, 쉬운 경험은 아니었을 터다. 아직도 일부는 한쪽에서 속을 게워 내기 바빴다.

"씨발, 진짜 요단강 건너는 줄 알았네……."

"하, 이거 몸에서 썩은 내가 안 가시는데요. 밤마다 악몽 한번 질리도록 꾸게 생겼습니다."

"좋은 경험 했지. 누구 덕분에!"

들으라는 듯 빈정거리는 신진철 공대장의 목소리에 퍼렇게 질린 동생을 다독이던 윤의서가 멈칫했다.

"뭐? 한 명도 죽지 않게 하겠다? 아이고, 잘난 척은 다 하더니 개뿔. 몇 초만 늦었어도 송장 몇 구는 치웠겠네."

퉤. 윤의서의 발 근처로 걸쭉한 가래침이 떨어졌다.

노골적인 조롱에도 윤의서는 낯만 창백해질 뿐 못 본 척 고개를 돌렸다. 대신 발끈한 것은 동생인 윤강재로.

"시팔, 지금 뭐 하는 짓이야! 구해 준 사람한테 고마워하진 못할망정!"

"강재야. 가만있어."

"뭐야 이건, 동생이야? 대가리에 피도 안 마른 게 확! 누가 누굴 구해 줘. 넌 눈깔이 없으세요? 여기 있는 사람들 누가 구했는지 다들 뻔히 봤는데 뭘 혼자 잘못 처먹고 헛소리야?"

"개소리하지 마! 저 사람들도 결국 다 우리 형한테……!"

"윤강재!"

"혀, 형……."

"그만히랬지. ……죄송해요, 공대장. 제 동생이 아직 어려서."

"참 나. 됐다, 됐어. 그 형에 그 동생에. 가정 교육 상태

알 만하다~ 알 만해."

한 번 더 침을 찍 뱉고 돌아서는 신진철.

고개 떨군 윤의서의 꽉 쥔 주먹이 파르르 떨렸다. 한 사람의 자존심이 비참하게 뭉개지는 모습에 묘한 정적이 감도는 그때.

"더러워."

특유의 고저 없는 목소리가 홀로 울린다.

"존나 더러움. 정진철."

"……뭐?"

"요즘 세상에 어떤 병신이 침을 바닥에 뱉어? 누가 아재 아니랄까 봐 개더러워."

"……허. 나한테 말한 거냐?"

내가 방금 뭘 들었냐는 표정으로 신진철이 지오에게 걸어갔다. 가까이 서서 위협적으로 어깨를 세운다.

"어이. 방금 뭐라고 그러셨어요? 내 눈 보고 다시 말해 봐."

지오는 바람대로 마주 봐 주었다. 또박또박 다시 말했다.

"더, 러, 워."

"……."

"뭐."

"……."

"네가 정진철이야?"

"……."

"혹시 정진철 하고 싶어졌으면 지금 바로 말하고."

이쪽도 바라는 바니.

견지오가 실소했다. 비웃음에 가까웠다.

그리고 그런 그들의 뒤, 뜻하지 않게 가까이 서 있던 윤의서에겐 정확히 보였다. 사람을 사람으로 바라보지 않는 눈과 그녀 정면에 선 신진철의 목 뒤로 서서히 일어나는 소름이⋯⋯.

큰 남자와 작은 여자.

아까 신진철의 말마따나 뭘 잘못 처먹지 않은 이상, 모두가 똑똑히 알게 되는 순간이었다. 둘 중 누가 더 큰 사람인지.

조금 전보다 훨씬 더 무거워진 정적 속.

"콜록!"

작지 않은 기침 소리가 침묵을 깨트린다. 탁라민이었다.

"까, 깜짝이야! 뭔 기침을 그렇게 크게 해요!"

그에게 치료받고 있던 서가현이 놀란 가슴을 쓸어내렸다. 그것으로 약간이나마 환기되는 분위기. 자연스럽게 제 쪽으로 몰린 시선들 가운데서 탁라민이 쉰 목을 가다듬었다.

"아, 죄송합니다. 다만⋯⋯ 이제 그만들 하시고, 슬슬 서두르셔야 하지 않을까 싶어서 말입니다."

[Timer — 00:01:27:45]

"아직 던전 폭주는 진행 중입니다. 공략 마무리하셔야죠."

던전 공략의 끝은 [원마핵]의 파괴.

누가 뭐래도 거기까지 마쳐야 상황이 종료된다.

이번 던전의 구조상 옥상에 자리해 있을 거라는 예측을 덧붙이며 탁라민은 고개 돌려 지오와 눈을 마주쳤다.

"이미 많이 고생하셨지만, 끝까지 잘 부탁드리겠습니다."

……하여튼 국가직 공무원 헌터들이란. 사람 마음 약해지게 하는 데 뭐가 있다니까.

'죄다 정의에 홀라당 몸 바친 밥통들이라 그런가.'

혀를 찬 지오가 위협을 풀었다.

요원이 상기시킨 현실에 이동 준비로 하나둘 부산해지는 사람들. 각자 상태를 점검하느라 여기저기 목소리가 소란스럽게 섞이기 시작했다.

"언니이, 괜찮아요?"

"어, 버섯 사라진 버섯 가현이다."

"놀리지 마요. 얼마나 쫄았는데! 요원님이 응급 치료 특성을 갖고 계시더라고요. 천만다행이죠."

"버섯 하나쯤 머리에 달고 다녀도 캐릭터 경쟁력에 나쁘지 않아."

"이 언니 귀여운데 가끔 진짜 이상해."

투덜거리며 소소한 잡담도 잠시. 이러쿵저러쿵 떠들던 서가현은 아무래도 제 뒤의 분이 할 말이 있는 모양이라며 눈치 좋게 자리를 비켜 주었다.

지오는 슥 주변을 둘러봤다.

유심히 윤의서 쪽을 바라보고 있는 황혼.

이쪽에는 관심 없음을 체크한 지오가 무성의한 말투로 뇌까렸다.

"호기심이 고양이를 죽인대."

"……그럴 의도는 절대 없습니다만."

탁라민이 쓰게 웃었다.

젊은 정예 요원은 묵직한 제 손목을 만지작거렸다. 정확히는, 국가명이 각인된 단말기를.

"탑과 달리 던전에선 전자 기기 사용이 가능하지 않습니까? 어떻게 생각하실지 모르겠지만, 제겐 그냥 습관 같은 일이었습니다."

무슨 원리인지 모르겠고, 그다지 원활하지 않긴 해도 어쨌든 탑과 달리 통신망 접근이 가능한 던전. 그래서 탁라민도 지오가 각성자임을 알게 된 즉시, 센터 데이터베이스에 접속해 검색해 보았다.

각성자 이름, '견지오'를.

임무 도중 담당한 각성자의 인적 사항을 체크해 두는 일은 말한 대로 국가 요원에겐 습관 같은 일이었으니까. 그런데.

"Classified Information(기밀문서)."

"……."

"데이터베이스에서 이 글자를 두 눈으로 직접 본 건, 제 요원 생활 중 오늘이 처음입니다."

"……."

"당신은 정말…… 누구십니까?"

견지오는 물끄러미 그를 바라봤다.


결론만 놓고 말하자면, 탁라민은 오늘 그 질문에 대한 답을 얻을 수 없었다. 하나 그는 이상하게도 그것이 아쉽거나 답답하진 않았다.

오히려 안도감이랄까, 그 비슷한 감정이 들었다.

막상 그 얼굴, 그 눈과 마주하자 답이 뭐가 됐든 현재 그로서는 감당이 불가능한 영역임을 깨달았기 때문에.

그리고 건물 옥상.

다시 시작되는 전투.

던전의 심장이자 근원인 [원마핵]. 자신들의 목숨 줄을 지키려는 마수들의 최후 저항은 필사적이고 격렬했다.

그 공격 세례에 막 오려 낸 종이 인형처럼 픽픽 쓰러지는 〈인바이브〉 길드 제2공략대.

지켜보던 시가현이 등 뒤에서 지오의 옷자락을 꾹 쥐어 왔다. 타고 전해져 오는 그 떨림.

……음. 어쩔 수 없나?

'이왕 만든 부캐, 어차피 하루짜리인데 서비스라도 팍

팍 해 주지 뭐.'

칼잡이 발도제는 코를 슥 훔치며 어슬렁어슬렁 걸어갔다.


[타이틀 특성, '**심검心劍**'이 활성화됩니다.]


·· ✦ ✹ ✦ ✹ ✦ ·

---

- 연결 상태 확인 중⋯⋯.

- 방송 중입니다!

**+ 라이브 방송 ON**

제목 추가⋯⋯ 회원님의 팔로워 및 방송을 시청하는 사람 누구나 이 제목을 볼 수 있습니다.


**[실시간 나급 던전 발도제 등장 양민학살ing]**


팔로워에게 회원님이 라이브 방송을 시작했다는 알림을 보내고 있습니다.


yujiz20: ??

tacco_kor: 뭐지

samrams: 각도 뭣ㅋㅋㅋㅋ몰카임?

yereobun: ? 잠깐만 뭐냐 저거

---

no_no_no: ?? 저사람 지금 뭘 날리고 있는거야 보이시는 분??

swordmaster: 설마 이기어검인가

baekie: 아니 근데 검이 없는데?

tacco_kor: 헐

momstouch: 헐??

zioonlyzio: ㄷㄷㄷㄷㄷ

zolreo: 뭐야 무서워요

pandok: 시바 대미지 미쳤네 딜량 실화냐

salreozio: 방금 내가 뭘 본거지

akrkatu: 이거 종로 나급게던인가보네 실시간 붙어있어요 여러분

jeonmunga: ㅋㅋㅋ실사영화 찍냐? 저거 존나 만화기술 아님?

therss: 화질 구려서 얼굴 안 보여요ㅜㅜ

murimrer: 저분 대체 누구임

*잠시만 기다려 주세요!*
*더 많은 팔로워를 방송에 초대하고 있습니다…….*

▷ 로컬 ― 대한민국
▷ 국내 랭커 1번 채널

｜20｜ 낼공인인증서갱신: 확실히 황금세대가 맞긴 한가 봐요 인재들이 쏟아져 나오네요

｜8｜ 다윗: 뭔솔

｜20｜ 낼공인인증서갱신: 헌트라넷 안 보셨어요? 맨날 거기서 사시는 분이 웬일로

｜8｜ 다윗: ㅅㅂ기달

｜12｜ 상상: 조금 전에 종료된 인스타라이브 말씀하시는 겁니까?

｜20｜ 낼공인인증서갱신: 네 아무래도 특수스킬 같죠? 성위 관련 특성이려나

｜8｜ 다윗: 와씨

｜8｜ 다윗: 와 믜친 와하쒸 이거모냐?? 대박 개ㄱ쉰기 검강을 마구마구 날려버리네;; 얘 이름 모야

｜20｜ 낼공인인증서갱신: 칼잡이 발도제인가 그렇대요

｜8｜ 다윗: 씨발 머여――

｜8｜ 다윗: 이름도 쥔내 맘에드러 쌉간지――

｜8｜ 다윗: 야야 백새대가리

｜8｜ 다윗: 나 쟤 사줘 당장

｜4｜ 흰새: 사람은 구입 가능한 물건이 아니다.

｜8｜ 다윗: 허 참내 내가 노동한 세얼이 얼만데 이딴거 하나 못해져 몸주고 마음주고 청춘 다바쳣더니 볼짱 다봣다 이거냐

| 4 | 흰새: 세얼이 아니라 세월이다. 그리고 다른 사람들이 오해할 만한 발언은 삼가라, 다윗.

| 25 | 성탄: 그 정도인가요? 전 왜 잘 모르겠지;;

| 17 | 청희도: 분야가 다르니까. 육체파들에게만 보이는 게 따로 있겠지. 특히 해타에선.

| 8 | 다윗: 븅신들아 으휴

| 8 | 다윗: 딱 봐도 이기어검강이자너 하여튼 마법찐따들ㅉㅉ

| 17 | 청희도:

| 25 | 성탄:

| 12 | 상상: 그러고 보니 종로 나급 던전이면 여명 길드장이 들어간 곳일 텐데.

| 15 | 샘: 네?

| 5 | 밤비: 뭐?

| 12 | 상상: ……아니 다들 알고 있는 사실 아닙니까? 아까 직접 여기에 말했잖아요.

| 15 | 샘: 미치겠네

| 5 | 밤비: 미치겠네

| 12 | 싱싱: 아니 그니까 왜, 우나샘 씨는 그릏다 지고 닌 왜

| 8 | 다윗: 흠흠 야 배민VVIP~

| 8 | 다윗: 특벼리 봉사할 기회주겠다~ 칼잡이발도제의 번호를 당장 따와 이 누님께 바치도록

## | 8 | 다윗: 씹냐시댕아?

타악.

외투를 챙겨 나가던 몸이 순간 멈칫한다. 다시 돌아서서 책상 위의 키를 채 가는 손.

문을 열고 나서자 거실 소파에서 감자 칩을 먹고 있던 여동생이 돌아보지도 않고 중얼거렸다.

"안 나가는 게 좋을 텐데. 여사님 지금 몹시 예민해."

"금방 와."

"어디 가는데?"

라이더 재킷의 지퍼를 끌어 올리며, 견지록이 신경질적으로 답했다.

"종로."

·· ✦ ✳ ✦ ✳ ✦ ··

[파티장 '공대장 신진철' 님이 아이템 분배 방식을 '주사위 입찰(희귀 등급 이상)'로 선택하셨습니다.]

[가장 높은 수의 주사위가 나온 파티원이 아이템을 획득합니다. 숫자 범위는 1-99입니다.]

/'탁라민' 님이 주사위 굴리기를 포기했습니다.

/'방태호' 님의 숫자: 17

/'조폭두부' 님의 숫자: 39

/'윤의서' 님의 숫자: 4

/'신진철' 님의 숫자: 75

"와, 숫자 미쳤네요, 형."

"크흠. 오늘 운빨이 느낌 괜찮네."

/'냥아치' 님의 숫자: **99**

"……."

/'냥아치' 님이 **'울부짖는 크칼리소의 뿔피리**(희귀)'를 차지
했습니다.

"추, 축하드립니다. 입찰에서 99는 처음 보는데……."

"……뭐 다른 기회가 있으니까."

/'윤의서' 님이 주시위 골리기를 포기했습니다.

/'탁라민' 님의 숫자: 11

/'신진철' 님의 숫자: 52

/'냥아치' 님의 숫자: **99**

/'냥아치' 님이 **'성 아델가르트의 축성받은 펜던트(영웅)'**를 획득했습니다.

…….

"버그 아냐?"

"설마요. 우연이겠죠……."

/'조폭두부' 님의 숫자: 64

/'신진철' 님의 숫자: 97

"하, 이번에야말로……!"

/'냥아치' 님의 숫자: **99**

/'냥아치' 님이 **'실종된 고대 현자의 모노클(전설)'**을 획득했습니다.

"야! 씨발 너 양애취니?!"

"대, 대장! 진정해요! 참아요!"

'에엥. 무겁게 이게 뭐임……?'

[당신의 성약성, '운명을 읽는 자' 님이 올 애기가 뭘 좋아할지 몰라서 일단 다 준비해 봤다고 코를 슥 훔칩니다.]

[오랜만에 운동하느라 고생 많았고 이거 팔아서 까까 마니

마니 사머겅 오빠 선물이얌 알았쥐 하면서 눈을 찡긋합니다.]

'귀찮게 증말······.'

하나 거절하진 않겠다.

아이템 주사위로 FLEX해 버렸지 뭐야.

어느새 주섬주섬 세 겹이나 껴입은 희귀 등급 로브부터 재빠르게 착용을 마친 외알 안경까지. 양팔 한가득, 보따리 한가득 동여맨 럭키왕 별수저가 뒤뚱뒤뚱 걸음을 뗐다.

7연속 99.

카지노였으면 이미 떡대들이 달려왔을 사기적 확률이지만, 실체가 없는 바벨한테 따지고 항의할 수도 없는 노릇.

'운빨 갓흥 바벨 만세.'

"왜, 님도 뭐 하나 드려?"

카지노 황제 바이브를 넋 놓고 감상 중이던 윤의서가 화드득 놀라 고개를 저었다.

"아, 아니요······!"

"흠. 님한테는 이거 드릴게."

"아뇨, 아뇨. 정말 괜찮······."

극구 사양하던 말이 뚝 끊긴다.

윤이서이 손바닥 위에 놓인 중잇조각.

돌바닥 같은 네 놓고 석었는지 숫자들이 삐뚤삐뚤했다.

010으로 시작하는 11자리의 숫자는 누가 봐도 전화번호다. 윤의서는 멍하니 눈앞의 상대를 바라봤다. 외알 안경을 추켜올린 지오가 툭 내뱉는다.

"이게 제일 필요해 보이던데."

"……제가."

어째선지 자꾸만 목이 메어, 윤의서는 몇 번이고 가다듬고 물었다.

"제가, 눈치챈 거 알고 계셨어요? 어떻게?"

"그렇게 보는데 누가 모르지?"

계속 힐끔거리던 시선. 또 조금이라도 거리가 가까워지면 할 말이 있는 듯 달싹거리던 입까지.

처음엔 단순히 긴가민가하던 얼굴이더니 어느 순간부터는 확신을 갖고 이쪽을 보고 있었다.

"드, 드래곤 냄새가 났어요……. 그것도 불에 타는 냄새가. 그럼 한 분밖에—"

"알아. 뭘 변명까지 해."

"……"

"그쪽도 용 냄새 풀풀 풍기고 다니면서. 정작 용가리는 어디다 팔아먹었는지 보이지도 않고. 뭐임? 기껏 구경하러 왔더니."

"……"

고개를 떨군 채 보물이라도 되는 양 손에 쥔 종잇조각만 만지작대는 윤의서.

한쪽에선 나머지 잡템들을 나누느라 사람들이 소란스

럽다. 지오는 던전 이물질이 묻은 신발을 바닥으로 툭툭 차며 말했다.

"월화수목금은 아침 10시부터 밤 10시까지 불가능. 주말엔 오후 2시 이후로. 자야 하니까."

"아……?"

"전화는 받는 거만 됨. 폰 끊겨서."

"……네?"

"참고하라고."

돌아서는 견지오. 한발 늦게 이해한 윤의서가 다급히 외쳤다.

"……그럼 저, 정말, 정말로 도움이 필요할 때 연락해도!"

"추가. 사람 많은 데는 안 가."

등 뒤에서 감사하다고 울먹이는 목소리가 오래도록 들려왔다.

[성위, '운명을 읽는 자' 님이 웬일로 남에게 관심을 보이냐며 궁금해합니다.]

'나도 몰라.'

정말로 견지오는 모른다.

왕은 모든 개인을 구할 수 없다.

왕이 바라보는 것은 오로지 전체와 그 자신의 왕좌. 세계로부터 그런 숙명을 부여받았기에 타고난 시야 또한 그랬다.

'사람'보다는 '사람들'을 위해 움직였으며, 남을 돕기보다는 일방적으로 구하고 지켜 내는 쪽이 적성에 더 맞았다.

어릴 적 겪은 사건들로 인해 [폭군]이라는 고유 타이틀을 획득하면서 그 영향으로 성정이 더 무감하고 무정해지긴 했지만, 아무튼.

남한테 관심 보이는 일 자체가 극히 드물다는 얘기였는데.

'묘한 친근감 같은 게 든단 말이지.'

이유까진 모르겠다. 큰 문제도 아니니 그냥 뭐, 살다 보니 이런 경우도 있구나 할 뿐.

"허이고, 오늘의 위너 냥아치 후배님. 저짝에서 둘이 붙어가 뭔 얘기를 그래 다정하게 했노?"

"번호 줬는데. 루저 조폭두부 님 전리품은 그게 다야?"

픕, 고오작? 양팔 가득한 아이템들을 추스르며 지오가 은근슬쩍 거들먹거렸다.

그 말에 황혼의 품속에서 어느새 한 움큼 챙겼던 마석들이 와르르, 떨어진다.

"버, 번호."

"뭐야, 허접한 돌멩이들 치워."

"……설마 냥아치 님 번호?"

"그럼 뭐 정진철 번호겠음?"

황혼은 묘한 충격에 빠진 얼굴이다. 당황한 듯 보이기도 했고, 언뜻 보면 분해 보이기도 했다. 어쩔 줄 모르고 우왕좌왕 색안경을 벗었다가 다시 쓰고, 머리칼을 양손으로 빗어 넘기며 온갖 부산함을 다 떨더니.

이내 결심한 듯 손을 척 내밀었다.

"내, 내도 도!"

"싫어."

"……!"

황혼, 24세. 이명 아수라. 갱스터 길드 〈여명〉의 헤드이자 3대째 이어져 온 깡패 가문 막내 도련님.

이성에게 고백한 경험 전무. 까여 본 전적 전무.

"……와, 와 내는 싫은데?"

"님 나 좋아해?"

"아아아아니!"

연애 경험 전무. 즉, 모태 솔로.

"무, 무신 소리고? 장난하나! 도랐나, 가스나. 갑자기 와혼자 급발진이고. 내는 그냥, 그 뭐냐, 뭐시기 동지애? 같은 것도 있고, 서로 함께 위기를 헤쳐 나온 전우애 같은 것도 있고, 뭐 그런……."

"그럼 질척대지 말고 비키삼. 왜 이래, 걸리적거리게."

"……근데 호, 호, 호감 정도라면 뭐."

황혼이 찌질하게 웅얼거렸지만, 이미 지오는 딕라민 옆으로 슝 떠난 뒤였다.

막간의 아이템 분배까지 마치자 모두 한곳으로 모인 사람들. 쭉 둘러보며 탁라민이 미소 지었다.

"그럼, 던전 닫겠습니다."

불꽃을 가둔 돌. 던전의 심장, [원마핵].

기대와 시선 속에서 공대장 신진철이 주먹만 한 크기의 그 돌을 마력 실어 내려침과 동시에……

파각, 우우우웅-!

[축하합니다! 퀘스트 던전, '**벌어진 틈의 오염지**(나급)'를 클리어하셨습니다.]

[공략 기여도 순위: 1위 냥아치(63.2%), 2위 조폭두부(27.6%), 3위 탁라민(3.47%) 4위…….]

[던전 폐쇄 절차에 들어갑니다.]

[완료 보상을 정산합니다.]

[정화 중…… 0, 21, 40%]

빠르게 올라가는 숫자.

그와 함께 백광이 해일처럼 드넓게 펴져 나갔다.

"우와……!"

처음 보는 황홀경에 민간인들이 탄성을 뱉어 냈다.

마치 물감이 물에 녹아내리듯, 흉측한 손상을 벗겨 내자 그 아래 숨겨졌던 명화가 드러나는 것처럼 현실의 풍경이 되돌아오고 있었다.

그리고 수 초 뒤, 일그러지는 균열이 완전히 거두어지며 마침내 건물 입구가 나타나자…….

차라라라- 찰칵찰칵!

"와, 왔다! 카메라팀! 빨리 찍어, 찍어!"

"밀지 마요 좀! 탁라민 요원님, 저 기억하시죠?! S사에서 나왔습니다! 슈퍼 루키가 등장했다고 들었는데, 인터뷰 잠깐만!"

"공략대, 공대팀 어느 쪽이야! 민간인분들은 조금만 비켜 주세요! 거기 발도제 님 계신가요?"

운 좋은 놈은 배에서 고꾸라져도 구명보트 위로 떨어진다고.

성약성의 빅 픽처가 어디까지인지 모르겠다.

때마침 전신 다 가리고 얼굴 다 가리는 세 겹의 로브 속, 칭칭 감겨 파묻혀 있던 견지오가 주춤주춤 뒤로 물러났다.

'이, 이게 뭐야……?'

……와 미쳐겠네.

어디서 소리 안 들려요? 부개 유통 기한 연장되는 소리…….

## 3장
### 익을수록 고개 숙이면 목이 아파

1

당장의 위기 탈출에 눈이 멀어 부캐를 탄생시킨 견지오가 깜빡 간과한 점 하나.

관종은 언제 어디서나 존재한다.

사람이 여럿 모이면 앞에서 누가 괴물이랑 죽어라 열심히 싸우건 말건, 뒤에서 몰래 라이브 방송이나 켜는 종자도 하나쯤은 껴 있기 마련이란 소리였다.

'밍한 거 맞지……'

[당신의 성약성, '운명을 읽는 자' 님이 그러게 뭐든 미리미리 하라 했지 않느냐며 애정의 잔소리를 던집니다.]

[하마터면 전국 팔도에 깜찍한 얼굴 다 팔릴 뻔했다고, 누구 선물 덕 아니었으면 반드시 그랬을 거라며 대놓고 칭찬을 요구합니다.]

'가만히 좀 있어 봐요.'

껴입은 번데기 속 지오가 울상 지었다.

완전 말짱 도루묵 된 계획.

던전에서 황혼이 사람들에게 입단속하라 으름장 놓긴 했지만, 그것만 믿고 있을 만큼 순진할 리가 있나? 견지오는 따로 믿는 구석, 아니, 스킬이 있었다.

바로 [라이브러리 – 에디터]. 일명 '편집 모드'.

라이브러리화된 영역 전체의 편집 권한을 가져오는 스킬로, 사람들이 죠의 '지우개질'이라 부르는 힘이 이에 속했다.

선릉역 사건 때처럼 앞으로의 [전개]마저 수정 가능한 마당에 사람들 기억이라고 못 건드리겠나?

물론 본격적인 기억 수정은 위험 부담이 크다.

그러니 대충 그들의 기억 속에서 이쪽 존재감을 흐릿하게 만드는 오퍼시티 조절 정도면 충분했다. 퍼센티지 절반만 낮춰도 사람들은 발도제 견지오를 쉽사리 떠올려 내지 못할 테니까.

하지만 메인 스킬이고, 성위 고유 스킬이니만큼 스킬 발동 시의 나락 파동과 손재감이 크나큰 [라이브러리화].

S급 조폭두부의 시선도 있겠다. 던전 밖으로 나가면 멀찌감치 떨어져 슬쩍 손대고 튈 생각이었는데…….

촤르르- 찰칵찰칵!

우레처럼 터지는 플래시 및 셔터 소리.

오랜만의 특종에 기필코 인터뷰를 따 가겠노라 작정하고 아우성치는 헌터부 기자들의 고성까지.

'이게 대체 몇 명이야?'

스킬 발동은 개뿔. 심지어 발도제 님이 누구냐 계속되는 기자들의 다그침에 순진하게도 이쪽을 쳐다보는 눈새 생존자들마저 있었다.

그 순간 기자들 눈에 확 일어나는 불길.

'으음……'

아무래도 망했다.

그것이 내가 심사숙고 끝에 내린 결론이다. 나는 조때따.

앞엔 기자들, 뒤에는 생존자들. 중간에 낀 지오가 나의 길은 어디인가, 어디로 가야 하는가, 상당히 뭣 됐음을 실감하는 그때.

히어로가 등장하기에 그야말로 최적의 타이밍이었다.

부아아아앙-!

지축을 강렬하게 울리는 모터사이클 배기음이 감각을 파고든다. 꺾인 타이어가 바닥을 긁어 태우는 냄새도.

몰려 있던 기자들이 혼비백산하여 우르르 피했다.

무자비한 기세로 인파를 갈라 낸 무광 블랙의 바이크가 정확히 지오 앞에 멈춰 선다. 괴물의 울음 같은 엔진 소리를 남기며.

마석 때려 박아 기준치를 훌쩍 초월한 개조 레플리카.

가십에 관심 좀 있다 하는 사람들은 모두가 주인을 알고 있는 유명한 바이크였으며, 모르는 사람들 또한 알아볼 수밖에 없는 길드 마크였다.

셔터 소리가 멎었다.

누군가 신음처럼 속삭였다.

"바빌론……."

그게 전부였다. 정적이 내려앉는다.

유명인도 유명인 나름. 유명한 사람 봤다고 소리 높여 요란 떨기엔 지금 나타난 남자는 지나치게 거물이었다.

탁, 사납게 헬멧을 벗는 손길.

길드 〈바빌론〉의 어린 주인, '영 보스' 견지록이 짜증스러운 눈빛으로 좌중을 돌아봤다.

"카메라 치워. 다 부수기 전에."

성질머리 난폭하고, 사생활에 민감하기로 악명 높은 밤비였다. 그 경고를 씹을 만큼 목숨이 안 아까운 사람은 이곳에 없다.

아무리 긱싱자가 일반인을 함부로 못 내하는 요즘이라지만, 견지록 정도 되는 인물한테는 무의미한 얘기.

조용해진 가운데, 견지록이 벗어 낸 헬멧을 한쪽으로 툭 던졌다.

"뭘 멍청하게 보고만 있어? 타."

거친 말투와 달리 은근히 부드럽게 토스된 헬멧.

감동한 천 뭉치가 슬금슬금 바이크 쪽으로 다가갔다.

'이것이…… 호가호위의 참맛……!'

"뭐야, 미친. 짐은 또 왜 그렇게 많아? 던전 살림 다 털었어?"

처음 맛보는 호가호위의 맛에 취한 지오의 귓가엔 남동생의 모진 구박 따위 들리지 않았다. 이래서 로판에서 가족을 개센 폭군으로 설정하는구나. 권력자 등장으로 사람들 깨갱시키는 마라맛 쾌감이 대단하다.

지오는 견지록 등에 찰싹 붙어 속삭였다.

"오빠, 출발해."

"……돌았나."

"우리 장르 인소 맞지? 바이크까지 완죠니 사대 천왕 감성."

이거 진짜 말이나 못하면. 누구 때문에 얼굴 팔리고 있는데?

견지록은 짜증스레 액셀을 당겼다. 다시 먼 굉음이 울렸다.

시야에서 훅 멀어지는 모터사이클.

황혼은 색안경을 벗었다.

수그렸던 몸을 천천히 일으키며 안경테로 입가를 툭툭 친다. 흥분한 사람들이 저마다 참았던 목소리를 터트리고 있었다.

"……와. 뭐야, 뭐야, 나 밤비 실물 처음 봐! 미쳤다."

"방금 뭔데? 견지록이 여길 왜 와?"

"에이 씨발, 퉤! 이러면 특종은 특종인데 쓸 수가 없는 특종이네. 견가 놈 유명하잖아. 공략 관련 말곤 지 기사 한 줄도 못 내게 하는 거."

"발도제 저거 도대체 누구야? 대체 누군데 견지록이 데려가?"

소리 없는 걸음으로 그 인파에서 벗어나는 황혼. 멀찌감치 기다리고 있던 자들이 그 등 뒤로 따라붙었다.

"헤드."

"……."

"이 무슨 난리입니까? 인스타 라이브부터 기자들까지. 노출이라도 되셨으면 어쩌려고! 이래서 안 된다고 그렇게 말렸던 건데……!"

"우나샘이."

"예."

"마, 니 잔소리는 넣어 두고 뭐 퍼뜩 좀 알아봐야겠다."

외모와 상반되는 남성적 저음. 평소엔 밝게 떠들어 두드러지지 않을 뿐, 마음먹으면 언제든 무게가 실리곤 했다.

곧바로 입 다문 우나샘이 그의 헤드 앞에 공손히 고개 숙였다.

노을이 지고 있다. 황혼은 기지개를 켰다.

"먼저 윤의서. 뭐 하는 놈인고 알아 온나. 아래서 뭐가 썩어도 단디 썩었는지 냄새가 영 구리다."

그라고 또 하나는…….

"봤제 니도?"

"바빌론 길드장 말씀이십니까?"

"말고. 그 씹어 먹을 녹용 새끼가 보쌈해 간 가시나. 고양이맹키로 쪼매해가 깜찍한 가시나 하나 있다이가."

모퉁이를 돌자 드러나는 일렬의 검은 승용차들. 허리 숙인 덩치들을 유유히 지나며 〈여명〉의 길드장, 황혼이 웃었다.

"함 파 바라. 있는 대로 전부."

·· ✦ ✳ ✦ ✳ ✦ ··

남동생 견지록이 모터사이클을 타기 시작한 건 중학교 때. 각성한 뒤, 헌터 라이선스를 발급받자마자였다.

원래는 만 16세 이상부터나 취득 가능한 원동기 면허지만, 국가 인증 헌터 라이선스를 소지한 경우라면 예외가 된다. 비상 상황 시 빠른 기동력을 위해서라나 뭐라나. 물론 누구나 되는 건 아니고 여러모로 조건이 까다롭지만…….

알다시피 견지록은 귀하고 스페셜하신 S급. 헬멧 미착용조차 허용되는 지경이었다.

지오는 헬멧을 벗으며 투덜거렸다.

"개불편. 궁둥이 반쪽 된 듯."

"뒤에 누구 태우라고 만든 게 아니니까 당연하지. 태운 거 자체가 얘한테 모욕이야. 너 당장 우리 크리스티나한테 사과해."

"……맨날 말하던 크리스티나가 얘였어?"

"크리스티나 견이 얘 말고 또 누가 있는데."

"심지어 성은 견임?"

"내 딸이니까 당연히 견씨지, 그럼."

별 쓸데없는 걸 물어본다는 눈빛으로 쏘아본다.

'지금 내가 이상한 거야……?'

내 조카가 오토바이라니…….

맨날 크리스티나, 크리스티나 노래를 부르기에 어디 외국인 여친이라도 있는 줄 알았다.

지오는 터덜터덜 집 대문을 향해 걸어갔다.

한쪽이 지독한 힘숨방이긴 해도, S급 두 명이 산다기엔 꽤나 소박한 외양의 주택.

그러나 이죠치 일셋집 살던 이런 시절과 비교하면 천지개벽 수준으로 달라진 것이다.

외가는 그 지경이지, 친가는 아예 없지.

없는 형편에 삼 남매 키운다고 부모님 둘이서 고생 좀 하셨다. 비록 '악몽의 3월' 사건으로 부친을 잃었지만, 그때 지오가 각성하면서 집안 사정이 나아진 게 아이러니라면 아이러니.

최초 S급에게 잘 보이겠다며 정부가 뒤에서 챙겨 주고, 후견인으로 나선 〈은사자〉 길드에서도 물심양면 후원해 줬으니까.

물론 그나마도 견지록 데뷔 이후엔 다 필요 없었다.

수준 이상의 헌터 한 명이 벌어들이는 수입은 그야말로 무지막지.

각종 아이템 및 금은보화부터 마석들, 그 외 전투 외적 수익까지……. 견지록 정도 되는 레벨이면 천문학적인 금액을 벌어들인다고 봐도 무방했다. 게다가 '죠'와 관련한 부수입 또한 절대 만만치 않고.

때문에 견지록이 몇 번 더 좋은 곳으로 이사 가겠냐며 넌지시 엄마한테 권해 보기도 했지만…….

"야. 견지오. 장비 다 벗고 들어가."

"아 맞당."

"장난하냐? 네 인벤토리에 넣어. 왜 자연스럽게 날 줘?"

"……내 별님이 이거 다 몸에 좋은 거래."

"어디서 챙겨 주는 척이야. 뻔하지. 창고에 자리 없지? 정리 하나도 안 하고 살지 너? 보나 마나 쓰레기통, 안 봐도 그림이네."

"누, 누나가 우리 밤비 사랑해서 주는 거……."

"꺼져. 아오, 이걸 진짜 때릴 수도 없고. 내놔."

투덜거리며 아이템들을 받아 챙기는 견지록.

깊은 아이 홀과 큰 키. 지오는 겉으로도, 속으로도 어른스러운 제 남동생을 물끄러미 바라본다.

행동거지는 다소 거칠지언정 타고난 성정만큼은 원체 다정했다.

오죽하면 태명인 '밤비'를 자라고 나서도 그대로 쭉 불렀을까.

집에서 계속 밤비라고 부르니 초등학교 때까진 견지록이 아니라 그쪽이 자기 진짜 이름인 줄 알았던 놈이다.

그리고 그런 사슴 같은 아들이 인류 전선 최전방에서 싸우는 헌터라는 현실을 박 여사는 쉽게 받아들이지 못했다.

지금은 견지록이 준 선물도 들고 다닐 만큼 많이 나아졌지만, 한편으론 또 여전했다. 여전히 밤비가 헌터로서 버는 돈을 쓰길 꺼렸고, 여전히 밤비가 탑으로 떠나면 잠 못 자는 나날을 보냈다.

그래서 삼 남매는 또 여전히 그들이 태어난 이 동네에서 살아가며, 평범한 딸이고 아들인 척 지내고 있었다.

적어도 집 안에서는 헌터와 관련한 어떤 것도 보이지 않도록.

"……뭐야, 이 모노클 왜 전설 등급이고 난린데. 가만, 이것들 내체 몇 개야? 무슨 싹쓸이해 온 것처럼. 어디 주사위 신이라도 내렸나."

'천잰데?'

빠르게 정리를 끝낸 견지록이 손을 툭툭 털었다.

"어차피 안 쓸 거니까 대충 시가로 처분한다. 근데 너 던전 터지자마자 엄마한테 전화는 했지?"

"당근 빠따. 바로 했음."

"뭐라고 했는데."

"학원 던전화됐고, 친구들 잃어버렸고, 목격자라 협조해 달래서 잠깐 있다가 간다구. 저녁밥 전에 들어가겠다고."

견지록이 말없이 내미는 손바닥. 지오는 짝, 경쾌하게 하이 파이브 하며 걸어갔다.

그렇게 투닥거리며 마당을 지나는 둘에게로 들려오는 목소리.

"갑자기 웬 종로인가 했더니. 데리러 간 거였어?"

특유의 시니컬한 말투가 또렷하다.

열린 현관에 삐딱하게 기대선 막내 견금희가 고개를 저었다.

"하여튼 시스콤 유난은. 빨랑 들어와. 손님 와 있어."

성인 남자 구두 한 켤레.

이 정도 고급 구두를 신고 이 동네, 이 집에 드나들 사람은 딱 한 명뿐이다.

선이 굵은 어깨가 의자 너머로 보였다. 식탁 위의 목소리들은 꽤나 화기애애했다.

"……니까요. 약은 잘 챙겨 드시고 계십니까? 말씀 듣고 신경 쓰라 일러두었는데."

"어쩐지 예전보다 낫더라고. 고마워요, 부대표님. 매번 이렇게 신세만 지네. 공사다망하신 분한테 번번이 미안해서 어쩌나?"

"그리 말씀하시면 섭섭하지요."

"어머, 그런가? 아. 애들 왔네요. 지오, 지록이 어서 와서 인사드려라. 부대표님 오셨어."

범이 돌아본다.

눈가엔 벌써 미미한 웃음기가 서려 있었다.

그 얄미운 기대감대로 지오는 두 손을 얌전히 배꼽 위로 겹쳐 올렸다. 세상 달관한 킹지오는 어디 가고 청학동 출신 어린이마냥 예의 바른 포즈였다.

"안녕하셔요, 부대표님."

'귀찮게 뭐 하는 짓이야.'

"그간 강녕하셨나요."

'당장 꺼지셈.'

눈으로는 매우 다르게 말하고 있다는 게 문제지만.

옆에 선 견시록노 우거지상으로 고개를 까딱한다.

하여튼 재미있는 집안이라니까. 범은 웃음을 꾹 참고 받아쳤다.

"나야 잘 지냈지. 못 본 새 지오 양은 더 의젓해진 듯한데."

"어휴~ 의젓해지긴요. 한참 멀었어요. 언제쯤 철들는지 하는 행동은 아직도 애 같아서, 반찬 투정이나 하고. 내가 나이 마흔 넘고도 쟤 때문에 체감은 현역이야."

"반찬 투정은 못써, 지오 양."

'……시발.'

꼼짝없이 당하는 공개 처형. 의리를 개나 준 견지록은 이미 방 안으로 빠르게 튄 지 오래다.

지오는 영혼 없이 서서 그저 네, 네를 읊조렸다.

위화감이라곤 전혀 없이 익숙한 모습으로 친근한 대화를 나누는 박 여사와 범.

어릴 적, 국가에서 S급 헌터 견지오의 담당으로 범을 선정한 것이 모든 일의 시작이었다.

처음엔 단순히 센터의 요청이라 수락했던 범이었으나 진심이 되기까진 오래 걸리지 않았다. 따라서 자연스럽게 이어진 흐름이 결연 후원 프로그램의 설립.

한 개의 말을 완전히 가리기 위해선 판 전체가 움직여야 한다.

대외적 명목은 센터와 〈은사자〉 길드의 공식 협업으로서, '악몽의 3월' 피해 아동과 길드원들이 1:1 결연을 맺어 성인이 될 때까지 보살펴 준다는 후견인 제도였다.

사회 지도층의 솔선수범 사례라며 온갖 데서 극찬이

쏟아졌지만……. 진실은 꼬맹이 한 명을 물밑에서뿐만 아니라 대놓고 돌보기 위한 거물들의 빅 픽처.

사자의 은색 문장이 그려진 편지가 즉시 견씨네 우편함에 꽂힌 건 정해진 수순이었다. 거기에 〈은사자〉 부대표, 범의 서명이 날인된 것 또한.

지오를 비롯하여 견지록까지, 그렇게 두 남매는 은사자의 거대한 품 안에서 자랐다.

유년기 대부분을 범과 함께 은석원의 대저택에서 보냈다 해도 과언이 아니다.

갑작스런 남편과의 사별로 인해 홀로 생계를 책임지랴, 여섯 살배기 막내를 돌보랴. 박 여사에겐 동아줄이나 다름없는 일이었을 터. 은인으로 극진히 대접하는 것도 당연했다.

"이만 전 일어나겠습니다. 어머님."

"왜요, 오랜만인데 식사라도 함께 들고 가시지."

"타인과 겸상 못 하는 제 사정 아시잖습니까? 던전화로 걱정하실 듯해 잠깐 들렀을 뿐, 지오 양 얼굴도 봤고 충분합니다."

겉옷을 챙겨 범이 일어났다.

느긋하게 걸치면서 한쪽을 돌아본다. 나직한 웃음을 머금은 목소리로.

"배웅은 좀 부탁해도 되겠지."


수행원 없이 혼자 온 모양이다.

덩치 큰 차가 홀로 골목 모퉁이에 주차되어 있었다. 바깥으로 나오자마자 범이 품을 뒤적인다. 허락을 구하는 눈빛에 지오는 대충 끄덕였다.

안 그래도 내내 입가를 매만지던 꼴이 딱, 한참 전부터 담배가 당긴 눈치. 워낙 오래된 사이다 보니, 상대의 습관 몇 개쯤은 애써 알려고 하지 않아도 꿰게 됐다.

"나 오기 전에 박 여사랑 뭔 얘기 했음?"

"늘 똑같지. 사자는 죽을 때까지 자기 프라이드(Pride: 사자가 형성하는 무리)를 책임진다. 그리고 너는 내 프라이드 안에 있다."

"쌉오글."

"이 시대 젊은이들의 죽어 버린 감수성에 애도를 표하지. 어른들은 좋아해."

범이 눈을 내리깔며 담배 한 대를 빼어 물었다.

"'칼잡이 발도제'랬나?"

"……씨. 급해서 막 튀어나온 거야."

불붙이던 입가로 얕은 웃음이 샌다. 지포 라이터 불빛이 르네상스 시대 조각상 같은 그의 옆선을 비추고 사라졌다.

담배는 마술사용 각련. 라이터는 41년식 올드 지포.

고서 수집이 유일한 취미인 이 남자는 세월이 쌓인 물건들을 제법 좋아하는 편이었다.

"작명 센스야 원래 대단하시지, 우리의 죠께선. 놀랍지도 않아."

"……."

"짜증 안 내는 걸로 보아 사고 쳤다는 사실도 잘 아는 모양이고. 그러게 쓰지도 않을 부캐는 왜 만드나? 일 번거롭게."

"……."

"다 틀어막지는 못해. 기자란 건드릴수록 시끄러워지는 족속이거든."

물론 '견지오'라는 이름이 사람들 입에 오르내리는 일은 없도록 하겠지만.

"만일을 대비해 B급 헌터 라이선스 하나가 발급될 거다. 국장과 합의된 내용이야."

"뭐든 난 우리 박 여사만 모르면 되는데."

범이 실소했다.

"왕의 역린을 건드릴 만큼 사람들이 멍청하진 않아서."

"……."

"탁라민이라 했던가? 요원 하나가 제법 영리하게 굴었더군."

기밀문서를 열람한 즉시, 감 좋은 요원은 정보 통제를 요청했다.

덕분에 센터에서도 발 빠르게 움직일 수 있었다.

프레스 쪽은 말마따나 더 큰 잡음을 막고자 내버려 뒀을 뿐. 지금쯤 딘전 내 목격자들은 한 명도 예외 없이 정부와 접촉 중이리라. 비밀 유지 서약서에 서명하기 위해서 말이다.

그러니 사람들이 발도제에 대해 백날 떠든다 해도 겉핥기에 불과. '견지오'라는 내핵까지 파고들 가능성은 전무했다.

"얼굴 안 팔린 걸 천운으로 여겨. 아니면 이 정도로 깔끔하진 않았을 테니."

"흠. 근데 B급 라이선스 뭐시기는 꼭 받아야 해?"

"너도 알다시피…… 국가 권력으로 입막음 불가능한 명이 껴 있잖나. 철저해서 나쁠 건 없지."

망할 조폭두부 같으니. 지오는 속으로 황혼을 흠씬 물어뜯으며 중얼거렸다.

"바빴겠네."

"덕분에 미팅 몇 개를 엎었지."

연초가 빠르게 타들어 간다. 마지막 연기까지 뱉어 낸 범의 구두가 불씨를 밟아 꺼트렸다.

애꿎은 데만 처다보고 있는 시선.

범은 제 큰 손을 그 머리 위로 툭 얹었다.

"안 어울리게 눈치 보긴."

"……하지 마."

"죄짓고 낑낑대는 건 강아지들이나 하는 짓이다. 귀엽긴 하다만 고양이답게 굴어. 난 편향적인 인간이라 개를 돌보는 데에는 관심 없거든."

"뭐래, 치워."

탁, 소리 나도록 쳐 내는 손에 범이 웃었다.

"이래야지."

그대로 차 쪽으로 걸어간다.

멀어지는, 대충 신은 삼선 슬리퍼와 반질한 남성용 구두의 거리. 지오는 잠시 보다가 뒤따라갔다.

"자."

내미는 노란 우산을 범이 응시했다. 왜 들고 나왔나 했더니.

"비 온다는 얘기 없었는데."

"내가 더 정확해. 오늘 밤 폭우야."

퉁명스럽게 쏘아붙이고선 휙 돌아서는 등. 한번 뒤돌면 절대 돌아보지 않는 분이셨다.

주택가 골목 모퉁이에 세워진 차는 그 작은 그림자가 완전히 보이지 않을 즈음에야 시동이 걸렸다.


그리고 그날 밤.

범은 물끄러미 차창 밖을 바라본다.

툭, 투둑.

돌연히 시작된 빗줄기는 지치지 않고 온밤을 적시고 있었다.

차 문을 열자 수행원들이 바삐 우산을 꺼내 펼친다. 그는 그 아래로 들어가는 대신 손안의 우산을 폈다. 큼지막한 검은 우산들 사이에서 노란 우산은 지독하게 튀었다.

안 웃을 수가 없어 범은 웃었다.

"작잖아."

네 사이즈를 주면 어쩌나?

이 바보가.

<br>

## 2

<br>

〖굿모닝 바벨! 시청자 여러분, 광고 보고 오셨습니다! 기다려 주셔서 감사해요! 저는 여러분의 MC 모나!〗

〖MC 리자입니다.〗

〖자, 수요일 집중 분석 코너! 현재 초대석에는 어렵게 모신 귀빈 두 분! 길드 〈해타〉의 대장로, 8위 랭커 최다윗 님!〗

〖하이.〗

〖그리고 마탑에서 와 주신 17위 랭커 청희도 님!〗

〖안녕하세요.〗

〖보기 힘들다는 1번 채널의 하이 랭커 두 분께서 계속 저희와 함께해 주고 계십니다! 끊겼던 얘기를 다시 시작하기에 앞서, 우리 1부를 놓친 분들을 위해 간략히 요약 설명 한 번 할까요, 리자리자?〗

〖예, 모나모나. 오늘 집중 분석 코너에선 어제 SNS를 프

겁게 달군 장안의 화제, 종로 나급 던전에 출현한 일명 '발도제' 님에 관한 얘기를 다루고 있습니다.』

『평균 D급의 공략대를 데리고 나급 던전 공략에 성공한 만큼, 뛰어난 실력자라는 건 증명된 사실이나 다름없죠! 그죠?』

『예. 또 그에 비해 노출된 정보는 지극히 적고요.』

『그래서 안목 뛰어난 전문가가 볼 땐 과연 어떨까~ 싶어서, 이렇게! 두 분을 어렵게 모신 거죠! 일단 방금 전 다윗 님께선 매우 수준급의 검사라고 확신하셨는데요! 이기…… 이기어…… 아까 뭐라고 하셨죠? 죄송해요!』

『이기어검강.』

『네네! 이기어검까진 들어 본 것 같은데, 이기어검강은 처음 들어 봐요. 글자 하나만 다른데 차이가 큰가요?』

『뭔…… 비교가 돼? 이기어검은 겉멋 든 놈들이 정신 사납게 작대기 휙휙 날려 대는 거고, 그걸 어떤 븅신이 못 해, 어?』

『꺅! 잘못했어요! 화내지 마세요! 모나 살려!』

『비, 비속어 사용은 자제 부탁드립니다, 다윗 님.』

『아, 됐고! 더 떠들 것도 없어. 이 자식은 걍 난놈이라니까. 보통 이기어검강도 아니고, 형체가 아예 없는 검강을 날리잖아. 눈깔 제대로 박힌 놈이면 딤닐 수밖에 없는 인재지. 그런 의미에서 우리 해─』

『잠깐만요. 실례지만, 제 견해는 약간 다릅니다.』

『뭐야? 음침한 마탑 놈이 뭘 안다고 껴들어? 짜져!』

〘……어제 누가 마법 찐따라고 모욕하길래 밤새도록 영상 분석을 해 봤는데요. 우리는 두 가지 가능성을 더 생각해볼 필요가 있습니다. 이 영상이 조작됐다거나 아니면…….〙

〘아니면요?〙

〘어쩌면 발도제 이분은 상당한 실력의 마법사일지도 모릅니다.〙

〘픕!〙

〘검술 관련 동작이 전혀 보이지 않는 것도 그렇고, 편견에서 벗어나면 얘기가 무척 간단해집니다. 검사라는 어떤 프레임을 한번 벗겨 보세요. 그럼 마법사 특유의 움직임이 보일 겁니다.〙

〘푸훕!〙

〘예를 들어 이 제스처는 가장 기초적인 마술 법칙인 '룬'을 그리는 기본 동작이에요. 숨 쉬는 거나 다름없는 행위라 마법사라면 몸에 배어 있을 수밖에 없죠. 여기 영상의 2분 31초 지점을 자세히 보시면……〙

〘아! 진짜 뭐래, 이 개소리 계속 듣고 있어야 돼? 존나 이 쌀 포대 걸친 먹통들은 뭐만 보면 죄다 마법이래. 만물 마법설이야, 뭐야?〙

〘싸, 쌀 포대라니? 마탑 공식 로브입니다! 엄연히 희귀 등급도 박혀 있는 명품이에요!〙

〘맹품이에애. 얘째래개.〙

『⋯⋯솔직히 먹통력으로 따지면 육체파들 따라갈 수나 있겠습니까? 지금 여기 한 명만 봐도 대화란 게 아예 통하질 않는데. 이건 무슨 짐승이나 야만인을 갖다 앉혀 둔 것도 아니고.』

『허, 익스큐즈으 뮈이? 찐따 너 지금 날 보고 말한 거냐?』

『선빵 날린 건 그쪽입니다만?』

『이게 진짜 보자 보자 하니까! 야! 넌 뒈졌어!』


삐이이이이―


『지금은 화면 조정 시간입니다.』

원 톱 랭커 견지오의 바른 생활 지침서 제1번.

하루 일한 자, 한 달을 쉬라.

인간이란 끝임없이 소진되면서 살아가는 동물이다.

숨 쉬는 일에조차 에너지를 쓰는데, 노동으로 막대한 에너지를 소모했으면 응당 제대로 충전할 줄도 알아야 하는 법.

"그래서? 요약하면, 놀고 싶고 쉬고 싶은데 십에서 시체처럼 딩굴거리기엔 어머님 눈치 보여서 우리를 불러냈다 그 소리잖아, 지금. 너 쉬는 데 협조하라고."

지오는 단호하게 답했다.

"응."

"이걸 진짜 팰까……?"

"에이, 지오 저러는 게 하루 이틀이야? 냅 둬. 출출한데 토스트도 시킬까? 이 집 토스트 맛있어 보인다."

"난 뜨거운 거 싫음. 빙수."

"견죠 너 돈은 있고?"

지오는 당당하게 답했다.

"아니."

"하하. 딱 한 대만 때리자, 제발. 응?"

"참아, 참아. 그럼 빙수도 시키고, 토스트도 시키지 뭐."

주먹 쥔 장세나를 양세도가 사람 좋은 얼굴로 뜯어말렸다.

[당신의 성약성, '운명을 읽는 자' 님이 저기 이보게 애기 고영, 친구들한테 잘 좀 하라고 조언합니다.]

'언니, 설마 지금 내 편 안 드는 거?'

[뭔 소리냐고, 이 오빠는 자나 깨나 앉으나 서나 네 생각뿐이라며 정색합니다.]

[다만 친구라곤 셋밖에 없는데 쟤네마저 잃고 외톨이 될까 봐 그렇다며 우리 애 교우 관계가 이토록 어려운 일이라고 한숨 푹 쉽니다.]

내 성위에게서 학부모의 찌든 고됨이 느껴진다.

물론 틀린 말은 아니었다.

워낙 좁게 사귀는 인간관계 탓에 친구라곤 눈앞의 둘과 지금은 부재한 설세라까지 딱 세 명.

양세도, 장세나, 설세라.

이들은 견지오의 셋뿐인 머글 친구들로서, 같은 유치원 출신이라는 미명하에 이쪽과 얽히게 된 가여운 인생들이었다. 이래서 인생은 유치원부터 픽을 잘해야 한다는 거다.

"우리 엄마는 어쩌자고 날 샛별유치원에 보내서 이 웬수랑. 어휴. 아, 좀 팍팍 퍼먹어! 어유, 입에 묻히긴 또 왜 묻혀!"

'진짜 장세나 이 구역 점순이 재질 끝판왕……'

입가를 벅벅 닦아 주는 손길이 몹시 따갑다. 목덜미 잡혀 버둥거리는 지오를 보며 양세도가 비실비실 웃었다.

"살살해, 세나야. 지오 아프겠다. 근데 그럼 이제 어떻게 되는 거야? 학원 옮겨? 옵티머스인가 거기 문 닫았다며."

"닫아야지! 트라우마 자극할 일 있어? 견죠가 운 하나는 징글맞게 타고나서 망정이지. 휘말리기라도 했어 봐! 상상만 해도 끔찍하다, 끔찍해."

"운도 그런데, 우리나라도 진짜 대단해. 위기 상황 되면 어떻게든 영웅이 한 명씩 꼭 나타나는 것 같아. '죠'도 그렇고, 이번에 발도제인기 그 사람도 그렇고."

"그러세나 말이다. 대단한 분들이야 참. 아오, 좀 깨작거리지 말랬지! 팍팍 먹어!"

그 '죠'이자 발도제인 삼수생의 등짝을 퍽 후려치며 장세나가 험히 인상 썼다. 지오는 침울하게 중얼거렸다.

"……세라 언제 와?"

"또, 또 우쭈쭈 예뻐해 주는 사람만 찾지! 맨날 듣기 좋은 소리만 들으려고!"

"언제 오는데……?"

"하하, 세라는 전공 수업이라 못 뺀대. 끝나고 바로 온댔으니 곧 오겠다. 사실 세나 쟤도 오늘 전필인데 쟨 그냥 빼고 온-"

"야! 양세도! 뭣 하러 그런 얘기를 해! 대학 문턱도 못 밟아 본 애한테!"

"점순아…… 난 봄 감자 별론데……."

만렙 츤데레를 향한 지오의 아련한 눈빛에 장세나의 귓불이 시뻘게질 무렵.

호랑이도 제 말 하면 온다고. 문이 열리는 종소리와 동시에 설세라가 등장했다.

그리고 지오가 애타게 기다리던 그 학 다리 미녀는 오자마자 냅다 원자 폭탄부터 투척했다.

"견죠, 네 동생 요즘 연애한다며?"

"크리스티나와 밤비 썰이라면 아까 애들한테 다 풀었-"

"아니, 말고!"

"종로 사대 천왕 등장 신을 말하는 거라면 난 전혀 모르는 얘기-"

"말고, 밤비 말고 금금! 너네 막내 금희 말이야! 무슨 외국인 남자 친구 생긴 것 같다고 내 동생이 그러던데?"

딸만 둘 있는 집의 장녀 설세라. 그 동생은 설보미.

설보미로 말할 것 같으면 견가 막내 견금희와 제일 친한 베프, 단짝 중 단짝이었다.

고로 이것은, 즉 신빙성 99.9%의 얘기.

빙수를 떠먹던 견지오의 수저가 쨍그랑 떨어졌다.

견씨 성을 지닌 인간들에겐 강력한 유전자가 하나 전해져 온다. 견지록에게도 있으며, 견지오에게도 당연히 있는 바로 그것.

쩌정 얼어붙은 지오를 보며 장세나가 혀를 찼다. 얼씨구.

"시스콤 버튼 나갔네."

이름: 견지오. 나이: 빠른 연생 20세.

(별표)(밑줄) 특징: 중증 시스콤 환자.

'어, 어떤 때려죽일 양키 새끼야, 시발……!'

내 금금!

숨겨졌던 이 구역 시스콤 끝판왕이 빙수 그릇을 엎고 뛰쳐나갔다.

· ◦ ◖ ◖ ● ◗ ◗ ◦ ·

여동생 견금희는 견지오의 아픈 손가락이라 단언할 수 있다.

가족애 강한 지오에게도 유독 아프고, 신경 쓰이는 손

가락.

물론 처음부터 그랬던 건 아니었다.

견지오는 매우 좁은 바운더리를 타고난 인간이었고, 그런 지오에게 '동생'이란 포지션은 처음부터 주인이 정해진 자리였다.

견지록.

자신과 같은 해에 태어난 남동생.

같은 해 첫 달, 1월 1일에 지오가 태어났고.

그해 마지막 달, 12월 31일 지록이 태어났다.

이름조차도 비슷하게 지어진 동년생 남매는 마치 쌍둥이처럼 늘 붙어서 성장했다.

같은 기억과 같은 감각을 공유했으며 삶의 거의 모든 순간을 함께했다.

흔히 말하는 애착 관계가 완벽히, 또 매우 강력하게 형성된 것이었다. 한 몸처럼 자란 형제가 있으니, 그 어떤 부족함도 느낄 리가.

그리고 그렇게 모자람 없이 꽉 채워진 견지오의 원 바깥에 바로, 세 살 차이의 여동생 견금희가 있었다.

미숙아로 태어난 막내는 어릴 때부터 몸이 약했다. 촌스러운 이름을 붙여야 오래 산다는 미신에 매달려야 할 정도로.

갓난아기 때는 매일 병원에 있었으며, 집에 와서도 언제나 엄마의 눈과 손을 필요로 했다. 덕분에 지오와 지록을 돌보는 일은 주로 부친 견태성의 몫이었고, 그가 죽은 이후엔 대부분의 시간을 〈은사자〉 손에 맡겨져 자랐다.

엄마를 빼앗겼다고 질투가 생긴다거나, 유치한 감정이 들지는 않았다. 그런 걸 느낄 만큼 예민하지도, 주변의 관심이 부족하지도 않았으니까.

다만 금희에게 애정이 있느냐 누군가 물으면, 지오는 좀 어려워졌다.

어딘가 남 같은 여동생.

지오가 느끼는 금희란 딱 거기까지였으니까.

만약, 그날이 없었다면 말이다.

「견지오, 너 가 봐야 하지 않아?」

「어딜?」

「집이지 어디야. 아까 막내 아프다고 너희 엄마한테 전화 왔잖아. 얼른 집에 들어가 보라고.」

「엉. 근데 안 와도 된다던데.」

「누가?」

「걔가. 전화해서 물어보니까 괜찮대. 필요 없대.」

시오 나이 열셋, 금희 나이 열 살 때의 일이다.

친구들과 노는 게 한창 재미있을 때였고, 박 여사의 독촉이 귀찮게만 느껴졌던 것도 사실. 통화상 목소리가 좀 안 좋게 들리긴 했어도, 걘 늘 아프니까. 그 정도야 뭐.

그렇게 대수롭게 여겼던 어린 날의 저녁이었다.

「야!」

무언가 잘못됐구나 깨달은 것은 땀에 젖은 견지록이 희게 질려 달려왔을 때.

「시발, 너 진짜! 고작 게임이나 하려고, 너……!」

울컥한 견지록은 말을 잇지 못했다. 지오의 손목을 낚아채는 손이 뜨겁디뜨거웠다.

거친 그 손길에 이끌려 도착한 곳은 병원 응급실.

하얀 침대에 누워서 마르고 작은 몸을 헐떡이고 있는 여동생의 앞이었다.

급성 폐렴.

하마터면 죽을 뻔했단다.

지오는 어이가 없었다.

고작 그걸로?

그 시점의 견지오는 이미 각성자였다. 어리지만, 세계에서 가장 강력한 마법사였다. 그깟 거 손짓 한 번이면 깨끗이 낫고도 남는다.

폐렴이 대수야? 목숨만 붙어 있으면 반송장도 살리는
데. 그런 사람의 친동생인데 겨우 폐렴 따위로⋯⋯.
　그 쉬운 걸 안 해서 이 애를 죽일 뻔했다.

　「괜찮다며?」

　괜찮대서 정말 괜찮은 줄 알았다.

　「필요 없다며?」

　필요 없대서 정말 필요 없는 줄 알았다.
　창백한 안색의 박 여사는 지오를 탓하지 않았다. 그런
데도 금희는 말했다. 깨어난 제 눈앞에 선 지오를 물끄러
미 바라보면서.

　「나 때문에 혼났니? 미안.」

　어린 지오는 그때 깨달았다.

　「너⋯⋯ 왜 날 언니라고 안 불러?」

．이상할 정도로 내내 차분하기만 하던 견금희.

지오보다 더 어린 금희가 그 말에 이를 악물었다. 케케
묵은 무언가를 가득 담아서 뱉어 냈다.


「내가 어떻게?」
「……..」
「나 네 동생 아니잖아.」


어린 여동생의 말에선 끔찍하리만치 외로운 냄새가 났다.
지오는 뒷걸음질 쳤다.
어깨 위로 내려앉는, 어떤 무게.
비로소 견지오가 견금희의 언니가 되는 순간이었다.

그렇게 첫 단추를 잘못 꿰다 보니 여러모로 어려운 동생.
하지만 그만큼 또 잘해 주고 싶기도 했다. 지오가 그날
어린 금희의 눈빛을 잊지 않는 한, 아마 평생 그럴 것이다.
거실 소파에 드러누워 있는 견금희. 넓게 퍼진 긴 곱슬
머리부터 쭉 뻗은 다리까지. 흡사 사바나 암사자 같은 여유
다. 열일곱 살이라곤 믿기지 않는 카리스마가 풀풀 풍겼다.
기세 좋게 헐레벌떡 달려왔는데, 막상 보니 어깨가 작아
진다. 이 세상 통틀어 견금희에게만 약한 동생 쭈구리 견

지오가 살금살금 다가갔다.

"뭐야?"

"……."

"왜 또 내 배 위에서 식빵 굽고 난린데? 저리 안 비켜?"

[성위, '운명을 읽는 자' 님이 턱을 떨굽니다.]

[저, 저, 지 필요할 때만 애교 장착하는 가증스러운 깜찍이를 보라며, 네가 무슨 폭군한테 아양 떠는 후궁이냐고 당장 떨어지라 광광 웁니다.]

"금그음……."

애교 모드 ON. 여동생의 품속으로 비비적 파고들며 지오가 계산적인 두 눈을 깜빡였다.

[당신의 성약성, '운명을 읽는 자' 님이 프리미엄 캡처 기능을 사용합니다.]

[다 됐으니 일단 이 순간을 즐기겠다며 하던 일 마저 하시라 손짓합니다.]

뭔가 굉장히 어수선하지만, 중요한 게 아니다. 부러움에 질식 중인 성약성을 무시하며 지오는 턱을 가련한 척 기울였다.

"뭐 해애? 누구랑 톡 하는데? 응?"

처빌라믹을 양키 그 새끼지? 어? 이 언니는 그 언애 반낼세.

"내가 누구랑 하든 말든."

철벽의 견금희.

귀찮다고 계속 밀어내는 것도 잠깐, 곧 익숙하게 지오

를 품에 끼워 넣고 휴대전화 화면에 집중한다. 들러붙는 거머리를 상대하는 게 하루 이틀이 아닌 품새였다.

칼차단당한 지오가 품속에서 바들바들 떨었다. 초조하게 입술을 물어뜯으며 머리를 굴리지만. 아.

"어, 언니랑 오랜만에 쇼핑이나 가실?"

마치 미녀 앞에서 가진 거라곤 돈밖에 없는 졸부식 대사. 휴대전화 화면만 두들기던 견금희의 손가락이 멈칫했다.

잠시 후, 슬쩍 내리까는 속눈썹은 고혹적이기 그지없다.

"얼마나 쓸 수 있는데요?"

"많이!"

"증거."

"여기!"

척, 내미는 (남이 준) 블랙 카드.

빙수 한 그릇 값까지 탈탈 뜯기던 친구들이 봤으면 가슴 칠 장면이었지만, 원래 인간의 한계란 상대에 따라 달라지는 법 아니겠는가?

치트 키가 등장했으니 더 이상의 밀당은 불필요했다.

견금희가 씩 웃었다.

"옷 챙겨."

헌터 마켓.

전 세계 헌터계 흐름을 주도하는 양대 산맥답게, 대한민국의 헌터 시장 역시 손꼽히는 규모였다.

이름난 장인들의 공방이 숱하게 자리한 것은 물론이요, 암시장 또한 활발. 국제 럭셔리 브랜드들도 질세라 앞다투어 국내에 들어와 있었다.

그중 제일 명성 높은 곳을 고르자면 당연히 금강산에 위치한 〈장인촌〉이겠지만……. 그런 데는 몇 개월씩 걸리는 맞춤용 장비가 필요할 때나 가는 거고.

오늘 견씨 자매가 향한 곳은 서울 강남, 청담의 D 마켓.

국내 헌터 마켓 빅3 중 한 곳으로, 나머지는 각각 서울 강북, 부산 센텀에 위치해 있다. 청담에 있는 이곳은 헌터 전용, 국내 최대 규모, 최다 브랜드 입점 등으로 개관할 때부터 공격적으로 홍보를 때려 대던 곳이었는데.

그 화려한 명성답게 외관도 번쩍번쩍.

실내는 그보다 배는 더했다. 소시민의 기를 꺾는 듯한 위용에 지오가 못마땅히 눈살을 찌푸렸다.

'쯧쯧, 자본주의에 찌든 황금 제국의 개돼지들 같으니……. 지금도 지구 반대편에선 물 한 모금 못 마시는 사람들이 있는데, 어? 다 함께 살아간다는 지구촌 사회가 말이야.'

말세다, 말세. 세상이 대체 어찌 될라고?

저거 봐, 저거. 전장에서 싸우는 헌터들이 명품 향수가

웬 말이냐고, 저게 대체 왜 필요한데? 어떤 생각 없는 붕신들이 저런-

"아! 저쪽부터 가자. 나 향수 다 썼거든. 새로 살 때 됐어."

"……저런 게, 암, 필요하지. 고럼, 고럼. 헌터한테 향수는 필수품이지. 기본 중의 기본 아니야? 향수 없는 헌터는 총 없는 군인, 단팥 없는 빵……."

"뭐래? 빨리 와."

"웅."

탈룰라킹 견지오가 금희의 뒤를 졸래졸래 따라갔다.

"……얼마요?"

"36만 7,000원입니다, 고객님. 일시불로 결제 도와드릴까요?"

치킨값 맥시멈이 삼만 원. 배달 팁까지 포함된 금액이다.

그 이상은 제 손으로 긁어 본 적 없는 소시민 마술사 왕이 떨리는 눈빛으로 제 여동생을 돌아봤다. 이쪽의 빈민은 관심도 없이 흥얼거리며 진열대를 구경 중인 견금희. 지오는 화들짝 놀랐다.

'그, 금그음! 저렇게 생기 넘치는 얼굴을 할 줄 아는 애였다니!'

사바나 암사지는 어딜 가고 얼굴이 꽃핀 급식 소녀만이 있었다.

저런 솔직한 자본주의 Girl……. 감명해 버린 지오가 망설임을 버리고 카드를 꺼냈다. 슥 내밀며 목소리를 묵직하게 내리깐다.

"12개월이요."

"네?"

"왜요. 뭐. 아니, 여기 12개월 무이자 할부 된다고 쓰여 있잖아요?"

그 묵직함에 약간 당황한 듯한 직원이 조심스럽게 답했다.

"죄송하지만 고객님, 건네주신 이 프리미엄 헌터 카드로는 할부 결제가 가능하지 않습니다."

해석: VVIP 블랙 카드로 12개월? 진심이니?

[성위, '운명을 읽는 자' 님이 이래서 고기도 먹어 본 놈이 먹는 거라며 대리 수치심을 호소합니다.]

"⋯⋯."

어색해지는 공기와 티 나지 않게 카드와 지오를 번갈아 보는 직원. 지오는 조용히 뇌까렸다.

"도난 카드 아님요."

아님. 아무튼 그거 아님.

이후에도 무슨 마법사 협회 인증 마크가 박힌 화장품이니 뭐니 ⋯⋯ 소소하게 몇 개를 더 구입하고서, 어느새 사이좋게 테이크 아웃한 커피 잔까지 나눠 든 자매였다.

"근데 언니 넌 왜 아무것도 안 사? 아무것도 안 사니까 꼭 내가 너 등골 뜯어먹는 거 같잖아."

"안 사도 됩니다. 언니란 원래 동생이 좋아하는 것만 봐도 배부르니까. 그것이 으른이니까."

"뭐라는 거야. 또 인터넷에서 이상한 거 보고 패러디하는 거지?"

샐쭉하게 눈을 흘기는 막내. 타박하면서도 기분은 좋은지 딸기 크림 음료를 쭉 빨아 마신다. 몇 분 전 카페에서 웬 개저씨가 멀대 같은 애가 귀여운 걸 마시고, 조그만 애가 쓴 거 마신다며 지껄인 망언은 다행히 금방 지워 낸 모양.

지오는 샷 추가한 아메리카노를 들이켜며 슬쩍 웃었다. 오랜만에 듣는 여동생의 웃음소리가 듣기 좋았다.

[당신의 성약성, '운명을 읽는 자' 님이 우리 처제가 좋아하는 모습을 보니 오빠도 좋다며 같이 흐뭇해합니다.]

[안 그래, 자기? 역시 사위의 행복은 처가의 행복에서 오는 법이라며 끄덕입니다.]

'이 노땅별 분위기 좋다고 은근슬쩍 개소리 시전하네. 양심 챙겨.'

"또 집중력 샌다. 성약성이야?"

"쏴리. 자꾸 개소리해서."

"……성위한테 진짜 그렇게 막말해도 돼? 볼 때마다 겁나 적응 안 되는 기 알지?"

"됩니다. 그것이 민주주의니까. 우리 모두가 공평한 대한민국 만세."

"인터넷에선 허구한 날 너 황제로 추대하고, 지금이라도 제국으로 바꾸자고 난리던데."

"그런가……? 나의 신민들 뜻이, 민심이 정녕 그러한가."

"진지 빨지는 말고. 진짜 가능할 거 같아서 개무섭거든?"

"푸른 지붕 집에서 살고 싶어지면 말해, 울 금금만 원한다면 온니가 확 마, 확 뚜까뚜까……!"

"아, 됐다고요. 절대 사양이라고요."

와, 이것은 찐텐! 찐자매 같다.

티키타카도 오가고, 분위기도 화기애애하니. 예민한 주제(ex: 남친) 같은 걸 찔러보기엔 더할 나위 없는 타이밍, 옳거니!

이때다 싶은 지오가 은근한 뉘앙스로 찔러보았다.

"진짜야. 필요한 거라든가, 원하는 거라든가, 하고 싶은 얘기라든가 뭐 조금이라도 있으면 언니한테 말만 해. 말만 하면 내가 정말 얼마든지, 뭐든지 다-"

"아…… 진짜. 됐다고 했지."

'……으응?'

"됐다는데 왜 자꾸 그래? 내가 무슨 너랑 밤비 없이는 아무 것도 못 하는 천치냐?"

'……어?'

이, 이게 아닌데에……?

급격히 냉각된 분위기.

싹 굳어 버린 표정으로 금희가 이쪽을 쏘아보았다.

그 갑작스럽고 날 선 반응이 얼떨떨하다. 지오는 눈만 끔뻑였다. 어렵다, 어렵다 느끼는 여동생이긴 했지만, 이럴 땐 진짜 뭘 어떻게 반응해야 맞는지.

성질대로 모진 말도, 오만하고 안하무인인 태도도 막내 앞에선 죄 나오지 않는 것들이었다.

그걸 모르지 않는 견금희가 재빨리 짜증을 추슬렀다.

'추하다 견금희, 이 열등감덩어리야. 혼자 버튼 눌려서 급발진이나 해 대고……'

금희는 꾹꾹 누르며 다잡았다.

"굳이 그럴 필요 없다고. 나도 헌터고, 누구 도움 없이도 혼자 알아서 할 수 있으니까."

애써 누그러트린 어조와 내리깐 시선. 애꿎은 바닥만 본다. 그런 동생을 가만 바라보다가 지오는 손을 뻗었다.

말은 잘못하면 오해가 생길 수도 있지만, 행동은 아니니까.

"……싫어. 나 지금 얼음 녹아서 손 축축해. 물 묻었단 말이야."

"노상관인데. 깔끔 떠는 건 너하고 밤비나 그러지."

"……언니는 좀 떨어 봐. 방 볼 때마다 더러워 죽겠어, 진짜."

슬그미니 마주 잡아 오는 손.

지오는 그 차가운 손에 깍지를 끼며 아무렇지 않게 말을 이었다.

"그게 그렇게 보여도 다 나름의 이유가 있는 거임. 겉보기엔 거칠어도 속은 절대 아니라구."

"안 어울리게 돌려서 달래지 마, 이 바보야."

"들켰넹."

"내가 예민해서 싫지?"

"아니."

"내가 지랄 맞아서 밉지?"

"절대로. 네버."

"왜?"

"너니까. 세상에서 하나뿐인 우리 금쪽이 막내 금금이니까."

"……나 미워하지 마. 나도 예쁜 동생 해 주고 싶은데 맘처럼 안 되는 거야."

"이미 예뻐. 너보다 예쁜 애를 못 봤는데, 나는."

"난 내가 너무 싫어."

"난 네가 너무 좋아."

맞잡은 손에 꽉 힘이 들어갔다.

담백하게 이어지던 대화가 끊기고, 우뚝 서는 두 쌍의 발걸음.

제 쪽으로 고개 돌리는 지오를 내려다보며 금희가 중얼거렸다. 붉은 기가 올라온 눈시울로.

"진짜 짜증 나, 견지오……. 사람 마음 갖는 데는 타고

났지, 씨발."

"허어. 언니한테 욕질이라니."

"아아 몰라! 됐고, 다른 건 다 필요 없으니까 오늘 이왕 쓰는 돈이나 팍팍 써. ……뭐 언박싱 찍어서 올리게 큰 거 하나 사 주면 좋고."

"확 여길 사 버릴까?"

"주접은 됐고요."

하나 훈훈한 분위기도 잠시.

그렇게 '큰 거' 하나 마련하고자 룰루랄라 위층으로 향한 자매는…….

"죄송합니다. 본 층부터는 입장에 제한을 두고 있습니다."

자본주의가 낳은 괴물.

VIP 마케팅, 일명 귀족 마케팅과 조우하게 되었다.

백화점만큼 VIP 마케팅에 진심인 곳은 드물다.

상위 20%가 매출의 80%를 차지한다는 파레토 법칙에 몹시 충실한 곳. 고급 백화점을 모델로 삼은 대기업 산하 힌터 마켓, 청담의 D 마켓 역시 마찬가지였다.

일반 고객들에게 오픈한 곳은 딱 3층까지. 그 위층, 즉 '전용관'부터는 가드들이 출입 제한 라인을 쳐 두고 통제

하고 있었다.

"국가 공인 헌터 라이선스 소지자와 일행분에 한해서 입장 가능하십니다. 확인 부탁드리겠습니다."

"아까 했는데요?"

견금희가 퉁명스럽게 대꾸했다.

4층에 올라올 때쯤 이미 한 번 거친 절차였으니까.

그러나 7층 앞의 가드는 미동도 없다. 지오와 시선을 교환한 금희가 짜증스런 손길로 가방을 다시 열었다.

"고객님. 죄송하지만 입장이 어려우십니다."

"……왜요?"

"7층부터는 로열 전용관으로 운영하고 있습니다. 등급에 따라 층별 입장 제한이 있으며, E급 라이선스 소지자께선 6층까지 이용 가능하십니다."

= 허접한 게 어따 들이대? 물 흐리지 말고 썩 돌아가라. 엣헴.

한마디로 입뺀이었다. 입구 뺀찌.

'E급'에 힘주어 발음한 가드가 거만히 뒷짐 지었다.

이젠 이쪽으로 눈길조차 안 준다. 견금희는 말없이 리턴당한 제 라이선스를 받아 챙겼다. 아무렇지 않은 얼굴로 휙 돌아선다.

"그건 몰랐네. 다음부턴 밤비라도 데려와야겠다. 가자, 죠죠."

"뭔 잡상인들 주제에 입뺄을……."

"됐어. 헌터가 등급으로 컷 당하는 게 하루 이틀인가? 익숙해."

하지만 지오는 보고 말았다.

태연한 말과 달리 구불거리는 긴 머리카락 사이로 빨갛게 달아오른 막내의 귓불을.

'하여튼 옛날부터 거짓말은 선수지.'

있어서 나쁠 것 없다더니, 진짜였다. 귀찮은 짓이라고만 생각했는데, 이딴 데서 이렇게 쓰게 될 줄은.

그만 가자고 이끄는 팔을 다독이고 지오는 주머니를 뒤지는 척, 인벤토리를 열었다.

월드 랭킹 1위, 행성 대표씩이나 되는 인간계 원 톱 괴물을 옆에 두고도 견금희가 미련 없이 돌아선 건 나름의 확신이 있었기 때문이다.

견지오의 라이선스가 여기서 오픈될 리 없다는 확신.

왜냐면 세상의 모든 '스페셜'들이 으레 그러하듯, S급들은 헌터 딱지마저도 엄청 요란했으니까.

각자 등급에 따라 모양새가 점점 화려해지는 것이 헌터 라이선스의 특징이긴 하나…… 그래도 AAA급까지는 정해진 틀, '면허증' 형식을 유지한다면 S급부터는 그딴 거 없었다.

오로지 넘버링.

국가로부터 부여받은 개별 코드에 마력을 주입하면, 시

스템에 등록된 S급 각성자의 고유 문장이 마력 홀로그램으로 출력되는 식.

중요 전력인 극소수의 S급들을 나라에서 특별 관리한답시고 벌여 둔 일이었다. 그래서 S급들은 라이선스 모양이 저마다 따로 논다. 코드 각인만 된다면 그 물건이 뭐가 됐든 상관없었으니까.

견지록 같은 경우엔 피어싱, 최다윗은 팔찌. 견지오는…….

'……뭐더라?'

바, 반지였나? 잃어버려서 몇 번 바꿨던 것 같긴 한데……. 폰 케이스? 에, 에어팟……?

'……'

몰라. 어딘가엔 있겠지……. 잘 찾아보면 인벤토리 구석 어딘가에서 나오긴 나올 거다.

어쨌든 지금 필요한 건 그게 아니었다. 흑룡과 온갖 화려함으로 범벅된 마술사왕의 고유 문장을 당연히 이런 데서 꺼낼 순 없는 노릇이고.

"요기요."

마침 얼마 전 받아 둔 물건이 있었다.

---

HUNTER LICENSE / KR /

각성자 견지오

− LEVEL. B −

---

만일을 대비한다며 국장과 범이 떠안겨 준 발도제의 (위장) 신분증. 본캐에 비하면 허접하기 그지없는 부캐의 스펙이었지만······.

피라미드란 원래 위로 갈수록 파이가 좁아지는 법.

각성자 또한 마찬가지다. 심하다면 제일 심했다. 널리고 널린 게 헌터들인 요즘 세상이라도, B급부터는 소위 말하는 '딴 세상 사람들'이었으니까.

대다수 길드에서 주축이 되는 전력도 보통 B급부터.

"시, 실례했습니다."

가드들의 태도가 즉변했다.

등급을 확인하자마자 안색이 싹 바뀌더니, 안절부절 이쪽 눈치를 살핀다.

"고객님들께서는 10층 트리니티관까지 제한 없이 이용 가능하십니다. 불편 없이 모실 수 있도록 전용관의 직원들에게 미리 연락을 넣어 둘까요?"

답은 견금희가 대신했다.

"됐고요. 알아서 할게요."

"아······."

"이렇게 친절하신 분들인 줄 몰랐네."

길 터 주는 가드들의 사이를 지나며, 까칠한 중얼거림과 어깨빵도 빼먹지 않고.

도도한 발걸음으로 앞서는 견금희의 뒤를 지오가 어슬렁어슬렁 따라갔다. 쇼핑이 시작된 지 두 시간. 창문 없는 백화점 실내는 여전히 눈부시도록 밝았다.

임상인, 만 37세.

직업: 청담 D 마켓 트리니티관 소속 VIP 전담팀 퍼스널 쇼퍼.

멋들어진 콧수염의 이 젠틀맨은 번듯한 외양과 달리 요즘 속내가 말이 아니었다.

부산 마린 지점에서 인정받아 청담 본점으로 올라온 지도 어언 반년. 시간은 쭉쭉 흐르건만 아직까지 이렇다 할 실적을 못 올린 탓이었다.

일반 백화점의 퍼스널 쇼퍼와 헌터 마켓의 퍼스널 쇼퍼는 그 성격이 약간 다르다. 그쪽이 체계적인 운영하에 VIP에게 부름받는 비서 시스템이라면, 이쪽은 그야말로 실전 로또.

처음 보는 엔 놈이 획 외서 획 몇십억씩 지르고 가는 일이 비일비재했다.

따라서 쇼퍼들도 고객의 요청에 우아하게 불려 나오는 게 아니라, 이놈이 로또일까 저놈이 로또일까 대어를 놓치지 않기 위해 항상 입구 앞에 대기 타고 있어야 하는 신세였다.

'큰손 한 명만 잡으면 서울 생활 자리 잡는 것도 일이 아 닐 텐데……'

그러나 겪어 보니 서울깍쟁이 이놈들 텃세가 장난이 아 니었다.

낌새가 좀 보이는 고객이다 싶으면 저희들끼리 뭉쳐서 토스해 주고, 밀어주고…… 염병. 방금도 공들여 작업 치고 있던 고객을 재고 확인하러 간 사이에 홀라당 빼앗기지 않았나?

임상인은 초조하게 입구를 힐긋거렸다.

'벌써 월말인데 이번 달도 말아먹으면…… 어?'

때마침 고객 입장.

대리석 바닥을 울리는 발소리에 미어캣 떼처럼 장내 모든 쇼퍼들의 고개가 휙 돌아갔다. 머리부터 발끝까지 쫙 훑은 스캔에는 정확히 15초.

닳고 닳은 베테랑 쇼퍼들에게 고객의 견적을 뽑아내는 데엔 그 정도 시간이면 충분했다.

젊은 여자 두 명.

한쪽은 미성년자 고등학생. 다른 한쪽은, 어려 보여도 동안일 뿐 확실히 연상. 스무 살쯤으로 추정.

전혀 닮지 않았으나 높은 확률로 자매.

걷는 품새나 몸의 방향, 눈높이 등으로 보건대 관계에서의 주도권은 동생 쪽. 그러나 경제권은 확실히 언니에게 있고.

동생 신발 브랜드는 중간. 가방은 오, 정통 이탈리아 브랜드인데?

교복은 샛별고, 강남 8학군. 머릿결과 손톱 및 관리 상태로 보아 최소 중산층 이상. 흐음. 언니 쪽은⋯⋯.

'에이, 텄네.'

뭐야 저게? PC방 백수 아니야?

동네 마실 나온 이 구역 삼수생의 위엄에 감명한 쇼퍼들이 일제히 고개를 돌렸다. 등급 측정기 뺨치는 솜씨로 스캔 때렸던 건 없던 일인 양 하던 일들에 마저 집중한다.

"⋯⋯뭐임? 묘하게 기분 나쁜데."

"웬 뜬금없는 소리야, 또?"

"아니⋯⋯ 이상하네. 전방위로 모욕당한 듯한 이 느낌 뭐지?"

"너 무슨 피해망상 같은 거 있어?"

'촉이 짐승 수준인데.'

귀 기울여 듣던 임상인은 내심 감탄했다.

'베테랑 쇼퍼들의 견적 스캔을 눈치채다니.'

몇 달 전에 방문했던, 랭킹 8위의 최다윗이 확 다 뽑아버리기 진에 기분 나쁜 눈낄들 치우라고 으름징 놓은 이래 처음이었⋯⋯.

'잠깐만, 뭐?'

순간 등골이 쭈뼛 선다.

이 기분을 뭐라고 설명해야 할지 모르겠다. 마치 어두운 머릿속에서 환한 형광등이 켜지는 느낌!

임상인은 전율했다. 부산 마린점의 전설, 16년 차 장사치인 그의 감이 부르짖고 있었다.

'이건 쪽박 아니면 대박이다!'

입구는 아직 한산했다.

1:1 맞춤 응대가 룰인 트리니티관에선 무조건 쇼퍼 한 명이 고객에게 따라붙어야 한다. 그러나 텄다고 계산 마친 물고기인 만큼, 모두가 미루며 외면하고 있는 바로 그 시점.

임상인은 성큼성큼 걸어갔다.

"안녕하십니까, 고객님! 트리니티관에 방문해 주셔서 감사합니다. 저는 트리니티의 VVIP 전담 퍼스널 쇼퍼, 임, 상, 인이라고 합니다. 오늘 하루 두 분 고객님의 눈과 손이 되어 부족함 없이 모시겠습니다. 잘 부탁드립니다!"

정중히 허리 숙이는 그의 귓가로 동료들의 숨죽인 비웃음이 들려왔다. 하지만 고개 든 임상인은 더욱더 확신했다.

'추리닝 소매에…… 팥이 묻어 있어!'

가까이서 보니 더 엄청나게 엉망진창이다!

대한민국 최고의 명품관을 팥빙수 묻은 추리닝과 캐릭터 양말 신은 슬리퍼 차림으로 가로지르는 이 담대함!

'확신이야. 내가 맞아. 이건 미친놈 아니면 거물 중 거물이다.'

이렇게 타인을 일절 신경 쓰지 않는 녀석은 인류 역사상 고대 중국 황제 빼고 전무했다.

"엥……. 심 봉사도 아니고 왜 남의 눈을?"

"쫌! 조용히 해. 아, 이쪽은 신경 쓰지 마세요. 그럼 부탁드릴게요. 임…… 상인 쇼퍼님."

"하하. 호칭이 불편하시면 편하게 아저씨라든가, 그렇게 부르셔도 됩니다."

"호오, 그래. 임 아재. 오늘 좋은 물건 좀 있는가?"

"견지오!"

"……."

동료들의 비웃음이 서라운드로 들려오는 건 착각일까?

'아니야…… 내가 맞아…….'

흔들리는 마음을 애써 다잡으며 임상인은 견씨 자매를 안으로 이끌었다. 프로의 미소를 지우지 않은 채.

·· ✦ ✳ ✦ ✦ ·· 

"나도 저런 시절이 있었지."

"무슨 시절이요?"

"암행어사 믿던 시절."

청담 D 마켓 트리니티관의 에이스 김대강은 다듬던 손톱 부스러기를 여유롭게 훅 불었다.

"없으면 없어 보일수록 뭔가 있을 거라며 짱구 굴리는 거. 철석같이 믿었지. 멍청하게."

"음, 왜요? 그게 멍청할 정돈가? 조심하는 게 맞긴 맞잖아요. 팀장님도 고객님들 겉모습만 보고 판단하지 말라 하셨는데."

"야, 신입. 팀장이 물건 파냐? 실적을 봐라. 이 바닥 업계 톱이 누구야?"

"……선배님이시죠."

"멍청아. VVIP 마케팅의 기본이 뭐야? 선택과 집중! 0.1%의 암행어사 찾아 이리저리 충성을 다하느니 99.9%의 변 사또를 대접하는 게 진리다 이 말씀이지. 백날 이몽룡 찾아봐라. 그사이 난놈들은 진작 변 사또 모셔서 호강하고 있지. 그리고……."

김대강은 턱을 들어 비웃음으로 한쪽을 가리켰다.

매장 저편, 열심히 자매의 뒤를 쫓아다니고 있는 임상인 쪽을.

"암행어사 후보도 정도가 있지. 저건 좀 심하지 않냐? 마린점의 에이스였다더니, 아이고, 아재요. 이름이 울겠수다."

"대강 씨! 루카스 님 올라오고 계신답니다. 대기하세요."

"넵! 좋아, 그럼 부산 에이스기 급식들 시중 들 때, 이 서울의 진짜 에이스는 천조국 사또님이나 모시러 가 볼까나~"

향수를 칙칙 뿌리며 걸어가는 김대강. 남겨진 후배는

찝찝한 얼굴로 고개를 저었다.

'상대방 개무시하는 악당은 역관광의 전조인데.'

하지만 누군가가 그를 개무시하고, 또 누군가는 심상찮은 전조를 느끼든 말든. 부산 에이스 임상인의 속내는 빠르게 갯더미가 되어가는 중이었다.

"이건 어때?"

"동생분의 안목이 보통이 아니십니다. 이 '나르젠다가의 황금 눈물'로 말씀드릴 것 같으면 2급 마수 나다의-"

"구린데."

"……커흠, 갑각으로부터 추출한 순 황금과 바벨산 르제옥을 합성 가공한, 준영웅 등급 성장형 마옥으로서 직업군 제한 없이-"

"개구려."

"……."

"그래? 그럼 이건?"

"아! 물론 간가닌 마강鋼의 '금강 백 개 가시' 또한 더할 나위 없는 최상급 명품입니다! 저희 매장에서도 하나밖에 없는 금강산 장인촌의 물건으로……!"

"오, 조긱이네."

"……! 예! 그, 그렇습니다! 여기 보시면 마이스터의 서명까지-"

"산산조각."

"……"

"미친 꽃다발임? 정신없게 가시가 백 개나 왜 필요함?"

"흐응. 듣고 보니 그 말도 일리는 있는데……."

"……"

'이러시는 이유가 있을 거 아니에요.'

견씨 자매가 매장을 둘러본 지 약 한 시간 반.

현재까지의 실적, 제로.

임상인의 멘탈과 희망도 금강 백 개 가시처럼 예쁘게 조각나고 있었다.

'난이도 SSS급…….'

난공불락이 따로 없다.

고객 심리 파악엔 나름 자신 있는 그였는데.

임상인은 눈물 고인 눈으로 뒷짐 지고 선 조그만 여자를 뚫어져라 바라봤다.

희다 못해 창백한 피부. 헐렁한 후드에 가려진 마른 어깨, 가는 인상의 목선, 그리고 얇은 머리카락까지.

전체적으로 연약하다는 느낌이 들 법도 하건만, 절대로 그렇지 않은 건 아마도 저 얼굴 탓. 한 걸음 물러나 모든 걸 내려다보는 듯한 표정 때문일지도 모른다.

읽어 내기 힘든 무표정으로 대체 뭔 생각을 하는지.

게다가 붓으로 그려 빼낸 듯한 눈꼬리와 눈썹은 또 어떤가? 그 아래 눈물점 두 개와 더해져 묘하기만 하고…….

"어이, 임 아재. 일해. 남의 귀한 상판때기 그만 뜯어보고. 닳겠네."

"……죄, 죄송합니다!"

허둥지둥 임상인이 고개 숙이던 그때.

"[여긴 C급부터 입장 가능하다고 하지 않았나? 역시 대단한 나라야, 한국은. 이런 어린 여자애들까지 상위 헌터라니.]"

"[꼭 그렇지만도 않습니다, 미스터 말론. 타인의 라이선스로도 입장은 가능하거든요.]"

"[그럼 헌터도 아닌 계집애들이 희귀 등급 이상의 고등 아이템들을 멋대로 만지작대고 있다는 건가? 미쳤군.]"

난데없이 들이닥치는 외국인의 막말 폭격.

임상인은 얼른 제 고객들부터 돌아봤다. 다행일까, 영어 리스닝이 되지 않는지 표정 변화는 없다. 그저 갑자기 나타난 이 양키들은 뭐냐는 듯, 시큰둥한 눈빛뿐.

그에 당황이 좀 가라앉자 곧 분노가 치밀었다. 이를 악문 임상인이 히죽거리는 김대강에게 다가가 목소릴 낮췄다.

"이게 무슨…… 대강 씨! 고객님들 동선이 겹치지 않게 하는 건 쇼퍼의 기본 아닙니까?!"

"아이고, 죄송히리ㆍ 우리 고객님께시 찾는 물건이 있다고 하셔서요. 어떤 상황에서든 VIP의 만족을 위해 최선을 다하는 것도 쇼퍼의 기본 소임이죠."

"그래도 그렇지. 방금 대화를 제 고객님들께서 알아듣

기라도 하셨으면 대체 어쩌려고……!"

"[상인 씨. 이거 왜 이러실까? 우리 솔직해지자고요. 딱 봐도, 네? 고딩이랑 백수 나부랭이 아닙니까. 쟤들이 알아듣긴 뭘 알아듣는다고. 그럼 저희 VIP 고객님한테 뭐, 입 조심하시라 말할까요? 뒷일은 상인 씨가 책임지실래요?]"

"이봐요, 김대강 씨!"

"[다 알아듣는데.]"

시니컬한 말투, 허스키한 목소리.

넓은 매장 안, 매우 낮은 톤의 영어가 울린다. 모두의 시선이 한쪽으로 돌아갔다.

진회색의 교복을 입은 소녀, 견금희가 견가 특유의 사나운 눈매를 날카롭게 치켜세웠다.

"[알아듣는다고, 유 퍽킹 바스타드들아.]"

당황해 그 자세 그대로 얼어붙은 쇼퍼 둘.

잠깐 그들을 노려본 견금희가 몸을 돌린다.

그러곤 한쪽에 서서 이 상황이 재미있다는 듯 지켜보고 있는 외국인 무리, 그들을 향해 또박또박 씹어뱉었다.

"[미국인들 멍청한 건 유명하다지만, 이 정도일 줄이야. 외국 나오면 입 간수 똑바로 하라는 것도 못 배웠어?]"

"[리틀 레이디, 말이 심한데. 왜 그렇게 화가 났지?]"

"[그쪽이 먼저 지껄인 말들을 생각해 봐, 이 멍청한 레이시스트 새끼야. 나와 내 언니는 둘 다 헌터야.]"

"[그래? 놀랍군. 그럼 그에 대해선 사과하지. 인종 차별자라고 매도당할 정도는 아니라 생각하지만. 그런데 몇 급이지?]"

"[내가 대답해야 할 의무라도?]"

"[헌터라니까 정글의 룰대로 가려는 것뿐이야. 약육강식. 강자는 존중받고 약자는 굽히는 게 이 바닥 룰이지. 아가씨도 헌터라면 잘 알 텐데.]"

"[…….]"

백금발과 시린 색의 푸른 눈. 전형적인 외국인의 외양을 갖춘 미국인은 숨기지 않는 오만함으로 자신을 소개했다.

"[길드 이지스의 더블 A급 헌터, 루카스 말론이다. 아가씨 앞의 그 물건이 필요하니 구매 의사가 없다면 비켜 주면 고맙겠군.]"

"허……."

놀라 숨을 들이켠 건 임상인이었다. 절로 탄식이 나왔다. 이 자존심 싸움은 깨끗하게 이쪽이 졌다.

약육강식, 강자존强者存은 헌터계 제1의 법칙이자 불문율. 약자가 존중받는 일 따윈 그 세계에서 존재하지 않는다.

아까 임상인이 얼핏 들은 바에 의하면 이쪽 자매는 E급과 B급.

AA급과는 격차가 크나클뿐더러…… 그런 걸 다 떠나서.

다른 것도 아닌 그 〈이지스〉의 이름 앞이다.

'신의 아들'이 세운, 세계 제일의 방패.

마술사왕 정도는 되어야 찍어 눌러 볼 만한 이름 아니겠나?

'김대강 저 새끼가 괜히 건방진 게 아니었구나. 저런 거물이 고객이었다니⋯⋯.'

깊은 한숨을 삼키며 임상인은 움직였다. 아직 어린 나이라 자존심이 퍽 상하겠지만, 현실은 현실. 자매를 잘 달래서 다른 쪽으로 이동할 심산으로⋯⋯ 그런데.

"저거 얼만데?"

영어가 난무하는 상황 속에 툭 던져진 한국말 두 마디.

여태 한껏 날 세운 사람들이 순간 뻘쭘해질 만큼 동떨어진 태연함으로 끝판왕이 턱을 긁적였다.

"아재. 대답 안 함?"

"⋯⋯네, 네?"

"저 미친 꽃다발 얼마냐고."

다시 강조하지만, 임상인은 에이스다. 부산 바닥을 찜 쪄먹어 본사에서 올라오시라 직접 불러온 진짜배기 에이스.

위기 상황에서 에이스의 계산기는 빠르게 돌아갔다. 임상인은 생각했다.

'저 미칠 것 같은 당당함⋯⋯!'

감을 믿어라.

이건 '찐'이다.

이 정도 배팅을 못 받는다면 선수가 아니리라.

거물이 마침내 게임에 입장했다. 그럼 이 상황 속에서

딜러가 해야 하는 일은…….

임상인은 자꾸만 마르는 입술을 축이며 외쳤다.

"금강 장인촌의 마이스터 서명이 새겨진 물건은, 부르시는 게…… 값입니다!"

판을 키워 주는 것!

"옴마, 이 아재 보소."

"……."

"장사할 줄 아네."

에이스 임상인의 고객은 씩 웃었다. 배부른 미소였다.

눈치 빠른 장사꾼이 기특하고, 또 재미있다는 목소리로 말한다.

"계산기 잘 굴리고 외워, 아저씨."

"예!"

"지금 이 시점부터 저 미친 꽃다발의 가격은 '더블'임."

"……고, 고객님!"

"올, 바로 알아들었네? 맞아."

허공에서 블랙 카드를 꺼낸 견지오가 손가락 마디 사이로 카드를 굴렸다. 질 나쁜 겜블러처럼.

온통 하얀 배경의 매장 안, 마력 가공된 흑색 카드가 게임판 위 소커처럼 홀로 노느라진다. 그 카드의 끝을 세워 지오가 외국인을 가리켰다.

비죽, 거만하게 입가를 당긴다.

"저 재수 털리는 코쟁이 양키 새끼가 얼마를 부르든, 거기서 더블을 얹어."

5억을 부르면 10억. 10억을 부르면 20억. 30억을 부르면 60억.

"그게 내가 부르는 '값'이야."

건방진 양키 놈아. 리슨 케어풀리.

이게 바로 조선의 FLEX다.


3


다들 잘 알다시피 이 구역의 흥선 대원군, 영어 9등급의 삼수생 킹지오가 그 모든 영어를 알아듣는 일은 절대 불가능했다.

이 새끼들 왜 조선 땅에서 꼬부랑말 쓰고 지랄이지? 하며 티베트 여우 표정이나 짓고 있던 와중에 던져진 견금희의 판 뒤집기 한마디.

'어, 언니! 봤어? 우, 우리 금희가 영어를……!'

히에엑. 눈뜬 심 봉사마냥 경악도 잠시.

……잉글리시가 이렇게 듣기 좋은 언어였나?

쟤 네이티브 아니냐? 와, 미쳤다. 찢었다, 견금희. 울 금금 영어 목소리 쥑이네. 까리하네.

마치 영어 유치원에서 원어민과 회화하는 막둥이 보는 부모 심정으로다가 맘속 기립 박수 치며 구경이나 하던 견지오.

상황이 어찌 돌아가는지 일절 파악 못 하고 주접만 떨고 있는 그 모질이 모양새가 지켜보기 퍽 안타까워서.

[당신의 성약성, '운명을 읽는 자' 님이 실시간 동시통역에 들어갑니다.]

이 구역 팔불출 별 오빠 등판.

그리된 사정에 따라……

"듣자니 이 카드엔 한도가 없다더라고."

당연한 수순대로, 사태 파악 끝난 시스콤께선 눈이 도셨다.

남의 카드? 갚으면 될 거 아냐.

이지스? 밟아 주면 될 거 아냐.

"견금희. 갖고 싶은 거 다 골라."

"야…… 언니, 너 왜 그래?"

"임 아재. 쟤 데리고 다니면서 맘에 들어 하는 거 같으면 그대로 장바구니에 다 넣어. 아재 눈치 쓸 만하더구만."

'와, 시발.'

임상인은 기절하고 싶은 심정이었다. 이건 로또 수준도 아니다. 감히 갖다 댈 수가 없었다.

"아. 얘가 아까 만진 것들도 전부 결제하고."

'와, 어머니.'

그야말로 황홀경. 폭격처럼 쏟아지는 실적에 실신.

쪽박 아니면 대박이라며 올 인 때리긴 했다만 설마 여기서 〈데카곤〉의 블랙 카드가 나올 줄 누가 상상이나 했겠나?

중립국 스위스에 본점을 둔 국제 금융 기업, 〈데카곤〉.

세계 유수의 각성자들과 깊게 연계된 그 금융 기업은 최고의 고객만을 모신다는 모토 아래, 현재까지 발급한 블랙 카드는 단 11장뿐.

일명 '디 임페라토르 블랙'.

세상사 아는 만큼 보인다고, VVIP 헌터 고객들을 모신다는 쇼퍼들이 이 의미를 모를 리 없었다.

'누군지는 몰라도, 이 자매 뒤엔 월드급 거물이 있는 거야!'

세계에서 손꼽히는 이름들이 빠르게 뇌리를 스쳐 갔다.

마술사왕, 신의 아들, 전도사, 겨울 가지, 허해 공주 등등······.

천조국에서 '신의 아들'이 직접 오면 또 몰라도, 그 휘하 졸 따구 따위가 비벼 대기엔 전부 어림도 없는 이름들이셨다.

힐긋 본 김대강의 안색은 이미 까무룩 백지장이 된 지 오래.

장내엔 골든 벨이 울렸다는 소식을 듣고 팀장급 인사들까지 재빠르게 튀어나오고 있었다. 저쪽 팀장 히스테리가 보통이 아닌 걸로 기억하는데······ 얼마나 깨질지.

쌤통이다.

바보처럼 웃지 않기 위해 임상인은 입안 살을 꽉 깨물

어야만 했다. 폭포처럼 쏟아지는 사이다에 모골까지 짜릿한 기분이었다.

[참…… 화끈한 건지, 쪼잔한 건지 알다가도 모르겠다며 '운명을 읽는 자' 님이 한숨을 쉽니다.]

[홧김에 억 단위로 과소비하는 다혈질 고영을 대체 누가 데려가려나, 저어어기 저쪽 은하에 사는 우주 최강별 정도는 되어야 데려가겠다며 고개를 절레절레 젓습니다.]

'거 통역 조금 해 줬다고 기 살아서는.'

[당신의 성약성, '운명을 읽는 자' 님이 원래 기세란 올라탔을 때 밀어붙이는 법이라며 거드름을 피웁니다.]

'됐고. 이거나 봐 봐, 언니.'

지오는 유심히 진열대 안을 들여다봤다.

아까 금희를 따라다니다가 눈여겨봐 둔 아이템이었다.

온갖 명품을 모셔다 놓은 트리니티관이라지만, 이곳에서 그녀의 시선을 끌었던 물건은 유일하게 이것뿐.

'이왕 돈 쓰기로 결심한 김에 이것도 사 버릴까? 응? 이 중에선 그나마 쓸모 있어 보이는데.'

[성위, '운명을 읽는 자' 님이 아이템 정보 읽어 주면 되냐며 묻습니다.]

'엉. 나 여기서 마력 쓰기엔 좀 그렇잖음.'

[그럼 '오빠, 지오 이거 한 번만 읽어 듀세요' 하면 해 주

겠다고 딜을 겁니다.]

'……'

하…… 계약 깨.

이럴 거면 각자 알아서 살게요, 그냥.

【농도 못 하느냐.】

【사납기는.】

나른한 웃음이 귓가를 스치고 사라진다. 찰나, 바람 같았다.

'아이템 정보 읽어 달라고 문 열어 놨더니……'

살짝 열렸다고 그새 다녀간다.

성약의 증거이자 별과 연결된 영혼의 문, [성혼星痕]의 개문은 제아무리 잘난 각성자여도 멋대로 다룰 수 없는 영역이었다.

별님 말에 의하면 혼魂의 성숙도 때문에 그렇다나 뭐라나?

여하튼 견지오로서도 영 쉽지 않은 일이라 멋대로 휙휙 '강제 개문' 해 대는 별과 달리, 이쪽에선 문에 틈새나 살짝 내는 것이 고작.

물론 그조차도 오래 유지는 불가능했고, 방금처럼 별님이 다녀가면 특히나 그랬다.

'간지러워.'

지오는 귓바퀴를 만지작거렸다.

숨소리 섞인 웃음, 스쳐 간 감각과 그의 압도적인 존재감.

잔상이 진하다. 정말로 찰나에 불과한데도 매번 이랬다.

'이 변태가 진짜. 안 어울리게 목소리 하나는 더럽게 좋아선.'

그리고 욕먹을 짓을 한 걸 알긴 아는지, 즉각 아이템 정보창이 뜬다. 허공을 한 번 흘겨보며 지오는 창을 확인했다.

생성된 창은 두 개였다.

---

▶ **(봉인된) 이름 없는 신의 삼계명**(희귀)

▷ 분류: 시나리오 아이템

▷ 사용 제한: 없음

— 이름 없는 고대 신의 장신구. 착용 시 적으로부터 사용자를 가호한다.

— 잠재 능력이 봉인되어 있습니다.

---

▶ **거룩한 이와의 삼계명**(신화)

▷ 분류: 시나리오 아이템

▷ 사용 제한: 착용 즉시 귀속, 거래 불가, 인벤토리 보관 불가

— 신화시대부터 내려온 고대 신의 목걸이. 기룩한 이외기 손수 새긴 삼계명이 담겨 있으며, 세 조각으로 분리 가능하다.

— 고대 신 이와는 세쌍둥이 중 첫째로 태어났습니다. '최후의 전쟁'에서 형제들을 지키기 위하여, 그 스스로 맹세한 삼계명.

---

이 삼계명을 따라 그들 형제는 한날한시에 영광스러운 죽음을 맞이했다고 전해집니다.

一. 너는 나로서, 나는 너로서 여겨라.

二. 서로를 위기와 고난으로부터 지키며.

三. 죽음 앞에서도 결코 외면하지 않으리라.

▷ 주요 효과: 최초 귀속자가 세컨드, 서드 사용자 지정 가능. 아이템 활성화 시 '삼계명'에 의해 귀속자들 간 (1) 상태 확인 가능 / (2) 위치 공유 가능 / (3) 파손 시, 최초 귀속자 즉시 소환. (2회 복구 가능)

▷ 부가 옵션: 성령과 영광의 은총, 불굴의 의지, 생명력 증가.

'……대애애박.'

시, 시, 심 봤다아악!

기침하는 척 지오는 서둘러 고개 숙이며 눈가를 꾹 눌렀다. 양쪽 눈이 띠용 튀어나올 것 같아서였다.

'포커페이스. 견지오 포커페이스!'

아, 아니 대체. 이게 무슨?

바벨탑도 아니고, 뭔 강남 한복판 백화점에서 시나리오 아이템, 것도 신화급이!

[그것 보라며, 오빠 소리 한 번쯤 해 줘도 남는 장사였다

고 '운명을 읽는 자' 님이 투덜거립니다.]

성약성이 뭐라 떠들었지만, 안 들린다.

지오는 믿기지 않아 다시 정보창과 [거룩한 이와의 삼 계명]을 번갈아 봤다. 봐도, 봐도 진짜 정말……

'이런 누추한 곳에 이런 귀한 분이.'

양심 없고 추악한 대기업 놈들. 우리 (삼)계명이를 이따 위 쟈가운 진열대에 방치하고 있었단 말야?

'계명아. 좀만 기다료. 갓지오가 구해 줄게!'

"무슨 문제라도 있나?"

"느에, 네니요?"

이름: 월드 원 톱 견지오. 특징: 거짓말 개못함.

삑사리 한번 거하게 내지른 후, 누가 봐도 문제 있는 얼 굴의 지오가 엉거주춤 진열대 위로 팔을 기댔다. 짐짓 태 연한 척 그대로 돌아본—

"뭐야 시발?"

"사람 면전에 대고 욕질이라니."

"아직 안 꺼지심? 아니, 그보다 이 능숙한 한국말 뭔데? 한국어 웅변대회 나온 용산구 주한 미군인 줄."

깃댐을 엉젭힌 충격도 순긴 잊을 만큼의 놀라운 한국 어 실력.

팔짱 낀 루카스 말론이 심드렁하게 대답했다.

"귀찮은 상황을 피하고자 쓰지 않았을 뿐. 이지스 TOP팀에게 한국어는 기본 소양이다. '죠' 빠돌이인 대장은 명예 한국인이고, 지원팀 팀장은 전라도 출신 해병대 사나이거든."

"……뭐지? 이 갑작스럽고, 적응 안 되는 와중에 느껴지는 엄청난 친근함은?"

"한국말 잘하는 외국인이 죠와 전라도, 해병대를 언급하면 대부분 너와 비슷한 반응이니 신경 쓰지 마라."

"……몰래카메라인가?"

"그것 역시 대다수 한국인들의 반응이지만, 됐다. 레퍼토리 좀 바꿀 수 없나?"

이래서 한국인 앞에서 한국어는 잘 안 하는 건데.

뭐 아쉬운 건 이쪽이니 어쩔 수 없지. 루카스는 눈매를 좁혔다.

"굳이 안 해도 될 한국말까지 한 건 네게 직접 묻고 싶은 게 있어서다."

"안 사요. 꺼져요."

"듣지? 성질값은 아까 일로 충분히 치렀다고 생각한다만. 내가 원인 제공했긴 하나 덕분에 난 내 베스트 세팅을 잃었다. 헌터에게 주 무기가 어떤 의미인지 알 텐데."

음……. 그건 맞는 말이네.

전투계 헌터에게 주 무기는 목숨과 직결된다. 예민한 편이면 세팅에만 몇 년씩 공들인다고 들었는데, 이쪽도 무기를 위해면 한국까지 찾아왔다면 별반 다르지 않은 타입으로 보였다.

지오는 매정하게 돌렸던 등을 살짝 다시 틀었다. 말이나 한번 해 보시든지, 라는 뜻이었다.

읽기 쉬운 코리안을 보며 한숨 쉬기도 잠깐. 루카스 말론은 이내 딱딱한 얼굴로 물었다. 너.

"은사자…… 아니, 정확히는 은사자의 '범'. 그와 무슨 사이지?"

·· ✳ ✦ ✳ ·· 

---

### [이슈] 너희들 은사자네 범 어떻게 생각함?

추천 105 반대 358 (+405)

·····························································

제목 그대로ㅇㅇ

머글들이 볼 때도 범 정도면 탑티어인가?

소위 월클이라고 불리는 다른 랭커들이랑 비교하면 잘 모르겠거든…… 알려진 게 별로 없어서 어떤 사람인지도 잘 모르겠고… 다들 인정하는 월클 맞나?

·····························································

- ? 당연한 소릴;;

- 탑ㅇㅇㅇㅇ 개쌍탑ㅇㅇ

- 네. 월클 맞아요.

- 여기 머글 없음 방구석 오타쿠 헌터들뿐임

---

- 빙신인가 헌트라넷에서 머글을 왜 찾아 옆동네 가보든가
- ㄹㅇ 차라리 옆동네 대형포럼 가셈 거긴 동접 몇만씩 찍던데 헌터들끼리 모여서 이런 개소리하고 있다고 소문날까봐 무섭
- 머글이 무슨 진짜 해리포터 세계 속 머글인 줄 아냐—— 걔네도 알 건 다 알아
- 원글러 주변에 친구 없어? 커뮤 그만하고 밖에 나가서 바람도 좀 쐬고 그래
- 우리 범 형님께서 이런 소릴 다 듣네ㅠㅠ
- 난 진짜 이런 질문글 자체가 존나 신선하다
  └ ㄱㄴㄲ
  └ 내말이ㅋㅋㅋ 얘네 귀주 말하는 거 맞지? 어디 금사자네 범 말하는거 아니고?ㅋㅋㅋ존웃ㅋㅋㅋ
- **_Whyrano... Whyrano..._**
- 헛소리 그만~ 범이 월클 아니면 대체 누가 월드클라쓰냐
- 그정도인가ㅎ 모를......
  └ 22
  └ 3333 내기준 올려치기 제일 심한 헌터
  └ 4~
  └ 윗댓들 도랏나ㅋㅋㅋㅋㅋ
  └ ??? 범 (귀주/은사자 부길드장/AAA급/국내7위/월드19위)
- 음.... 솔직히 올려치기 심한 건 사실 같은데. "월드 클래스" 월랭이라 하면 보통 월드랭킹 10위권까지를 말하잖아. 11위인

밤비조차도 월클이냐, 아니냐 따지면 말 갈릴 거 같은데. 국내에서 월클이라고 확실히 말할 수 있는 건 죠랑 은석원, 정길가온, 하얀새까지라고 봐.

└ 아니 진짜미친 열폭으로 돌아버렸나; 밤비가 뭔 말이 갈려 스텔스 타고 가면서 봐도 걘 빼박월클이야 빙신아

└ 랭킹 11위인 건 팩트 아니야? 명징하게 따지면 10위권은 아니지. 난 다들 아는 팩트를 말하고 있을 뿐인데, 동의하지 않으면 그냥 지나가.

└ 명징 이지랄ㅋㅋㅋㅋㅋ

└ 완전체ㅋㅋ넌 니가 개븅신인지 모르지? 해외 나가서 >>바빌론 영보스<< 외쳐봐 누추한 조선땅에서 얼마나 후려치기 당하고 계신지 실감할거다 걍 위상부터가 다름

└ ㅇㄱㄹㅇ 이집트에서 바빌론 영보스는 그냥 신임 거의 파라오급

└ 이집트 왜요?

└ 카이로 게이트 모름? 예전에 이집트에서 2급 균열 열린 거 관광 중이던 밤비가 단독 레이딩으로 막아버림

└ 카이로에 밤비 동상 있드라.....

- 진짜,,, 월랭 19위 헌터 두고 월클이니 뭐니 싸움판 어느 똥명청이들은 지구땅에 소선놈들밖에 없을 ㄱ나,,,

- ;;;; 헬조선 클라쓰만 재확인하고 갑니다.

- 얘네 기준이면 국랭 100위권인 나는 핵폐기물쯤 될듯

└ 난 우주먼지ㅋㅋㅋㅋ현타 오져

- 댓글들 재밌네. 너네 범이 1세대인건 앎?

  └ 네?

  └ 정확히는 1.5세대 아님?

  └ ㅎㅎㅎ아냐. 1세대 헌터임.

  └ 이거 모르는 애들 은근 많더라

- 윗댓 받고 범 국내 랭킹 첫 진입순위가 7위였던 건 아냐?

  └ 헐

  └ ㅎㄹ???

- 드디어 좀 제대로 아는 애들 나오노ㅋ 알못 하급따리들 나대
  는 거 팝콘 먹으면서 구경 중이엇음

- 알못들이 설칠 만큼 귀주행님이 현장에 안 나선 지 오래 되긴
  했제

  └ 레이드 최전선보다는 뉴스에서 은사자네 부대표로 사업하
    는 거 더 많이 봤을 테니까… 뭐 이해는 감ㅇㅇ

- 근데 오히려 범은 머글들이 더 정확하게 볼걸ㅋㅋㅋㅋ

- ㄹㅇ 그분 쌓아온 업적을 봐라 여기 애들은 혐생 사는 하급인
  생헌터들 존많이라 열등감에 후려치기가 일상임

- 시발 실제로 범 만나면 눈도 못 마주칠 새끼들이ㅋㅋㅋㅋㅋ

- 지나가는 40대 아잰데 라떼 귀주형님 안 따라해본 놈들 없다
  우리형이었음

  └ 이거 맞음 소싯적 범간지ㅋㅋ 남초 전설이었지ㅋㅋㅋㅋ남자

들의 워너비

└ 저기요 40대 아재라면서 왜 형이에요

└ 저 형님이 안늙는거지 나 20대때 귀주형도 20대였다

└ 뭔 소리임??

└ 범 나이가 밝혀진 게 없어서ㅠㅠㅋㅋㅋ 지금 액면가는 삼십
대 초반 같은데 한 15년 전에도 이십대 중반쯤은 되어보였
음

- 그래서 오래된 팬들 사이에서도 나이가 제일 미스테리라 카
더라

- ㄴㄴㄴ아니지 솔까 제일 미스테리는 이거 아니냐
범 첫 진입순위 [7위]인데 지금도 [7위] 글고 단 한번도 [7위] 아
니었던 적 없음 <ㅇㅈ?

└ ㅇㅈ

└ ㅆㅇㅈ

- 진짜ㅅㅂㅋㅋㅋㅋㅋㅋ 웹소설이었으면 빼박 이 새끼가 흑막이
지ㅋㅋㅋㅋ 대놓고 수상

- 그러게... 범 한창 뜰 땐 국가위기니 음모론이니 온라인에서 바
벨탑이나 각성자들 얘기 쉬쉬하던 때였으니 망정이지ㅎㅎ,, 지
금 같았어봐라 저 새끼 뭐냐고 매일 커뮤에서 마녀사냥하고 난
리남

- 다른 랭커들 순위 오락가락하는 동안 누가 오든~ 사라지든~
계속 7위 붙박ㅋㅋㅋ 솔까 말이 되냐 랭킹 고정값이야 뭐야

- 솔직히 지금도 딥하게 생각해보면 ㅈㄴ 수상하긴 함; 워낙 평판 좋고 이미지 좋고 익숙해져서 다들 그러려니 하는거지
  └ 이미지가 좋음?
  └ 좋은 정도가 아니지 ㅆㅅㅌㅊ
  └ 나 대전 사는 30대 싱글인데 내 동년배들 다 범 사랑한다
  └ 나 분당 사는 10대 급식인데 동년배들 다 범오빠 사랑한다
  └ ㅋㅋㅋㅋㅋ미친새기들
  └ 울집 냥이도 좋아해~~~~
  └ 대한민국 20~40대 여성들이 뽑은 연애하고 싶은 남자 1위 / 결혼하고 싶은 헌터 2위 / 남성들이 뽑은 다시 태어나면 이렇게 태어나고 싶은 헌터 남자 부문 1위 / 각성자 1000명이 대답한 롤모델 삼고 싶은 헌터 2위 (헌터위키 펌)
- ?? 이정도면 한국인들 단체로 범한테 유사연애 퍼먹고 있는 거 아님?ㅋㅋㅋㅋ미친ㅋㅋㅋㅋㅋ
  └ 대존잘이자너ㅠㅠㅠ개잘생김,, 옵빠,,
  └ 잘생김(x) 섹시(o)
  └ 린정; 범은 걍 잘생긴게 아니라 섹시함... 말로 설명하기 힘든데 농축된... 무르익은... 그 머시기... 하여튼 그런게 있음......
  └ RGRG
  └ 갠적으로 한국의 알랭 드롱이라고 본다
- ㅃㅃ인데 그럼 저 위에 결혼하고 싶은 헌터 1위랑 롤모델 1위는

누구임?

└ 누구겠냐 ㅊㅅㅊ

└ 누구겠누 ㅊㅅㅊ

└ 인류력사에서 영생불멸의 사상을 최초 창시하시고 각성자 시대의 새 기원을 열어주신 시대의 태양이시며 한없이 너그럽고 자애 넘친 인품과 높은 덕망으로 지구인들을 구원하시고 온 지구촌의 존경과 흠모를 받는 문무 겸비와 다재다능하신 모든 승리의 조직자이자 인류의 어머니어버이이신 우리들의 위대하신 마술사왕 갓죠빛죠킹죠 폐하ㅇㅇ

└ ;;죠충들 진짜 어디서 훈련 받는 거 아니냐 얘네 조사해 봐야 돼

└ ㅅㅂ 마술사왕 성별이랑 얼굴 아무도 모르는데 하다못해 결혼 설문까지 먹은 거 개웃김ㅜㅜㅋㅋㅋㅋㅋㅋ

└ 하겠습니다 1위. 그것이 '죠'의 자리니까. (끄덕)

└ (끄덕)

- 근데 왕년에 여초 첫사랑이고, 남초 워너비였다는 것도 있지만, 귀주가 대중한테 인정받고 이미지 좋은 건 다 그동안 사회 지도층이자 랭커로서 쌓아온 업적들이 있기 때문임. 너무 외모에만 초점 맞추는 거 같아서ㅎㅎ

└ 으이구 진지충아.....

└ 으이구 진지충아22

└ 그걸 누가 몰라ㅜㅠㅋㅋㅋ 여태 보여준 거 아니면 은석원

후계자인 거 사람들한테 받아들여지지도 않았음

┗ ㅁㅈ 은사자가 우리나라에서 어떤 의민데…… 은석원 은퇴하면 범이 은사자 물려받는 거 다들 기정사실화하고 있는 것만으로도 얘기 끝난 거임

- 이번 달에 기부 또 했던데 25억인가

┗ ㅇㅇ미취학아동 복지

┗ 25억 ㅗㅜㅑ 캬 형님

┗ 기부로는 말할 게 너무 많은 분; 일단 라운드테이블 소사이어티 멤버자너

┗ 그게 몬데

┗ 매년 100만달러씩 기부하는 고액기부자 클럽

- 구씹이긴 한데 임페라토르 클럽 멤버라고도 하던데

┗ 임페라토르는 또 머임 뭔 클럽이 이렇게 많은거냐 난 이태원 클럽밖에 모르는데ㅡ.ㅡ

┗ 디 임페라토르 블랙ㅋ 스위스 데카곤에서 11장만 발급했다는 블랙카드 소지자들 말하는거ㅋ

- 흠 임페라토르는 쫌 에바 아닌가요 귀주 후려치기 오진다고 여태 키배 떴는데 솔직히 이건 올려치기 맞는듯

┗ ㄹㅇ,,, 이거 전세계 통틀어서 11명이야,애들아,, ㅜㅜ,,,

- 그 앞면에 독수리 뒷면에 메두사 그려졌다는 블랙카드 맞나? 마력 가공된 거

┗ ㅇㅇ 무광블랙에 마수정 코팅 광채 오진다더라

- 엥 윗댓 진짜임? 나 그 카드 본 적 있는데

  ∟ ???? 어디서

  ∟ 응~ 나도 기사에서 봄~

  ∟ 아니 시바 찐으로!! 편의점에서 알바할 때;; 전나 특이하게 생겨서 기억하고 있음 아이스크림 두 통이랑 맥스봉 사 갔는데

  ∟ 으휴 기대한 내가 등신이지

  ∟ 아니 진짠데 시바 와

- (인증 안 할 거니 믿든 안 믿든 맘대로) 나 예전에 은사자 비서팀에서 일했었는데 임페라토르 멤버 맞음. 발급 기준은 바벨 랭킹이 아님. 데카곤에서 랭킹 외적인 부분까지 엄청 세심하게 따져서 전세계에서 가장 영향력 있는 헌터들에게 발급하는 거.

  ∟ 응 인증 없으면 구씹이요

  ∟ 오피셜 랭킹을 놔두고 다른 기준을 따진다는 것부터가 존나 코미디다ㅋㅋㅋㅋ 지들이 뭐라고

  ∟ 믿기 싫으면 믿지 마. 근데 바벨 랭킹이 전부가 아니라는 건 상위 헌터들 사이에선 공공연하게 알려진 사실이야.

  ∟ 랭킹 외적인 부분이 정확히 뭔데?

  ∟ 그거까진 내가 알 수 없지. 안 그래도 하이 랭커들 사이에서도 그걸로 상당히 예민해서. 부대표님이 카드 받자마자 이지스 같은 데서 연락 오고 그랬었어.

- 와 졸라 구씹 같은데 스케일이 너무 커지니까 이상하게 믿음

이 가네 뭐냐 이거

└ ㄴㄷ그래서 병먹금 시전 안하고 관음중ㅋㅋㅋㅋㅋ

- 위 댓글들은 몇 분 뒤에 지울게. 그리고 더 재밌는 사실은 그
  귀한 블랙카드, 발급받은 건 맞는데 부대표님한테 없어.

  └ 뭔솔?

  └ 말 그대로야. 부대표님이 발급 받았는데 실제 사용은 다른
    사람이 하고 있다고.

    └ (관계자 요청에 의해 블라인드된 댓글입니다.)

    └ (관계자 요청에 의해 블라인드된 댓글입니다.)


☞ 조회 중 오류가 발생하였습니다. 대상을 찾을 수 없습니다.


☞ 삭제된 게시물입니다.

☞ 메인 화면으로 돌아갑니다.

·· ✦ ✳ ✦ ✳ ✦ ··

우중충하다는 얘기를 하도 들어서 그런가? 서울 하늘
은 그가 예상했던 것보다 맑은 색깔이었다.

'예상에서 벗어나는 게 많은 나라군.'

방금 다녀온 헌터 마켓에서의 일도 그렇고. 이상한 나
라의 앨리스라도 된 기분이다.

"부팀장은?"

"안에 계십니다."

쓸데없이 넓은 스위트룸 안.

늘 사람 북적북적한 길드 타워에만 있다 보니 더욱 그렇게 느껴졌다. 가까운 소파에 걸터앉으며 루카스는 타이를 풀었다. 담배 한 대를 입에 물자마자 허공에서 불이 붙는다.

"땡스."

"마이 플레저. 근데 빈손이네?"

"아. 입 잘못 놀린 대가를 호되게 치렀거든. 허무하긴 하군. 한국까지 온 가장 큰 이유를 오자마자 날리다니……."

"티미가 들으면 쌤통이라며 좋아하겠어."

그러게. 안 봐도 선하다. 어떻게 자기만 두고 너희들끼리 먼저 갈 수 있냐고 그 난리를 쳤는데. 하나 어쩌겠나?

그 '티모시'는 같이 다니기엔 너무 요란한 존재였다.

먼 이국땅에서까지 그를 따라다니는 카메라들과 동행하고 싶진 않다.

따라서 긴 해외 일정이 잡히면, 루카스와 비슷한 성격의 길드원들은 며칠 앞서 입국해 미리 여유를 즐겨 두곤 했다. 이번에 그는 새로운 무기 세팅도 할 겸 특히 더 빨리 온 거긴 했지만…….

의외라면 그런 루카스와 함께 서울에 들어온 사람이.

"마라말디, 그나저나 너 요즘 만나는 사람 있나? 그런 소문이 들리던데."

"흐음?"

귀도가 읽고 있던 책을 내렸다. 팔걸이에 팔을 걸치며 웃는다. 특유의 여우 같은 눈웃음이었다.

"누가 그래?"

"서포터들이. 웬일로 티모시와 따로 움직이나 했더니. 예정을 당겨 들어온 이유가 그거였나? 한국인?"

"참 비밀 없는 세상이야. 서포터들까지 날 염탐하다니. 인기인의 삶이란."

"정말인가?"

"글쎄. 만나는 건 맞아. 염문이라 말하기엔 상대가 지나치게 어릴 뿐……. 틴에이저거든."

루카스의 표정이 미묘하게 굳어졌다. 그걸 미국에서도 보수적이라고 소문난 유타 출신의 반응으로 여긴 귀도가 킬킬 웃음 지었다.

"농담이야, 허니. 우린 그저 친구라고. 그 애는 한국어를 가르쳐 주고, 난 영어를 가르쳐 주고. 랭귀지 익스체인지라고도 하지."

"……다행이군."

"으응. 요즘 다들 많이 한다더라."

다시 책을 드는 귀도.

옆에 둔 휴대전화가 울리자 자연스럽게 손을 바꿔 든

다. 그 모습을 보며 루카스는 마지막 담배 연기와 함께 담뱃불을 짓이겼다. 조용히 중얼거렸다.

"그래…… 그런 거 같아."

나도 봤거든, 오늘. 남부 이탈리아 악센트의 영어를 쓰는 한국인 여자애를 만났지. '틴에이저'를…….

·· ✦ ✴ ✦ ✴ ✦ ··

「정확히는 은사자의 '범'. 그와 무슨 사이지?」

「……」

「그리 볼 거 없어. 이지스 TOP팀 소속이라고 말했을 텐데. 우리 팀의 대장은 티모시 릴리와이트. 즉, TOP팀은 이지스의 심장이다. 내가 임페라토르 카드 소유자 중 유일한 한국인이 누구인지쯤은 알 만한 위치의 사람이란 뜻이지.」

푸른 눈의 외국인은 가만히 제 턱을 쓰다듬었다. 관찰하는 시선을 이쪽에서 떼지 않은 채로.

「그가 카드를 맡길 정도면 보통 사이는 아닌 듯한데…… 신기해. 난 너를 처음 보거든.」

그리고 뉘앙스가 바뀐 것은 그쯤.

혼잣말을 관두고 거리를 좁힌다. 보다 가까워진 거리에서 그가 고개 숙여 속삭였다.

「이쪽을 다시 소개할까? 나는 이지스 TOP팀의 정보책략부장 서펀트, 루카스 말론이다.」

정보책략부.

주요 업무는 정보 수집 및 처리, 첩보, 방첩, 해외 공작 등. 그 업무에 각국 하이 랭커들의 동향이 포함되는 것은 지극히 당연한 일이었다.

「이제 상황이 좀 이해되나? 은사자의 범……. 수년간 그 뒤를 파고, 관찰하면서 더 이상 새로운 건 없으리라 생각했는데 말이야.」

*이게 얼마만의 새로운 '정보'인지 모르겠군.*

「대답까진 기대하지 않아. 어차피 내가 너를 알았고, 그자가 이 사실을 알게 되는 것만으로도 이미 충분한 수확이니까.」

기대하지 않았다는 말마따나 지오 쪽에서 반응하지 않아도 아랑곳 않고 제 할 말이나 하던 루카스. 그 말을 끝으로 떠나나 싶더니, 돌연 지오 쪽으로 돌아섰다.

그리고 아주 찰나였지만, 지오는 그자의 표정 없는 얼굴에 스치는 망설임을 읽었다.

「……그런 의미에서 나도 보답을 하나 하지.」

　어쩌면 그가 과민한 편일 수도 있다. 정보를 다루는 자들이 으레 그렇듯. 하지만…….

「네 동생, 영어를 지나치게 잘한다고 생각 안 해 봤나?」

　*마치 원어민과…… '아주 오래' 대화해 본 사람처럼 말이야.*

"야, 야! 언니! 뭐 해?"
"엉?"
"버스 왔잖아! 빨리 타."
　신경질적이지만, 절대 거칠지는 않은 손길. 지오는 금희의 손에 안기다시피 끌려가 버스 좌석에 안착했다.
　곧바로 잔소리가 쏟아졌다.
"이니, 계속 불러도 멍 때리고 뭐 하는 건데? 또 성약성이랑 시시덕거렸지?"
　[성위, '운명을 읽는 자' 님이 이보시오 처제! 이 형부는 억울하오, 억울하오, 무릎 치며 호소합니다.]

"사람 앞에 두고 딴 세상 가지 말라니- 아 됐다. 오늘은 그래, 봐준다. 돈도 많이 썼으니까. 오늘 좀 멋있었지, 견죠."

"금금."

"왜?"

덜커덩, 순간 버스가 출발하면서 살짝 열린 창으로 불어오는 바람. 창가 쪽에 앉은 지오의 앞머리가 엉망이 된다.

그걸 보며 금희가 푸스스 웃었다. 바람 새듯.

가늘고 긴 손가락이 지오의 이마를 스쳤다.

지오는 제 머리카락을 정리해 주는 막내를 빤히 바라봤다.

앉은키로도 이쪽보다 머리 하나는 훌쩍 더 크고, 같이 다니면 다들 지오보다 언니인 줄 알지만…….

사실은 아직 젖살이 그대로고, 웃으면 눈이 반달처럼 접히고, 볼은 복숭앗빛으로 물드는 어린 막내.

"이걸 누가 내 언니로 보니? 정말. 언제까지 사람 손 타면서 살래? 너도 이제 20대 성인이야, 이 노답아."

"……영어 잘하더라."

"응?"

눈을 깜빡이는 금희.

지오는 입술을 삐죽였다. 의도한 건 아니고, 무의식적으로. 그러니까 이건 서운함의 발현 뭐 그런 거다. 그것도 무지막지하게 섭섭한.

"진짜, 씨이, 진짜, 진짜아……."

"모질이야? 말 똑바로 해."

"진짜, 찐남친 생김……? 양키 남친?"

"뭐어?"

"아니이……. 세라한테 들었는데, 네 친구 보미가 너 외국인 남친 생긴 거 같다고, 근데, 막 아까 보니까 너 영어도 진짜 너무너무 잘하고……."

그대 앞에만 서면 나는 왜 이리 작아지는가?

급식 여동생하고만 있으면 찐따력이 만렙 되는 세계 최강 킹지오(주: 행성 대표). 눈도 제대로 못 마주치고 힐긋대면서 입만 삐죽삐죽. 애꿎은 후드 줄을 낑낑 만지작댄다.

"……뭔데 이 장화 신은 고양이?"

그 꼴을 보고 떨떠름하게 감상평을 남긴 견금희가 논란을 일축했다.

"남친까진 아냐."

"……헛!"

"뭐, 남녀 사이 모르는 거지만."

"……허엇!"

지오는 딸내미 앞 찌질한 아비처럼 냅다 진상 부렸다.

"넌 싫다! 반대다!"

"응~ 네 반대 힘없어."

"쎄하단 말야!"

"그 쎄하다는 말 나 중학교 때부터 했던 건 알지? 너 때문에 실패한 내 연애가 몇 번인지 알기나 해? 양심 챙겨."

아니, 이번엔 진짜진짜 찐인데!

양치기 소년의 기분이 이런 거구나. 진상 부린 역사가 하도 길다 보니 뭔 소릴 해도 안 들어 먹혔다.

[당신의 성약성이 그동안 심하긴 했다며 끄덕입니다.]

[오빠가 볼 땐 이게 다 한쪽의 연애 경험이 부족해 벌어진 비극 같다며, 주변인 하나 얼른 건져서 모쏠 탈출하고 동생과 제대로 커뮤니케이션해 보는 게 낫겠다고 조언합니다.]

[성위, '운명을 읽는 자' 님이 엄청나게, 매우 가까운, 주변인 1이라고 쓴 명찰을 본인 가슴팍에 촵촵 붙입니다.]

'꺼져!'

지오의 눈썹이 아래로 휘었다. 분위기 망치지 않으려 애쓰고 있으나 매우 진심이었다.

감이 안 좋다.

돌려 말하긴 했어도 〈이지스〉의 백금발 양키는 분명 금희에 대해 뭔가 아는 듯한 뉘앙스를 풍겼다. 정보책략부장씩이나 되는 놈이 되지도 않은 시비를 트면서까지 접근할 이유.

'그게 대체 뭘까?'

[우리 처제 엄청 질 나쁜 남자한테 걸린 거 아니냐며 성약성이 턱을 긁적입니다.]

'언니, 걍 아는 거 있으면 털어놔.'

[당신의 성약성, '운명을 읽는 자' 님이 오빠는 울 아기

원하는 건 다 해 주고 싶지만, 미래 관련 스포는 세계율에 위배되는 행위라 불가하다며 거절합니다.]

[어설픈 언니 노릇 티 내냐고, 앞서서 다 해 주려 하지 말고 지금 할 수 있는 것만 하라며 성약성이 조언합니다.]

……뼈 때리기 있기?

'걱정되니까 그렇지.'

하지만 성약성의 말도 옳다.

아까 금희가 너네 없이 아무것도 못 하는 천치로 보이냐며 화까지 냈는데, 홀로 앞서갔다간 또 사이를 그르칠 수 있다.

맞아. 그래. 지오는 고개를 저어 상념을 털어 냈다.

그리고 지금 할 수 있는 일이나 하자고 막 인벤토리를 열려던 그때.

《신규 랭킹 업데이트!》

《새로운 랭커들이 순위에 대거 진입합니다!》

[국가 대한민국 — 바벨탑 제40차 튜토리얼 최종 종료]

[바벨탑 층별 입장 제한이 해제되었습니다.]

[로컬 랭킹이 대규모 업데이트됩니다.]

시작은 바벨 네트워크의 월드 알림. 잇따라 울리는 로컬 채널 알림까지.

한국 바벨탑, 제40차 튜토리얼 최종 종료.

그에 따른 결과 보고였다.

모두가 숱하게 봐 온 탓에 익숙해질 만큼 익숙해진 일상, 그래서 대수롭지 않게 한 번 보고 지나칠 메시지들.

그러나 오늘은 달랐다. 바삐 길 가던 사람들의 발걸음이 멈추고, 각자 일에 집중하던 이목을 일깨운 것은…… 곧바로 이어진 팡파르 소리.

버스 안의 누군가 중얼거렸다.

"미친……."

공략 완료로 인한 승리의 종도 아니고, 바벨에서 이런 나팔 소리가 울릴 때는 단 한 가지 경우뿐이다.


《축하합니다, 한국!》

**《국가 대한민국에 S급 각성자가 탄생합니다.》**

[로컬 랭킹 — 최상위 10위권 신규 첫 진입!]


때마침 버스가 그들이 내려야 할 정류장에 정차한다.

탁, 슬리퍼 신은 발이 바닥에 내디뎠다. 강남대로 횡단보도 앞. 전부 한곳을 향해 있는 사람들의 시선.

지오의 시선도 그들을 따라갔다.

내리자마자 보이는 정면 전광판의 뉴스 속보. 그리고 그 너머, 하늘 사이로 우뚝 솟은 흑탑과 탑의 새까만 외벽을 감싼 마력 문자.

"진짜 뭐야……? 다섯 번째 S급 탄생도 놀라운데, 데뷔하자마자 천상계 진입이라니."

"야, 야, 이거 마술사왕 이후로 처음 아닌가?"

"뭐? 설마~ 밤비랑 야식킹 있잖아. 걔네도 첫 순위 되게 높았는데."

'아냐.'

최다윗도, 밤비도, 황혼도. 그들 모두 첫 진입 순위는 10위권 바깥이었다. 그땐 이미 1세대와 2세대 각성자들이 전부 순위권 안에 자리 잡은 후였으니까.

그러니 이건 그녀가 데뷔한 이래, '최초'가 맞다.

웅성거리는 시민들 틈에서 지오는 눈에 마력을 더했다. 바벨탑을 바라봤다.

---

[Rankings] 로컬 — 대한민국

《 1 》죠 · 비공개 -
《 2 》은석원 -
《 3 》알파 · 정길가온 -
| 4 | 흰새 · 하안새 -
| 5 | 밤비 · 견지록 -
| 6 | 야식킹 · 황혼 -

---

'휘유. 그야말로 초신성 탄생이구만.'

생긴 것과 달리 초장부터 아주 화끈하시다. 역시 얌전해 보여도 회귀자는 회귀자라 이건가?

그때 몸 쓰는 걸로 봐서 한가락 하는 것 같긴 했지만, 이건 견지오의 예상을 훌쩍 뛰어넘는 수준.

'백 집사 녀석, 생각보다 거물이셨나 봐.'

음, 으음. 약간 천년의 정이 식는데…….

갑자기 첫 만남 때의 쇼킹함이 떠올라 속이 안 좋아진다. 지오의 안색이 급격히 흐려졌다. 고질병이자 불치병인 귀찮은 일 알레르기 반응이었다.

'우웁……! 그 실패 어쩌구 타이틀 떠오를라 그래.'

화성 훈련소에서의 감금 기간이 끝나면 아이스크림 수저나 들고 찾아가 볼까 했던 모든 의지가 까무룩 사그라졌다.

빛도현 호감 게이지 급추락. 주식 투자자들이 봤으면 이, 이게 무슨 일이냐고 경악할 정도의 떡락이었다.

"역시 사람은 첫인상이지……."

첫인상 안 좋은 놈치고 좋았던 놈 없다.

"왜? 언니 너 아는 사람이야?"

"아니이이. 저언혀. 처음 봄. 완, 죠, 니 모르는 새럼. 근데 되게 별루다. 엄청 귀찮을 거 같은 스멜 팍팍."

굿 바이, 백 집사. 아디오스!

철판 깐 견지오가 그간의 모든 인연을 부정했다. 고이 접어 날린다. 그 단호한 부정에 금희는 전광판을 다시 한 번 바라봤다.

"그런가? 인상 되게 좋아 보이는데. 맑고 깨끗하잖아. 남 보고 잘생겼다고 느껴 본 건 되게 오랜만이다."

"그럴 리가. 가까이서 보면 분명 눈이 넘 초롱초롱한 멍뭉이 같아서 별로일 거야."

"⋯⋯?"

"옆에 있으면 똑바로 살아야 할 것 같은 기분 들고, 열심히 살아야 할 것 같은 기분 들고⋯⋯ 뭐임? 개무서워. 역시 별로. 응."

'⋯⋯그거 엄청나게 좋은 거 아닌가?'

제 언니를 내려다보는 막내의 얼굴이 떨떠름해졌지만, 지오는 홀로 진지했다. 몇 번 고갤 끄덕끄덕 계속 중얼대더니.

"이!"

탄성을 지르며 주머니를 뒤적거린다.

저게 인벤토리 여는 행위라는 걸 견금희도 알았다. 견지오는 주머니에 뭘 넣어서 다니지 않는 인간이니까.

"아까 준다는 게 저거 때문에 타이밍 놓쳤네. 자, 요고."

"뭔데 이거?"

"갖고 다녀. 아니, 차고 다녀. 액세서리 착용, 학교에 그 뭐냐, 교칙 어긋나나? 아니다. 어긋나도 걍 하세용."

차그락-

견금희는 건네받은 물건을 슥 들어 보았다. 손가락 사이로 떨어지는 목걸이가 횡을 그린다.

얇은 체인의 은목걸이. 장식으로는 동전만 한 크기의 조그만 펜던트가 달려 있었다.

자세히 들여다보니…… 뭐라 글씨가 새겨져 있는 것 같은데.

"뭐라 써진 거야? 룬 문자인가?"

"그보다 훨씬 더 오래된 문자."

오가는 차량들, 웃고 떠드는 사람들.

일상적이고 평화로운 도시를 바라보며 지오가 읊조렸다. 조용하고 담담한 목소리로.

"[너는 나로, 나는 너로 여기며. 서로를 위기와 고난으로부터 지키고.]"

"……."

"[죽음 앞에서도 결코 외면하지 않으리라.]"

"……."

"먼 옛날, 세쌍둥이 고대 신의 맹세였다더라. 그래서 전쟁 속에서도 한날한시에 같이 떠날 수 있었다고."

"아……."

"해 줄 거지?"

어느새 손안으로 목걸이를 꽉 쥐고 있는 금희.

답은 그걸로 충분했다.

지오는 픽 웃고 다가갔다. 그리고 발뒤꿈치를 들어 제 쪽으로 숙이는 막내의 목에 손수 삼계명을 걸어 주었다.


[본 아이템은 착용 시 영구 귀속됩니다.]

[해당 사용자로 지정하시겠습니까?]

**[거룩한 이와의 삼계명]**

[― Third User: 견금희]


"정보창 떴어?"

"응."

"금금 네가 질색하니까 '말만 하면 내가 다 해 준다', 뭐 그런 말은 이제 안 할게. 대신 진짜 위험하다 싶으면, 어?"

"알겠어. 이거 부수면 된다고?"

"그래."

물론 그런 일은 아예 없는 게 베스트지만…… 보험을 걸어 둬서 나쁠 건 없다.

누가 뭐래도 이 바벨 시대, 우리는 저런 해괴한 검은 탑이 하늘을 가르고, 낮에도 별들이 떠 있는 이상한 세상에서 살아가고 있으니까.

횡단보도 불이 바뀐다. 초록색이었다.

지오는 기지개 켜며 손을 내밀었다. 저보다 훨씬 커도, 아직 훨씬 어린 제 동생에게.

"가자, 울 막내. 언니랑 밥 먹으러."

심판의 검좌여.

악으로부터 질서와 정의를 지키는 별의 권속 된 자여!

어찌하여 성스러운 서약을 깨고, 너의 별을 저버리려 하는가?

■■■의 시계는 그대를 위해 예비된 물건이 아니다.

「저버린 적 없습니다. ■■■도 동의했습니다, ■■■■여.」

어리석도다.

그대는 아직 실패하지 않았으니, 돌아가 사명을 다하라.

「실패의 기준이 무엇입니까? 사명이 무엇입니까! 내겐 아무것도 남지 않았습니다.」

심판하라.

「……개소리 지껄이지 마, 시발! 심판? 내가 단죄하거나 지켜내야 했던 모든 것들이 이미 지나가 버린 시간 속에 있다! 그래서 개 같은 꼴 다 보면서 여기까지 아득바득 기어올라 온 거야!」

남은 사명을 다하라.

「닥쳐! 남은 것은 후회와 증오뿐이다! 당신이야말로 해야 할 일을 해! ■■■■!」

아무것도 남지 않았어.
아무것도 남지 않았다고, 나는…….

"배짱 좋은데. 졸기까지 하고."

끼이익-!

철제 의자가 바닥을 끄는 소리.

백도현은 감았던 눈을 떴다. 환한 조명이 먼저 보이고, 차례로…….

"다섯 번째 S급이라 이건가 아쉬울 것 따위 없으시고. 형식직이어도 면접은 면접인데 말이지."

"……."

"하긴 뭐, 그냥 다섯 번째는 아니니까."

첫 진입에 10위라. 하, 이건 나도 못 해 본 건데.

"말이 없네. 왜요."

"……"

"견지록과 일대일 대면을 원한다……. 그렇게 요청한 건 그쪽 아니신가?"

비웃는 듯한 특유의 시니컬한 미소.

구불거리는 검은 고수머리, 독특한 입술 점. 제 영토를 확보한 젊은 지배자라기보다는 차라리 퇴폐 록 밴드의 비주얼 프론트맨 쪽에 더 가까운 얼굴.

하지만 눈앞의 이 청년이 바로 한국 5대 길드의 수장들 중 가장 젊은 리더. 〈바빌론〉의 영 보스, 견지록이었다.

"원하는 대로 와 드렸잖아. 여기, 이렇게."

그리고 회귀 전 그는…….

백도현, 그의 하나뿐인 의형제였기도 했다.

〈랭커를 위한 바른 생활 안내서 1부〉

2권에서 계속